GRISHA

Titre original : *Siege and Storm*
Ouvrage originellement publié par Henry Holt and Company, LLC
175 Fifth Avenue
New York, New York 10010

Mise en pages : Petits Papiers • Correction : Claire Debout
Design de couverture par Natalie C. Sousa et Ellen Duda

1, rond-point du Général-Eisenhower, 31101 Toulouse Cedex 9, France
editionsmilan.com

Dépôt légal : mai 2021 • ISBN : 978-2-4080-3229-6
Achevé d'imprimer au 1er trimestre 2021 en Espagne par Graficas Rodesa
Plus d'informations sur la fabrication de nos livres :
editionsmilan.com/comment-fabriquons-nous-nos-livres

Tu vides tes étagères et connais déjà ce livre par cœur ? Donne-le !

LEIGH BARDUGO

GRISHA

2. LE DRAGON DE GLACE

Traduit de l'anglais (États-Unis)
par Anath Riveline

MILAN

Pour ma mère, qui y a cru quand je n'y arrivais plus.

DJERHOLM
NON-MER
NOVOKRIBIRSK
KRIBIR
OS KERVO
VRAIE-MER
1
2
3
4
Illustration de Keith Thompson

FJERDA
PERMAFROST
CHERNAST
TSIBEYA
PETRAZOI
RAVKA
RYEVOST
LA VY
BALAKIREV
OS ALTA
POLIZNAYA
SIKURZOI
SHU HAN
5
10
15
20

LES GRISHAS

Soldats de la Seconde Armée
Maîtres de la Petite Science

LES CAPORALKI

(L'Ordre des vivants et des morts)
Fondeurs
Soigneurs

LES ETHEREALKI

(L'Ordre des invocateurs)
Hurleurs
Inferni
Faiseurs de marée

LES MATERIALKI

(L'Ordre des fabrikators)
Durasts
Alkemi

PROLOGUE

Le garçon et la fille avaient autrefois rêvé de navires, il y a fort longtemps, bien avant qu'ils aient jamais vu la Vraie-Mer. Les vaisseaux des histoires, ces bateaux magiques avec des mâts taillés dans du cèdre et des voiles cousues par de jolies demoiselles avec des fils d'or pur, qui avaient pour équipage des souris blanches qui chantaient des chansons et astiquaient le pont avec leurs queues roses.

Le *Verrhader* n'avait rien de magique. C'était un bateau de commerce kerch qui transportait des cargaisons de millet et de mélasse. Il empestait la crasse des matelots sales et les oignons crus censés prévenir le scorbut. L'équipage crachait, jurait et négociait les rations de rhum. Le pain qu'on distribuait au garçon et à la fille grouillait de charançons et on leur avait attribué une cabine pas plus grande qu'un placard, qu'ils devaient partager avec deux autres passagers et un baril de morue salée.

Ils s'en fichaient. Ils s'étaient habitués aux cloches toutes les heures, au cri des mouettes et à l'incompréhensible baragouin kerch. Le navire était leur royaume, et la mer une immense douve qui tenait leurs ennemis à distance.

Le garçon s'adaptait à la vie sur les flots aussi bien qu'il s'adaptait à tout le reste. Il avait appris à faire des nœuds, à réparer des voiles et, à mesure que ses blessures guérissaient, il se mit à pêcher avec l'équipage. Intrépide, il abandonna ses chaussures pour monter sur le gréement. Les marins s'émerveillaient de sa façon de repérer les dauphins, les bancs de raies et de poissons-tigres, et de sa capacité à anticiper le moment où une baleine allait surgir de l'eau, son vaste dos graveleux venant briser les vagues. Ils disaient que s'ils avaient sa chance, ils seraient déjà riches.

La fille les rendait nerveux.

Après trois jours en mer, le capitaine lui avait demandé de rester dans la cale autant que possible. Parce que les marins étaient superstitieux, avait-il prétexté. Pour eux, une femme à bord entraînait vents contraires et tempêtes. C'était vrai, mais l'équipage aurait accueilli avec plaisir une fille joyeuse, souriante qui aurait bien voulu plaisanter avec eux.

Cette fille, toujours silencieuse, se postait derrière le bastingage, son écharpe autour du cou, gelée comme une figure de proue sculptée dans du bois blanc. Cette fille hurlait dans son sommeil et réveillait les hommes qui somnolaient sur la hune.

La fille passa donc son temps à hanter les entrailles sombres du navire. Elle comptait les barils de mélasse, étudiait les tableaux du capitaine. La nuit, elle se blottissait dans les bras du garçon sur le pont, pour contempler les constellations dans la vaste étendue étoilée : le Chasseur, le Savant, les Trois Fils idiots, les rayons brillants du Rouet et le Palais du sud avec ses six flèches tordues.

Elle restait contre lui aussi longtemps qu'elle le pouvait, lui racontait des histoires, lui posait des questions. Parce qu'elle savait que lorsqu'elle dormirait, elle rêverait. Parfois lui venaient des images de skiffs détruits avec des voiles noires et des ponts couverts de sang, de gens en pleurs dans l'obscurité. Mais le plus affreux, c'était ce prince pâle qui pressait ses lèvres contre son cou, qui plaçait ses mains autour de sa gorge et qui la contraignait à user de son pouvoir dans une explosion de lumière vive.

Quand elle rêvait de lui, elle se réveillait en tremblant, l'écho de son pouvoir résonnant encore dans son corps, la sensation d'embrasement toujours présente sur sa peau.

Le garçon la serrait alors plus fort et murmurait des mots doux à son oreille pour qu'elle se rendorme.

– C'est juste un cauchemar, chuchotait-il. Ils vont finir par cesser.

Il ne comprenait pas. Les rêves étaient désormais le seul endroit où elle pouvait utiliser son pouvoir en toute sécurité. Elle les attendait avec impatience.

Le jour où le *Verrhader* approcha des terres, le garçon et la fille, ensemble sur le pont, purent observer les côtes de Novyi Zem.

Ils glissèrent dans le port à travers une forêt de mâts usés et de voiles repliées. D'élégants voiliers côtoyaient des rafiots délabrés venus de Shu Han, des navires de guerre mouillaient à côté de goélettes de croisière, et de gros bateaux de commerce rivalisaient avec des baleiniers fjerdans. Une énorme galère de prisonniers en partance vers les colonies du Sud avait levé son drapeau en feutre rouge pour indiquer qu'elle transportait des meurtriers. En la longeant, la fille aurait juré entendre le cliquetis des chaînes.

Le *Verrhader* arriva à son poste d'amarrage. On baissa la passerelle. Les dockers et l'équipage se saluèrent, attachèrent les cordes et préparèrent la cargaison.

Le garçon et la fille examinaient le quai, à la recherche du rouge des soigneurs, du bleu des invocateurs ou de l'éclat doré du soleil sur les fusils ravkans.

L'heure était venue. Le garçon glissa sa main dans celle de la fille. Sa paume était dure et rugueuse après les longues journées de pêche. Lorsqu'ils débarquèrent, ils eurent la sensation que la terre ferme continuait à flotter sous leurs pieds.

Les marins éclatèrent de rire.

– *Vaarwel, fentomen !* s'exclamèrent-ils.

Le garçon et la fille s'éloignèrent, faisant leurs premiers pas dans le nouveau monde.

S'il vous plaît, pria la fille en silence, s'adressant aux Saints qui voudraient bien l'écouter. *Faites qu'ici nous soyons en sécurité. Que nous nous trouvions en lieu sûr.*

1

Cela faisait deux semaines que nous étions à Cofton, et je me perdais encore. La ville se trouvait dans les terres, à l'ouest des côtes de Novyi Zem, à des kilomètres du port où nous avions accosté. Bientôt nous nous enfoncerions plus loin encore jusqu'à la frontière zemeni. Peut-être que là, enfin, nous nous sentirions en sûreté.

Je consultai la petite carte que j'avais dessinée moi-même et revins sur mes pas. Je retrouvais Mal tous les jours après le travail et nous rentrions dans notre pension de famille ensemble, mais aujourd'hui, je m'étais complètement égarée en faisant un détour pour acheter notre dîner. Les friands au veau et au chou rangés dans ma sacoche dégageaient une odeur bien particulière. Le marchand m'avait assuré que c'était une spécialité zemeni, mais j'avais des doutes sur la question. Peu importe. Tout avait un goût de cendres pour moi depuis quelque temps.

Mal et moi étions venus à Cofton pour trouver un travail qui financerait notre voyage vers l'ouest. C'était l'épicentre commercial du *jurda*, entouré de champs de petites fleurs orange que les gens mâchaient à longueur de journée. Ce stimulant était considéré comme un luxe à Ravka, mais quelques marins sur le *Verrhader* l'utilisaient pour rester éveillés au cours de leurs gardes. Les hommes zemenis aimaient coincer les fleurs sèches entre leurs lèvres pour les mâchouiller, et même les femmes en portaient sur elles dans de petites bourses brodées qui pendaient à leurs poignets. Toutes les vitrines que je longeai exposaient des marques différentes : Feuille d'or, Ombre, Dhoka, le Robuste. Je vis une fillette vêtue d'un joli jupon penchée sur le crachoir en laiton d'un magasin pour expectorer un filet de jus couleur rouille. Je réprimai un haut-le-cœur. C'était une pratique zemeni à laquelle je ne pensais pas m'habituer un jour.

Avec soulagement, j'arrivai dans l'artère principale de la ville. Au moins, maintenant, je savais où j'étais. Cofton ne me semblait toujours pas réel. C'était une ville brute et inachevée. La plupart des rues n'étaient pas pavées, et j'avais la sensation que les bâtiments aux toits aplatis avec leurs frêles murs en bois risquaient de s'écrouler à tout moment. Pourtant, tous avaient des fenêtres en verre. Les femmes s'habillaient avec du velours et de la dentelle. Les magasins débordaient de douceurs, de babioles et de tous les articles possibles, à l'exception des fusils, des couteaux et des casseroles en fer-blanc. Ici, même les mendiants portaient des chaussures. Voilà à quoi ressemblait un pays quand il n'était pas en état de siège.

Alors que je passais à côté d'un magasin de liqueurs, j'aperçus du coin de l'œil un uniforme rouge. *Un Caporalki.* Aussitôt, je reculai d'un pas pour me cacher dans l'ombre entre deux immeubles. Mon cœur battait la chamade tandis que ma main se dirigeait vers le pistolet sur ma hanche.

Essaie de ne pas attirer l'attention, me rappelai-je, glissant la lame hors de ma manche. *D'abord la dague. Le pistolet, s'il le faut. Ton pouvoir en dernier recours.* Une fois de plus, je regrettai les gants confectionnés par les fabrikators, dont j'avais dû me séparer à Ravka. Avec leurs miroirs cousus sur le tissu, je pouvais facilement aveugler des assaillants dans un combat à mains nues, ce qui permettait de ne pas les trancher en deux avec la technique de la Coupe. Si j'avais bel et bien été repérée par un soigneur Caporalki, je risquais de ne pas avoir le choix. C'étaient les soldats préférés du Darkling et ils pouvaient bloquer mon cœur ou me pulvériser les poumons sans même me toucher.

J'attendis, la sueur inondant le manche de mon poignard et le rendant glissant. Après un moment, j'osai enfin jeter un coup d'œil dans la rue. Je vis une charrette chargée d'une pile de barils. Le conducteur s'était arrêté pour parler avec une femme dont la petite fille se trémoussait impatiemment dans sa robe rouge foncé.

Juste une gamine. Pas de Caporalki en vue. Je m'appuyai sur le mur pour reprendre mon souffle et tenter de me calmer.

Ce ne sera pas toujours comme ça, me dis-je. *Plus le temps passera, plus ce sera facile.*

Bientôt, je me réveillerai d'une nuit sans cauchemars et je marcherai dans les rues l'esprit tranquille. Jusque-là, je garderai mon petit couteau à portée de main et compterai sur l'acier des Grishas pour me défendre.

Je retournai dans la foule et resserrai mon écharpe autour de mon cou. C'était devenu un tic nerveux. En dessous, je portais le collier de Morozova, le plus puissant des amplificateurs, ainsi que le seul moyen de me reconnaître. Sans lui, je n'étais qu'une réfugiée ravkanne, sale et sous-alimentée, parmi tant d'autres.

J'ignorais ce que je ferais quand les températures grimperaient. Je ne pourrais tout de même pas me promener avec une écharpe autour du cou en plein été. Avec un peu de chance, Mal et moi serions déjà loin des grandes villes et des questions indésirables. Nous serions seuls pour la première fois depuis notre départ de Ravka. L'idée me déclencha un frisson de nervosité.

Je traversai la chaussée, évitant les carrioles et les chevaux, sans jamais baisser ma garde, persuadée qu'une troupe de

Grishas ou d'*oprichniki* allaient me tomber dessus. À moins que ce ne soient les mercenaires shus, ou les assassins fjerdans, ou les soldats du roi ravkan, ou même le Darkling en personne. Tant de monde nous chassait ! *Me chassait*, corrigeai-je. Sans moi, Mal serait encore un traqueur dans la Première Armée, et pas un déserteur en cavale.

Un souvenir que j'avais enfoui me revint soudain : des cheveux noirs, des yeux de quartz gris, le visage triomphant du Darkling tandis qu'il libérait le pouvoir du Fold. Avant que je ne lui arrache cette victoire.

Les nouvelles arrivaient facilement à Novyi Zem, mais aucune n'était bonne. Selon certaines rumeurs, le Darkling avait survécu à la bataille dans le Shadow Fold et rassemblé ses troupes pour tenter une nouvelle offensive contre le trône ravkan. Je ne voulais pas croire que c'était possible, mais je savais qu'il ne fallait surtout pas le sous-estimer. Les autres récits étaient tout aussi déconcertants : la Non-Mer s'étendait, expulsant ses réfugiés de l'Est et de l'Ouest; on vouait désormais un culte à une sainte capable d'invoquer la lumière. Je préférais ne pas y penser. Mal et moi, nous avions une nouvelle vie à présent. Nous avions laissé Ravka derrière nous.

Je me pressai et j'arrivai bientôt sur la place où je retrouvais Mal tous les soirs. Je l'aperçus penché sur le bord d'une fontaine, en train de discuter avec un ami zemeni qu'il s'était fait en travaillant à l'entrepôt. Je ne me rappelais pas son nom… Jep, peut-être ? Jef ?

Alimentée par quatre immenses robinets, la fontaine était moins décorative qu'utile, avec son grand bassin dans lequel les jeunes filles et les servantes venaient laver leur linge. Ce jour-là, aucune des lavandières ne mettait beaucoup de cœur à l'ouvrage. Elles étaient toutes subjuguées par Mal. Et comment ne pas l'être ? Ses cheveux avaient poussé et au lieu de sa coupe militaire, des boucles commençaient à lui tomber sur la nuque. Les jets de la fontaine avaient mouillé sa chemise, qui collait à sa peau bronzée par les longues journées en mer. Il renversa la tête en arrière, éclatant de rire à ce que venait de dire son ami. Manifestement, il ne remarquait même pas les sourires espiègles dirigés vers lui.

Il en a tellement l'habitude qu'il n'y prête même plus attention, songeai-je, agacée.

Quand il m'aperçut, son visage s'éclaira et il me fit signe. Les femmes se tournèrent vers moi et échangèrent des regards incrédules. Je savais bien ce qu'elles voyaient : une maigrichonne avec une chevelure brune filandreuse et terne, des joues creuses et des doigts orange à force d'emballer du *jurda*. Je n'avais jamais été très séduisante, et les semaines passées sans utiliser mes pouvoirs avaient encore dégradé mon allure. Je ne mangeais ni ne dormais bien, et les cauchemars n'arrangeaient rien. Sur tous les visages je lisais clairement : qu'est-ce qu'un garçon comme Mal peut faire avec une fille comme elle ?

Je me redressai et tentai de les ignorer tandis que Mal m'entraînait dans ses bras pour m'attirer contre lui.

– Où étais-tu ? Je commençais à m'inquiéter.

– Un groupe d'ours en colère m'a retardée, murmurai-je dans son épaule.

– Tu t'es encore perdue ?

– Où vas-tu chercher une idée pareille ?

– Tu te souviens de Jes, n'est-ce pas ? dit-il en désignant son ami.

– Comment es-tu ? demanda Jes dans un ravkan approximatif en me tendant la main.

Il affichait une mine trop grave pour la circonstance.

– Très bien, merci, répondis-je en zemeni.

Il ne me rendit pas mon sourire, mais me tapota la main amicalement. Vraiment étrange, ce Jes.

Nous discutâmes un moment, mais je savais que Mal était conscient de mon inconfort. Je n'aimais pas me trouver dans des endroits à découverts trop longtemps. Nous nous dîmes au revoir et, avant de prendre congé, Jes me décocha un autre regard sombre. Il s'approcha de Mal pour lui murmurer quelques mots à l'oreille.

– Qu'est-ce qu'il a dit ? demandai-je en le regardant traverser la place.

– Hmm ? Oh, rien. Tu sais que tu as du pollen dans les cheveux ?

Il me le retira délicatement.

– Et si je voulais qu'il y reste ?

– Désolé.

Alors que nous nous éloignions de la fontaine, une des femmes se pencha en avant au point que sa volumineuse poitrine s'échappait presque de sa robe.

– Si tu te lasses de ton tas d'os, j'ai ce qu'il te faut, lança-t-elle en direction de Mal.

Je me raidis. Mal regarda par-dessus son épaule et lentement, il la toisa de la tête aux pieds.

– Je ne crois pas, non, lança-t-il sèchement.

Le visage de la fille se couvrit de plaques rouges immondes pendant que les autres, hilares, l'aspergeaient d'eau. Je m'efforçai de prendre un air hautain, mais ce ne fut pas facile de réprimer le sourire qui naissait aux coins de ma bouche.

– Merci, lâchai-je alors que nous quittions la place pour nous diriger vers notre logement temporaire.

– Pour quoi ?

Je levai les yeux au ciel.

– Tu as défendu mon honneur, nigaud.

Il me tira sous un auvent ombragé. La panique me saisit à l'idée qu'il avait repéré un danger, mais soudain je sentis ses bras autour de moi et ses lèvres sur les miennes.

Quand il se recula, mes joues étaient en feu et mes jambes en coton.

– Que ce soit bien clair, je n'essaie pas du tout de défendre ton honneur.

– Compris, répliquai-je, espérant que je n'avais pas une voix trop ridiculement haletante.

– Et surtout, j'essaie de voler chaque minute possible avant d'arriver au Pit.

Le Pit, « la mine », c'est comme ça que Mal appelait notre pension de famille. Surpeuplée et crasseuse, elle ne nous offrait aucune intimité, mais elle ne nous coûtait pas trop cher. Mal m'adressa un sourire plus radieux que jamais et me ramena dans le flot des passants. Malgré ma fatigue, je me sentais plus légère. Je ne m'étais toujours pas faite à l'idée que nous étions *ensemble*. Un autre frisson me parcourut. Passé la frontière, nous ne serions plus dérangés par des pensionnaires curieux et des interruptions malvenues. Mon pouls s'accéléra, de nervosité ou d'excitation, je n'aurais su dire.

– Alors, qu'est-ce qu'il a dit, Jes ? l'interrogeai-je une nouvelle fois, quand mes idées s'éclaircirent un peu.

– Il m'a dit de bien m'occuper de toi.

– C'est tout ?

Mal se racla la gorge.

– Et… il a dit qu'il prierait son dieu pour qu'il soigne ton mal.

– Mon *quoi ?*

– Je crois lui avoir dit que tu avais un goitre.

– Pardon ? m'écriai-je, choquée.

– Il fallait bien que j'explique pourquoi tu t'agrippes toujours à ton écharpe.

Je baissai la main, qui était encore une fois agrippée à mon étole. C'était devenu un réflexe chez moi, je n'y faisais même plus attention.

– Et donc tu lui as raconté que j'avais un goitre ? ai-je répété tout bas, sidérée.

– Je devais trouver quelque chose à dire. Et ça te donne un caractère tragique : jolie fille, excroissance, tu vois ce que je veux dire...

Je lui donnai une tape dans le bras.

– Aïe ! Tu sais, dans certains pays, les goitres sont très à la mode.

– Ils aiment aussi les eunuques ? Parce que je peux arranger ça.

– Toujours aussi sanguinaire !

– Mon goitre me rend grincheuse.

Mal rit, mais je remarquai qu'il gardait une main sur son pistolet. Le Pit se trouvait dans un des quartiers les plus mal-famés de Cofton et nous transportions sur nous beaucoup de pièces, les salaires que nous économisions pour notre nouvelle vie. Encore quelques jours seulement et nous aurions assez pour quitter Cofton, son bruit, son air imprégné de pollen et la peur permanente. Nous serions en sécurité dans un endroit où personne ne se souciait de ce qui arrive à Ravka, où il n'y avait que très peu de Grishas et où personne n'avait jamais entendu parler d'une invocatrice de lumière.

Et où personne n'aura besoin de moi. L'idée me mit de méchante humeur, mais elle me venait de plus en plus souvent depuis quelque temps. Je n'étais bonne à rien dans ce pays étranger. Alors que Mal chassait, traquait, maniait les armes à feu, mon seul atout avait été d'être une Grisha. Invoquer la lumière me manquait et à force de ne plus utiliser mon pouvoir, je m'affaiblissais et m'usais. Rien que suivre la cadence de Mal m'essoufflait et je croulais sous le poids de ma sacoche.

J'étais si fragile et si maladroite que j'arrivais à peine à garder mon travail dans les champs de *jurda*. Cela nous rapportait une misère, mais je tenais à travailler et à apporter ma contribution à notre projet. Je nous revoyais comme nous étions enfants : Mal le compétent, et Alina l'incapable.

J'essayai de chasser cette pensée. Je n'étais peut-être plus l'Invocatrice de lumière, mais j'avais également cessé d'être cette petite fille triste. Je trouverais un moyen de me rendre utile.

La vue de notre pension n'arrangea pas ma bouderie. Haute d'un étage, elle avait grandement besoin d'une nouvelle couche de peinture. La pancarte à la fenêtre promettait en cinq langues des bains chauds et des lits garantis sans puces. Ayant essayé les deux, je pouvais affirmer qu'il s'agissait d'un mensonge, quelles que soient les traductions possibles. Mais avec Mal à mes côtés, c'était supportable.

Nous gravîmes les marches vers le porche vétuste et entrâmes dans la taverne qui occupait la majeure partie du rez-de-chaussée. À l'intérieur, le calme et la fraîcheur remplacèrent agréablement la cohue des rues bondées. À cette heure, on trouvait d'ordinaire déjà quelques ouvriers autour des tables abîmées, qui sifflaient en alcool leur salaire de la journée, mais aujourd'hui, la taverne était vide. Seul le patron patibulaire se tenait derrière son bar.

C'était un immigrant kerch, et j'avais tout de suite senti qu'il n'aimait pas les Ravkans. Ou peut-être qu'il nous prenait juste pour des malfrats. Nous étions arrivés deux semaines plus tôt, débraillés et crasseux, sans bagages et sans rien pour payer notre chambre qu'une barrette en or qu'il pensait sûrement volée. Cela ne l'avait pas empêché de nous la prendre en échange d'un lit étroit dans un dortoir que nous partagions avec six autres clients.

Quand il nous vit, il claqua la clé sur le zinc et la poussa vers nous sans que nous ayons à la lui réclamer. Elle était attachée à un os de poulet sculpté. Du meilleur goût.

Dans le kerch approximatif qu'il avait réussi à apprendre sur le *Verrhader*, Mal commanda un pichet d'eau chaude pour notre toilette.

– Super, grommela le patron.

C'était une sorte de brute avec un crâne dégarni et les dents orange d'avoir mastiqué trop de *jurda*. Je remarquai qu'il tremblait. Même si la journée n'était pas particulièrement chaude, une couche de sueur perlait sur sa lèvre supérieure.

Je lui jetai un autre coup d'œil par-dessus mon épaule, alors que nous nous engagions dans l'escalier à l'autre bout de la taverne déserte. Il nous observait toujours, les bras croisés sur sa poitrine, ses yeux perçants plus petits que d'habitude. Quelque chose dans son expression me mit mal à l'aise.

J'hésitai en bas des marches.

– Ce type ne nous aime vraiment pas, dis-je.

Mal était déjà plus haut dans l'escalier.

– Non, mais il aime notre argent. Et nous partons bientôt.

Je tentai de me calmer. Tout l'après-midi, je m'étais sentie fébrile.

– D'accord, abdiquai-je en suivant Mal. Mais au cas où, comment on dit « pauvre type » en kerch ?

– *Jer ven azel.*

– Vraiment ?

– Les premiers mots que les marins t'apprennent, ce sont les insultes.

Le premier étage de la maison était dans un état encore plus catastrophique que les parties publiques en bas. Le tapis avait perdu sa couleur et la plupart de ses fils, et les couloirs sombres puaient le chou et le tabac. Les portes des chambres étaient toutes fermées, et aucun son ne s'en échappa quand nous les longeâmes. Le silence rendait l'atmosphère pesante. Peut-être que tout le monde était sorti se balader.

L'unique source de lumière était la fenêtre sale au bout du couloir. Alors que Mal entrait la clé dans la serrure, je regardai par la fenêtre les calèches et les charrettes qui passaient dans la rue. En face de nous, un homme installé sous un balcon surveillait la pension. Il tira sur son col et sur ses manches, comme s'il portait des vêtements neufs et inconfortables. Nos regards se croisèrent, et il tourna rapidement la tête.

Une vague de peur m'envahit.

– Mal… chuchotai-je en me rapprochant de lui.

Trop tard. La porte s'ouvrit avec fracas.

– Non ! hurlai-je.

Je tendis les bras et la lumière jaillit en une cascade aveuglante dans le couloir. Des mains m'agrippèrent pour m'immobiliser et me pousser dans la chambre. Je me débattis et donnai des coups de pied et d'épaule.

– Ça suffit, ordonna une voix froide qui provenait d'un coin de la pièce. Ça m'embêterait d'avoir à égorger votre ami si vite.

Le temps s'écoulait au ralenti. Je distinguai la pièce minable au plafond bas, la bassine fendue sur la table usée, les moutons de poussière virevoltant dans les rayons du soleil, la lame étincelante du couteau pressant sur la gorge de Mal. Le type qui le tenait affichait un rictus familier. *Ivan.* Les deux autres intrus, un homme et une femme, portaient les manteaux et les pantalons des marchands et des travailleurs zemenis, mais je reconnus leurs visages de mon passage dans le Seconde Armée. Des Grishas.

Derrière eux, dans l'ombre, installé sur un petit fauteuil à bascule comme s'il s'agissait d'un trône, se tenait le Darkling.

Pendant un moment, le silence nous enveloppa. J'entendais la respiration haletante de Mal, le frottement des pieds sur le sol. Un homme saluait quelqu'un dans la rue. Je n'arrivais pas à détourner mon regard des mains du Darkling, de ses longs doigts posés tranquillement sur les accoudoirs. La pensée imbécile que je ne l'avais jamais vu en habits de tous les jours me traversa l'esprit.

Et soudain la réalité me rattrapa. Voilà comment tout se terminait ? Sans un dernier combat ? Sans un coup de feu ou un éclat de voix ? Un sanglot de rage et de frustration s'arracha à ma poitrine.

– Prends-lui son pistolet et fouille-la, demanda le Darkling doucement.

Je sentis le poids réconfortant de mon arme quitter ma hanche, ma dague sortir de son fourreau sur mon poignet.

– Je vais leur demander de vous lâcher, lança-t-il quand ils eurent terminé leur inspection. Mais sachez que si je vous vois lever les mains, Ivan achève le traqueur. Montrez-moi que vous comprenez.

Je hochai la tête, tendue.

Il leva un doigt et mon assaillant me libéra. Je trébuchai en avant et me figeai au centre du dortoir, les poings serrés.

Je pouvais trancher le Darkling en deux avec mes pouvoirs. Je pouvais pulvériser ce bâtiment de malheur. Mais pas avant qu'Ivan ne coupe la gorge de Mal.

– Comment nous avez-vous trouvés ? demandai-je.

– Vous laissez une traînée de valeur derrière vous.

D'un geste las, il jeta sur la table un petit objet qui cliqueta sur la bassine. Je reconnus l'une des barrettes en or que Genya avait tressées dans mes cheveux quelques semaines plus tôt. Nous les avions échangées contre notre traversée de la Vraie-Mer, le trajet jusqu'à Cofton et notre lit minable grouillant de puces.

Le Darkling se leva et une agitation étrangère envahit la pièce. Un peu comme si tous les Grishas retenaient leur respiration dans l'attente de ce qu'il allait faire. La panique qui se dégageait d'eux me mit immédiatement en état d'alerte maximale. Les sujets du Darkling l'avaient toujours traité avec respect, mais leur comportement trahissait autre chose. Même Ivan semblait anxieux, presque terrifié.

Le Darkling avança dans la lumière et je vis sur son visage des cicatrices qu'il n'avait pas réussi à gommer. Elles avaient été soignées par un Caporalki, mais on les distinguait encore. Un volcra y avait laissé ses marques. *Parfait*, songeai-je, mesquine. Maigre consolation, certes, mais au moins, il n'était plus aussi parfait qu'il l'avait été.

Il s'arrêta et me dévisagea.

– Comment trouvez-vous la vie en cavale, Alina ? Vous n'avez pas bonne mine.

– Vous non plus, rétorquai-je.

Et je ne parlais pas que des cicatrices. Il portait sa fatigue comme une cape élégante, mais elle était tout de même là. Des taches pâles lui soulignaient les yeux, et son visage était plus creusé que jamais, ses pommettes saillantes ressortant davantage encore.

– Un petit prix à payer, lâcha-t-il en esquissant un demi-sourire.

Un frisson me parcourut le dos. *Pour quoi ?*

Il tendit la main vers moi et je dus déployer toute mon énergie pour ne pas reculer. Il se contenta d'attraper un pan de mon écharpe, tira délicatement dessus et la laine se déroula de mon cou pour dégringoler sur le sol.

– Vous recommencez à faire semblant d'être moins que ce que vous êtes, commenta-t-il. L'imposture ne vous va pas.

Une pointe de malaise me saisit. Ne m'étais-je pas formulé cette même réflexion quelques minutes plus tôt ?

– Merci de vous soucier de moi, grommelai-je, ironique.

Il promena ses doigts sur mon collier.

– Il est autant à vous qu'à moi, Alina.

Je repoussai sa main d'une tape, et un murmure d'angoisse s'éleva des Grishas.

– Alors vous n'auriez pas dû le mettre autour de mon cou, lâchai-je sèchement. Que voulez-vous ?

Bien sûr, je le savais déjà. Il voulait tout : Ravka, le monde, le pouvoir du Fold. Sa réponse n'avait aucune importance. Il fallait juste que je le fasse parler. Je savais que cet instant viendrait, et je m'y étais préparée. Je n'allais pas le laisser m'emmener encore une fois. Je jetai un regard à Mal, espérant qu'il comprendrait mes intentions.

– Je voulais vous remercier, affirma le Darkling.

Ça, je ne m'y étais pas attendue.

– Me remercier ?

– Pour le cadeau que vous m'avez offert.

Mes yeux se posèrent sur les cicatrices qui sillonnaient sa joue pâle.

– Non, dit-il avec un petit sourire. Pas ça. Mais elles me servent à me rappeler.

– Quoi ? interrogeai-je, incapable de réprimer ma curiosité.

Il me dévisageait de ses yeux gris.

– Que tous les hommes sont corruptibles. Non, Alina, le cadeau que vous m'avez fait est bien plus grand.

Il fit volte-face. Je lançai un autre coup d'œil à Mal.

– Contrairement à vous, je comprends la gratitude et je veux l'exprimer.

Il leva les mains. L'obscurité s'installa dans la pièce.

– Maintenant ! criai-je.

Mal enfonça le coude dans les côtes d'Ivan. Au même instant, je levai les mains et la lumière jaillit, aveuglant les Grishas autour de nous. Je concentrai mon pouvoir pour tracer un faisceau puissant. Je n'avais qu'un seul but. Je n'allais pas laisser le Darkling debout. Dans l'obscurité, je m'efforçai de trouver ma cible. En vain.

J'avais vu le Darkling utiliser son pouvoir à maintes reprises. Cette fois c'était différent. Les ombres tourbillonnaient et glissaient autour de ma lumière, lui échappant en claquant comme une nuée d'insectes affamés. Elles étaient plus rapides. Je les poursuivais avec mon rayon, mais malgré leur proximité, elles se dérobaient à moi.

Mal était à mes côtés. Il avait réussi à s'emparer du couteau d'Ivan.

– Reste près de moi, lançai-je.

Il valait mieux que je tente d'ouvrir un trou dans le sol plutôt que de ne rien faire. Je me concentrai et sentis le pouvoir de la Coupe vibrer en moi. Je levai un bras... mais quelque chose sortit des ténèbres.

C'est une ruse, songeai-je alors que la chose se rapprochait. *Sûrement une illusion.*

Une créature, avec une face lisse dénuée de traits, s'extirpa de la pénombre. Son corps flou tremblait et se reformait : des bras, des jambes et de longues mains terminées par ce qui semblait être des griffes, un large dos qui s'agitait et se transformait à mesure que ses ailes se déployaient telle une tache d'encre. On aurait presque dit un volcra, mais il avait une forme plus humaine. Et il ne craignait pas la lumière : il n'avait pas peur de moi.

C'est une ruse, insistait mon esprit paniqué. *C'est impossible.* C'était contraire à tout ce que je savais sur le pouvoir des Grishas. Nous ne pouvions engendrer de la matière. Nous ne pouvions créer la vie. La créature continuait à venir vers nous et les Grishas du Darkling se collaient au mur, visiblement terrorisés. C'est ce qui les avait tant effrayés.

Repoussant l'horreur qui m'envahissait, je me recentrai sur mon pouvoir. Je balançai les bras en un arc éblouissant et impitoyable. La lumière trancha la créature. Tout d'abord, je crus qu'elle allait continuer à avancer. Mais elle chancela, scintilla comme un nuage allumé par un éclair et se désagrégea. J'eus à peine le temps d'éprouver une pointe de soulagement que le Darkling leva la main, convoquant un autre monstre, puis un autre et un autre encore.

– Voici votre présent, annonça-t-il. Celui que j'ai rapporté du Fold.

Son visage s'animait de puissance et d'une joie macabre. Mais j'y vis de la fatigue également. Ce qu'il réalisait lui coûtait beaucoup d'énergie.

Mal et moi reculâmes vers la porte. Soudain l'une des créatures se jeta sur nous avec une rapidité étonnante. Mal la poignarda avec son couteau. La chose s'interrompit, vacilla légèrement et l'attrapa pour le jeter dans les airs comme s'il n'était qu'un vulgaire jouet. Ça n'avait rien d'une illusion.

– Mal ! hurlai-je.

Je fendis la créature avec la Coupe et elle partit en fumée, mais la suivante était déjà sur moi. Elle m'agrippa, provoquant en moi un profond dégoût. On aurait dit qu'un millier d'insectes rampants montaient sur mon bras.

Elle me souleva dans les airs, et je vis à quel point je m'étais trompée. Elle avait une bouche, une ouverture béante qui révélait des rangées et des rangées de dents. Je les sentis toutes quand elle les planta profondément dans mon épaule.

Une douleur insoutenable irradia dans tout mon corps, me déchirant de l'intérieur. Comme à des kilomètres de moi, j'entendis la voix de Mal qui m'appelait. Je m'entendis hurler.

La créature me lâcha. Je tombai à terre, démolie. Je gisais sur le dos, la cruelle morsure lancinant affreusement. Je vis le plafond maculé de taches d'humidité et l'ombre qui planait au-dessus de moi. Je vis le visage de Mal quand il s'agenouilla à mes côtés. Je vis ses lèvres qui formaient mon nom, mais je ne l'entendis pas. Je perdais connaissance.

La dernière sensation qui me parvint fut la voix du Darkling, aussi limpide que s'il était allongé contre moi, sa bouche sur mon oreille à chuchoter pour que moi seule l'entende : *Merci.*

2

L'obscurité, de nouveau. Quelque chose bouillonne en moi. Je cherche la lumière, mais elle est hors de ma portée.

– Bois.

J'ouvre les yeux. Le visage hargneux d'Ivan entre dans mon champ de vision.

– Fais-le, toi ! gronde-t-il en direction de quelqu'un d'autre.

Puis Genya se penche sur moi, plus belle que jamais, même dans son kefta *débraillé. Suis-je en train de rêver ?*

Elle pose quelque chose sur mes lèvres.

– Bois, Alina.

J'essaie de repousser le verre, mais je ne peux pas bouger les mains.

On me pince le nez, on m'ouvre la bouche de force. Un liquide non identifié coule dans ma gorge. Je tousse et je crache.

– Où suis-je ?

Je tente de parler, mais les mots ne sortent pas.

Une autre voix, froide et pure :

– Ramène-la en bas.

Je suis dans la charrette tirée par un poney, et je reviens du village avec Ana Kuya. Son coude osseux s'enfonce dans mon flanc alors que nous cahotons sur la route qui nous ramène chez nous à Keramzin. De l'autre côté, Mal rit en nous montrant une multitude de détails dans le paysage.

Le petit poney grassouillet monte la dernière colline, sa crinière hirsute s'agitant dans le vent. À mi-chemin, nous apercevons devant nous un homme et une femme marchant sur le bord de la route. Lui sifflote et tape son bâton sur le sol en rythme avec la musique. La femme avance à côté de lui, tête baissée, un bloc de sel attaché sur le dos.

– Ils sont très pauvres ?

J'interroge Ana Kuya.

– Pas autant que d'autres.

– Alors pourquoi n'achète-t-il pas un âne ?

– Il n'a pas besoin d'un âne, répond Ana Kuya. Il a sa femme.

– Un jour, j'épouserai Alina, affirme Mal.

La charrette les dépasse. L'homme retire sa casquette pour nous saluer gaiement.

Mal lui répond avec un large sourire et de grands gestes qui manquent de le faire tomber de son banc.

Je regarde par-dessus mon épaule, me tordant le cou pour voir la femme qui traîne derrière son époux. Ce n'est qu'une jeune fille, mais ses yeux sont vieux et usés.

– C'est ce qui arrive aux paysannes qui n'ont pas les faveurs du duc, affirme Ana Kuya, qui remarque tout. C'est pour cette raison qu'il faut se montrer reconnaissante et ne jamais l'oublier dans tes prières.

Le cliquetis des chaînes.

Le visage inquiet de Genya.

– Ce n'est pas juste de continuer à lui faire subir ça.

– Ne me dis pas comment faire mon travail, réplique Ivan, tranchant.

Le Darkling, en noir, tapi dans l'ombre. Le grondement de la mer sous moi. Je comprends soudain, un coup de poing dans mon esprit : nous sommes sur un bateau.

Faites que je rêve.

Je reviens sur la route vers Keramzin et j'observe le cou penché du poney qui monte la pente. Quand je me tourne, la fille qui ploie sous le bloc de sel a mon visage. Baghra est assise dans la charrette à côté de moi.

– Le bœuf croule sous le fardeau, dit-elle. Mais l'oiseau sent-il le poids de ses ailes ?

Elle a des yeux noir corbeau. Sois reconnaissante, disaient-ils. Sois reconnaissante. Elle claque les rênes.

– Bois.

Encore du bouillon. Je ne me débats plus. Je ne veux plus m'étouffer. Je retombe en arrière, je laisse mes paupières se fermer, trop faible pour lutter.

Une main sur ma joue.

– Mal.

Je parviens à prononcer son nom.

La main se retire.

Plus rien.

– Réveille-toi.

Cette fois, je ne reconnais pas la voix.

– Remonte-la.

Mes paupières s'entrouvrent. Est-ce que je rêve toujours ? Un garçon est penché sur moi : cheveux roux, nez cassé. Il me rappelle le renard trop rusé, une autre des histoires d'Ana Kuya. Assez malin pour sortir du premier piège, mais trop bête pour ne pas tomber dans le deuxième. Une autre silhouette se tient derrière lui. Un géant. Je n'ai jamais vu personne d'aussi grand. Ses yeux couleur or brillent d'une lueur caractéristique des Shus.

– Alina, dit le renard.

Comment sait-il mon nom ?

La porte s'ouvre et je vois un visage inconnu. Une fille aux courts cheveux noirs et au même regard doré que le géant.

– Ils arrivent, annonce-t-elle.

Le renard jure.

– Ramène-la.

Le géant s'approche. L'obscurité redescend sur moi.

– Non, s'il vous plaît.

Trop tard. Je suis engloutie par les ténèbres.

Je suis une fille qui gravit d'un pas lourd une colline. Mes bottes s'enlisent dans la boue et mon dos me torture, accablé par le poids du sel. Quand je pense que je ne peux plus avancer, je me sens transportée dans les airs. Le sel glisse de mes épaules et je le regarde se briser sur la route. Je flotte de plus en plus haut. Sous moi, j'aperçois une charrette tirée par un poney, avec trois passagers qui me regardent, ébahis. Je vois mon ombre passer sur eux, sur la route et sur les champs stériles d'hiver. La silhouette noire d'une fille emportée dans le ciel par ses ailes déployées.

Le premier élément de réalité fut le bateau qui tanguait. Puis le craquement du gréement, et celui des vagues sur la coque.

Quand j'essayai de me retourner, une douleur fulgurante me traversa l'épaule. Hors d'haleine, je me redressai, les yeux grands ouverts, le cœur tambourinant, complètement réveillée. Une vague de nausée me submergea et je dus frotter mes yeux des deux mains pour éloigner les étoiles qui me cachaient la vue. Je me trouvais dans une cabine bien rangée, allongée sur une couchette étroite. Le jour se déversait par un petit hublot.

Genya était assise au bord de mon lit. Je n'avais donc pas rêvé. Ou bien étais-je en train de rêver maintenant ? J'essayai d'épousseter les toiles d'araignées qui pendaient à mon esprit, mais ne parvins qu'à me déclencher une nouvelle nausée. L'odeur désagréable qui empestait l'air n'aidait pas à calmer mon estomac. Je me forçai à prendre de longues respirations régulières.

Genya portait un *kefta* rouge brodé de bleu – combinaison de couleurs que je n'avais jamais vue sur aucun autre Grisha – sale et un peu usé, mais ses cheveux étaient brossés en boucles parfaites. La plus charmante des reines. Elle approcha de mes lèvres une petite coupe.

– Bois.

– Qu'est-ce que c'est ? demandai-je, méfiante.

– Rien que de l'eau.

Quand je tentai de saisir la coupe, je pris conscience que j'avais les poignets enchaînés. Je levai les mains maladroitement. L'eau avait un goût métallique mais j'étais assoiffée. Je bus, toussai et recommençai avidement.

– Doucement, dit-elle, m'écartant d'une main les cheveux du visage. Tu vas te rendre malade.

– Combien de temps ? demandai-je en jetant un regard vers Ivan qui m'observait, appuyé contre la porte. Combien de temps suis-je restée inconsciente ?

– Un peu plus d'une semaine.

– Une *semaine ?*

La panique m'envahit. Une semaine qu'Ivan ralentissait les battements de mon cœur pour me maintenir dans cet état comateux.

Je me levai de ma couche et sentis le sang monter à ma tête. Je serais tombée si Genya ne m'avait pas rattrapée. Je chassai mon vertige, me secouai et me penchai vers le hublot pour regarder à travers la vitre embuée. Rien. La mer bleue à perte de vue. Pas de port, pas de côte, Novyi Zem était loin. Je réprimai mes larmes.

– Où est Mal ? demandai-je.

Comme personne ne répondait, je pivotai sur moi-même.

– Où est Mal ? répétai-je en direction d'Ivan.

– Le Darkling veut te voir, affirma-t-il. Est-ce que tu es en état de marcher ou est-ce que je dois te porter ?

– Donne-lui une minute, exigea Genya. Laisse-la manger et se débarbouiller.

– Non. Conduis-moi à lui.

Genya fronça les sourcils.

– Je vais bien, insistai-je.

En réalité, je me sentais faible, chancelante et terrorisée. Mais je n'allais pas rester allongée sur une couchette alors que j'avais besoin de réponses bien plus que de nourriture.

En sortant de la cabine pour le couloir, nous pénétrâmes dans un océan de puanteur. Pas les relents d'eau de cale, de poisson et de corps sales dont je me souvenais de notre voyage sur le *Verrhader*, mais une odeur bien plus pestilentielle. Secouée d'un haut-le-cœur, je me couvris la bouche. Heureusement que je n'avais pas mangé.

– Qu'est-ce que c'est ?

– Du sang, des os et de la graisse de baleine, répondit Ivan.

Nous étions à bord d'un baleinier.

– On s'y habitue.

– Toi peut-être, rétorqua Genya en fronçant le nez.

Ils m'emmenèrent jusqu'à une trappe qui donnait sur le pont. Ivan grimpa à l'échelle et je le suivis, pressée de sortir des entrailles sombres du navire, à l'air libre. J'eus du mal à agripper les barreaux avec mes mains liées et Ivan perdit rapidement patience. Il m'attrapa les poignets et me souleva sur les derniers mètres. Je respirais longuement, un moment aveuglée par la lumière du jour.

Le baleinier voguait à toute allure, poussé par trois hurleurs, les bras levés en bas des mâts, leurs *kefta* bleus claquant contre leurs jambes. Les Etherealki, l'Ordre des invocateurs. À peine quelques mois plus tôt, j'étais l'une d'eux.

L'équipage était constitué de durs à cuire, certains pieds nus pour ne pas glisser sur le pont. *Pas d'uniformes*, remarquai-je. Ce n'étaient donc pas des militaires et le bateau n'arborait aucune couleur.

Le reste des Grishas du Darkling se distinguaient facilement parmi les marins, pas seulement à cause de leurs *kefta* voyants, mais parce qu'ils attendaient passivement le long du bastingage. Ils admiraient la mer ou discutaient entre eux, pendant que les matelots s'affairaient sans répit. J'aperçus même une fabrikator dans son *kefta* violet, qui lisait, adossée à un rouleau de corde.

En passant à côté de deux immenses cuves en fonte, je fus agressée par la même puanteur que j'avais sentie dans la cale.

– C'est là qu'ils traitent l'huile de baleine, expliqua Genya. Au cours de ce voyage, elles n'ont pas été utilisées, mais l'odeur ne part jamais.

Les Grishas, tout comme les autres membres de l'équipage, se retournaient sur notre passage. Au pied du mât d'artimon, je levai la tête et vis, perchés au sommet, le garçon et la fille aux cheveux noirs de mon rêve. Ils pendaient sur le gréement tels deux oiseaux de proie et nous observaient avec leurs yeux pareillement dorés.

Alors tout était vrai. Ils étaient bel et bien entrés dans ma cabine.

Ivan me conduisit jusqu'à la proue du navire, où le Darkling attendait. Il se tenait dos à nous, le regard rivé sur l'horizon au-delà du beaupré. Son *kefta* noir d'encre flottait autour de lui, telle une sinistre bannière de guerre.

Genya et Ivan esquissèrent une petite révérence avant de prendre congé.

– Où est Mal ? demandai-je d'une voix rauque.

Le Darkling ne pivota pas, mais secoua la tête.

– Vous êtes tellement prévisible…

– Désolée d'être *si* ennuyeuse. Où est-il ?

– Comment savez-vous qu'il n'est pas mort ?

Mon estomac se noua.

– Parce que je vous connais, rétorquai-je avec une confiance que je ne ressentais pas.

– Et s'il l'était ? Vous jetteriez-vous par-dessus bord ?

– Pas sans vous entraîner avec moi. *Où est-il ?*

– Regardez derrière vous.

Je fis volte-face. À l'autre bout du pont, derrière un enchevêtrement de cordes et de gréements, j'aperçus Mal, entouré de deux Caporalki. Il me regardait, attendant que je me retourne. Je fis un pas en avant. Le Darkling m'attrapa par le bras.

– Stop.

– Laissez-moi lui parler, l'implorai-je.

Je détestais le désespoir qui éraillait ma voix.

– Sûrement pas. Ensemble, vous avez tendance à vous comporter comme des imbéciles et à vous prendre pour des héros.

Le Darkling leva une main et les gardes de Mal l'entraînèrent ailleurs.

– Alina ! hurla-t-il avant de recevoir une puissante gifle.

– Mal ! criai-je en le voyant se débattre comme un forcené. Mal !

Je me dégageai de l'emprise du Darkling, ma gorge crispée de rage.

– Si vous le touchez…

– Je ne vais pas vous l'abîmer, rassurez-vous, m'interrompit-il. En tout cas, pas tant qu'il peut m'être utile.

– Je ne veux pas qu'il soit blessé.

– Il est en sécurité pour le moment, Alina. Mais ne me provoquez pas. Si l'un de vous dépasse les limites, l'autre en paiera les conséquences. Je l'ai mis en garde lui aussi.

Je fermai les yeux, m'efforçant d'apaiser la furie et le désespoir qui grondaient en moi. Nous étions de retour au point de départ. Je hochai la tête.

Le Darkling afficha un air méprisant.

– Vous rendez les choses tellement faciles. Je le pique, c'est vous qui saignez.

– Ça dépasse votre entendement, hein ?

Il tapota mon collier de Morozova, laissant ses doigts effleurer la peau de mon cou. Cet infime contact réveilla le lien entre nous, et un torrent de pouvoir inonda mes veines comme une cascade déchaînée.

– Je comprends très bien, au contraire, dit-il tout bas.

– Je veux le voir, parvins-je à articuler. Tous les jours. Je veux m'assurer qu'il va bien.

– Évidemment. Je ne suis pas cruel, Alina, juste prudent.

Je me retins de rire.

– C'est pour ça que vous avez envoyé votre monstre me mordre ?

– Non, ce n'est pas pour ça, répondit-il sans ciller. C'est encore douloureux ?

– Non, mentis-je.

L'esquisse d'un sourire se dessina sur ses lèvres.

– Ça va s'arranger, assura-t-il. Mais la blessure ne guérira jamais complètement. Même avec un Grisha pour la soigner.

– Ces créatures…

– Les *nichevo'ya.*

Les êtres du Néant. Je frémis, me rappelant le bruit de frottement et les cliquetis qu'ils produisaient, le trou béant de leurs bouches. Mon épaule me lança.

– Que sont-ils ?

Il grimaça. Les cicatrices sur son visage étaient à peine visibles. L'une d'elles frôlait dangereusement son œil droit. Il avait failli le perdre. Il posa la main sur sa joue et quand il prit la parole, sa voix résonna, presque tendre.

– Le commencement, murmura-t-il.

Il m'abandonna sur le pont avant, ma peau vibrant encore du contact de ses doigts, ma tête noyée de questions.

Sans me laisser le temps d'y mettre de l'ordre, Ivan apparut et me tira à travers le bateau.

– Doucement !

Mes protestations n'eurent pour effet que de le rendre plus agressif et pressant. Je perdis l'équilibre et basculai. Mes genoux heurtèrent violemment le plancher en bois et j'eus à peine le temps de tendre les mains pour freiner ma chute. Je fis la grimace quand une écharde s'enfonça dans ma chair.

– Avance ! m'ordonna Ivan.

Je tentai de me redresser. Il me poussa du bout de sa botte et mon genou se déroba sous moi. Je m'aplatis au sol avec fracas.

– Je t'ai dit *d'avancer* !

Une grosse main me releva et me remit délicatement sur mes pieds. En me retournant, je fus surprise de voir le géant et la fille aux cheveux noirs.

– Ça va ? demanda-t-elle.

– Mêle-toi de tes affaires, répliqua Ivan, furieux.

– C'est une prisonnière de Sturmhond, gronda la fille. Elle doit être traitée en conséquence.

Sturmhond. J'avais déjà entendu ce nom. Était-ce son navire ? Et son équipage ? À bord du *Verrhader*, il avait été mentionné. C'était un corsaire ravkan et un contrebandier, connu pour avoir forcé le blocus fjerdan et pour la fortune qu'il avait remportée en capturant des navires ennemis. Mais le drapeau à l'aigle à deux têtes n'était pas hissé.

– C'est la prisonnière du *Darkling*, corrigea Ivan. Et une traîtresse.

– Sur le continent peut-être, riposta la fille.

Ivan cracha quelques mots en shu que je ne compris pas. Le géant rit.

– Tu parles shu comme un touriste, se moqua-t-il.

– Et nous n'obéirons à tes ordres dans aucune langue, ajouta la fille.

Ivan prit un air supérieur.

– Vraiment ?

Il tourna la main et la fille s'attrapa la poitrine en tombant à genoux.

Avant que je puisse réagir, le géant s'élança sur lui, un couteau à la main. Sans effort, Ivan fit un petit geste avec son autre main et les traits du géant se déformèrent. Il continuait pourtant à avancer.

– Laisse-les tranquilles, intervins-je, tirant en vain sur mes chaînes.

Je pouvais invoquer la lumière, malgré mes poignets ligotés, mais n'avais aucun moyen de la diriger.

Ivan m'ignora. Son poing se serra. Le géant se figea et sa lame tomba à terre. De la sueur coula sur son front à mesure qu'Ivan comprimait son cœur pour lui en arracher la vie.

– Ne franchissez pas les limites, *ye zho*, les avertit Ivan.

– Tu es en train de le tuer ! hurlai-je, paniquée.

Je bousculai Ivan d'un coup d'épaule pour essayer de le renverser.

À cet instant, un claquement tonitruant retentit.

Ivan se figea et son rictus satisfait disparut. Derrière lui se trouvait un grand garçon qui devait avoir mon âge environ, ou quelques années de plus : cheveux roux, nez cassé. Le renard trop rusé.

Il appuyait le canon de son pistolet sur la nuque d'Ivan.

– Je suis un hôte accueillant, petite brute. Mais toutes les maisons ont leurs règles.

Un hôte. Ce devait être Sturmhond. Il avait pourtant l'air trop jeune pour être capitaine.

Ivan baissa les mains.

Le géant inspira profondément. La fille se leva, une main toujours sur la poitrine. Ils respiraient tous les deux avec peine et leurs yeux brillaient de haine.

– Bon gars, lança Sturmhond en direction d'Ivan. Maintenant je vais ramener la prisonnière dans ses quartiers et tu pourras retourner faire… ce que tu fais quand tout le monde travaille.

– Je ne pense pas… gronda Ivan.

– Sérieusement. Tu as vraiment quelque chose à objecter ?

Le visage d'Ivan s'était empourpré de rage.

– Tu ne…

Sturmhond s'approcha, son apparence badine laissant la place à une expression plus tranchante que la lame d'une épée.

– Je me fiche de qui tu es sur la terre ferme, déclara Sturmhond, la légèreté totalement envolée de sa voix. Sur ce navire tu n'es qu'un poids en plus. À moins que je te jette pardessus bord pour nourrir les requins. J'aime les requins. Pas facile à cuire, mais ça apporte un peu de variété à nos menus. Rappelle-t'en la prochaine fois que tu auras le culot de menacer qui que ce soit sur ce bateau.

Il recula et retrouva ses manières civilisées.

– Bon vent, appât à requins. Retourne dans les jupes de ton maître.

– Je ne vais pas oublier ça, Sturmhond, siffla Ivan.

Le capitaine leva les yeux au ciel.

– C'est le but, bravo.

Ivan tourna les talons et partit, furieux.

Sturmhond rangea son arme dans son holster.

– Incroyable à quelle vitesse un bateau devient surpeuplé, vous ne trouvez pas ? commenta-t-il avec un sourire radieux.

Il donna au géant et à la fille une petite tape amicale.

– Bien joué, complimenta-t-il tout bas.

Ils suivaient encore Ivan de leurs yeux furibonds. La fille serrait les poings.

– Je ne veux pas d'histoires, avertit le capitaine. C'est compris ?

Ils échangèrent un regard et hochèrent la tête à contrecœur.

– Très bien. Retournez au travail, je la ramène dans la cale.

Nouveau hochement de tête. Et à ma grande surprise, ils nous quittèrent en me saluant d'une rapide révérence.

– Ils sont parents ? demandai-je, alors qu'ils s'éloignaient.

– Jumeaux. Tolya et Tamar.

– Et tu es Sturmhond.

– Les bons jours, répliqua-t-il.

Il portait un pantalon en cuir, des pistolets à la ceinture et une redingote bleu vif avec de gros boutons dorés et des manchettes énormes. Son accoutrement aurait été plus à sa place dans une salle de bal ou une scène d'opéra que sur le pont d'un navire.

– Qu'est-ce qu'un pirate fait sur un baleinier ?

– Un corsaire, corrigea-t-il. J'ai plusieurs bateaux. Le Darkling voulait un baleinier, alors je lui en ai procuré un.

– Tu veux dire que tu l'as volé ?

– Acquis, pour être exact.

– Tu es venu dans ma cabine.

– Beaucoup de femmes rêvent de moi, plaisanta-t-il en m'entraînant dans la cale.

– Je t'ai vu quand je me suis réveillée, insistai-je. J'ai besoin…

Il leva une main.

– Gaspille pas ta salive, mon cœur.

– Mais tu ne sais même pas ce que j'allais dire !

– Tu allais plaider ta cause, me demander mon aide. Tu ne peux pas me payer, mais ton cœur est pur, le blabla habituel.

Je plissai les yeux. C'était exactement ce que j'étais sur le point de faire.

– Mais…

– Perte de salive, perte de temps, perte d'un bel après-midi, affirma-t-il. Je n'aime pas voir les prisonniers maltraités, mais ça s'arrête là.

– Tu…

Il secoua la tête.

– Et tout le monde sait que je suis immunisé contre les récits larmoyants. Alors, à moins que tu ne veuilles me raconter une histoire de chien parlant, je ne veux rien entendre. C'est le cas ?

– Quel cas ?

– Tu veux me raconter une histoire de chien qui parle ?

– Non, répondis-je sèchement. Il s'agit de l'avenir d'un royaume et de tous ses habitants.

– Dommage, lâcha-t-il en me prenant par le bras pour me conduire vers la trappe de la poupe.

– Je pensais que tu travaillais pour Ravka ! protestai-je, en colère.

– Je travaille pour le plus offrant.

– Tu vendrais ton pays au Darkling pour un peu d'or ?

– Non, pour *beaucoup* d'or. Je t'assure, je ne suis pas bon marché, dit-il en me montrant la trappe. Après toi.

Avec l'aide de Sturmhond, je descendis dans ma cabine où deux gardes grishas m'attendaient pour m'y enfermer. Me gratifiant d'une petite courbette, le capitaine m'abandonna là sans un mot.

Je m'assis sur ma couche, la tête dans les mains. Sturmhond pouvait dire ce qu'il voulait, je savais qu'il était entré dans ma cabine, et sûrement pas sans raison. Ou peut-être que je me raccrochais à la plus infime lueur d'espoir.

Quand Genya m'apporta mon plateau pour le dîner, elle me trouva recroquevillée sur ma couchette face à la paroi.

– Tu devrais manger.

– Laisse-moi tranquille, rétorquai-je.

– Bouder donne des rides.

– Oui, et mentir donne des verrues, répliquai-je, amère.

Elle rit et posa le plateau. Elle avança jusqu'au hublot et examina son reflet dans la vitre.

– Je devrais peut-être me teindre en blonde, lança-t-elle. Le rouge des Caporalki jure méchamment avec mes cheveux.

Je jetai un regard par-dessus mon épaule.

– Tu sais très bien que tu pourrais te mettre de la boue sur la tête et tu serais encore la plus belle. Tous continents réunis.

– Pas faux, acquiesça Genya, flattée.

Je ne lui rendis pas son sourire. Elle laissa échapper un soupir et baissa les yeux.

– Tu m'as manqué, m'avoua-t-elle.

Je fus surprise de constater combien ces mots m'émouvaient. En dépit de tout, elle m'avait manqué, elle aussi. Et je me trouvais ridicule.

– As-tu seulement été mon amie ? demandai-je.

Elle s'assit au bord de ma couchette.

– Quelle différence ?

– Je voudrais savoir à quel point j'ai été idiote.

– J'ai aimé être ton amie, Alina. Mais je ne regrette pas ce que j'ai fait.

– Et ce qu'a fait le Darkling ? Tu ne le regrettes pas non plus ?

– Je sais que selon toi, c'est un monstre. Mais il essaie d'accomplir ce qu'il y a de mieux pour Ravka. Pour nous tous.

Je me redressai sur les coudes. J'avais compris les manigances du Darkling depuis si longtemps que j'avais facilement tendance à oublier que très peu de gens connaissaient sa vraie nature.

– Genya, il a créé le Fold.

– L'Hérétique noir…

– Il n'y a pas d'Hérétique noir, ripostai-je, révélant la vérité que m'avait confiée Baghra des mois plus tôt au Little Palace. Il a accusé son ancêtre de l'existence du Shadow Fold, mais c'est l'œuvre du Darkling. Il ne vit que pour le pouvoir.

– C'est impossible. Le Darkling a passé sa vie à essayer de libérer Ravka du Fold.

– Comment peux-tu affirmer cela après ce qu'il a fait à Novokribirsk ?

Le Darkling avait utilisé le pouvoir de la Non-Mer pour détruire toute une ville, une démonstration de force destinée à intimider ses ennemis et à installer son règne. Et j'y avais contribué.

– Je sais qu'il s'est produit… un incident.

– Un incident ? Il a tué des centaines de personnes, des milliers peut-être.

– Et les passagers du skiff, rétorqua-t-elle doucement.

J'inspirai profondément et me recouchai. Un long moment, j'étudiai les planches au-dessus de ma tête. Je ne voulais pas lui demander, mais je savais que je ne pourrais pas m'en empêcher. La question me taraudait depuis des semaines et des milles d'océan.

– Y a-t-il eu… d'autres survivants ?

– En plus d'Ivan et du Darkling ?

Je hochai la tête, attendant la réponse.

– Deux inferni qui les ont aidés à s'enfuir, expliqua-t-elle. Quelques soldats de la Première Armée sont revenus, et une Hurleuse prénommée Natalia aussi, mais elle est morte de ses blessures quelques jours plus tard.

Je fermai les yeux. Combien de passagers s'étaient trouvés à bord de ce skiff ? Trente ? Quarante ? Je fus prise de nausée. J'entendais les cris de panique, les rugissements des volcras. Je sentais la poudre et le sang. J'avais sacrifié ces gens pour sauver Mal, pour ma liberté, et finalement ils étaient morts pour rien.

Nous étions revenus dans les griffes du Darkling et il était plus puissant que jamais.

Genya posa sa main sur la mienne.

– Tu as fait ce qu'il fallait, Alina.

J'éclatai d'un rire macabre et je retirai ma main d'un geste brusque.

– C'est ce que le Darkling te raconte, Genya ? C'est plus facile pour toi de croire ça ?

– Pas vraiment, non.

Elle baissa les yeux, jouant avec les plis de son *kefta*.

– Il m'a libérée, Alina. Qu'est-ce que je devrais faire ? Revenir au palais ? Retourner auprès du roi ?

Elle secoua la tête, sévère.

– Non. J'ai fait mes choix.

– Et les autres Grishas ? demandai-je. Ils n'ont sûrement pas tous pris le parti du Darkling. Combien sont restés à Ravka ?

Genya se raidit.

– Je ne pense pas que je sois autorisée à t'en parler.

– Genya...

– Mange, Alina. Essaie de te reposer. Nous serons bientôt entourés de glace.

La glace. Alors on ne retournait pas à Ravka, on voyageait vers le nord...

Elle se leva et épousseta son *kefta*. Elle plaisantait peut-être sur sa couleur, mais je savais combien il comptait pour elle. Il prouvait qu'elle était vraiment une Grisha, protégée, privilégiée. Non plus une servante. Je me souvins de la mystérieuse maladie qui avait affaibli le roi juste avant le coup d'État du Darkling. Genya avait été l'une des rares Grishas en relation avec la famille royale. Cet événement lui avait permis de porter du rouge.

– Genya... l'appelai-je alors qu'elle allait ouvrir la porte. Une dernière question.

Elle s'arrêta, la main sur le loquet.

Cela semblait si insignifiant, si bête d'en parler après tout ce temps. Mais j'y réfléchissais déjà depuis un moment.

– Les lettres que j'ai écrites à Mal au Little Palace. Il m'a dit ne jamais les avoir reçues.

Elle ne se tourna pas, mais je vis ses épaules s'affaisser.

– Elles n'ont jamais été envoyées, murmura-t-elle. Le Darkling disait que tu devais laisser ta vie d'avant derrière toi.

Elle ferma la porte et j'entendis le cliquetis du verrou.

Toutes ces heures à discuter et à rire avec Genya, à boire du thé et à essayer des robes. Elle m'avait menti tout ce temps. Le pire était que le Darkling avait eu raison depuis le début. Si je m'étais accrochée à Mal et au souvenir de mon amour pour lui, je n'aurais peut-être jamais appris à maîtriser mon pouvoir. Mais Genya l'ignorait. Elle avait juste suivi les ordres et elle m'avait brisé le cœur. Quelle relation avions-nous ? Pas de l'amitié, en tout cas.

Je me tournai sur le côté, me laissant bercer par le paisible roulis du navire. Était-ce ce qu'on ressentait quand on s'endormait dans les bras affectueux de sa mère ? Comment l'aurais-je su ? Ana Kuya fredonnait tout bas en éteignant les lumières et en fermant les dortoirs de Keramzin pour la nuit. Pour nous, c'est ce qui avait été le plus proche d'une berceuse.

Quelque part au-dessus de moi, j'entendis un marin hurler dans le vent. Les cloches annoncèrent le changement d'équipe. *Nous sommes en vie*, me rappelai-je. *Nous lui avons déjà échappé par le passé. Nous pouvons le refaire.* Mais cela ne suffit pas et je finis par verser les larmes que je retenais. Sturmhond était un vendu. Genya avait choisi le Darkling. Mal et moi étions seuls, comme toujours, sans amis, sans alliés, entourés d'une mer impitoyable. Cette fois, même si nous nous sauvions, nous n'avions nulle part où aller.

3

Moins d'une semaine plus tard, je repérai les premiers icebergs. Nous étions bien engagés dans le Nord, là où la mer s'obscurcit et où la glace surgit des profondeurs avec ses flèches périlleuses. Même si nous étions au début de l'été, le vent nous mordait la peau. Pendant la nuit, les cordages gelaient.

Je passai des heures à arpenter ma cabine et à observer l'étendue d'eau infinie. Chaque matin, on m'emmenait sur le pont pour que je me dégourdisse les jambes et que je voie Mal de loin. Le Darkling scrutait toujours l'horizon derrière le bastingage avec un objectif certain. Sturmhond et son équipage gardaient leurs distances.

Le septième jour, nous passâmes entre deux îles en ardoise que je reconnus du temps où j'étais cartographe : Jelka et Vilki, la Fourchette et le Couteau. Nous voguions sur la route de l'Os, la longue bande d'eau noire dans laquelle d'innombrables navires avaient fait naufrage sur les îles qui apparaissaient et disparaissaient dans le brouillard. Sur les cartes, elle était indiquée par des crânes de marins, des monstres à la gueule béante, des sirènes aux cheveux de glace et les yeux noirs des phoques. Seuls les chasseurs fjerdans les plus expérimentés s'aventuraient dans cette zone, à la recherche de peaux et de fourrures, bravant la mort par appât du gain. Quel gain venions-nous empocher ?

Sturmhond ordonna qu'on règle les voiles et nous ralentîmes en pénétrant dans la brume. Le silence trahissait le malaise de l'équipage. J'étudiai les chaloupes du baleinier, les harpons forgés dans l'acier des Grishas. Il n'était en réalité pas difficile d'imaginer ce qu'ils convoitaient. Le Darkling recherchait un nouvel amplificateur. J'observai les rangs des Grishas, me demandant qui serait choisi pour recevoir un autre des « cadeaux » du Darkling. Mais une terrible intuition m'habitait.

C'est de la folie, songeai-je. *Il n'oserait pas le tenter.* Cette pensée ne m'apporta aucun réconfort. Il osait toujours.

Le lendemain, le Darkling me fit appeler.

– Pourquoi ? demandai-je alors qu'Ivan me laissait à tribord.

Le Darkling continua à observer les vagues. J'étais tentée de le pousser par-dessus bord. Il avait plus de cent ans, mais savait-il seulement nager ?

– Dites-moi que vous n'envisagez pas de faire ce que j'ai en tête. Dites-moi que l'amplificateur est pour une autre imbécile naïve, cette fois.

– Une jeune fille moins têtue ? Moins égoïste ? Moins avide de vivre l'existence d'une souris ? Croyez-moi, j'aurais aimé.

La nausée me reprit.

– Une Grisha ne peut avoir qu'un seul amplificateur. Vous me l'avez dit vous-même.

– Les amplificateurs de Morozova sont différents.

– Il en existe un autre pareil au cerf ? demandai-je en ouvrant de grands yeux.

– Oui, et ils sont faits pour être utilisés ensemble, Alina. Ils sont uniques, tout comme nous.

Je repensai aux livres que j'avais lus sur la théorie des Grishas. Tous disaient la même chose : le pouvoir des Grishas devait rester limité, sous contrôle.

– Non, je n'en veux pas, affirmai-je. Je veux…

– Vous *voulez* ? répéta le Darkling, moqueur. Moi je veux voir le traqueur mourir lentement en lui enfonçant mon couteau dans le cœur. Je veux voir la mer vous engloutir tous les deux. Mais nos destins sont étroitement liés, Alina, et nous n'y pouvons rien.

– Vous êtes fou.

– Je sais que ça vous fait plaisir de le croire, mais les amplificateurs doivent être réunis. Si nous voulons une chance de contrôler le Fold...

– Vous ne pouvez pas *contrôler* le Fold. Il faut le détruire !

– Doucement, Alina, lâcha-t-il avec un sourire mauvais. La même pensée m'a traversé l'esprit à votre sujet.

Il fit un signe vers Ivan qui patientait un peu plus loin pour respecter notre intimité.

– Va me chercher le garçon.

Mon cœur fit un bond dans ma poitrine.

– Attendez ! m'écriai-je. Vous m'avez promis que vous ne lui feriez rien.

Il ne fit aucun cas de mes paroles. Apeurée, je regardai autour de moi. Comme si quelqu'un sur ce maudit navire allait me venir en aide. Sturmhond tenait la barre en nous regardant, une expression impassible sur le visage.

Je tirai sur la manche du Darkling.

– Nous avions passé un marché. Je l'ai respecté. Vous aviez dit...

Le Darkling posa sur moi des yeux glaçants et je ne pus continuer.

Un instant plus tard, Ivan apparut avec Mal qu'il poussait vers le bastingage. Debout devant nous, les mains liées, il plissa les yeux, aveuglé par la lumière du jour. Cela faisait des semaines que nous n'avions plus été aussi proches. Même s'il avait l'air fatigué et pâle, il ne semblait pas blessé. Je lus la question dans ses yeux méfiants, mais je n'avais pas la réponse.

– Très bien, traqueur, lança le Darkling. Traque.

Mal regarda tour à tour le Darkling et moi.

– Traquer quoi ? Nous sommes au milieu de l'océan.

– Alina m'a dit que tu pouvais voir des lapins là où les autres ne voient que des rochers. J'ai interrogé l'équipage du *Verrhader* moi-même et ils m'ont tous dit que tu étais tout aussi doué en mer. Ils pensent que tu rendrais n'importe quel capitaine très riche.

– Vous voulez que je chasse les baleines ? demanda Mal, perplexe.

– Non, répondit le Darkling. Je veux que vous chassiez le Flagelleur des mers.

Nous restâmes sans voix. Je faillis éclater de rire.

– Vous parlez d'un dragon ? demanda Mal, stupéfait.

– Le dragon de glace, confirma le Darkling. Rusalye.

Rusalye. Selon la légende, le Flagelleur des mers était un prince maudit, forcé de prendre la forme d'un serpent de mer et de garder les eaux glacées de la route de l'Os. C'était donc ça le deuxième amplificateur de Morozova ?

– C'est un conte de fées, répliqua Mal, exprimant tout haut ce que je pensais. Une histoire pour les enfants ! Il n'existe pas !

– Cela fait des années que la créature est régulièrement aperçue dans ces eaux.

– Entourée de sirènes et de selkies blancs... c'est un mythe.

– Comme le cerf ? demanda le Darkling en levant les sourcils.

Mal me jeta un coup d'œil. Je fis non de la tête le plus discrètement possible. Nous n'aiderions pas le Darkling dans ses agissements mystérieux.

Mal se tourna vers les vagues.

– Je ne saurais même pas par où commencer...

– J'espère de tout cœur pour elle que ce n'est pas vrai, affirma le Darkling en tirant un couteau des plis de son *kefta*. Parce que chaque jour où nous ne trouverons pas le dragon de glace, je lui découperai une couche de peau. Lentement. Ensuite Ivan la guérira et le lendemain, je recommencerai.

Je sentis le sang quitter mon visage.

– Vous ne la toucherez pas ! menaça Mal, mais je perçus la peur dans sa voix.

– Je n'ai aucune envie de lui faire du mal, mais je veux que tu m'obéisses.

– Cela m'a pris des mois pour trouver le cerf, affirma Mal, désemparé. Et je ne sais toujours pas comment nous avons réussi.

Sturmhond fit un pas vers nous. J'étais tellement concentrée sur Mal et le Darkling que j'avais presque oublié sa présence.

– Je n'accepterai pas qu'on torture une fille sur mon navire, intervint-il.

Le Darkling posa son regard sévère sur le corsaire.

– Tu travailles pour moi, Sturmhond. Tu fais ce que tu as à faire ou tu peux d'ores et déjà oublier ta paye.

Un murmure de colère traversa le navire. L'équipage de Sturmhond observait le Grisha, choqué par l'affront. Genya cachait sa bouche avec une main, mais ne dit pas un mot.

– Laissez du temps au traqueur, exigea Sturmhond calmement. Une semaine. Quelques jours au moins.

Le Darkling glissa les doigts le long de mon bras, relevant ma manche pour dénuder ma peau blanche.

– Je commence par le bras ?

Il laissa tomber la manche et frôla ma joue de ses doigts.

– Ou le visage ?

Il fit un signe à Ivan.

– Tiens-la.

Ivan m'attrapa l'arrière de la tête. Le Darkling leva son couteau. Du coin de l'œil, je le vis scintiller. Je tentai de me libérer, mais Ivan me clouait sur place. La lame caressa ma joue. Je retins ma respiration, terrorisée.

– Arrêtez ! hurla Mal.

Le Darkling attendit.

– Je... vais y arriver.

– Mal, non, suppliai-je avec un courage que je n'avais plus.

Mal déglutit et continua.

– Il faut chercher vers le sud-ouest. D'où on vient.

Je ne bougeai pas. Avait-il vu quelque chose ? Ou essayait-il simplement d'éviter que le Darkling me lacère ?

Le Darkling pencha la tête et examina Mal.

– Je pense que tu ne t'aviserais pas de jouer avec moi, traqueur.

Mal hocha nettement la tête.

– Je peux le trouver. Je vais réussir. Donnez-moi juste... un peu de temps.

Le Darkling rangea le couteau dans son fourreau. Je soufflai doucement et tentai de réprimer un frisson.

– Tu as une semaine, conclut-il en disparaissant dans la trappe. Amène-la-moi, ordonna-t-il à Ivan.

– Mal... commençai-je, mais Ivan m'attrapa le bras.

Mal souleva ses mains ligotées pour me toucher. Ses doigts effleurèrent les miens brièvement, mais Ivan m'entraînait déjà plus loin.

Mon esprit tournait à cent à l'heure quand nous descendîmes dans les entrailles du navire. Je suivais Ivan péniblement, essayant d'y voir plus clair. Le Darkling avait promis qu'il ne toucherait pas à Mal tant qu'il aurait besoin de lui. J'avais cru qu'il avait l'intention de se servir de lui pour me faire du chantage et que je lui obéisse, mais je m'étais trompée. C'était plutôt le contraire.

Mal pensait-il vraiment être capable de trouver le Flagelleur des mers ou essayait-il simplement de gagner du temps ? Je n'étais pas sûre de savoir ce que je préférais. Je n'adorais pas l'idée de me faire torturer, mais que se passerait-il si nous trouvions pas notre proie ? Que signifierait un deuxième amplificateur pour moi ?

Ivan me fit entrer dans une cabine spacieuse, sûrement les quartiers du capitaine. Sturmhond avait dû être relégué avec son équipage. Un lit occupait le coin de la pièce, et la poupe très incurvée accueillait une large baie vitrée aux carreaux épais. Ils filtraient une douce lumière qui inondait un bureau derrière lequel le Darkling était assis.

Ivan prit congé avec une révérence et referma la porte derrière lui.

– Il est toujours impatient de s'éloigner de vous, dis-je en m'attardant dans l'entrée. Il a peur de ce que vous êtes devenu. Comme tous les autres.

– Je vous fais peur aussi, Alina ?

– C'est ce que vous voudriez, n'est-ce pas ?

– La peur est une puissante alliée, répondit-il en haussant les épaules. Loyale.

Il me dévisageait de ce regard froid et calculateur qui me mettait si mal à l'aise. Il semblait lire en moi comme dans un livre ouvert, ses doigts balayant le texte et glanant des informations cachées que je n'imaginais même pas. Je m'efforçai de ne pas bouger, mais le métal sur mes poignets m'irritait la peau.

– J'aimerais vous libérer, lança-t-il sur un ton posé.

– Me libérer, me lacérer. Les options ne manquent pas.

Je sentais encore la lame de son couteau sur ma joue.

Il poussa un soupir.

– C'était une simple menace, Alina. Qui a parfaitement atteint son but.

– Vous ne m'auriez pas tailladée ?

– Je n'ai pas dit ça.

Il parlait d'une voix agréable et claire, comme toujours. Il aurait pu de la même façon me promettre de me lapider ou commander son dîner.

Dans la lumière tamisée, je distinguais à peine les contours fins de ses cicatrices. Il fallait que je reste silencieuse, que je le force à parler en premier, j'en étais consciente, mais ma curiosité prit le pas.

– Comment avez-vous survécu ?

Il passa une main sur sa puissante mâchoire.

– Apparemment les volcras n'ont pas apprécié le goût de ma chair, lâcha-t-il d'un ton détaché. Vous n'avez jamais remarqué qu'ils ne se mangent pas les uns les autres ?

Je frémis. Ils étaient sa création, tout comme la chose qui avait planté ses crocs dans mon épaule. La douleur me lancinait encore.

– Qui se ressemble s'assemble, commentai-je.

– Ce n'est pas une expérience que je voudrais revivre. J'ai eu bien assez de l'indulgence des volcras. Et de la vôtre.

Je traversai la pièce pour me planter devant le bureau.

– Alors pourquoi me donner un deuxième amplificateur ? demandai-je, cherchant désespérément une raison à cette folie. Au cas où vous l'auriez oublié, j'ai essayé de vous tuer.

– Et vous avez échoué.

– Merci de me donner une deuxième chance, ironisai-je. Pourquoi me rendre plus forte ?

Il haussa de nouveau les épaules.

– Sans les amplificateurs de Morozova, Ravka est perdu. Vous devez les posséder, tout comme je dois régner. Il n'existe pas d'autre possibilité.

– Et ça vous arrange bien.

Il se pencha et croisa les bras.

– Le moins qu'on puisse dire, Alina, c'est que vous n'avez jamais été très arrangeante avec moi.

– Vous ne pouvez pas combiner les amplificateurs. Tous les livres l'expliquent…

– Pas *tous* les livres.

Je voulais hurler de frustration.

– Baghra m'avait prévenue. Elle m'a dit que vous étiez arrogant, aveuglé par l'ambition.

– Vraiment ? demanda-t-il, glaçant. Et quelles autres trahisons a-t-elle murmurées à votre oreille ?

– Qu'elle vous aimait, répondis-je, furieuse. Elle croyait encore que vous pouviez vous repentir.

Il tourna la tête, mais j'eus le temps d'apercevoir la douleur sur son visage. Qu'est-ce qu'il lui avait fait ? Et qu'est-ce que cela lui avait coûté ?

– La rédemption, murmura-t-il. Le salut, la pénitence. Les idées grotesques de ma mère. J'aurais peut-être dû faire plus attention.

Il sortit de son bureau un volume rouge et mince. Quand il le souleva, la lumière se refléta sur le titre écrit en lettres d'or : *Istorii Sankt'ya*.

– Savez-vous de quoi il s'agit ?

Je fronçai les sourcils. *La Vie des Saints*. Un vague souvenir me revint en mémoire. L'Apparat m'en avait donné un exemplaire, des mois plus tôt au Little Palace. Je l'avais rangé dans un tiroir de ma table de chevet et n'y avais plus jamais repensé.

– C'est un livre pour enfants, dis-je.

– L'avez-vous lu ?

– Non, admis-je, regrettant soudain de ne pas avoir fait l'effort.

Le Darkling m'examinait trop intensément. Que pouvait-il trouver de si important dans un vieux recueil de dessins religieux ?

– De la superstition, déclara-t-il en baissant les yeux sur la couverture. De la propagande pour paysans. En tout cas, c'est ce que je pensais. Morozova était un homme étrange. Un peu comme vous, attiré par la banalité et la faiblesse.

– Mal n'est pas faible.

– Il est doué, je vous l'accorde, mais ce n'est pas un Grisha. Il ne sera jamais votre égal.

– Il est mon égal et plus encore.

Le Darkling secoua la tête. Si je ne le connaissais pas, j'aurais pu prendre son expression pour de la pitié.

– Vous pensez avoir trouvé avec lui une famille. Un avenir. Mais vous deviendrez puissante, et lui, il vieillira. Il vivra sa courte vie d'*otkazat'sya*, et vous le regarderez mourir.

– Taisez-vous !

Il sourit.

– Allez-y, énervez-vous. Montrez votre vraie nature. Pendant ce temps, notre pays souffre.

– À cause de vous !

– Parce que j'ai mis mes espoirs dans une fille qui est incapable d'assumer son potentiel.

Il se leva et contourna le bureau. Malgré ma colère, je reculai d'un pas et me cognai à la chaise derrière moi.

– Je sais ce que vous ressentez quand vous êtes avec le traqueur.

– J'en doute.

Il agita la main d'un geste dédaigneux.

– Je ne parle pas de l'absurde désir qu'il faudra que vous appreniez à dépasser. Je connais la vérité de votre cœur. La solitude. La prise de conscience croissante de votre propre différence.

Il se pencha vers moi.

– La douleur que cela engendre.

Je tentai de camoufler le choc que provoquait en moi la pertinence de ces paroles.

– Vous dites n'importe quoi, lâchai-je, mais même à mes oreilles ces mots sonnaient faux.

– Cela ne se dissipera jamais, Alina. Cela ne fera qu'empirer, malgré les écharpes que vous portez pour vous cacher ou les mensonges dont vous vous convainquez. Vous pouvez courir aussi loin et aussi vite que vous le voulez.

Je voulus m'écarter, mais il me prit le menton pour me forcer à le regarder dans les yeux. Il était si près de moi que je sentais son souffle sur mon visage.

– Il n'existe personne d'autre comme nous, Alina, murmura-t-il. Et il n'en existera jamais plus après nous.

Je me dégageai, renversant la chaise et manquant de peu de perdre l'équilibre. Je tambourinai sur la porte avec mes poings liés et j'appelai Ivan. Il n'intervint que lorsque l'ordre fut donné par le Darkling.

Dans un brouillard, je sentis la main d'Ivan dans mon dos, la puanteur du couloir, la présence d'un marin qui nous laissait passer, et le silence de ma cabine, la porte qui se referme derrière moi, la couchette, le tissu rêche sur ma joue quand j'enfouis mon visage dans les couvertures en tremblant pour chasser les mots du Darkling de ma tête. La mort de Mal. La longue vie devant moi. La douleur de la différence qui ne s'apaiserait jamais. Toutes ces peurs s'enfonçaient en moi, telle une griffe féroce profondément plantée dans mon cœur.

Il mentait comme personne, je le savais. Il pouvait simuler une émotion, jouer un sentiment humain. Mais comment nier ce que j'avais ressenti à Novyi Zem ou la vérité que m'avait exposée le Darkling : ma propre tristesse, ma nostalgie qui se reflétaient dans ses lugubres yeux gris ?

L'humeur à bord avait changé. L'équipage était agité et constamment sur ses gardes, l'offense faite à leur capitaine encore fraîche dans leur esprit. Les Grishas marmonnaient entre eux, leurs nerfs à vif par la lenteur de notre progression à travers la route de l'Os.

Chaque jour, le Darkling me faisait monter sur le pont pour que je reste avec lui sur la proue. Mal était maintenu sous étroite surveillance de l'autre côté du navire. De temps en temps, je l'entendais crier des indications à Sturmhond ou le voyais montrer ce qui ressemblait à de larges cicatrices sur la surface de la banquise.

Je scrutais les sillons grossiers. Il pouvait s'agir d'empreintes de griffes. Mais peut-être que ce n'était rien du tout. Cependant, je me souvenais de ce dont Mal avait été capable à Tsibeya. Quand nous chassions le cerf, il m'avait montré des branches cassées, de l'herbe piétinée, des signes évidents une fois qu'il me mettait le nez dessus, mais que je n'avais même pas vus auparavant. Les membres de l'équipage semblaient sceptiques. Les Grishas, eux, ne cachaient pas leur mépris.

À la tombée du jour, le Darkling m'entraînait à travers le pont, sous les yeux de Mal, pour me redescendre dans ma cabine. Nous n'avions pas le droit de nous parler. J'essayais de croiser son regard pour qu'il voie que j'allais bien, mais je sentais sa colère et sa frustration grandir, et je ne pouvais rien faire pour le rassurer.

Une fois, alors que je trébuchai avant d'entrer dans la trappe, le Darkling me rattrapa et me serra contre lui. Il aurait pu me lâcher immédiatement, mais il s'attarda dans cette position, sa main calée en bas de mon dos.

Mal bondit en avant, mais les gardes grishas le retinrent fermement.

– Plus que trois jours, traqueur.

– Laissez-la tranquille, gronda Mal.

– J'ai respecté ma partie du contrat. Elle n'est pas blessée. Mais peut-être que ce n'est pas ce que tu crains…

Mal était si tendu qu'il semblait sur le point de se briser, le visage blême, la bouche pincée en une fine ligne droite, les muscles de ses bras menottés bandés à l'extrême. Le voir ainsi m'était insupportable.

– Je vais bien, dis-je tout bas au risque d'être punie par la lame du Darkling. Il ne peut pas me faire de mal.

C'était un mensonge, mais cela me soulagea de le prononcer. Le Darkling nous regarda tour à tour et je perçus la sombre fissure intérieure qui le déchirait.

– Ne t'en fais pas, traqueur. Tu sauras tout de suite quand notre marché prendra fin.

Il me poussa vers la cale, mais pas avant de prendre congé de Mal :

– Je m'assurerai que tu l'entendes hurler.

La semaine arrivait à sa fin, et le sixième jour, Genya me réveilla tôt. Alors que je sortais des brumes, je remarquai que le jour s'était à peine levé. La peur m'envahit. Peut-être que le Darkling avait décidé de mettre fin à mon sursis et d'exécuter ses menaces.

Mais Genya rayonnait.

– Il a trouvé quelque chose ! s'exclama-t-elle, si excitée qu'elle en dansait presque en m'aidant à me lever. Le traqueur dit qu'on n'est plus très loin !

– Il s'appelle Mal, grommelai-je en la repoussant.

Je ne fis aucun cas de son regard blessé.

Est-ce possible ? me demandai-je alors que Genya me conduisait sur le pont. *Ou veut-il seulement gagner du temps ?*

Nous voguions dans la lumière naissante du jour. Le pont grouillait de Grishas qui inspectaient les eaux, tandis que les hurleurs dirigeaient les vents et que l'équipage de Sturmhond ajustait les voiles.

Le brouillard était plus dense que la veille. Il couvrait la mer d'une couche compacte et s'enveloppait autour de la coque.

Le silence n'était brisé que par les instructions de Mal et les ordres de Sturmhond.

Quand nous entrâmes dans une large étendue d'eau ouverte, Mal se tourna vers le Darkling.

– Je crois qu'on est tout près.

– Vous *croyez* ?

Mal le gratifia d'un rapide hochement de tête.

Le Darkling plissa les yeux. Si Mal bluffait, il se fatiguait pour rien et le prix à payer n'en serait que plus lourd.

Après ce qui sembla être une éternité, le Darkling fit un signe vers Sturmhond.

– Baissez les voiles, commanda le corsaire.

Les matelots lui obéirent aussitôt.

Ivan donna une tape sur l'épaule du Darkling pour lui indiquer l'horizon vers le sud.

– Un navire, *moy soverenyi*.

Je me concentrai sur la petite tache au loin.

– Quelle couleur affiche-t-il ? demanda Darkling à Sturmhond.

– Ce ne sont sûrement que des pêcheurs. Mais nous le gardons en ligne de mire.

Un des marins grimpa sur le mât principal avec une longue-vue.

Les chaloupes étaient prêtes et, en quelques minutes, elles furent descendues à tribord, remplies des hommes de Sturmhond et de leurs harpons. Les Grishas du Darkling se rassemblèrent le long du bastingage pour suivre l'avancée des bateaux. La brume semblait amplifier les frappes régulières des rames dans les vagues.

Je fis un pas vers Mal. L'attention de tous était rivée sur les chaloupes. Seule Genya me regardait, moi. Elle hésita et finit par rejoindre les autres derrière le bastingage.

Mal et moi étions si proches que nos épaules se touchaient.

– Dis-moi que tu vas bien, murmura-t-il d'une voix rauque.

Je hochai la tête, déglutissant avec peine.

– Je vais bien, dis-je tout bas. Il est là ?

– Je ne sais pas. Peut-être. Parfois quand nous traquions le cerf, je pensais qu'on y était presque et… Alina, si je me trompe…

Je me tournai alors, ne me souciant guère de qui était à côté et de quelle punition je risquais. Le brouillard s'épaississait et montait désormais jusqu'au pont. Profitant de notre proximité, je dévisageai Mal, me délectant du moindre détail : le bleu vif de ses iris, la courbe de ses lèvres, la cicatrice sur toute la longueur de sa mâchoire. Derrière lui, j'aperçus Tamar qui montait sur le gréement, une lanterne à la main.

– Rien de tout cela n'est ta faute, Mal. Rien.

Il baissa la tête, posant son front sur le mien.

– Je ne le laisserai pas te torturer.

Nous savions tous les deux qu'il n'y pourrait rien, mais la vérité faisait trop mal.

– Je sais.

– Tu dis ça pour me faire plaisir, lâcha-t-il avec un petit sourire en coin.

– Tu as besoin d'être rassuré.

Il déposa un long baiser sur le dessus de ma tête.

– On trouvera un moyen de s'en sortir, Alina. On trouve toujours.

J'appuyai mes mains menottées sur son buste et fermai les yeux. Nous étions seuls sur une mer de glace, prisonniers d'un homme qui avait le pouvoir de créer des monstres et pourtant j'arrivais à le croire. Je me collai contre lui et pour la première fois depuis des jours, l'espoir revint.

– Deux points à tribord ! hurla une voix.

Nous pivotâmes brusquement et je me figeai. Quelque chose avançait dans la brume. Une forme blanche ondulait en miroitant.

– Par tous les Saints ! lâcha Mal.

À cet instant, le dos de la créature surgit des vagues, son corps fendant l'eau en un arc sinueux, une lumière multicolore se réfléchissant sur ses écailles iridescentes.

Rusalye.

4

Rusalye était une légende, un conte de fées, une créature imaginaire qui vivait à la bordure des cartes. Il fallait pourtant se rendre à l'évidence : le dragon de glace était bien réel et Mal l'avait trouvé, tout comme il avait trouvé le cerf. Un mauvais pressentiment nous accabla, nous allions trop vite vers un objectif que nous ne comprenions pas.

Un cri provenant des chaloupes attira mon attention. Debout dans le bateau le plus proche du Flagelleur, un homme visait la bête, son harpon à la main. Mais la queue blanche du dragon trancha la mer, fendit les vagues et s'abattit avec fracas, provoquant un violent remous sur la coque de la chaloupe. L'homme retomba lourdement dans le bateau qui remua dangereusement pour se redresser au dernier moment.

Très bien, songeai-je. *Combattez-le.*

L'autre bateau lâcha ses harpons. Le premier atterrit dans les vagues. Le deuxième se planta dans le dos de la créature, qui rua, sa queue frappant l'eau dans tous les sens. Puis tel un serpent, elle se redressa hors de l'eau. Pendant un moment, le monstre resta suspendu dans les airs, révélant ses nageoires translucides pareilles à des ailes, ses écailles étincelantes et ses yeux furibonds. Des gouttes perlaient sur sa crinière et son immense mâchoire s'ouvrit sur une langue rose et plusieurs rangées de crocs. Il retomba sur le bateau en dessous de lui, dans un puissant fracas de bois. La petite embarcation se brisa en deux et les hommes se jetèrent à l'eau. La mâchoire du dragon se referma sur les jambes d'un marin et il disparut en hurlant sous les flots. Les autres nagèrent dans l'eau imbibée de sang avec l'énergie du désespoir et furent hissés dans l'autre chaloupe.

Je jetai un regard vers le gréement du baleinier. Le brouillard enveloppait les sommets des mâts mais je parvins à distinguer la lanterne de Tamar qui brûlait sans faiblir.

Un harpon trouva sa cible et Rusalye entonna une mélodie plus enivrante que tout ce que j'avais jamais entendu, une voix sublime pour une chanson sans paroles. *Non*, me dis-je, *pas une chanson.* Le dragon hurlait de douleur, se tordant et roulant sur les vagues tandis que la chaloupe s'en rapprochait. Il se débattait pour déloger les crochets des harpons. *Bats-toi*, le suppliai-je tout bas. *Lorsqu'il t'aura capturé, plus jamais il ne te relâchera.*

Mais je voyais déjà le dragon ralentir, ses mouvements devenaient apathiques à mesure que sa plainte lugubre faiblissait.

Une partie de moi voulait que le Darkling mette fin à ses souffrances. Pourquoi ne l'achevait-il pas ? Pourquoi n'utilisait-il pas la Coupe sur la créature pour le lier à moi comme il l'avait fait avec le cerf ?

– Filets ! hurla Sturmhond.

Mais le brouillard était si dense que je n'aurais su dire d'où venait sa voix. J'entendis une série de frappes à tribord.

– Soufflez la brume ! ordonna le Darkling. Nous les perdons !

Les Grishas s'échangèrent des consignes et je sentis le tourbillon causé par les hurleurs soulever les pans de mon manteau.

La brume se dissipa et je restai stupéfaite. Le Darkling et ses Grishas focalisaient leur attention à tribord sur la chaloupe qui semblait désormais s'éloigner du baleinier. Simultanément à bâbord, une autre embarcation apparaissait, sortie de nulle part, une goélette élancée avec des mâts reluisants et des couleurs hissées : un chien rouge dans un champ bleu canard, et en dessous, en bleu et or, l'aigle à deux têtes des Ravkans.

J'entendis une nouvelle série de coups et vis des crochets en acier qui se cramponnaient au bastingage. *Des grappins.*

Soudain tout alla très vite. Un hurlement retentit, pareil à la plainte d'un loup à la lune. Des hommes accoururent sur le pont du baleinier, leurs pistolets prêts à tirer, leurs sabres à la main. Ils poussaient des cris comme une meute de chiens sauvages. Je vis le Darkling se tourner, la confusion et la rage s'affichant sur son visage.

– Qu'est-ce qui se passe ? demanda Mal, en se plaçant devant moi tandis que nous allions nous protéger derrière le mât d'artimon.

– Je ne sais pas, répondis-je. Quelque chose de très bien, ou de vraiment terrible.

Nous restâmes dos à dos, mes mains toujours enchaînées, les siennes ligotées, incapables de nous défendre tandis que sur le pont le combat faisait rage. Des déflagrations retentissaient. L'atmosphère s'anima du feu des inferni.

– À moi ! cria Sturmhond avant de plonger dans l'action, armé d'un sabre.

Aboyant, sifflant, criant, des hommes déferlaient sur les Grishas du Darkling de toutes parts, pas seulement depuis le bastingage de la goélette mais depuis les gréements du baleinier aussi. Les hommes de Sturmhond ! Le corsaire trahissait le Darkling.

Il avait perdu la raison, le pauvre. Bien sûr les Grishas n'étaient pas aussi nombreux, mais cela n'avait aucune importance dans un combat contre le Darkling.

– Regarde ! lança Mal.

Sur la mer, les hommes dans la dernière chaloupe gardaient le dragon dans leur sillage. Ils avaient levé une voile et un vent fort les poussait, non pas vers le baleinier, mais vers la goélette. La brise puissante semblait venir de nulle part. Je regardai de plus près. Un membre de l'équipage se tenait debout dans la chaloupe, les bras levés. Manifestement, Sturmhond avait engagé un hurleur.

Soudain, un bras s'enroula autour de ma taille et me souleva du pont. Le monde se retourna et je hurlai en atterrissant sur une immense épaule.

Je levai la tête, me débattant pour échapper au bras qui me retenait d'une poigne d'acier. Je vis alors Tamar se ruer sur Mal, un couteau à la main.

– Non ! m'écriai-je. Mal !

Il se protégea le visage de ses deux mains, mais elle ne fit que trancher ses liens.

– Vite ! cria-t-elle en lui tendant le couteau et en dégainant une épée.

Tolya m'agrippa plus fort encore alors qu'il s'élançait sur le pont. Tamar et Mal nous suivaient de près.

– Qu'est-ce que vous faites ? demandai-je, ma tête rebondissant sur le dos du géant.

– Cours ! répliqua Tamar, éventrant un Caporalki qui se trouvait sur sa route.

– Je ne peux pas ! Ton imbécile de frère me porte comme un jambon !

– Tu veux qu'on te sauve ou pas ?

Je n'eus pas le temps de répondre.

– Accroche-toi, lança Tolya, on passe par-dessus bord !

Je fermai les yeux, me préparant à plonger dans l'eau glaciale. Mais Tolya fit à peine quelques pas de plus avant de rugir et de tomber à genoux. Il me lâcha. Je roulai sur le pont. Quand je levai les yeux, je vis Ivan et un inferni en robe bleue au-dessus de moi.

La main d'Ivan était tendue. Il écrasait le cœur de Tolya et cette fois Sturmhond n'était pas là pour l'arrêter.

L'inferni avança vers Tamar et Mal, un silex dans la main, ses bras dessinant déjà des arcs de feu. *Terminé avant même de commencer,* me dis-je, désespérée. Mais l'instant d'après, l'inferni s'arrêta, stupéfait. Ses flammes s'étaient éteintes dans l'air.

– Qu'est-ce que tu attends ? lança Ivan.

La seule réponse de l'inferni fut un râle. Ses yeux semblaient sortir de leurs orbites. Il s'attrapa la gorge à deux mains.

Tamar tenait son épée dans sa main droite, mais son poing gauche était serré.

– Joli tour, commenta-t-elle, en pulvérisant dans sa main le silex de l'inferni paralysé. J'en connais un beau, moi aussi.

Elle brandit sa lame et l'inferni se retrouva impuissant, suffocant. Elle lui transperça l'abdomen d'un coup sec.

Le Grisha s'écroula sur le pont. Ivan fixait d'un regard confus Tamar dressée au-dessus du corps sans vie, son épée dégoulinant de sang. Sa concentration avait dû faillir, parce que Tolya se releva avec un rugissement effrayant.

Ivan serra le poing, rassemblant ses efforts. Tolya grimaça, mais ne chuta pas. La main du géant se referma. Les traits d'Ivan se déformèrent sous l'effet de la douleur et de la surprise.

Je regardai tour à tour Tolya et Tamar, comprenant petit à petit ce qui venait de se passer. C'étaient des Grishas. Des fondeurs.

– Tu aimes ça, petit homme ? interrogea Tolya en approchant d'Ivan, qui tenta de tendre son autre main.

Il tremblait et je voyais bien qu'il avait du mal à respirer. Tolya trébucha légèrement mais continua d'avancer.

– Maintenant on va découvrir qui a le cœur le plus résistant, grogna-t-il.

Il marchait avec peine, comme s'il luttait contre un vent contraire, son visage trempé de sueur, ses dents découvertes en un rictus féroce. Je me demandai s'ils n'allaient pas finir par s'écrouler tous les deux.

Et soudain les doigts de Tolya se fermèrent en un poing serré. Ivan fut pris de convulsions. Ses yeux roulèrent au ciel et un gargouillis ensanglanté surgit de sa bouche. Il s'effondra sur le pont.

J'avais vaguement conscience du chaos qui régnait autour de moi. Tamar se battait avec un hurleur, deux autres Grishas s'étaient jetés sur Tolya. J'entendis un coup de feu et compris que Mal avait réussi à s'emparer d'un pistolet, mais je ne voyais que le corps inerte d'Ivan.

Il était mort. Le bras droit du Darkling. Un des soigneurs les plus puissants de la Seconde Armée. Il avait survécu au Fold et aux volcras, et maintenant il était mort.

Un petit sanglot m'arracha à mes pensées. Les deux mains sur la bouche, Genya contemplait Ivan.

– Genya… lâchai-je.

– Arrêtez-les !

Le cri venait de l'autre côté du bateau. Je me tournai et vis le Darkling aux prises avec un marin armé.

Genya frissonnait. Elle glissa la main dans la poche de son *kefta* et en sortit un pistolet. Tolya se précipita sur elle.

– Non ! hurlai-je en m'interposant entre eux.

Je n'allais pas rester à rien faire pendant qu'il l'assassinait.

Le pistolet lourd trembla dans sa main.

– Genya, dis-je tout bas. Tu vas vraiment me tuer ?

Elle regardait autour d'elle, paniquée, ne sachant où viser. Je posai une main sur sa manche. Elle tressaillit et tourna le canon vers moi.

Un grondement pareil à un coup de tonnerre retentit dans le ciel et je sus immédiatement que le Darkling s'était libéré. Je tournai la tête pour voir les ténèbres nous dominer. *C'est terminé*, songeai-je. C'*en est fini de nous.* L'instant d'après, j'aperçus un éclair brillant et une nouvelle détonation résonna. Le nuage noir s'était évanoui et le Darkling s'agrippait le bras, un masque de furie et de douleur sur le visage. On lui avait tiré dessus.

Sturmhond courait vers nous, ses pistolets dans les mains.

– Fuyez ! hurla-t-il.

– Viens, Alina ! appela Mal en me tirant par le bras.

– Genya, l'implorai-je. Viens avec nous.

Sa main frémissait toujours violemment. Je crus un moment que le pistolet allait lui glisser des doigts. Des larmes roulèrent sur ses joues.

– Je ne peux pas, dit-elle en sanglotant.

Elle baissa son arme.

– Pars, Alina. Vas-y.

De nouveau, Tolya me jetait sur son épaule. Je frappai son large dos sans aucun effet.

– Non ! ordonnai-je. Attends !

Mais personne ne m'écoutait. Tolya prit son élan et sauta par-dessus le bastingage. Redoutant l'impact, je poussai un cri d'effroi alors que nous sombrions vers les eaux glacées. Au lieu de cela, nous fûmes soulevés par ce qui ne pouvait être que le vent d'un hurleur et déposés sans ménagement sur le pont de la goélette. Tamar et Mal suivirent et finalement Sturmhond.

– Donnez le signal ! hurla le corsaire en se relevant.

Un sifflement strident tonitrua.

– Privyet, appela-t-il en direction d'un membre d'équipage que je ne reconnus pas. Combien ?

– Huit hommes abattus, répondit Privyet. Quatre encore sur le baleinier. Le cargo va remonter.

– Par tous les Saints ! jura Sturmhond.

Il se tourna vers le baleinier, au comble de l'agitation.

– Tireurs ! cria-t-il en direction des hommes sur le pont supérieur. Couvrez-les !

Le baleinier fut mitraillé. Tolya tendit à Mal un fusil et en passa un autre par-dessus son épaule. Il sauta alors sur le gréement pour se hisser jusqu'au sommet. Tamar sortit elle aussi un pistolet. J'étais toujours vautrée par terre, dans une position improbable, mes mains inutiles à cause des chaînes.

– Le dragon est à l'abri, *kapitan* ! cria Privyet.

Deux autres coéquipiers de Sturmhond prirent leur élan et s'envolèrent par-dessus le bastingage, leurs bras s'agitant furieusement, pour atterrir sur le pont de la goélette. L'un d'eux saignait abondamment d'une blessure au bras.

Le fracas du tonnerre éclata une nouvelle fois.

– Il s'est relevé ! avertit Tamar.

Un voile obscur avançait vers nous, enveloppant la goélette, effaçant tout sur son passage.

– Libérez-moi ! suppliai-je. Libérez-moi !

Sturmhond lança les clés à Tamar.

– Fais-le ! lui ordonna-t-il.

Tamar approcha de mes poignets, bataillant avec les clés tandis que les ténèbres se refermaient sur nous.

Nous ne voyions plus rien. J'entendis hurler. Et la serrure s'ouvrit dans un cliquetis. La ferraille tomba et heurta lourdement le pont.

Je levai les mains et la lumière surgit, repoussant l'obscurité jusqu'au baleinier. Un cri de joie s'éleva sur la goélette, mais il fut aussitôt réprimé quand un autre son emplit l'air. Un grincement strident, transperçant, diabolique, une porte qu'on pousse et qui aurait dû rester close à jamais. La douleur dans mon épaule se réveilla cruellement. Les *nichevo'ya*.

Je me tournai vers Sturmhond.

– Il faut qu'on parte d'ici. *Maintenant !*

Il hésita, indécis. Deux de ses hommes se trouvaient toujours sur le baleinier. Son expression se durcit.

– Levez les voiles ! ordonna-t-il. Hurleurs vers l'est !

Une rangée de marins en bas des mâts se mirent en place et les voiles se tendirent sous le souffle puissant du vent qu'ils provoquaient. Combien de Grishas le corsaire employait-il sur son bateau ?

Les hurleurs du Darkling s'étaient également rassemblés sur le pont du baleinier pour nous suivre. La goélette remuait dangereusement.

– Canons à bâbord ! tonna Sturmhond. On coupe par le travers. À mon signal !

J'entendis deux sifflements. Une explosion assourdissante secoua le bateau, puis une deuxième : les tireurs de la goélette avaient transpercé la coque du baleinier. Un cri de panique résonna sur le navire du Darkling. Les hurleurs de Sturmhond profitèrent de leur avantage pour prendre de la distance.

Quand la fumée des boulets se dissipa, j'aperçus une silhouette noire marcher jusqu'au bastingage du navire touché. Une autre vague ténébreuse se rua sur nous, mais différente des précédentes. Elle tourbillonna sur l'eau comme si elle avançait à coups de griffes et dans son sillage provenait le bourdonnement furieux d'un millier d'insectes.

L'obscurité écumait et moussait telle une vague se brisant sur un rocher et elle commença à se séparer en formes distinctes. À mes côtés, Mal bredouilla une prière avant de porter son fusil à son épaule. Je concentrai mon pouvoir pour infliger la Coupe, m'efforçant d'embraser le nuage noir et de détruire les *nichevo'ya* avant qu'ils ne prennent leur forme définitive. Mais je ne pouvais tous les arrêter.

Ils fonçaient sur nous en une horde hurlante de dents et de griffes noires.

L'équipage de Sturmhond ouvrit le feu.

Les *nichevo'ya* atteignirent nos mâts, virevoltant autour d'eux, arrachant les marins sur les gréements comme des fruits qu'on cueille sur les arbres. Ils glissaient ensuite, impuissants, sur le pont. Mal tirait encore et encore, les matelots agitaient leurs sabres, mais les balles et les lames ne faisaient que ralentir les monstres. Leurs corps d'ombre vacillaient et se reconstituaient. Ils affluaient sans cesse.

Nous avançions toujours, nous éloignant encore plus du baleinier. Pas assez vite. J'entendis un autre gémissement assourdissant et une autre nuée noire fondit sur nous, se scindant déjà en deux formes ailées pour renforcer les combattants de l'ombre.

Sturmhond la vit aussi. Il se dirigea vers un des hurleurs qui soufflait toujours sur les voiles.

– Éclair ! cria-t-il.

Je sursautai. J'avais dû mal entendre. Les hurleurs n'étaient pas autorisés à invoquer les éclairs. C'était trop imprévisible, trop dangereux. Et en pleine mer ? Avec des navires en bois ? Le Grisha de Sturmhond n'hésita pas une seconde. Les hurleurs frappèrent dans leurs mains et se frottèrent les paumes. Mes oreilles se bouchèrent sous l'effet de la pression qui chutait. L'air craqua par la force du courant marin.

Nous n'eûmes que le temps de nous jeter à terre avant que des faisceaux de lumière électrique strient le ciel. Dans la confusion, la nouvelle vague de *nichevo'ya* s'éparpilla.

– Maintenant ! ordonna Sturmhond. Hurleurs, puissance maximale !

Avec Mal, je fus projetée sur le bastingage. L'élégante goélette semblait voler sur les flots.

Un autre nuage noir enfla sur le côté du baleinier. Je me relevai, prête pour un nouvel assaut.

Mais il ne se produisit pas. Apparemment, le pouvoir du Darkling connaissait des limites. Nous étions hors de sa portée.

Je me penchai sur la rambarde. L'air et les embruns me giflaient la peau tandis que le navire du Darkling et ses monstres disparaissaient de ma vue. Je fus secouée d'un râle, entre le rire et le sanglot.

Mal m'enlaça et je le serrai contre moi de toutes mes forces, sentant sa chemise humide contre ma joue, écoutant les battements de son cœur. Je m'accrochai à ce constat incroyable : nous étions encore en vie.

Et malgré le sang qui avait coulé et les amis qu'ils avaient perdus, les membres de l'équipage poussèrent des cris de joie. Ils sautaient sur place, se prenaient dans les bras, criaient et dansaient. Depuis le gréement, Tolya leva son fusil avec une main et renversa la tête en arrière, lâchant un hurlement de victoire qui me hérissa les poils.

Je me libérai de l'étreinte de Mal pour regarder les marins faire la fête. Je savais que nous nous posions tous les deux la même question : *Dans quoi nous sommes-nous encore fourrés ?*

5

Nous glissâmes le long du bastingage pour nous asseoir à côté l'un de l'autre, épuisés et hagards. Nous avions échappé au Darkling, mais nous nous trouvions sur un navire inconnu, entourés d'un groupe de Grishas dingues habillés en marins qui aboyaient comme des chiens enragés.

– Ça va ? me demanda Mal.

Je hochai la tête. Ma plaie à l'épaule était en feu, mais je n'avais pas été blessée lors de l'assaut et tout mon corps vibrait d'avoir de nouveau pu utiliser mon pouvoir.

– Et toi ?

– Pas une égratignure, m'assura-t-il, stupéfait.

Le bateau voguait sur les flots à une vitesse sidérante, poussé par les hurleurs, mais aussi des faiseurs de marée, comme je le comprenais désormais. Alors que l'horreur et l'excitation de la bataille s'estompaient, je remarquai que j'étais trempée et que mes dents claquaient. Mal mit son bras autour de mes épaules et un des membres de l'équipage finit par nous envelopper d'une couverture.

Finalement, Sturmhond imposa une halte et ordonna que les voiles soient baissées. Les hurleurs et les faiseurs de marée baissèrent les bras et s'écroulèrent, épuisés. L'utilisation intense de leur pouvoir avait éclairé leurs visages, illuminé leurs yeux.

La goélette ralentit peu à peu et tangua dans un soudain silence étouffant.

– Faites des tours de garde, commanda Sturmhond, et Privyet envoya un marin dans les voiles avec une longue-vue.

Nous nous levâmes lentement.

Sturmhond longeait la rangée d'Etherealki éreintés, tapant dans le dos des hurleurs et des faiseurs de marée et parlant tout bas à certains. Je le vis diriger les blessés dans la cale, où j'imaginais qu'ils seraient pris en charge par un médecin ou un soigneur Caporalki. Manifestement il employait tous les types de Grishas.

Il vint ensuite vers moi, sortant un couteau de sa ceinture. Je levai les mains et Mal s'interposa entre nous, son fusil pointé sur le capitaine. Aussitôt j'entendis autour de nous des épées qu'on dégainait et des pistolets qu'on armait.

– Du calme, Malyen Oretsev, dit-il en ralentissant. Je viens de traverser une sacrée épreuve pour vous avoir sur mon navire. Ce serait dommage de vous cribler de balles maintenant.

Il tourna le couteau pour me tendre le manche.

– C'est pour la bête.

Le dragon de glace. Dans le feu de l'action, je l'avais presque oublié.

Mal hésita et, lentement, baissa son arme.

– Reculez, ordonna Sturmhond à ses hommes.

Les marins rangèrent leurs pistolets et leurs épées.

Sturmhond hocha la tête en direction de Tamar.

– Amène-la.

Sur les ordres de Tamar, un groupe de matelots se regroupa à tribord et dénoua un réseau complexe de cordes. Ils portèrent ensuite hors de l'eau le corps lourd de la créature pour le poser sur le pont. Il se débattait encore faiblement dans le filet argenté. Quand il referma violemment sa mâchoire, nous fîmes tous un bond en arrière.

– À ce que j'ai compris, il faut que ce soit toi, expliqua Sturmhond en me pressant de prendre le couteau.

Je dévisageai le corsaire, me demandant ce qu'il savait des amplificateurs et de celui-ci en particulier.

– Vas-y, insista-t-il. Il faut qu'on reparte. Le bateau du Darkling est endommagé, mais sûrement pas pour longtemps.

La lame dans la main de Sturmhond scintillait d'un éclat pâle dans le soleil. De l'acier grisha. Plus rien ne m'étonnait.

Et pourtant, j'hésitai.

– Je viens de perdre treize braves hommes d'équipage, lança Sturmhond tout bas. Ne me dis pas que c'était en vain.

Je regardai le Flagelleur des mers. Il se tortillait sur le pont, l'air s'échappant difficilement par ses branchies, ses yeux rouges voilés, mais toujours pleins de rage. Je me rappelai le regard sombre et perçant du cerf, la panique tranquille de ses derniers instants.

Le cerf avait vécu si longtemps dans mon imagination que lorsqu'il avait fini par sortir des arbres dans la clairière enneigée, j'avais eu l'impression de le connaître depuis toujours. Le dragon des glaces m'était totalement étranger, plus un mythe qu'une réalité, malgré la triste évidence de son corps blessé.

– De toute façon, il ne survivra pas, affirma le corsaire.

J'attrapai le manche du couteau. Il pesait lourd dans ma main. *Est-ce de la miséricorde ?* Cela n'avait rien à voir avec la peine que j'avais témoignée au cerf de Morozova.

Rusalye. Le prince maudit, gardien de la route de l'Os. Dans les histoires, il attirait les jeunes filles solitaires sur son dos et les emportait en riant sur les vagues, jusqu'à ce qu'elles soient trop loin pour appeler à l'aide. Ensuite, il plongeait dans les profondeurs, pour les conduire dans son palais immergé. Les filles dépérissaient, comme elles n'avaient rien d'autre à manger que des coraux et des perles. Rusalye pleurait et chantait un air de deuil sur leurs corps et il repartait à la surface trouver une autre reine.

Rien que des histoires, me dis-je. *Ce n'est pas un prince, juste un animal qui souffre.*

Les flancs du monstre mystique se soulevèrent. Il claqua de nouveau sa mâchoire dans l'air. Deux harpons sortaient de son dos, du sang s'échappait de ses plaies. Je brandis le couteau, sans savoir quoi faire, ni même où planter la lame. Mes bras tremblaient. Le dragon lâcha une plainte déchirante, un vague écho de sa mélopée magique.

Mal avança.

– Achève-le, Alina, me pressa-t-il d'une voix rauque. Par pitié.

Il me prit le couteau des mains et le posa sur le pont. Il me dirigea ensuite vers la tige du harpon et ensemble nous l'enfonçâmes plus profondément dans la chair de l'animal.

Rusalye tressaillit et se figea, son sang inondant le pont.

Mal examina ses mains et les essuya sur sa chemise déchirée avant de s'écarter.

Tolya et Tamar approchèrent. Mon estomac se retourna. Je savais ce qui devait suivre. *Ce n'est pas réel*, me souffla une voix dans la tête. *Tu peux fuir. Leur tourner le dos*. De nouveau, j'eus le sentiment que tout allait trop vite. Mais je ne pouvais pas renvoyer dans l'eau un amplificateur comme celui-ci. Le dragon avait déjà perdu la vie. Et prendre l'amplificateur ne signifiait pas que je l'utiliserais forcément.

Les écailles du dragon étaient d'un blanc iridescent et rayonnaient tel un millier d'arcs-en-ciel, à l'exception d'une petite bande bordée d'or qui commençait entre ses grands yeux et continuait sur son crâne jusqu'à sa douce crinière.

Tamar sortit un couteau de sa ceinture et, avec l'aide de Tolya, en arracha des plaques. Je m'interdis de fermer les yeux. Quand ils eurent terminé, ils me tendirent sept écailles parfaites encore humides de sang.

– Recueillons-nous pour les hommes qui ont péri aujourd'hui, demanda alors Sturmhond. De bons marins, de fiers soldats. Que la mer les mène dans une retraite de paix, que les Saints les reçoivent sur une rive plus belle.

Il répéta la prière des marins en kerch, puis Tamar murmura les mots en shu. Pendant un long moment, nous restâmes, la tête baissée, sur le navire qui tanguait doucement. L'émotion me saisit.

Toujours plus de morts et une autre créature magique partie, son corps désacralisé par l'acier des Grishas. Je posai une main sur le dos brillant de Rusalye. Je le sentis froid et lisse sous mes doigts. Ses yeux rouges étaient voilés et vides. J'attrapai les écailles dorées dans ma paume, leurs extrémités s'enfonçant dans ma peau. Quels saints attendaient de pareilles créatures ?

Une longue minute s'écoula.

– Que les Saints les reçoivent, murmura Sturmhond.

– Que les Saints les reçoivent, répéta l'équipage.

– On doit repartir, lança Sturmhond tout bas. La coque du baleinier a été endommagée, mais le Darkling a des hurleurs et un ou deux fabrikators. Et sait-on jamais, peut-être que ses monstres aussi savent se servir d'un marteau et de clous. Ne prenons aucun risque.

Il s'adressa ensuite à Privyet.

– Donne aux hurleurs quelques minutes pour se reposer et fais-moi un rapport des dégâts. Ensuite levons les voiles.

– *Da, Kapitan,* acquiesça Privyet.

Il hésita.

– *Kapitan*... certaines personnes paieraient cher pour des écailles de dragon, quelle qu'en soit la couleur.

Sturmhond fronça les sourcils, mais finit par hocher la tête.

– Prends ce que tu veux et débarrasse-moi le pont. Remettons-nous vite en route. Tu as nos coordonnées.

Plusieurs des matelots se jetèrent sur le corps du dragon pour lui arracher ses écailles. Je ne pus les regarder. Je leur tournai le dos, écœurée.

Sturmhond s'approcha de moi.

– Ne les juge pas trop sévèrement.

– Ce ne sont pas eux que je juge, répliquai-je. C'est toi le capitaine.

– Et ils ont des bourses à remplir, des parents, des frères et sœurs à nourrir. Nous venons de perdre la moitié de nos coéquipiers et n'avons gagné aucun trésor pour soulager la douleur. Même si tu es une belle prise, bien sûr.

– Qu'est-ce que je fais ici ? demandai-je. Pourquoi nous avez-vous aidés ?

– Aidés ? Tu en es si sûre ?

– Réponds à la question, Sturmhond, intervint Mal. Pourquoi avoir chassé Rusalye pour le donner à Alina ?

– Je ne le chassais pas. C'est vous que je chassais.

– C'était pour ça la mutinerie contre le Darkling ? demandai-je. Pour me capturer ?

– Peut-on vraiment parler de *mutinerie* sur son propre navire ?

– Appelle ça comme tu veux, répliquai-je, exaspérée. Mais en tout cas, explique-toi.

Sturmhond appuya ses coudes sur le bastingage, surveillant le pont.

– Comme je l'aurais dit au Darkling s'il avait pris la peine de me le demander, ce qu'il n'a heureusement pas fait, le problème d'engager un homme qui vend son honneur, c'est qu'il peut toujours y avoir meilleur offrant.

– Tu as trahi le Darkling pour de *l'argent* ? demandai-je, stupéfaite.

– « Trahi » me semble un peu exagéré. Je connais à peine ce gars.

– Tu es cinglé ! Tu sais ce dont il est capable. Aucun prix ne vaut ce risque.

– Ça reste encore à voir, répliqua Sturmhond.

– Le Darkling te chassera jusqu'à ta dernière heure…

– C'est au moins ça qu'on aura en commun, toi et moi, affirma le corsaire en affichant un rictus arrogant. Et de toute façon, j'aime avoir des ennemis puissants. Ça me donne l'impression d'être important.

Mal croisa les bras.

– Je n'arrive pas à décider si tu es fou ou stupide.

– J'ai tellement de qualités, difficile de choisir.

Je secouai la tête. Le corsaire avait perdu la raison.

– Qui a pu t'offrir plus que le Darkling ? Où nous emmènes-tu ?

– D'abord répondez à une question pour moi, demanda Sturmhond en fouillant dans sa redingote.

Il sortit un étroit volume de sa poche et me le jeta.

– Pourquoi le Darkling avait ça sur lui ? Il ne m'a pas semblé être particulièrement religieux.

J'attrapai le livre et le retournai, mais je savais déjà de quoi il s'agissait. Les lettres en or du titre étincelaient dans le soleil.

– Tu le lui as volé ?

– Avec plusieurs autres documents dans sa cabine. Enfin, étant donné que c'était *ma* cabine, je ne suis pas sûr qu'on puisse techniquement appeler ça du vol.

– *Techniquement*, répétai-je, au comble de l'agacement, la cabine appartient au capitaine du baleinier auquel tu as volé son navire.

– Pas faux, admit Sturmhond. Si toute cette histoire d'Invocatrice de lumière ne donne rien, tu peux toujours considérer une carrière d'avocate. Tu as l'air de bien maîtriser le jugement critique. Mais je voudrais te faire remarquer que ce livre est à toi.

Il l'ouvrit sur la première page. Mon nom y figurait en toutes lettres : *Alina Starkov*.

J'essayai de garder un visage impassible, mais mon esprit tournait à cent à l'heure. C'était mon *Istorii Sankt'ya*, l'exemplaire que m'avait donné l'Apparat des mois plus tôt dans la bibliothèque du Little Palace. Le Darkling avait dû faire fouiller ma chambre après mon départ d'Os Alta, mais pourquoi prendre ce livre ? Et pourquoi s'était-il inquiété que je l'aie lu ?

Je feuilletai les pages. Le recueil était superbement illustré, même si, avec ses dessins macabres, il était difficile de se dire qu'il était destiné aux enfants. Certains saints étaient représentés en train de faire des miracles ou des actes charitables : Sankt Feliks dans les branches d'un pommier; Sankta Anastasia soignant Arkesk de la peste. Mais la plupart des pages montraient des saints en plein martyre : Sankta Lizabeta écartelée; Sankt Lubov décapité; Sankt Ilya enchaîné. Je me figeai. Cette fois, je ne pus cacher ma réaction.

– Intéressant, non ? déclara Sturmhond.

Il tapota la page avec un doigt.

– Si je ne m'abuse, c'est la créature qu'on vient de capturer.

On ne pouvait pas s'y méprendre : derrière Sankt Ilya, nageant dans les vagues d'un lac ou d'un océan, apparaissait distinctement Rusalye. Mais ce n'était pas tout. Je parvins à peine à ne pas poser la main sur mon collier.

Je refermai le livre et haussai les épaules.

– Ce n'est qu'une histoire.

Mal m'adressa un regard déconcerté. Je ne savais pas s'il avait vu tous les détails de cette page.

Je ne voulais pas rendre l'*Istorii Sankt'ya* à Sturmhond, mais il était déjà trop sur ses gardes. Je lui tendis le livre, espérant qu'il ne verrait pas ma main trembler.

Sturmhond m'examina, puis il se redressa et épousseta ses manchettes.

– Garde-le. Il est à toi, après tout. Comme tu l'as sûrement déjà remarqué, j'ai un profond respect pour les biens d'autrui. Et tu auras besoin d'une occupation jusqu'à Os Kervo.

Mal et moi sursautâmes en même temps.

– Tu nous emmènes à Ravka-Ouest ? demandai-je.

– Je vous emmène rencontrer mon client, et c'est tout ce que je peux vous dire.

– Qui est-ce ? Qu'est-ce qu'il me veut ?

– Qu'est-ce qui te fait dire que c'est un homme ? Pourquoi je ne te livrerais pas à la reine fjerdanne ?

– C'est le cas ?

– Non. Mais il est toujours sage de garder l'esprit ouvert à toutes les possibilités.

Je laissai échapper un soupir de frustration.

– Tu ne réponds jamais à une question directement ?

– Difficile à dire. Ah, mince, je recommence.

Je me tournai vers Mal, les poings serrés.

– Je vais le tuer.

– Réponds à la question, Sturmhond, gronda Mal.

Le corsaire leva un sourcil.

– Deux choses que vous devez savoir, commença-t-il, et cette fois je perçus le tranchant de l'acier dans sa voix. La première : les capitaines n'aiment pas recevoir d'ordres sur leurs navires. La deuxième : j'aimerais vous proposer un marché.

– Pourquoi est-ce qu'on te ferait confiance ? demanda Mal, agressif.

– Vous n'avez pas trop le choix, rétorqua Sturmhond, amicalement. Je sais bien que vous pouvez détruire ce bateau et l'envoyer sombrer au fond des océans, mais j'ai bon espoir que vous vous entendrez avec mon client. Écoutez ce qu'il a à vous dire. Si vous n'appréciez pas, je vous promets que je vous aiderai à vous enfuir. Je vous emmènerai où vous voudrez sur cette planète.

Je n'en croyais pas mes oreilles.

– Tu as enragé le Darkling, et maintenant tu as l'intention de recommencer avec ton nouveau client ?

– Pas du tout, se défendit Sturmhond, sincèrement offensé. Mon client m'a payé pour vous amener à Ravka, pas pour vous y retenir. Ce serait en supplément.

Je jetai un regard vers Mal. Il haussa les épaules.

– C'est un menteur, et il est sûrement fou, mais il a raison. Nous n'avons pas beaucoup de choix.

Je me frottai les tempes. Je sentais poindre une migraine. J'étais fatiguée et perdue, et Sturmhond avait une façon de s'exprimer qui me donnait envie d'étrangler quelqu'un, lui de préférence. Mais il nous avait libérés du joug du Darkling et maintenant que nous étions sur son navire, Mal et moi, nous trouverions notre propre moyen de nous sauver. Pour le moment, je n'arrivais pas à réfléchir au-delà de ça.

– Très bien, dis-je.

Il sourit.

– Ravi que vous ne nous fassiez pas tous couler.

Il interpella un matelot qui passait.

– Va trouver Tamar et dis-lui qu'elle partagera sa cabine avec l'Invocatrice, ordonna-t-il avant de montrer Mal. Il restera avec Tolya.

Sans nous laisser le temps de protester, Sturmhond enchaîna :

– C'est ainsi que ça se passe sur mon navire. Je vous donne quartier libre sur le *Volkvolny*, jusqu'à ce qu'on arrive à Ravka, mais je vous saurais gré de ne pas abuser de ma nature généreuse. Ce navire a des règles et j'ai mes limites.

– Moi aussi, lâcha Mal entre ses dents.

Je posai une main sur son bras. Je me serais sentie plus en sécurité avec lui, mais ce n'était pas le moment de négocier avec le corsaire.

– Faisons comme il nous dit. Tout ira bien, conclus-je.

Mal afficha une mine furieuse et tourna les talons pour disparaître dans le chahut organisé des cordes et des voiles. Je fis un pas vers lui.

– Laisse-le tranquille, conseilla Sturmhond. Les gars dans son genre ont toujours besoin de temps pour ruminer et se sentir coupables. Sans ça, ils deviennent nerveux.

– Tu ne prends donc rien au sérieux ?

– Pas si je peux l'éviter. Ça rend la vie si pénible.

Je secouai la tête.

– Ce client…

– Ne perds pas ton temps à demander. Tu imagines que je ne manque pas de demandes, tu es très recherchée depuis que tu as disparu dans le Fold. Bien sûr, la plupart des gens te croient morte. Ne le prends pas mal, mais ça fait un peu baisser ton prix.

Je regardai de l'autre côté du pont. Les membres de l'équipage renvoyaient le dragon à l'océan. En rassemblant leurs efforts, ils le balancèrent par-dessus bord. Le corps frappa l'eau en éclaboussant les matelots. Rusalye s'enfonça aussitôt dans les profondeurs.

Un long sifflement retentit. Les membres de l'équipage retournèrent à leurs postes, et les hurleurs se mirent à l'œuvre. Quelques secondes plus tard, les voiles se gonflaient telles d'immenses fleurs blanches. La goélette reprenait sa route, en direction du sud-ouest, vers Ravka.

– Qu'est-ce que tu vas faire avec ses écailles ? me demanda Sturmhond.

– Je ne sais pas encore.

– Ah non ? Malgré mon physique renversant, je ne suis pas l'imbécile que tu pourrais croire. Le Darkling voulait que tu portes ces écailles.

Alors pourquoi ne pas l'avoir tué ? Quand le Darkling avait abattu le cerf et qu'il avait placé le collier de Morozova autour de mon cou, il nous avait liés pour toujours. Je frissonnai en songeant à comment il s'était emparé de cette connexion, maîtrisant mon pouvoir et me laissant impuissante. Les écailles du dragon lui auraient-elles donné le même contrôle ? Alors pourquoi ne pas l'avoir pris ?

– J'ai déjà un amplificateur.

– Et puissant avec ça, si ce qu'on raconte est vrai.

L'amplificateur le plus puissant au monde. C'est du moins ce que le Darkling m'avait dit et je l'avais cru. Mais s'il y avait plus encore ? Et si je n'avais fait qu'effleurer le pouvoir du cerf ? Je refusais d'y penser. C'était de la folie.

– Les amplificateurs ne peuvent pas se combiner.

– J'ai lu ton livre, riposta Sturmhond. Bien sûr qu'ils le peuvent.

Je sentis le poids du *Istorii Sankt'ya* dans ma poche. Le Darkling avait-il craint que j'apprenne les secrets de Morozova dans un livre pour enfants ?

– Tu ne comprends pas ce que tu dis, lançai-je à Sturmhond. Aucun Grisha n'a jamais utilisé de deuxième amplificateur. Les risques…

– Alors là, c'est un mot qu'il vaut mieux éviter avec moi. J'adore prendre des risques.

– Pas ce genre.

– Dommage. Si le Darkling nous rattrape, je doute que ce bateau et son équipage puissent survivre à une autre bataille. Un deuxième amplificateur équilibrerait un peu les forces. Il pourrait même peut-être nous donner l'avantage. Je déteste les combats équitables.

– Il pourrait aussi nous tuer, faire sombrer le navire ou créer un autre Shadow Fold. Ou pire encore.

– Tu as un don pour imaginer des catastrophes.

Mes doigts se glissèrent dans ma poche, à la recherche des bords humides des écailles. J'avais très peu d'informations et mes connaissances des théories grishas étaient sommaires. Mais une règle en particulier m'avait toujours paru claire : un Grisha, un amplificateur. Je me souvenais des mots écrits dans un des textes de philosophie alambiqués que j'avais été contrainte de lire : « Pourquoi un Grisha ne peut-il posséder qu'un seul amplificateur ? Je vais plutôt répondre à cette question : Qu'est-ce qui est infini ? L'univers et l'avidité des hommes. » Il me fallait du temps pour réfléchir.

– Tu tiendras ta promesse ? demandai-je enfin. Tu nous aideras à nous enfuir ?

Je ne sais pas pourquoi je m'embêtais à le lui demander. S'il avait l'intention de nous trahir, il n'allait certainement pas m'en informer.

Je m'attendais à ce qu'il réponde avec une nouvelle pirouette. Je fus surprise de l'entendre me retourner une question.

– Tu es si pressée de quitter ton pays une nouvelle fois ?

Je me figeai. *Pendant ce temps, notre pays souffre.* Le Darkling m'avait accusée d'abandonner Ravka. Il se trompait sur de nombreux points, mais sur celui-là je ne pouvais m'empêcher de penser qu'il avait raison. J'avais laissé Ravka à la merci du Shadow Fold, à un roi faible, à des tyrans assoiffés de pouvoir comme le Darkling et l'Apparat. Maintenant, si on en croyait les rumeurs, le Fold s'étendait et le royaume se désagrégeait. À cause du Darkling. À cause du collier. À cause de moi.

Je levai mon visage vers le soleil, sentant l'air de la mer sur ma peau.

– Je veux être libre, répondis-je.

– Aussi longtemps que vivra le Darkling, tu ne seras jamais libre. Et ton pays non plus. Tu le sais.

J'avais pensé Sturmhond cupide ou stupide, mais jamais l'idée qu'il puisse être patriote ne m'avait traversé l'esprit. Il était ravkan, après tout, et même si ses exploits lui rapportaient des fortunes, ils avaient sûrement plus contribué à sauver son pays que toute la faible flotte ravkanne.

– Je veux avoir le choix, dis-je.

– Tu l'auras, promit-il. Tu as ma parole de menteur et d'assassin.

Il traversa le pont, mais se retourna soudain vers moi.

– Tu as raison sur un point, Invocatrice. Le Darkling est un puissant ennemi. Tu devrais te faire de puissants amis.

Je mourais d'envie de sortir mon exemplaire d'*Istorii Sankt'ya* de ma poche et de passer une heure à étudier l'illustration de Sankt Ilya, mais Tamar m'attendait déjà pour me conduire à mes quartiers.

La goélette de Sturmhond ne ressemblait en rien au grand bateau de commerce qui nous avait conduits, Mal et moi, à Novyi Zem, ni à l'imposant baleinier que nous venions de quitter. Elle était élancée, lourdement armée et joliment construite. Tamar me raconta que le corsaire l'avait volée à un pirate zemeni qui attaquait des navires ravkans près des ports de la côte sud. Elle avait tellement plu à Sturmhond qu'il en avait fait son vaisseau amiral et l'avait rebaptisée *Volkvolny*, le loup des vagues.

Sturmhond, le chien de la tempête, à bord de son loup des vagues. Le molosse rouge sur le drapeau. Au moins, je comprenais pourquoi l'équipage jappait et aboyait constamment.

Chaque millimètre carré de la goélette était utilisé. Les matelots dormaient sur le pont-batterie. En cas d'attaque, leurs hamacs se repliaient rapidement pour sortir les canons. J'avais vu juste : avec un Caporalki à bord, il n'avait pas eu besoin d'engager de médecin *otkazat'sya*. L'infirmerie et la réserve avaient été converties en une cabine pour Tamar, minuscule et avec à peine assez de place pour deux couchettes et une armoire. Sur les murs s'alignaient des étagères qui croulaient sous des bocaux de pommades et de baumes inutilisés, d'arsenic et de teinture d'antimoine.

Je me balançai tranquillement dans un des hamacs, mes pieds sur le sol, très consciente de la présence du petit livre rouge dans mon manteau, tandis que Tamar ouvrait le couvercle de son coffre pour se délester de ses armes : les pistolets en croix sur sa poitrine, deux haches effilées qui pendaient à sa ceinture, une dague dans sa botte, et une autre dans un fourreau sur sa cuisse. C'était une armurerie ambulante.

– Je suis désolée pour ton ami, dit-elle en sortant d'une de ses poches une chaussette remplie de balles.

Les munitions frappèrent lourdement le fond du coffre.

– Pourquoi ? demandai-je en dessinant sur le plancher un cercle avec le bout de ma botte.

– Mon frère ronfle comme un ours ivre.

Je ris.

– Mal ronfle aussi.

– Alors ils feront un joli duo.

Elle me faussa compagnie pour revenir l'instant d'après avec un seau.

– Les faiseurs de marée ont rempli les barils d'eau. N'hésite pas à te laver si tu veux.

De l'eau fraîche représentait un vrai luxe à bord d'un navire, mais j'imaginais qu'avec tous ces Grishas, il n'était pas nécessaire de se rationner.

Elle plongea la tête dans le seau pour frictionner ses cheveux courts et noirs.

– Il est très beau, le traqueur.

Je levai les yeux au ciel.

– Sans blague…

– Pas mon style, mais très beau.

Son commentaire me sidéra. D'après mon expérience, Mal était le type de tout le monde. Mais je n'allais pas interroger Tamar sur ses goûts. Je ne pouvais pas plus faire confiance à Sturmhond qu'au reste de son équipage, et je ne voulais surtout m'attacher à aucun de ses membres. J'avais appris ma leçon avec Genya et une amitié déçue me suffisait.

– Il y a des Kerch dans l'équipage de Sturmhond. Ils n'ont pas de problème à avoir des filles à bord ? Ils ne sont pas superstitieux ?

– Sturmhond fait les choses à sa façon.

– Et ils ne… t'embêtent pas ?

Tamar sourit, révélant des dents parfaitement blanches qui contrastaient avec sa peau couleur bronze.

– Non, répondit-elle simplement.

– Ah.

Avec une vitesse incroyable, elle sortit un autre couteau de sa manche.

– Utile, lui aussi.

– Tu les choisis comment ?

– Ça dépend de mon humeur, répliqua-t-elle, avant de me tendre l'arme par le manche.

Elle reprit :

– Sturmhond a ordonné à ses hommes de te laisser tranquille, mais juste au cas où l'un d'eux boirait un peu trop et oublierait les consignes… tu sais te défendre, n'est-ce pas ?

Je hochai la tête. Je ne me baladais pas avec une trentaine de poignards cachés un peu partout sur moi, mais je n'étais tout de même pas complètement incompétente.

Elle replongea la tête dans la bassine.

– Ils jouent aux dés sur le pont et je suis prête pour boire un verre. Viens si tu veux.

Je n'adorais ni les jeux de hasard ni le rhum, mais sa proposition me tentait. Tout mon corps réclamait d'utiliser encore mon pouvoir contre les *nichevo'ya*. Je me sentais vibrer et affamée pour la première fois depuis des semaines. Mais je secouai la tête.

– Non merci.

– Comme tu veux. J'ai des dettes à récupérer. Privyet a parié qu'on ne reviendrait pas. Je t'assure, on aurait dit qu'il assistait à un enterrement quand il est monté dans ce bateau.

– Il a parié que vous ne vous en sortiriez pas vivants ? demandai-je, sidérée.

– On peut le comprendre, dit-elle en riant. Se mesurer au Darkling et à ses Grishas ? Tout le monde savait que c'était du suicide. Les matelots ont tiré à la courte paille pour décider qui irait.

– Et ton frère et toi ? Vous n'avez pas eu de chance ?

– Nous ?

Tamar s'arrêta sur le pas de la porte. Ses cheveux mouillés et son sourire impétueux étaient illuminés par sa lanterne.

– Nous n'avons pas participé, me confia-t-elle en sortant. Nous nous sommes portés volontaires.

Je n'eus l'occasion de parler en tête à tête avec Mal qu'à la tombée de la nuit. Nous avions été invités à partager le dîner de Sturmhond dans ses quartiers, et le repas se déroula de façon insolite. Nous fûmes servis par un domestique aux manières impeccables, bien plus âgé que le reste de l'équipage. Nous mangeâmes bien mieux que depuis des semaines : du pain frais, du haddock rôti, des radis et un vin frais sucré qui me fit tourner la tête après quelques gorgées seulement.

Je dévorai d'un bel appétit, comme toujours quand je venais d'utiliser mon pouvoir, mais Mal picora à peine et parla moins encore jusqu'à ce que Sturmhond mentionne la cargaison d'armes qu'il apportait à Ravka. Il se ragaillardit alors et ils passèrent le reste de la soirée à discuter de fusils, de grenades, et de toutes les façons excitantes de faire exploser des choses. Je ne pus me résoudre à suivre la conversation. Tandis qu'ils dissertaient sur les mitraillettes utilisées à la frontière zemeni, je ne pensais qu'aux écailles que j'avais dans la poche et à ce que j'allais en faire.

Oserais-je prétendre à un deuxième amplificateur ? J'avais achevé le dragon de glace, ce qui voulait dire que son pouvoir m'appartenait. Mais si les écailles fonctionnaient comme le collier de Morozova, je pouvais également le décerner à quelqu'un. Je pouvais donner les écailles aux fondeurs de Sturmhond, même peut-être à Tolya, essayer de le contrôler comme le Darkling m'avait autrefois contrôlée. Je pouvais forcer le corsaire à nous ramener à Novyi Zem. Mais je devais bien reconnaître que ce n'était pas ce que je voulais.

Je pris une autre gorgée de vin. Il fallait que je parle à Mal.

Pour me distraire, je fis l'inventaire des décorations dans la cabine de Sturmhond. Tout était en bois massif et cuivre poli. Le bureau était recouvert de cartes et des parties détachées d'un sextant, ainsi que d'étranges dessins de ce qui semblait être les ailes articulées d'un oiseau mécanique. La table étincelait de porcelaine et de cristal kerch. Sur les bouteilles de vin, les étiquettes étaient rédigées dans une langue que je ne reconnaissais pas. *Le fruit de ses pillages*, me dis-je. Sturmhond avait su s'enrichir.

En ce qui concernait l'homme lui-même, je saisis l'occasion de vraiment l'examiner pour la première fois. De quatre ou cinq ans mon aîné, son visage était déformé. Son menton était excessivement pointu, ses yeux d'un vert douteux, ses cheveux bizarrement roux. Son nez semblait avoir été cassé et mal réparé plusieurs fois. À un moment, il me surprit à le contempler et j'aurais juré qu'il se recula dans l'ombre.

Quand nous quittâmes enfin la cabine de Sturmhond, il était déjà minuit passé. J'entraînai Mal sur le pont, dans un endroit isolé, sur la proue. Je savais que des hommes étaient postés sur les mâts pour surveiller les alentours, mais j'ignorais quand j'aurais une prochaine occasion de m'entretenir seule avec lui.

– Je l'aime bien, affirma Mal, un peu chancelant d'avoir bu trop de vin. C'est vrai qu'il parle trop et qu'il a sûrement volé les boutons de mes bottes, mais ce n'est pas un mauvais bougre et il en connaît beaucoup sur…

– Tu veux bien te taire ? murmurai-je. Je voudrais te montrer quelque chose.

Mal me dévisagea, un peu vaseux.

– Pas la peine d'être agressive.

J'ignorai sa remarque et sortis le petit livre rouge de ma poche.

– Regarde, dis-je en montrant la page sur laquelle Sankt Ilya affichait une mine radieuse.

Mal obéit.

– Le cerf, lâcha-t-il. Et Rusalye.

Je l'observai tandis qu'il étudiait l'illustration et vis le moment où il comprit.

– Par tous les Saints ! s'écria-t-il. Il y en a un troisième !

6

Pieds nus sur la rive d'une mer sombre, Sankt Ilya arborait les restes d'une robe violette en loques. Il tendait les paumes vers le ciel. Son visage affichait l'expression sereine et béate qu'on attribuait toujours aux saints sur les peintures, avant qu'ils se fassent assassiner de façon atroce. Autour de son cou, il portait un collier en fer autrefois relié par d'épaisses chaînes aux lourds bracelets qui entravaient ses poignets. Sur le tableau, elles pendaient, cassées, le long de son corps.

Derrière Sankt Ilya, un serpent blanc sinueux plongeait dans les vagues.

À ses pieds, un cerf, blanc également, nous fixait de son regard noir et insistant.

Mais ce n'étaient pas ces deux créatures qui attiraient notre attention. Des montagnes occupaient tout l'arrière-plan, derrière l'épaule gauche du saint, et là, à peine visible dans la distance, un oiseau volait au-dessus d'une imposante arche en pierre.

Mal passa un doigt le long des longues plumes de sa queue, représentées en blanc et or comme le halo qui illuminait Sankt Ilya.

– C'est impossible !

– Le cerf était bien réel. Le dragon aussi.

– Oui, mais là c'est… différent.

Il avait raison. L'oiseau de feu n'apparaissait pas dans une histoire, mais dans des centaines. Il était au cœur de tous les mythes ravkans, l'inspiration d'innombrables chansons et pièces de théâtre, de romans et d'opéras. Dans la légende, les frontières de Ravka avaient été délimitées par le vol de l'oiseau de feu. Les rivières coulaient grâce à ses larmes. Sa capitale avait été fondée là où une de ses plumes s'était posée au sol. Un jeune guerrier l'avait ramassée et portée sur les champs de bataille. Aucune armée n'avait pu se mesurer à lui et il était devenu le premier roi de Ravka.

L'oiseau de feu *était* Ravka. Il n'était pas censé être abattu par la flèche d'un traqueur, ses os portés pour la gloire d'une orpheline parvenue.

– Sankt Ilya, lâcha Mal.

– Ilya Morozova.

– Un saint grisha ?

J'effleurai du bout des doigts la page, le collier, les bracelets aux poignets de Morozova.

– Trois amplificateurs. Trois créatures. Et nous en avons deux.

Mal secoua la tête fermement, sûrement pour sortir de la brume dans laquelle l'avait plongé le vin. Brusquement, il ferma le livre. L'espace d'une seconde, j'eus peur qu'il ne le jette dans la mer mais il me le rendit.

– Qu'est-ce qu'on est supposés faire de ça ? demanda-t-il, en colère.

J'avais réfléchi à la question tout l'après-midi, toute la soirée et même pendant ce dîner interminable. Je n'avais pas arrêté de caresser les écailles de Rusalye, pour sentir leur présence dans ma poche.

– Mal, Sturmhond a des fabrikators dans son équipage. Il pense que je devrais utiliser les écailles… et je suis de son avis.

– Quoi ? s'écria Mal.

Je déglutis avec peine mais me lançai tout de même.

– Le pouvoir du cerf n'est pas suffisant. Ni pour combattre le Darkling, ni pour détruire le Fold.

– Et ta solution est un deuxième amplificateur ?

– Pour l'instant.

– *Pour l'instant ?* répéta-t-il, médusé, en passant une main dans ses cheveux. Par tous les Saints, tu veux les trois. Tu veux chasser l'oiseau de feu…

Je me sentis soudain bête, cupide et même un peu ridicule.

– L'illustration…

– Ce n'est qu'un dessin, Alina ! murmura-t-il avec fureur. Réalisé par un moine quelconque mort depuis longtemps !

– Mais si ce n'était pas que ça ? Le Darkling a dit que les amplificateurs de Morozova étaient différents, qu'il fallait les utiliser ensemble.

– Alors maintenant tu suis les conseils des meurtriers ?

– Non, mais…

– Tu as élaboré d'autres plans avec le Darkling pendant que vous étiez ensemble dans la cale ?

– On n'était pas ensemble, Mal, il cherchait juste à te rendre jaloux.

– Il a réussi.

Il agrippa le bastingage, ses phalanges blêmissant aussitôt.

– Un jour je lui transpercerai le cou d'une de mes flèches.

J'entendis dans ma tête la voix du Darkling. *Il n'existe personne d'autre comme nous.* Je la chassai de mon esprit et posai ma main sur le bras de Mal.

– Tu as trouvé le cerf et le dragon de glace. Peut-être que tu es destiné à trouver l'oiseau de feu également.

Il laissa échapper un rire triste, mais à mon grand soulagement, sans aucune amertume.

– Je suis un bon traqueur, Alina, mais pas aussi bon que ça. Il nous faut un point de départ. L'oiseau de feu pourrait se trouver n'importe où dans le monde.

– Tu peux le trouver. Je le sais.

Il finit par pousser un soupir et couvrit ma main avec la sienne.

– Je ne me rappelle rien au sujet de Sankt Ilya.

Pas étonnant. Il existait des centaines de saints. Il y en avait un pour chaque village minuscule et chaque bourg perdu de Ravka. En outre, à Keramzin, la religion était considérée comme une préoccupation de paysans. Nous n'allions à l'église qu'une ou deux fois par an. Je repensai à l'Apparat. Il m'avait donné l'*Istorii Sankt'ya*, mais je n'avais aucune idée de pourquoi il l'avait fait et s'il était conscient du secret qu'il cachait.

– Moi non plus, admis-je. Mais cette arche doit signifier quelque chose.

– Tu la reconnais ?

Quand j'avais regardé l'illustration la première fois, l'arche m'avait presque paru familière. Mais j'avais étudié tellement de plans durant ma formation de cartographe que ma mémoire contenait un fouillis inimaginable de vallées et de monuments de Ravka et d'ailleurs. Je secouai la tête.

– Non.

– Bien sûr que non, ce serait trop simple…

Il laissa échapper un long soupir, avant de m'attirer contre lui pour examiner mon visage dans le clair de lune. Il toucha le collier sur mon cou.

– Alina, quels effets ces objets auront sur toi ?

– Je n'en sais rien, reconnus-je.

– Mais tu les veux quand même. Le cerf. Le dragon de glace. L'oiseau de feu.

Je songeai à l'exaltation que m'avait causée l'utilisation de mon pouvoir dans la bataille contre le Darkling. Mon corps tout entier avait vibré quand j'avais assené la Coupe. Qu'éprouverais-je avec un pouvoir redoublé ? Triplé ? Cette simple idée me donna le tournis.

Je levai les yeux vers le ciel étoilé. Une couverture de velours parsemée de diamants. La faim me saisit soudain. *Je les veux tous.* La lumière, le pouvoir. *Je veux tout.*

Un frisson d'impatience me parcourut. Je passai mon pouce sur le dos de l'*Istorii Sankt'ya.* Mon avidité me faisait-elle voir uniquement ce que j'avais envie de croire ? Peut-être que c'était le même élan qui avait animé le Darkling des années plus tôt, la même convoitise qui l'avait transformé en Hérétique noir et qui avait scindé Ravka en deux. Je devais malgré tout me rendre à l'évidence : sans les amplificateurs, je ne serais jamais à sa hauteur. Mal et moi n'avions pas beaucoup d'options.

– Nous en avons besoin, dis-je. Des trois. Si nous voulons arrêter de fuir. Si nous voulons être libres.

Mal caressa ma gorge, remonta sur ma joue tout en noyant son regard dans mes yeux. Je sentais qu'il essayait d'y lire une réponse.

– D'accord, se contenta-t-il de dire.

Il m'embrassa tendrement, et même si je m'efforçai de ne pas l'interpréter ainsi, je perçus le goût du deuil dans le contact de ses lèvres.

Je ne sais pas si j'étais pressée ou simplement inquiète de perdre patience, mais sans tenir compte de l'heure tardive, nous partîmes sur-le-champ nous entretenir avec Sturmhond. Le corsaire accueillit notre requête avec sa bonne humeur habituelle et nous remontâmes sur le pont pour l'attendre. Quelques minutes plus tard, le capitaine apparut, une Materialki sur les talons. Avec ses cheveux en bataille, elle bâillait comme une enfant ensommeillée et ne paraissait pas particulièrement impressionnante, mais Sturmhond affirmait que c'était sa meilleure fabrikator, alors je ne demandais qu'à le croire. Quelques pas derrière, Tolya et Tamar portaient des lanternes pour faciliter la tâche de la fabrikator. Si nous survivions à ce qui suivrait, tout le monde à bord du *Volkvolny* connaîtrait l'existence du second amplificateur. J'aurais préféré l'éviter, mais nous n'avions pas le choix.

– Bonsoir, tout le monde, salua Sturmhond en tapant dans ses mains, comme s'il ne remarquait pas nos mines bougonnes. C'est la nuit parfaite pour transpercer l'univers, vous ne trouvez pas ?

Je lui décochai un regard exaspéré et sortis les écailles de ma poche. Je les avais rincées dans le seau d'eau fraîche et elles scintillaient d'un éclat doré dans la lumière des lanternes.

– Tu sais quoi faire ? demandai-je à la fabrikator.

Elle m'avait fait pivoter pour que je lui présente l'arrière de mon collier. Je ne l'avais aperçu que dans un miroir, mais je savais que la surface était proche de la perfection. Mes doigts n'avaient jamais senti aucune séparation là où David avait scellé les deux morceaux de ramure.

Je donnai les écailles à Mal, qui en tendit une à la fabrikator.

– Vous êtes sûrs que c'est une bonne idée ? interrogea-t-elle.

Elle mordait sa lèvre avec une telle force que je craignis pour elle que du sang en jaillisse.

– Bien sûr que non, lança Sturmhond. Tout ce qui vaut la peine d'être tenté commence par une mauvaise idée.

La fabrikator prit l'écaille des doigts de Mal et la posa sur mon poignet, puis en prit une autre et se pencha sur son ouvrage.

Je sentis d'abord la chaleur qui émanait des écailles tandis que leurs bords se séparaient pour ensuite se reformer. L'une dans l'autre, elles se fondaient pour constituer un bracelet autour de mon poignet. La fabrikator travaillait en silence, ses mains se déplaçant à des degrés infinitésimaux. Tolya et Tamar l'éclairaient en permanence, leurs visages plus immobiles et solennels que des icônes. Même Sturmhond se taisait.

Finalement les deux extrémités du bracelet ne se trouvèrent plus qu'à une écaille de distance. Mal observa dans sa paume ce dernier maillon.

– Mal ? dis-je.

Il ne me regarda pas, mais effleura la peau nue de mon poignet à l'endroit où mon pouls battait et où la chaîne allait se refermer. Il tendit ensuite la dernière écaille à la Grisha.

En un instant, ce fut terminé.

Sturmhond examina la gourmette d'écailles scintillantes.

– Hmm, murmura-t-il. Je pensais que la fin du monde serait un peu plus excitante que ça.

– Reculez, ordonnai-je.

Le groupe se replia le long du bastingage.

– Toi aussi, dis-je à Mal.

À contrecœur, il obéit. Je vis Privyet nous observer depuis la barre. Au-dessus de nos têtes, les cordes craquaient sous le poids des hommes penchés sur nous.

Je pris une profonde inspiration. Il fallait que je fasse attention. Pas de chaleur, juste de la lumière. Je m'essuyai les mains sur mon manteau et levai les bras. Tout de suite après mon appel, la lumière se rua sur moi.

Elle venait de toutes les directions, d'un million d'étoiles, d'un soleil toujours caché sous l'horizon. Elle venait avec une vitesse et une furie démentielles.

– Oh, par tous les Saints… chuchotai-je.

La lumière irradia en moi et la nuit se déchira. Le ciel explosa en un tapis d'or infini. La surface de l'eau chatoya tel un immense diamant, réfléchissant des éclats blancs translucides de soleil. Malgré mes efforts, la température grimpa.

Je fermai les yeux pour ne pas être éblouie, essayant de me concentrer et de retrouver le contrôle. J'entendis la voix de Baghra dans ma tête, me conjurant d'avoir foi en mon pouvoir : *Ce n'est pas un animal farouche qui décide ou non de venir lorsque vous l'appelez.* Jamais je n'avais ressenti une telle force. C'était un animal, une créature habitée d'un feu inépuisable qui respirait avec la puissance du cerf et la colère du dragon de glace. Il coulait en moi, me coupant le souffle, me brisant, effaçant mes contours, jusqu'à ce que je ne connaisse plus que la lumière.

Trop, me lamentai-je. Et en même temps, j'en voulais plus encore, beaucoup plus.

J'entendis des cris provenir de quelque part. Je sentis la chaleur autour de moi. Elle soulevait mon manteau, me hérissait les poils. Je m'en fichais.

– Alina !

Le bateau tanguait dangereusement dans une mer qui s'agitait et tempêtait.

– Alina !

Mal m'entraîna dans ses bras. Il me serra contre lui, dans une puissante étreinte, les yeux fermés dans la lumière aveuglante. Sur sa peau, je sentis l'eau de mer et la sueur, son odeur familière, Keramzin, l'herbe des prés, le cœur vert foncé des bois.

Je me rappelai mes bras, mes jambes, la pression sur mes côtes alors qu'il me retenait et me reconstituait. Je reconnus mes lèvres, mes dents, ma langue, mon cœur, et ces nouveaux éléments qui faisaient partie de moi : le collier et le bracelet. Ils étaient os et souffle, muscle et chair. Ils étaient à moi.

L'oiseau sent-il le poids de ses ailes ?

J'inspirai, je recouvrai mes esprits. Je n'avais pas à m'emparer du pouvoir. Il était en moi, comme soulagé d'avoir trouvé son abri. En une dernière explosion phénoménale, je libérai la lumière. Le ciel clair se fractura, laissant la nuit revenir et tout autour de nous, des étincelles plurent tels des feux d'artifice. Une tornade de pétales multicolores échappés d'un millier de fleurs.

La chaleur baissa. La mer se calma. Je rassemblai les derniers restes de lumière et les tissai en un léger lustre qui roula sur le pont du bateau.

Sturmhond et les autres étaient accroupis contre le bastingage, sidérés et terrorisés. Haletant, Mal me tenait contre lui, son visage enfoui dans mes cheveux.

– Mal… prononçai-je doucement.

Il me serra plus fort encore. Je suffoquai.

– Je n'arrive pas à respirer.

Lentement, il ouvrit les yeux et me regarda. Je baissai les mains et la lumière disparut complètement. À cet instant seulement, il me relâcha.

Tolya leva sa lanterne et les autres se redressèrent. Sturmhond épousseta les plis criards de sa redingote. La fabrikator semblait au bord du malaise, mais il me fut plus difficile de lire l'expression des jumeaux. Leurs yeux dorés pétillaient de quelque chose que je n'aurais su définir.

– Eh bien, Invocatrice, lâcha Sturmhond, sa voix légèrement chevrotante. On peut dire que tu as le sens du spectacle…

Mal prit mon visage entre ses mains. Il m'embrassa le front, le nez, les lèvres, les cheveux et m'attira de nouveau contre lui.

– Ça va ? me demanda-t-il, inquiet.

– Oui.

Ce n'était pas tout à fait vrai. Je sentais le collier sur mon cou, le bracelet à mon poignet. Mon autre bras me semblait nu. J'étais incomplète.

Sturmhond réveilla son équipage et nous repartîmes dès l'aube. Nous n'avions pas de moyen de savoir jusqu'où la lumière que j'avais créée s'était étendue, mais il était plus que probable que j'avais indiqué notre emplacement. Nous devions accélérer.

Tous les membres de l'équipage voulaient regarder le deuxième amplificateur. Certains se montraient méfiants, d'autres juste curieux, mais c'était pour Mal que je me faisais du souci. Il me surveillait constamment, comme s'il redoutait que je puisse perdre le contrôle d'un moment à l'autre. Quand le crépuscule arriva, nous partîmes dans la cale et je le bloquai dans l'étroit passage.

– Je vais bien, assurai-je. Vraiment.

– Comment le sais-tu ?

– Je le sais, je le sens.

– Tu n'as pas vu ce que j'ai vu. Tu étais…

– Ça m'a échappé. Je ne savais pas à quoi m'attendre.

Il secoua la tête.

– Je ne t'ai pas reconnue, Alina. Tu étais splendide. Terrible.

– Ça ne se produira plus. Le bracelet fait partie de moi, désormais. Comme mes poumons ou mon cœur.

– Ton cœur, répéta-t-il platement.

Je lui pris la main et la pressai contre ma poitrine.

– C'est toujours le même cœur, Mal. Il est toujours à toi.

De mon autre main, je projetai un doux rayon de soleil sur son visage. Il tressaillit. *Il ne pourra jamais comprendre votre pouvoir, et s'il y parvient, il finira juste par vous craindre.* Je repoussai les mots du Darkling dans les tréfonds de mon esprit. Mal avait tous les droits d'avoir peur.

– Je peux y arriver, dis-je tout bas.

Il ferma les yeux et détourna le visage du rayon qui irradiait de ma main. Il posa ensuite la joue dans ma paume. La lumière scintilla chaleureusement contre sa peau.

Nous restâmes ainsi, en silence, jusqu'à ce que la cloche sonne.

7

Les vents se réchauffèrent et les eaux virèrent du gris au bleu, à mesure que le *Volkvolny* nous conduisait vers le sud-est, jusqu'à Ravka. L'équipage de Sturmhond se composait de marins et de déserteurs grishas qui travaillaient de concert pour que tout fonctionne tranquillement à bord. Malgré les extrapolations qui couraient au sujet du deuxième amplificateur, personne ne prêtait vraiment attention à Mal et à moi. Il arrivait que certains matelots viennent me regarder m'entraîner à la poupe du navire. Je prenais beaucoup de précautions, veillant à ne jamais aller trop loin, et toujours à midi, à l'heure où le soleil était au zénith et que mes exercices ne risquaient pas de nous faire remarquer. Mal se tenait encore sur ses gardes, mais j'avais dit la vérité : le pouvoir de Rusalye faisait désormais partie de moi. Il me ravissait. Il m'enflammait. Je ne le craignais pas.

J'étais fascinée par les réfugiés engagés par Sturmhond. Chacun avait sa propre histoire. L'un d'eux avait été envoûté par sa tante pour qu'il fuie Ravka et ne soit pas enrôlé par le Darkling. Un autre avait déserté la Seconde Armée. Une troisième avait été cachée dans la cave quand les examinateurs grishas étaient venus pour la tester.

– Ma mère a prétendu que j'avais été tuée par la fièvre qui avait ravagé notre village au printemps précédent, m'expliqua la faiseuse de marée. Les voisins m'ont coupé les cheveux et m'ont fait passer pour leur défunt fils *otkazat'sya* jusqu'à ce que je sois assez âgée pour partir.

La mère de Tolya et Tamar était une Grisha en poste à la frontière sud quand elle avait rencontré leur père, un mercenaire shu.

– Quand elle est morte, elle a fait promettre à notre père de ne pas nous laisser nous engager dans la Seconde Armée. Nous avons quitté Novyi Zem le lendemain.

La plupart des transfuges grishas finissaient à Novyi Zem. Hormis Ravka, c'était le seul endroit où ils ne risquaient pas de devenir l'objet des expérimentations scientifiques de chercheurs shus ou d'être brûlés par les chasseurs de sorcières fjerdans. Pourtant, ils devaient rester prudents et utiliser leur pouvoir avec discrétion. Les Grishas étaient des esclaves recherchés et les commerçants kerch peu scrupuleux étaient connus pour les enlever et les vendre à des enchères illégales.

C'étaient ces menaces-là, au départ, qui avaient poussé tant de Grishas à trouver refuge à Ravka et à s'engager dans la Seconde Armée. Mais les déserteurs ne considéraient pas les choses de cette façon. Pour eux, il valait encore mieux surveiller ses arrières et fuir constamment que servir le Darkling et le roi ravkan. Ce choix, je le comprenais.

Après quelques jours d'une monotonie à pleurer, Mal et moi demandâmes à Tamar si elle pouvait nous montrer quelques techniques de combat zemeni. Cela nous aida à soulager l'ennui sur la goélette et l'angoisse de retourner à Ravka-Ouest.

L'équipage de Sturmhond avait confirmé les rumeurs inquiétantes que nous avions entendues à Novyi Zem. Il était désormais impossible de traverser le Fold et les réfugiés fuyaient le long de ses rives toujours plus longues. La Première Armée était proche de la révolte et la Seconde, anéantie. J'étais plus effrayée encore par les nouvelles du culte de l'Apparat dédié à la Sainte de lumière qui ne cessait de prendre de l'importance. Personne ne savait comment il avait réussi à fuir le Little Palace après le coup d'État du Darkling, mais il avait refait surface dans le réseau de monastères éparpillés à travers Ravka.

L'Apparat faisait courir le bruit que j'avais péri dans le Fold et que j'avais ressuscité en tant que sainte. J'en aurais bien ri, mais en tournant les pages sanglantes de l'*Istorii Sankt'ya*, tard le soir, c'était plutôt la sidération qui l'emportait. Je me souvins de l'odeur de l'Apparat, ce mélange désagréable d'encens et de moisissure, et resserrai mon manteau autour de mon cou. Il m'avait donné le livre rouge. Je devais encore comprendre pourquoi.

Malgré les hématomes et les bosses, mes entraînements avec Tamar m'aidaient à alléger mon angoisse permanente. À Ravka, les filles et les garçons étaient enrôlés indifféremment dans l'armée du roi quand ils atteignaient l'âge de se battre. J'avais vu bon nombre de filles en plein combat, et je m'étais formée à leurs côtés. Mais je n'avais jamais vu personne, homme ou femme, lutter comme Tamar. Elle avait une grâce de danseuse et un instinct infaillible. Elle anticipait à la perfection ce que faisait son adversaire. Ses armes de choix étaient deux haches de guerre qu'elle maniait en même temps, les lames réfléchissant la lumière comme de l'eau, mais elle était tout aussi dangereuse avec un sabre, un pistolet ou même à mains nues. Seul Tolya pouvait rivaliser avec elle, et quand ils s'affrontaient, tout le navire s'arrêtait pour les regarder.

Le géant parlait peu et passait le plus clair de son temps à pêcher ou à se balader avec un air mauvais. Mais il arrivait aussi qu'il intervînt au cours de nos leçons. Il n'était pas particulièrement doué comme instructeur. « Plus vite » était en substance tout ce qu'il savait conseiller. Tamar, elle, enseignait brillamment. Mais nous dûmes nous montrer beaucoup plus discrètes après que Sturmhond nous surprit à nous entraîner sur le pont avant.

– Tamar ! S'il te plaît n'endommage pas la cargaison.

Aussitôt, la jeune Grisha se raidit.

– *Da, kapitan.*

Je lui adressai un regard acerbe.

– Je ne suis pas une marchandise que tu vas livrer, Sturmhond.

– Dommage, lança-t-il en continuant sa route d'un pas nonchalant. Les marchandises ont l'avantage de ne pas parler et de rester là où on les dépose.

Mais quand Tamar entama ses cours de rapière et de sabre, même Sturmhond se joignit à nous. Mal s'améliorait tous les jours, même si Sturmhond le battait encore facilement à chaque combat. Mal ne semblait pas s'en offusquer. Il prenait ses défaites avec un fair-play que je n'aurais jamais pu éprouver. Perdre me rendait irritable. Mal, lui, balayait la défaite d'un éclat de rire.

– Comment Tolya et toi avez appris à utiliser vos pouvoirs ? demandai-je à Tamar un après-midi alors que nous assistions à un duel à l'épée entre Sturmhond et Mal.

Elle m'avait trouvé un épissoir et, quand elle ne me rouait pas de coups, elle m'apprenait à faire des nœuds.

– Range tes coudes ! criait Sturmhond. Arrête de les agiter comme un poulet.

Mal laissa échapper un gloussement.

– Ton ami a l'air de prendre du bon temps, remarqua Tamar.

Je haussai les épaules.

– Mal a toujours été comme ça. On pourrait le lâcher dans un camp d'assassins fjerdans et il finirait porté sur leurs épaules. Il fleurit, où qu'on le plante.

– Et toi ?

– Je ressemble plus à de la mauvaise herbe.

Tamar se fendit d’un rictus amusé. Dans les combats, elle était froide et silencieuse, mais quand elle discutait simplement, elle souriait facilement.

– J’aime les mauvaises herbes, dit-elle en se repoussant du bastingage et en enroulant ses mètres de corde. Elles survivent toujours.

Je me surpris à lui rendre son sourire et retournai rapidement au nœud que je tentais de serrer. Le problème, c’est que j’aimais me trouver sur le bateau de Sturmhond. J’aimais Tolya et Tamar et le reste de l’équipage. J’aimais partager des repas avec eux, et la voix de ténor de Privyet. J’aimais les après-midi à viser, à tirer sur des bouteilles vides alignées sur la dunette et à lancer des paris inoffensifs.

C’était un peu comme être au Little Palace, mais sans les manigances politiques et les luttes de pouvoir. L’équipage s’entendait bien. Chacun semblait à l’aise avec les autres. Ils étaient tous jeunes et pauvres et avaient passé pratiquement toute leur vie en cavale. Sur ce navire, ils avaient trouvé un foyer, et ils nous accueillaient, Mal et moi, dans cet heureux tohu-bohu.

Je ne savais pas ce qui nous attendait à Ravka-Ouest, et je me disais toujours que c’était de la folie d’y retourner. Mais à bord du *Volkvolny*, avec le vent en poupe et les voiles qui dessinaient des lignes nettes dans le vaste ciel bleu, j’arrivais à oublier l’avenir et mes craintes.

Et je dois bien le reconnaître, j’aimais bien Sturmhond aussi. Prétentieux et impertinent, il utilisait toujours dix mots là où deux auraient suffi, mais j’étais impressionnée par la façon dont il dirigeait son équipage. Il n’usait jamais des astuces qu’affectionnait le Darkling et pourtant ses hommes le suivaient sans hésiter. Il s’était acquis leur respect, pas leur peur.

– C'est quoi le vrai nom de Sturmhond ? demandai-je à Tamar. Son nom ravkan ?

– Aucune idée.

– Tu ne lui as jamais demandé ?

– Pourquoi le ferais-je ? répliqua Tamar.

– Mais il est de quelle partie de Ravka ?

Elle leva les yeux au ciel.

– Tu veux refaire un combat de sabres ? Nous avons un peu de temps avant mon tour de garde de la nuit.

Elle changeait systématiquement de sujet quand je lui parlais de Sturmhond.

– Il n'a pas juste atterri du ciel sur un bateau, Tamar. Ça ne t'intéresse pas de savoir d'où il vient ?

Tamar ramassa les épées et les tendit à Tolya qui servait de maître d'armes sur le navire.

– Pas particulièrement. Il nous laisse naviguer et nous battre.

– Et il ne nous impose pas des robes en soie rouge en exigeant de nous qu'on se rabaisse, renchérit Tolya, en déverrouillant l'étagère avec la clé qu'il avait autour du cou.

– Tu serais pas très bon à ça, plaisanta Tamar.

– Tout est mieux que de recevoir des ordres d'un dingue habillé en noir, grommela Tolya.

– Tu suis les ordres de Sturmhond, lui fis-je remarquer.

– Seulement quand il en a envie.

Je sursautai. Sturmhond s'était planté derrière moi.

– Essaie de dire à ce bœuf quoi faire et tu verras le résultat, continua le corsaire.

Tamar rit, et avec Tolya, ils rangèrent le reste des armes.

Sturmhond se pencha vers moi et murmura à mon oreille :

– Si tu as envie de mieux me connaître, mon cœur, il te suffit de t'adresser à moi.

– Je me demandais juste d'où tu étais originaire, répliquai-je, sur la défensive. C'est tout.

– Tu es d'où, toi ?

– Keramzin. Tu le sais.

– Mais d'où viens-tu, précisément ?

Quelques vagues souvenirs me revinrent en mémoire. Un plat de betteraves cuites, que je sens glisser entre mes doigts devenus rouges. L'odeur du porridge aux œufs. Une route de campagne que je traverse sur les épaules de quelqu'un, peut-être mon père. À Keramzin, la simple mention de nos parents était une trahison vis-à-vis du duc et un signe d'ingratitude. Nous avions appris à ne jamais parler de nos vies d'avant notre arrivée à la propriété, et finalement, la plupart des images s'étaient évanouies.

– De nulle part, répondis-je. Le village dans lequel je suis née était trop petit pour mériter un nom. Et toi, Sturmhond ? D'où viens-tu ?

Le corsaire sourit. De nouveau, je fus interloquée par le déséquilibre de ses traits.

– Ma mère était une huître, répondit-il en m'adressant un clin d'œil. Et je suis une perle.

Il s'éloigna en sifflant faux.

Deux nuits plus tard, je fus réveillée par Tamar qui secouait mon épaule indemne.

– Il faut y aller, annonça-t-elle.

– Maintenant ? demandai-je, encore dans les vapes. Quelle heure est-il ?

– Bientôt trois coups.

– En pleine nuit ? m'indignai-je en bâillant et en passant les jambes en dehors du hamac. Où sommes-nous ?

– À quinze milles des côtes de Ravka-Ouest. Vite, Sturmhond attend.

Elle était habillée et portait un sac marin en toile.

Je n'avais aucune affaire à prendre. J'enfilai mes bottes, tapotai la poche intérieure de mon manteau pour m'assurer que j'avais bien mon livre rouge et la suivis.

Sur le pont, Mal m'attendait devant le bastingage à tribord avec un groupe de matelots. Je m'étonnai de voir Privyet vêtu de la redingote voyante de Sturmhond. Et je n'aurais jamais reconnu notre capitaine s'il n'avait pas été en train de donner des ordres. Il était emmitouflé dans un manteau volumineux, le col remonté et un bonnet en laine enfoncé sur la tête.

Un vent froid soufflait. Les étoiles brillaient dans le ciel et un croissant de lune pendait à l'horizon. J'observai les vagues éclairées par ses rayons, tout en tendant l'oreille vers la plainte régulière de la mer. Je ne voyais pas encore la terre ferme.

Mal me frotta les bras pour me réchauffer.

– Qu'est-ce qui se passe ? demandai-je.

– Nous allons accoster, annonça-t-il avec méfiance.

– Au milieu de la nuit ?

– Le *Volkvolny* hissera mes couleurs en arrivant sur la côte fjerdanne, intervint Sturmhond. Le Darkling n'a pas besoin de savoir tout de suite que vous êtes arrivés sur le sol ravkan.

Alors que Sturmhond pencha la tête vers Privyet pour s'entretenir avec lui, Mal m'attira contre le bastingage à bâbord.

– Tu es sûre de ce que tu fais ?

– Pas du tout, reconnus-je.

Il posa ses mains sur mes épaules.

– Je cours le risque d'être arrêté s'ils nous retrouvent, Alina. Tu es peut-être l'Invocatrice de lumière, mais je ne suis qu'un simple soldat qui a défié les ordres.

– Les ordres du Darkling.

– Ça ne changera rien.

– Je ferai en sorte que si. Et de toute façon, ils ne nous retrouveront pas. Nous allons entrer dans Ravka-Ouest, rencontrer le client de Sturmhond, et nous déciderons de ce que nous voulons faire.

Mal me prit dans ses bras.

– Tu as toujours causé autant de problèmes ?

– Je me considère comme quelqu'un de merveilleusement complexe.

Quand il se pencha pour m'embrasser, la voix de Sturmhond déchira la nuit.

– Gardez les câlins pour plus tard. Je veux qu'on ait accosté avant l'aube.

– Je vais finir par lui mettre une raclée, lança Mal dans un soupir.

– Je te soutiendrai dans cette entreprise.

Main dans la main, nous retournâmes vers le groupe.

Sturmhond tendit à Privyet une enveloppe scellée avec un cachet en cire bleu pâle et lui donna une tape dans le dos. Dans le clair de lune, j'avais l'impression qu'il avait les larmes aux yeux. Tolya et Tamar passèrent par-dessus le bastingage, s'agrippant fermement à l'échelle sur le côté de la goélette.

Je me penchai pour regarder où ils descendaient et m'attendais à trouver une chaloupe. Je fus surprise de voir la petite barque suspendue sur le côté du *Volkvolny*. Je n'avais jamais vu d'embarcation pareille. Ses deux coques ressemblaient à une paire de chaussures creuses reliées par un pont avec un trou géant en son centre.

Mal et moi les suivîmes avec précaution. Nous nous installâmes dans une des coques incurvées, sur le pont principal où un poste de pilotage s'enfonçait entre deux mâts. Sturmhond sauta dedans et partit sur la plate-forme derrière le cockpit pour prendre sa place à la barre.

– C'est quoi ce bateau ? demandai-je.

– Je l'appelle *Hummingbird*, le colibri, répondit Sturmhond en consultant une carte. Mais je songe à le renommer *Firebird*, l'oiseau de feu.

J'ouvris de grands yeux et Sturmhond se contenta de sourire.

– Coupez l'ancre et descendez-nous ! ordonna-t-il.

Tamar et Tolya défirent les nœuds du grappin qui nous retenait au *Volkvolny*. Je vis la corde de l'ancre onduler comme un serpent vivant à la poupe du *Hummingbird*, l'extrémité glissant en silence dans l'eau. Je pensais que nous aurions besoin d'une ancre en arrivant au port, mais Sturmhond savait sûrement ce qu'il faisait.

– Levez les voiles.

Les voiles se déployèrent. Même si les mâts du *Hummingbird* étaient considérablement plus courts que ceux de la goélette, ses doubles voiles étaient immenses, rectangulaires, et il fallait deux matelots pour les manœuvrer.

Une brise légère s'y engouffra et nous nous éloignâmes rapidement du *Volkvolny*. Je levai la tête et vis Sturmhond qui regardait la goélette disparaître à l'horizon. Son visage était caché, mais j'avais clairement le sentiment qu'il lui faisait ses adieux. Il se ressaisit.

– Hurleurs !

Un Grisha était posté dans chaque coque. Ils levèrent les bras et le vent tourbillonna autour de nous et gonfla les voiles. Sturmhond ajusta notre trajectoire et demanda qu'on accélère. Les hurleurs obéirent et l'étrange petite embarcation bondit en avant.

– Prenez ça, dit Sturmhond en lançant à Mal et moi deux paires de lunettes de protection.

Elles ressemblaient à celles que les fabrikators utilisaient dans les ateliers du Little Palace. Tout le monde autour de moi en portait désormais, même Sturmhond. Nous les enfilâmes aussitôt.

Je compris vite leur utilité quand Sturmhond ordonna plus de vent encore. Les voiles claquaient sur le gréement au-dessus de nous. Je me sentais nerveuse. Pourquoi était-il si pressé ?

Le *Hummingbird* fonçait sur les flots, sa double coque creuse flottant sur les vagues comme si elle frôlait à peine la surface de la mer. Je m'accrochai à mon banc, mon estomac se retournant à chaque rebond.

– Très bien, hurleurs, vers le haut. Marins aux ailes, à mon signal.

Je me tournai vers Mal.

– Ça veut dire quoi « vers le haut » ?

– Cinq ! commença Sturmhond.

Les membres de l'équipage se déplacèrent dans le sens contraire des aiguilles d'une montre, en tirant sur les cordes.

– Quatre !

Les hurleurs écartèrent les bras.

– Trois !

Une explosion retentit entre les deux mâts, les voiles frappant sur toute leur longueur.

– Deux !

– Soulevez ! crièrent les marins.

Les hurleurs levèrent les bras d'un seul coup.

– Un !

Les voiles battaient furieusement au-dessus du pont, telles deux ailes gigantesques. Mon estomac se noua et l'impossible se produisit : le *Hummingbird* décolla !

J'agrippai mon siège, bredouillant de vieilles prières. Je serrai fort mes paupières, mon visage violemment giflé par les rafales à mesure que nous prenions de la hauteur dans le ciel de la nuit.

Sturmhond riait de bon cœur. Les hurleurs communiquaient entre eux par des cris pour s'assurer qu'ils gardaient le même cap. Mon cœur allait transpercer ma poitrine à force de tambouriner.

Oh, par tous les Saints, c'est impossible, songeai-je.

– Alina ! tonna Mal pour couvrir les bourrasques.

– Quoi ? me forçai-je à répondre malgré ma panique.

– Alina, ouvre les yeux, tu dois voir ça !

Je secouai la tête. *Sûrement pas !*

La main de Mal glissa dans la mienne, attrapant mes doigts glacés.

– Essaie.

Je pris une inspiration hésitante et me forçai à ouvrir les yeux. Nous étions entourés d'étoiles. Au-dessus de nous, les voiles blanches formaient de larges arches pareilles à la corde bandée d'un arc.

Je sais que je n'aurais pas dû, mais je n'arrêtais pas de me tordre le cou pour regarder par-dessus le cockpit. Le grondement du vent était assourdissant. En dessous de nous, les vagues éclairées par la lune ondulaient comme les écailles brillantes d'un serpent au ralenti. Si nous tombions, je savais que nous allions nous briser sur son dos.

Je lâchai un petit rire, entre l'extase et l'hystérie. Nous volions. *Nous volions.*

Mal me serra la main et poussa un cri de joie.

– C'est impossible ! m'exclamai-je.

– Quand les gens disent impossible, généralement ça veut dire improbable, corrigea Sturmhond.

Avec les reflets de la lune sur ses lunettes et son manteau qui flottait autour de lui, il avait l'air d'un fou.

J'essayai de respirer. Le vent se calmait. Les hurleurs et l'équipage étaient concentrés mais calmes. Lentement, très lentement, le nœud dans ma poitrine se défit et je me détendis.

– D’où vient cette chose ? criai-je en direction de Sturmhond.

– Je l’ai conçue. Et construite. Et j’ai démoli quelques prototypes.

Je déglutis douloureusement. Je ne voulais surtout pas envisager cette possibilité.

Mal se pencha pour avoir une meilleure vue des canons placés à l’avant des coques.

– Ce sont des mitraillettes, affirma Sturmhond. Et elles sont alimentées par gravité. Pas besoin de s’arrêter pour les recharger. Elles tirent deux cents cartouches par minute.

– C’est…

– Impossible ? Le seul problème, c’est la surchauffe, mais sur ces modèles, c’est convenable. J’ai un tireur zemeni qui travaille dessus pour corriger les imperfections. Des petits barbares, ces Zemenis, mais ils s’y connaissent en armes à feu ! Les sièges à la poupe pivotent pour permettre de viser sous tous les angles.

– Et mitrailler l’ennemi, compléta Mal presque gaiement. Si Ravka avait une flotte de ces engins…

– Ce serait un bel avantage, hein ? Mais il faudrait que la Première et la Seconde Armée s’unissent.

Je pensais à ce que le Darkling m’avait dit il y avait bien longtemps déjà. *L’âge des Grishas touche à son terme.* Sa solution avait été de convertir le Fold en une arme. Et si le pouvoir des Grishas pouvait être transformé par des hommes comme Sturmhond ? Je regardai sur le pont du *Hummingbird* les marins et les hurleurs qui travaillaient ensemble, Tolya et Tamar installés derrière ces mitraillettes effrayantes. C’était envisageable.

C’est un corsaire, me rappelai-je. *Et il n’a pas hésité à profiter des malheurs de la guerre.* Les armes de Sturmhond pouvaient offrir à Ravka un avantage, mais qui garantissait qu’elles ne seraient pas utilisées par ses ennemis ?

Je fus tirée de mes pensées par un faisceau lumineux qui arrivait sur la proue à bâbord. Le grand phare de la baie d'Alkhem. Nous n'étions plus très loin. Si je me penchais, j'apercevais les tours scintillantes du port d'Os Kervo.

Sturmhond ne se dirigea pas droit dessus, mais tourna vers le sud-est. Je supposai qu'on allait se poser quelque part sur la côte. L'idée d'atterrir me rendait nauséeuse. Je décidai qu'à ce moment-là je fermerais les yeux, quoi qu'en dise Mal.

Bientôt, je perdis de vue le phare. Jusqu'où comptait aller Sturmhond ? Il avait affirmé qu'il voulait accoster avant l'aube. Il ne devait pas nous rester plus d'une heure ou deux.

Je laissai mes pensées dériver dans les étoiles autour de nous et dans les nuages qui traversaient le ciel. Le vent de la nuit me mordait les joues et traversait le tissu fin de mon manteau.

Je jetai un coup d'œil en bas et réprimai un hurlement. Nous ne volions plus au-dessus de l'eau, mais au-dessus de la terre, solide et impitoyable.

Je tirai sur les manches de Mal et lui montrai avec de grands gestes affolés le paysage éclairé par la lune en reflets noir et argent en dessous de nous.

– Sturmhond ! criai-je, paniquée. Qu'est-ce que tu fais ?

– Tu as dit que tu nous emmenais à Os Kervo… renchérit Mal.

– Je vous ai dit que je vous emmenais rencontrer mon client, corrigea Sturmhond.

– Peu importe, tonnai-je. Où va-t-on atterrir ?

– Ne vous en faites pas, j'ai un adorable petit lac en vue.

– Petit comment ? gémis-je.

Mais je vis Mal grimper sur le cockpit, en furie.

– Mal, assieds-toi ! le suppliai-je.

– Espèce de menteur…

– Je resterais assis si j'étais toi. Je ne pense pas que tu voudras passer par-dessus bord. Surtout quand on aura atteint le Fold.

Mal se figea. Sturmhond se remit à siffler faux. Sa mélodie fut emportée par le vent.

– Tu n'es pas sérieux ? m'écriai-je.

– Pas très souvent, en effet. J'ai caché un fusil sous ton siège, Oretsev. Tu peux le prendre si tu veux. Au cas où.

– Tu ne peux pas nous faire survoler le Fold ! gronda Mal.

– Pourquoi pas ? À ce que j'ai compris, je voyage avec *la* personne, la seule et unique, qui me garantit une traversée en sécurité.

Je serrai les poings, la rage repoussant la peur loin de mon esprit.

– Je vais peut-être laisser les volcras te dévorer, toi et ton équipage, en guise de petit en-cas du soir !

Une main toujours sur la barre, Sturmhond vérifia l'heure.

– Plutôt de petit déjeuner, corrigea-t-il. On est un peu en retard, en effet. Et l'atterrissage prendra du temps, même pour l'Invocatrice de lumière.

Je jetai un coup d'œil à Mal et vis que nous partagions la même colère.

Le paysage défilait sous nos yeux à une vitesse incroyable. Je me levai, essayant de me repérer dans l'espace.

– Par tous les Saints !

Derrière nous s'étalaient des étoiles, le clair de lune, le monde vivant. Devant nous : le vide. Il allait vraiment le faire. Il nous emmenait dans le Fold.

– Tireurs, en position, appela Sturmhond. Hurleurs, maintenez le cap.

– Sturmhond, je vais te tuer ! criai-je. Fais demi-tour sur-le-champ !

– J'aurais aimé pouvoir. Mais si tu veux me tuer, il va falloir patienter jusqu'à l'atterrissage. Prêts ?

– Non ! hurlai-je.

Mais nous pénétrâmes aussitôt dans les ténèbres. Cela ne ressemblait à aucune nuit : une obscurité totale, profonde, qui nous enveloppait de son emprise suffocante. J'étais de retour dans le Fold.

8

À l'instant où nous entrâmes dans la Non-Mer, je sus que quelque chose avait changé.

Je calai fermement les pieds sur le sol et levai les mains pour baigner le *Hummingbird* d'un halo de lumière dorée. Malgré la colère que j'éprouvais contre Sturmhond, je n'allais pas laisser une volée de volcras nous achever juste pour prouver que j'avais raison.

Avec le pouvoir des deux amplificateurs, j'avais à peine besoin de me concentrer pour invoquer la lumière. Je testai soigneusement les bords du faisceau, sans rien ressentir de la terrible perturbation qui m'avait submergée la première fois que j'avais porté le bracelet. J'eus malgré tout un mauvais pressentiment. Le Fold n'était pas comme dans mon souvenir. J'essayai de me convaincre que c'était juste mon imagination, mais l'obscurité avait une texture. Je la sentais presque bouger sur ma peau. La blessure sur mon épaule me démangea et me piqua, comme si ma chair s'agitait.

J'avais voyagé sur la Non-Mer à deux reprises, et les deux fois, j'avais eu l'impression d'être une étrangère, une intruse vulnérable dans un environnement dangereux qui ne voulait pas de moi. Désormais c'était comme si le Fold s'accrochait à moi, m'accueillait de bon cœur. Je savais que ça n'avait aucun sens. Le Shadow Fold était un endroit, mort et vide, pas un être vivant.

Il me connaît, songeai-je. *Qui se ressemble s'assemble.*

Ridicule. Je chassai ces pensées, laissant le pouvoir pulser en moi et me réchauffer. *Voilà* ce que j'étais. Pas ces ténèbres.

– Ils arrivent, lança Mal à mes côtés. Écoutez.

Derrière le grondement du vent, j'entendis une plainte déchirer les alentours, et le battement d'ailes régulier des volcras. Ils nous avaient trouvés rapidement, attirés par l'odeur des proies humaines.

Leurs ailes frappaient l'air autour du cercle de lumière que j'avais créé, repoussant l'obscurité vers nous par vagues ondulantes. Maintenant que la traversée du Fold était interdite, ils n'avaient plus mangé depuis trop longtemps : la faim les rendait téméraires.

J'écartai les bras pour que la lumière s'étende encore et repousse la pénombre.

– Non, ordonna Sturmhond. Approche-les au contraire.

– Quoi ? Mais pourquoi ? demandai-je.

Les volcras étaient de vrais prédateurs. Il valait mieux ne pas jouer avec eux.

– Ils nous chassent, expliqua Sturmhond en montant la voix pour que tout le monde l'entende. À notre tour de les chasser.

Un cri de guerre s'éleva de l'équipage, suivi d'une série d'aboiements et de jappements.

– Resserre le halo.

– Il a perdu la tête, dis-je à Mal. Dis-lui qu'il est devenu dingue.

Mais Mal hésita.

– C'est que…

– *Quoi ?* demandai-je, sidérée. Tu l'as peut-être refoulé, mais une de ces choses a essayé de te dévorer !

Il haussa les épaules et un sourire éclaira son visage.

– C'est peut-être pour ça que j'aimerais voir ce dont ces fusils sont capables.

Je secouai la tête. Rien de tout cela ne me convenait.

– Un instant seulement, insista Sturmhond. Fais-moi plaisir.

Fais-moi plaisir. Comme s'il me priait de lui servir une autre part de gâteau.

L'équipage attendait, Tolya et Tamar se penchaient sur leurs armes énormes.

– D'accord, mais n'allez pas vous plaindre ensuite que je ne vous avais pas prévenus.

Mal posa la crosse de son fusil sur son épaule.

– C'est parti, marmonnai-je en refermant les doigts.

Le cercle de lumière se rétrécit autour du bateau.

Les volcras poussèrent des cris stridents d'excitation.

– Éteins, maintenant ! ordonna Sturmhond.

Je serrai la mâchoire de frustration et obéis. Le Fold nous engloba.

J'entendis un bruissement d'ailes. Les volcras plongèrent sur nous.

– Maintenant, Alina ! commanda Sturmhond. Élargis le halo !

Je ne pris pas le temps de réfléchir. Je projetai un éclair de lumière en une onde puissante qui nous montra l'horreur de ce qui nous entourait comme illuminée par le soleil de midi. Les volcras se ruaient sur nous de partout, suspendus dans l'air autour du navire, une masse de corps ailés grisâtres aux yeux laiteux et aveugles et aux crocs acérés. Ils ressemblaient à s'y méprendre aux *nichevo'ya*, et pourtant ils étaient nettement plus grotesques et plus maladroits.

– Feu ! cria Sturmhond.

Tolya et Tamar s'exécutèrent aussitôt, déclenchant une cacophonie d'explosions assourdissantes qui remuèrent tout mon être.

Un vrai massacre. Les volcras tombaient du ciel autour de nous, leurs crânes éclataient, leurs poitrines se trouaient, leurs ailes s'arrachaient de leurs corps. Les cartouches usées cliquetaient sur le pont du navire. L'odeur de la poudre envahissait l'atmosphère.

Deux cents munitions par minute. Voilà ce que pouvait faire une armée moderne.

Les monstres ne comprenaient pas ce qui leur arrivait. Ils fonçaient sur nous, assoiffés de sang, affamés et effrayés et se bousculaient dans leur panique pour se mettre à l'abri. Leurs hurlements... Baghra m'avait autrefois raconté que les ancêtres des volcras étaient humains. Je le percevais dans leurs cris.

La fusillade se calma. Mes oreilles sifflaient encore. Je levai les yeux et vit du sang noir et des morceaux de chair sur les voiles. Une couche de sueur froide perla sur mon front. Je crus que j'allais vomir.

Le calme ne dura que quelques secondes avant que Tolya ne jette la tête en arrière pour pousser une puissante exclamation de triomphe. Le reste de l'équipage le suivit, avec les jappements et les aboiements habituels. Je voulais leur hurler à tous de se taire.

– Tu penses qu'on pourrait attirer une autre volée ? demanda un des hurleurs.

– Peut-être, répondit Sturmhond. Mais il vaut mieux continuer vers l'est. Il fait presque jour et je ne veux pas qu'on se fasse repérer.

Oui, me dis-je. *Continuons vers l'est. Quittons cet endroit de malheur.* Mes mains tremblaient violemment. La blessure sur mon épaule brûlait et lançait. Qu'est-ce qui ne tournait pas rond ? Les volcras étaient des monstres, ils nous auraient exterminés sans le moindre scrupule, je le savais. Et pourtant, leurs cris résonnaient encore à mes oreilles.

– Il en arrive d'autres, avertit Mal. Beaucoup d'autres.

– Comment le sais-tu ? s'étonna Sturmhond.

– Je le sais.

Sturmhond hésita. Entre ses lunettes, son chapeau et son col, il était impossible de lire son expression.

– Où ? s'enquit-il finalement.

– Légèrement vers le nord, par là.

Mal indiqua une direction dans l'obscurité et je me retins de frapper sa main. Ce n'est pas parce qu'il pouvait traquer les volcras qu'il fallait absolument qu'il le fasse.

Sturmhond ordonna qu'on s'y dirige. Mon cœur sombra.

Le *Hummingbird* baissa les ailes et se tourna, Sturmhond toujours à la barre. Je tentai de me concentrer sur la lumière, sur la présence rassurante de mon pouvoir, j'essayai d'ignorer la nausée qui montait en moi.

Sturmhond nous fit perdre en altitude. Ma lumière scintillait sur le sable incolore du Fold et frôla les contours obscurcis d'une épave.

Un frisson me parcourut alors que nous nous en approchions. Le skiff avait été brisé en deux. Un de ses mâts était cassé, et je distinguais les restes de trois voiles noires déchirées. Mal nous avait conduits vers les ruines du vaisseau du Darkling.

Le semblant de calme dont j'avais réussi à me parer s'effaça complètement.

Le *Hummingbird* descendit encore. Notre ombre passa au-dessus du pont ravagé.

À mon grand soulagement, je ne vis pas, comme je m'y étais attendue, les corps des Grishas que j'avais laissés là, les squelettes de l'émissaire du roi et de ses ambassadeurs étrangers. Mais bien sûr, ils avaient disparu depuis longtemps, dévorés par les volcras, leurs os éparpillés dans le désert aride du Fold.

Le *Hummingbird* s'inclina à tribord. Ma lumière transperça les fonds troubles de la coque cassée. Les hurlements tonnèrent.

– Par tous les Saints ! jura Mal en soulevant son fusil.

Trois immenses volcras se blottissaient sous la coque du vaisseau. Ils nous tournaient le dos, les ailes déployées. Mais c'est ce qu'ils tentaient de cacher avec leurs corps qui me provoqua une vague de peur et de répulsion : une mer de petites formes frétillantes, des bras minuscules, scintillants, des petits dos divisés par les membranes transparentes de leurs ailes naissantes. Ils gémissaient et grognaient, se montant les uns sur les autres, essayant d'échapper à la lumière.

Nous avions découvert un nid.

L'équipage s'était tu. Plus de jappements ni d'aboiements.

Sturmhond pivota son navire en un arc proche du sol.

– Tolya, Tamar, *grenatki,* ordonna-t-il alors.

Les jumeaux s'emparèrent de deux obus de mortier qu'ils soulevèrent jusqu'au bord du bastingage.

Une nouvelle vague de dégoût mêlé de terreur m'envahit. *Ce sont des volcras*, me rappelai-je. *Regarde-les, ce sont des monstres.*

– Hurleurs, à mon signal ! lança Sturmhond d'un air grave. Feu ! Tireurs, mitraillez !

Dès l'instant où les obus furent prêts, Sturmhond gronda « maintenant ! » et vira violemment le navire sur la droite.

Les hurleurs levèrent les bras, et le *Hummingbird* remonta dans le ciel.

Après une seconde de silence, une puissante détonation retentit au sol. La chaleur et la force de l'explosion projetèrent le *Hummingbird* plus haut encore.

– Redressez ! ordonna Sturmhond.

La petite embarcation remua dans tous les sens, tel un pendule retenu par ses ailes en toile. Mal m'agrippa de ses deux mains, protégeant mon corps avec le sien, pour que je parvienne à garder mon équilibre et la lumière allumée.

Le navire finit par se calmer et tracer un large cercle au-dessus de l'épave.

Je tremblais de tous mes membres. L'air empestait les chairs calcinées. Mes poumons brûlaient et chaque respiration me torturait. L'équipage de Sturmhond se transforma de nouveau en une meute de chiens. Mal se joignit à eux, levant son fusil en signe de victoire. Derrière les exclamations de joie, je percevais les cris des volcras, impuissants et humains à mes oreilles, les pleurs des mères sur leur progéniture.

Je fermai les yeux pour ne pas me recroqueviller sur le pont du navire en me bouchant les oreilles.

– Ça suffit, murmurai-je.

Personne ne m'entendit.

– S'il te plaît, insistai-je. Mal…

– *Tu es devenue une sacrée tueuse, Alina.*

Cette voix froide. J'ouvris aussitôt les yeux.

Le Darkling se tenait devant moi, son *kefta* noir battant contre le pont du *Hummingbird*. Haletante, je reculai d'un pas, tournant la tête dans tous les sens. Mais personne ne me regardait. Ils faisaient la fête, penchés vers les flammes.

– *Ne t'inquiète pas*, lâcha-t-il gentiment. *Ça devient plus facile avec le temps. Je vais te montrer.*

Il sortit un couteau de la manche de son *kefta* et sans me laisser le temps de crier, il se jeta sur mon visage. Je levai les mains pour me défendre, un hurlement s'échappant de ma gorge. La lumière s'éteignit et le navire plongea dans l'obscurité. Je tombai à genoux, me repliant sur moi-même, prête à sentir l'acier des Grishas me transpercer.

Cela n'arriva pas. Les matelots s'agitaient dans le noir autour de moi, Sturmhond m'appelait en criant. J'entendis les hurlements des volcras. *Tout près. Bien trop près.*

Un lourd gémissement, et le navire pencha dangereusement. J'entendis les pas des marins qui essayaient de ne pas tomber.

– Alina !

Cette fois, c'était la voix de Mal.

Je le sentais qui s'avançait à tâtons vers moi dans le noir. Je retrouvai lentement mes esprits et me dépêchai de faire jaillir une cascade de lumière.

Les volcras qui se jetaient sur nous rugirent et retournèrent dans les ténèbres, mais l'un des hurleurs gisait en sang sur le pont. La voile au-dessus de lui battait vainement. Le *Hummingbird* s'inclina sévèrement à tribord et perdit rapidement de l'altitude.

– Tamar, aide-le ! ordonna Sturmhond.

Elle et son frère accouraient déjà à la rescousse du blessé.

La deuxième hurleuse leva les mains, son visage tendu alors qu'elle s'efforçait d'invoquer un courant d'air assez puissant pour nous maintenir en l'air. Le navire remuait et oscillait. Sturmhond s'agrippait de toutes ses forces à la barre, braillant des ordres aux marins qui dirigeaient les voiles.

Mon cœur battait la chamade. J'observai la scène, déchirée entre l'horreur et la confusion. J'avais vu le Darkling. Je l'avais *vu*.

– Tu vas bien ? demanda Mal à côté de moi. Tu n'es pas blessée ?

Je ne pouvais pas le regarder. Je tremblais si fort que je craignais de me briser en mille morceaux. Je me concentrais pour faire en sorte que la lumière ne se consume pas.

– Elle est blessée ? cria Sturmhond.

– Sors-nous d'ici, toi ! lui répondit-il.

– Sérieusement ? J'ai l'air de faire quoi là tout de suite ! aboya Sturmhond en retour.

Les volcras hurlaient et tourbillonnaient, restant à distance du cercle de lumière. Ils étaient peut-être des monstres, mais je me demandais s'ils connaissaient la vengeance. Le

Hummingbird se balançait toujours en chutant. Je regardai vers le bas et vis des dunes de sable gris qui venaient à notre rencontre.

Et soudain, nous nous extirpâmes des ténèbres et, nous propulsant hors des dernières bandes noires du Fold, nous entrâmes dans la lumière bleutée du début du jour.

Le sol paraissait affreusement proche de nous.

– Extinction ! ordonna Sturmhond.

Je baissai les mains et m'agrippai à la rambarde autour du cockpit. Une longue route s'étendait devant nous, les lumières d'une ville brillaient au loin, et derrière de basses collines, un joli lac bleu reflétait les premiers rayons du soleil.

– Encore un peu ! cria Sturmhond.

La hurleuse lâcha un sanglot, ses bras convulsant presque. Les voiles se baissèrent. Le *Hummingbird* continuait de tomber, des branches cognaient contre la coque qui frôlait la cime des arbres.

– *Tout le monde à terre !* hurla Sturmhond.

Je me plaquai contre Mal, les bras et les jambes entrelacées, mains dans les mains. Le petit navire s'ébranla.

– On ne va pas y arriver, lâchai-je.

Mal ne dit rien. Il serra mes doigts plus fort.

– Tenez-vous prêts ! gronda Sturmhond.

À la dernière seconde, il se jeta dans le cockpit sur tous les autres membres de l'équipage.

– Ah, la chaleur humaine, lâcha-t-il juste avant que nous touchions terre dans une secousse vertigineuse.

Mal et moi fûmes propulsés à l'avant du cockpit quand le navire piqua vers la terre, craquant et claquant, le bois éclatant sous l'effet de la vitesse. Après un *plouf* tonitruant, nous nous retrouvâmes à raser l'eau. La détonation qui suivit me fit comprendre qu'une des deux coques s'était détachée. Nous rebondîmes plusieurs fois et, miraculeusement, le navire s'immobilisa enfin.

J'essayai de me remettre du choc. Allongée sur le dos, j'étais coincée contre le bord du cockpit. Quelqu'un respirait bruyamment à côté de moi.

Je me tournai tant bien que mal. J'avais reçu un gros coup à la tête et je m'étais entaillé les deux mains, mais a priori j'étais en un seul morceau.

De l'eau s'infiltrait par le plancher. J'entendis des éclaboussures et des gens qui parlaient.

– Mal ? appelai-je d'une voix chevrotante.

– Je vais bien.

Il était quelque part à ma gauche.

– On doit sortir d'ici, lança-t-il.

Je regardai autour de moi mais ne vis pas Sturmhond.

Alors que nous nous extrayions du cockpit, le navire se mit à pencher dangereusement. Nous entendîmes un crissement et les mâts se brisèrent, plongeant dans l'eau sous le poids de leurs voiles.

Nous sautâmes dans le lac, frappant la surface de plein fouet et luttant pour ne pas nous laisser engloutir.

Un des marins était piégé dans les cordes, Mal plongea pour le détacher, et je faillis pleurer de soulagement en les voyant tous les deux remonter à la surface.

Juste avant le reste de l'équipage, je vis Tolya et Tamar se libérer du navire entraîné vers le fond. Tolya tenait le hurleur blessé. Sturmhond le suivait de près, un marin inconscient sous son bras. Nous nous mîmes aussitôt à nager.

Mes membres contusionnés pesaient des tonnes, alourdis par mes vêtements trempés, mais je finis tout de même par atteindre la rive. Il fallut nous hisser dans la vase et entre les roseaux visqueux, pour nous écrouler enfin sur le large croissant de plage.

Je restai là, haletante, écoutant les sons étrangement ordinaires du début du jour : les sauterelles dans l'herbe, les oiseaux dans les arbres, le coassement grave et hésitant d'une grenouille. Penché sur le hurleur, Tolya terminait de soigner son bras abîmé et lui demandait de bouger les doigts, de plier le coude. Sturmhond arriva lui aussi sur la terre ferme et confia le matelot aux soins de Tamar.

– Il ne respire plus, expliqua Sturmhond. Et je ne sens pas de pouls.

Je me forçai à m'asseoir. Le soleil se levait derrière nous, me réchauffant le dos, baignant d'un reflet doré le lac et la cime des arbres. Tamar pressait une main sur la poitrine du marin, utilisant son pouvoir pour évacuer l'eau de ses poumons et remettre la vie dans son cœur. Les minutes semblèrent durer des heures. Et soudain il toussa. Il ouvrit les yeux et cracha de l'eau sur sa chemise.

Je lâchai un soupir de soulagement. Une mort en moins sur ma conscience.

Un autre membre de l'équipage se tâtait le flanc pour s'assurer qu'il ne s'était pas cassé de côtes, Mal avait une méchante balafre sur le front, mais nous étions au complet.

Nous avions réussi.

Sturmhond retourna dans l'eau, jusqu'aux genoux, et contempla la surface tranquille du lac, son manteau flottant derrière lui. Hormis une petite portion de terre retournée, rien n'indiquait que le *Hummingbird* était passé par là.

La hurleuse indemne se tourna vers moi.

– Qu'est-ce qui s'est passé là-haut ? gronda-t-elle. Kovu a failli mourir ! On a tous failli y passer !

– Je ne sais pas, répondis-je en posant la tête sur mes genoux.

Mal m'entoura les épaules de son bras, mais je ne voulais pas être réconfortée. Je voulais comprendre ce que j'avais vu.

– Tu ne sais pas ? répéta-t-elle, incrédule.

– Je ne sais pas, confirmai-je, étonnée de la colère avec laquelle j'avais prononcé ces mots. Je n'ai pas demandé à traverser le Fold. Ce n'est pas moi qui ai cherché la bagarre avec les volcras. Pourquoi tu ne demandes pas à ton capitaine ce qui s'est passé ?

– Elle a raison, intervint Sturmhond, qui sortait de l'eau pour rejoindre la plage en retirant ses gants ravagés. J'aurais dû la prévenir et je n'aurais pas dû bombarder ce nid.

Bizarrement, le fait qu'il soit du même avis que moi me rendit plus furieuse encore. Il enleva son bonnet et ses lunettes, et ma rage disparut, remplacée par une stupéfaction totale.

Mal se leva d'un bond.

– C'est quoi, ça ? lâcha-t-il sur un ton grave et menaçant.

Je restai assise, paralysée, ma douleur et ma fatigue effacées par l'étrange tableau qui s'offrait à moi. Je ne savais pas ce que je voyais, mais j'étais contente que Mal le voie aussi. Après ce qui s'était produit dans le Fold, je ne me faisais plus confiance.

Sturmhond poussa un soupir et passa la main sur son visage : le visage d'un inconnu.

Son menton avait perdu sa pointe prononcée. Son nez était droit, légèrement tordu, mais rien à voir avec l'immense bosse qui occupait auparavant le milieu de sa figure. Ses cheveux n'étaient plus brun-roux, mais blond foncé, coupés court, et ses yeux étonnants, d'un vert étrange, avaient désormais une teinte noisette, claire et lumineuse. Il ne se ressemblait plus du tout, mais à l'évidence, c'était encore Sturmhond.

Et il est beau, songeai-je avec une pointe de ressentiment déconcertante.

Mal et moi étions les seuls à le dévisager. Personne dans l'équipage du capitaine ne semblait troublé.

– Tu as un façonneur, conclus-je.

Sturmhond grimaça.

– Je ne suis pas un façonneur ! rugit Tolya.

– Non, Tolya, ce n'est pas ton domaine d'excellence, le rassura Sturmhond. Toi tu brilles surtout dans le meurtre et la mutilation.

– Pourquoi as-tu fait ça ? demandai-je, essayant de m'adapter à cette voix familière qui sortait de la bouche d'une autre personne.

– Il était essentiel que le Darkling ne me reconnaisse pas. Il ne m'avait plus revu depuis mes quatorze ans, mais je ne voulais pas prendre le risque.

– Qui es-tu ? interrogea Mal, furieux.

– Compliqué comme question.

– Non, en fait, c'est assez simple au contraire, intervins-je en me levant à mon tour. Mais ça suppose que tu dises la vérité. Et apparemment tu en es incapable.

– Oh si, je peux, garantit Sturmhond en vidant l'eau d'une de ses bottes. Je suis juste pas très doué pour ça.

– Sturmhond, articula Mal entre ses dents en avançant vers lui. Tu as exactement dix secondes pour t'expliquer, ou Tolya va devoir te façonner un nouveau visage.

Tamar se redressa alors.

– Quelqu'un arrive.

Nous nous tûmes et tendîmes l'oreille. Les sons provenaient de derrière les bois qui entouraient le lac : des martèlements de sabots et le bruissement des branches cassées par les hommes qui se dirigeaient vers nous à travers les arbres.

– Je savais qu'on se ferait repérer, pesta Sturmhond. Nous sommes restés trop longtemps dans le Fold. Un navire immergé et un équipage qui ressemble à un troupeau d'opossums blessés. Ce n'était pas comme ça que j'imaginais notre retour triomphal.

J'aurais bien voulu savoir comment il nous avait imaginés, mais je n'avais pas le temps de le lui demander.

Les arbres s'écartèrent et un groupe de cavaliers chargea sur la plage. Dix... vingt... trente soldats de la Première Armée. Les hommes du roi, lourdement armés. D'où venaient-ils ?

Après le massacre des volcras et notre atterrissage catastrophe, je pensais avoir épuisé mon réservoir de peur, mais je me trompais. La panique me foudroya quand je repensai à ce que Mal avait dit sur la désertion. Allions-nous être arrêtés pour traîtrise ? Mes doigts picotaient. Jamais plus je ne me laisserai emprisonner.

– Du calme, l'Invocatrice, murmura le corsaire. Laisse-moi m'occuper de ça.

– Comme tu t'es occupé de tout le reste jusqu'à présent, Sturmhond ?

– Il serait sage que tu ne m'appelles pas comme ça.

– Et pourquoi ? demandai-je, mordante.

– Parce que ce n'est pas mon nom.

Les soldats galopèrent jusqu'à nous, la lumière de l'aube scintillant sur leurs fusils et leurs sabres. Un jeune capitaine dégaina sa lame.

– Au nom du roi de Ravka, baissez vos bras.

Sturmhond avança d'un pas, se plaçant entre l'ennemi et son équipage estropié. Il avait les mains levées en signe de reddition.

– Nos armes sont au fond du lac. Nous sommes à votre merci.

C'était beaucoup dire.

– Veuillez décliner votre identité et la raison de votre présence ici, ordonna le jeune officier.

Lentement, Sturmhond fit glisser de ses épaules son manteau trempé pour le donner à Tolya.

Un murmure embarrassé traversa les lignes des soldats. Sturmhond portait un uniforme militaire ravkan, complètement mouillé. Sans l'ombre d'un doute, il portait les couleurs de la Première Armée, les boutons en laiton sur le tissu vert jusqu'à l'aigle à deux têtes qui indiquait son rang. À quel jeu jouait le corsaire ?

Un homme plus âgé traversa les rangs pour venir se poster devant Sturmhond et le dominer du haut de son cheval. Stupéfaite, je reconnus le colonel Raevsky, le commandant du camp militaire de Kribirsk. Avions-nous atterri si près de chez nous ? Était-ce la raison pour laquelle les soldats étaient arrivés si vite ?

– Expliquez-vous, jeune homme ! commanda le colonel. Donnez-moi votre nom et la raison de votre présence ici avant que je vous arrache votre uniforme et vous pende à un arbre.

Sturmhond ne parut pas impressionné. Lorsqu'il prit la parole, sa voix prit un timbre que je ne lui avais jamais entendu.

– Je suis Nikolai Lantsov, commandant du vingt-deuxième régiment, soldat de l'armée du roi, grand-duc d'Udoca et deuxième fils de Sa Majesté le roi Alexandre III, souverain du trône de l'aigle à deux têtes, longue vie à son règne.

Pardon ?! Le choc s'insinua dans les rangs des soldats comme une onde sismique. Un rire nerveux retentit quelque part vers le fond. J'ignorais quelle plaisanterie ce fou pensait faire, mais Raevsky ne sembla pas amusé. Il sauta de son cheval et passa les rênes à un de ses hommes.

– Tu vas m'écouter, espèce de vaurien impertinent, menaça-t-il, une main sur la garde de son épée, son visage déformé par la fureur. Nikolai Lantsov a servi à mes côtés à la frontière nord et…

Il se tut brusquement. Il était nez à nez avec le corsaire, qui ne cillait pas. Le colonel ouvrit la bouche, puis la referma. Il recula d'un pas pour examiner Sturmhond. Je vis son expression changer de mépris en surprise. Et finalement il le reconnut.

Aussitôt il s'agenouilla et baissa la tête.

– Pardonnez-moi, *moy tsarevich*, dit-il, les yeux rivés au sol. Bienvenue chez vous.

Les soldats échangèrent des regards confus.

Sturmhond les contempla d'un œil froid et exigeant. Il transpirait l'autorité. Un frisson traversa les rangs. L'un après l'autre, les soldats descendirent de leurs montures pour lui témoigner leur respect, genou à terre, tête baissée.

Oh, par tous les Saints.

– C'est une blague, murmura Mal.

J'avais chassé un cerf magique. Je portais autour de mon poignet les écailles d'un dragon abattu. J'avais vu toute une ville plongée dans les ténèbres. Mais c'était la scène la plus étonnante qu'il m'eût été donné de voir. Ce devait être une autre des supercheries de Sturmhond, et elle allait nous conduire dans nos tombes.

Je contemplai le corsaire. Était-ce possible ? Je n'arrivais pas à y croire. J'étais épuisée, trop vidée par la peur et la panique. Je creusais ma mémoire pour retrouver les quelques bribes d'informations que je connaissais au sujet du roi ravkan et de ses deux fils. J'avais rencontré rapidement l'aîné au Little Palace, mais cela faisait sept ans qu'on n'avait plus revu le cadet à la Cour. On le disait à l'étranger, formé par un armurier ou étudiant la construction navale.

Ou peut-être avait-il étudié les deux.

Je fus prise de vertige. *Sobachka*. C'est ainsi que Genya appelait le prince. Le chiot. *Il a tenu à faire son service militaire dans l'infanterie.*

Sturmhond. Le chien des tempêtes. Le loup des vagues.

Sobachka. Impossible. C'était impossible.

– Debout, ordonna Sturmhond.

Ou celui qu'il disait être. Je ne savais plus rien.

Les soldats se levèrent, au garde-à-vous.

– Cela fait trop longtemps que je n'ai pas revu ma terre natale, tonna le corsaire. Mais je ne suis pas revenu les mains vides.

Il fit un pas de côté et me montra d'un grand geste du bras. Tous les visages se tournèrent aussitôt vers moi.

– Mes frères, j'ai ramené l'Invocatrice de lumière à Ravka.

Je ne pus m'en empêcher. Je me levai d'un bond et lui décochai une droite en pleine face.

9

– Tu as eu de la chance de ne pas te faire cribler de balles, gronda Mal.

Il faisait rageusement les cent pas dans une tente à l'ameublement basique, une des dernières qui restaient dans le camp grisha de Kribirsk. Le glorieux pavillon en soie noire du Darkling avait été démonté. Tout ce qu'on y trouvait désormais était un large carré d'herbe morte jonché de clous tordus et de planches cassées, vestiges d'un magnifique parquet poli.

Je m'installai à une table dégrossie et regardai dehors Tolya et Tamar postés à l'entrée de la tente. Est-ce qu'ils nous gardaient pour nous protéger ou pour surveiller qu'on ne s'enfuie pas ? Je n'en étais pas sûre.

– Ça m'a soulagée. Et de toute façon, personne n'allait tirer sur l'Invocatrice de lumière.

– Tu viens d'assommer un prince, Alina. Ça fait un acte de trahison supplémentaire à ajouter à notre liste.

Je remuai ma main endolorie. Mes phalanges brûlaient.

– Premièrement, est-ce que tu es vraiment sûr que c'est un prince ? Et deuxièmement, tu es juste jaloux.

– Bien sûr que je suis jaloux. J'aurais voulu le frapper moi-même, mais ce n'est pas le problème…

Mon geste avait déclenché une vraie tempête parmi les soldats réunis et ce n'est que grâce à l'intervention de Sturmhond et à la prise en main agressive de Tolya que je ne fus pas enchaînée ou pire encore.

Sturmhond nous avait conduits à travers Kribirsk vers le camp militaire.

– Tout ce que je vous demande, c'est que vous restiez ici assez longtemps pour que je vous explique, avait-il exigé calmement en nous laissant dans notre tente. Si ce que j'ai à vous dire ne vous plaît pas, vous serez libres de partir.

– Aussi simplement ?

– Faites-moi confiance.

– Chaque fois que tu me dis ça, je te fais un peu moins confiance, sifflai-je.

Mais nous étions restés, Mal et moi, inquiets de ce qui allait se produire. Sturmhond ne nous avait pas ligotés, ni mis sous le contrôle de gardes lourdement armés. Il nous avait fourni des vêtements propres et secs. Si nous le voulions, nous aurions pu échapper à la vigilance de Tolya et Tamar pour retourner vers le Fold. Personne ne nous y aurait suivis. Nous aurions pu refaire surface où nous le voulions sur la côte ouest. Mais où pouvions-nous aller ensuite ? Sturmhond avait changé, notre situation aussi. Nous n'avions ni argent ni alliés et le Darkling nous chassait toujours. Je n'étais sûrement pas pressée de retourner dans le Fold, surtout après ce qui s'était produit à bord du *Hummingbird*.

Je réprimai un rire amer. Si je réfléchissais sérieusement à partir me réfugier dans la Non-Mer, c'est que la situation était grave.

Un domestique entra avec un grand plateau soutenant une carafe d'eau, une bouteille de *kvas*, des verres et plusieurs petites assiettes de *zakuski*. Chaque plat était bordé d'or et imprimé d'un aigle à deux têtes.

J'examinai les mets : sprat fumé sur toasts de pain noir, betteraves marinées, œufs farcis. Nous n'avions pas mangé depuis la veille au soir, sur le *Volkvolny*, et utiliser mon pouvoir m'avait affamée, mais j'étais trop nerveuse pour me nourrir.

– Qu'est-ce qui s'est passé ? me demanda Mal dès que le domestique fut parti.

Je remuai de nouveau la main.

– J'ai perdu mon sang-froid, répondis-je.

– Je ne parle pas de ça. Qu'est-ce qui s'est passé dans le Fold ?

J'étudiai un petit pot de beurre aux herbes en le tournant lentement dans ma main. *Je l'ai vu.*

– Un coup de fatigue, dis-je, simplement.

– Tu as déployé bien plus d'efforts contre les *nichevo'ya*, et tu ne faiblis jamais. Est-ce à cause du bracelet ?

– Il me rend plus forte, contredis-je en tirant ma manche pour cacher les écailles du dragon.

Je le portais depuis un moment déjà, je n'avais rien à lui reprocher. Je traçai un dessin invisible sur la table.

– Quand tu te battais contre les volcras, est-ce que leurs cris sonnaient différemment à tes oreilles ?

– Qu'est-ce que tu veux dire ?

– Plus… humains.

Mal fronça les sourcils.

– Non, ils poussaient les mêmes rugissements que toujours. Comme des monstres sur le point de te dévorer, dit-il en posant sa main sur la mienne. Qu'est-ce qui s'est passé, Alina ?

Je l'ai vu.

– Je te l'ai dit : j'étais épuisée. J'ai perdu ma concentration.

Il se recula.

– Tu veux me mentir maintenant ? Vas-y. Mais ne compte pas sur moi pour faire semblant de te croire.

– Pourquoi pas ? demanda Sturmhond en entrant dans la tente. Ce serait la moindre des politesses.

Aussitôt, nous bondîmes tous les deux sur nos pieds, prêts à nous battre.

Sturmhond s'arrêta net et leva les bras en signe de paix. Il avait enfilé un uniforme sec. Un hématome commençait à se former sur sa joue. Prudemment, il retira son épée et l'accrocha sur un poteau à côté du rabat de la tente.

– Je ne suis ici que pour parler.

– Alors parle, répliqua Mal. Qui es-tu et à quoi joues-tu ?

– Nikolai Lantsov, mais s'il vous plaît, ne m'obligez pas à réciter mon titre une nouvelle fois. Ce n'est drôle pour personne et le mot le plus important est « prince ».

– Et Sturmhond ? demandai-je.

– Je suis aussi Sturmhond, commandant du *Volkvolny*, fléau de la Vraie-Mer.

– Fléau ?

– Je ne suis pas tendre, il faut l'avouer.

– Tu te vantes, là, affirmai-je en secouant la tête.

– Un peu, confirma Nikolai.

– Ce n'est pas le moment de t'envoyer des fleurs.

– S'il vous plaît... conclut-il d'une voix conciliante. Asseyez-vous. Je ne sais pas pour vous, mais moi je trouve tout plus compréhensible quand je suis assis. Ça doit être en rapport avec la circulation, j'imagine. Allongé, c'est encore mieux, mais je doute que nous nous entendions assez bien pour ça.

Je ne bougeai pas. Mal croisa les bras.

– Très bien, moi en tout cas, je m'assois. Jouer les héros qui rentrent au bercail, c'est éreintant.

Il traversa la tente jusqu'à la table, se servit un verre de *kvas* et s'installa sur la chaise avec un soupir de contentement. Il prit une gorgée et grimaça.

– Affreux ! Jamais pu supporter.

– Alors demandez du brandy, Votre Majesté, lâchai-je, agacée. Je suis sûre qu'on t'apportera tout ce que tu demandes.

Son visage s'éclaira.

– Pas faux. Je suppose que je pourrais me prélasser dans une baignoire de brandy. Et pourquoi pas ?

Mal leva les mains, exaspéré, et s'approcha de l'ouverture de la tente pour regarder le campement.

– Tu t'attends pas sérieusement à ce qu'on croie tout ça ? lançai-je.

Sturmhond écarta les doigts pour nous montrer sa bague.

– Le cachet royal.

– Tu as dû le voler au prince Nikolai, rétorquai-je en riant.

– J'ai servi avec Raevsky. Il me connaît.

– Tu as très bien pu voler le visage du prince aussi.

– Vous devez comprendre, lâcha-t-il dans un soupir. Le seul endroit où je pouvais révéler ma vraie identité était ici à Ravka. Seuls les membres les plus loyaux de mon équipage savaient qui j'étais : Tolya, Tamar, Pivyet et quelques Etherealki. Les autres… ce sont des gens bien, mais aussi des mercenaires et des pirates.

– Donc tu as trompé ton propre équipage ?

– Sur les mers, Nikolai Lantsov a plus de valeur en tant qu'otage qu'en tant que capitaine. Pas facile de commander un navire quand vous avez constamment peur de vous faire assommer pour obtenir une rançon.

– Ça n'a pas de sens, affirmai-je. Le prince Nikolai est à l'étranger en train d'étudier la construction navale…

– J'ai servi d'apprenti à un constructeur fjerdan, m'interrompit Sturmhond. Et j'ai aussi étudié chez un armurier zemeni. Et chez un ingénieur civil de la province han de Bolh. Je me suis même essayé à la poésie. Rien de tout cela… n'a porté ses fruits. Ces derniers temps, être Sturmhond demande toute mon attention.

Mal s'appuya sur le poteau, les bras de nouveau croisés.

– Donc un jour, tu as décidé d'abandonner ta vie luxueuse pour jouer les pirates ?

– Corsaire, corrigea Sturmhond. Et je ne *jouais* à rien. Je savais que je servirais mieux Ravka en tant que Sturmhond qu'en restant à me prélasser à la Cour.

– Et où est-ce que le roi et la reine pensent que tu es ?

– À l'université de Ketterdam, répondit-il. Un endroit charmant, de haut niveau. À cet instant même, un marin très bien rétribué écoute, en se faisant passer pour moi, les cours de philosophie. Il a des notes correctes, répond au nom de Nikolai, boit largement et assez souvent pour que personne ne se doute de rien.

Mais quel était le but de toutes ces manigances ?

– Pourquoi ?

– Parce que je ne suis pas très doué pour rester sur place. Enfant, je rendais ma nounou complètement dingue. Enfin, mes nounous. J'en ai eu un bataillon si mes souvenirs sont bons.

Je regrettai de ne pas l'avoir frappé plus fort.

– Pourquoi monter toute cette supercherie ? insistai-je.

– Je suis le deuxième en ligne dans la succession du trône ravkan. J'ai pratiquement dû m'enfuir pour effectuer mon service militaire. Je doute que mes parents m'auraient laissé combattre des pirates zemenis et forcer des barrages fjerdans. En revanche, ils adorent Sturmhond.

– OK, lâcha Mal depuis le seuil de la porte. Tu es prince. Tu es corsaire. Tu es un imbécile. Qu'est-ce que tu veux de nous ?

Sturmhond prit une autre gorgée de *kvas* et frémit.

– Votre aide. Les règles du jeu ont changé : le Fold s'étend, la Première Armée est proche d'un soulèvement intérieur. Le coup d'État du Darkling a peut-être échoué, mais il a démoli la Seconde Armée, et Ravka est au bord de l'effondrement.

Je me sentis défaillir.

– Et laisse-moi deviner, intervins-je. C'est toi qui vas tout arranger ?

Sturmhond se pencha.

– As-tu rencontré mon frère, Vasily, quand tu étais à la Cour ? Il s'inquiète plus pour ses chevaux et pour son prochain verre de whisky que pour ses sujets. Mon père n'a jamais eu qu'un vague intérêt pour le sort de Ravka, et apparemment, même ça, ça lui est passé. Ce pays part en lambeaux. Quelqu'un doit le ressouder avant qu'il ne soit trop tard.

– Vasily est l'héritier en titre, commentai-je.

– Je pense qu'on peut le convaincre de me céder sa place.

– C'est pour cela que tu nous as ramenés ici ? demandai-je, dégoûtée. Parce que tu veux être roi ?

– Je t'ai ramenée ici parce que l'Apparat a fait de toi une sainte vivante et maintenant les gens t'aiment. Je t'ai ramenée ici parce que ton pouvoir est la clé de la survie de Ravka.

Je frappai mes deux mains à plat sur la table.

– Tu m'as traînée ici pour faire ton entrée avec l'Invocatrice de lumière et voler le trône à ton frère !

– Je ne vais pas m'excuser pour mes ambitions, riposta Sturmhond en se radossant. Cela ne change rien au fait que je suis le mieux placé pour le poste.

– Ben voyons…

– Reviens à Os Alta avec moi.

– Pourquoi ? Pour que tu puisses m'exposer comme un trophée ?

– Je sais que tu ne me fais pas confiance. Certaines de tes raisons sont bonnes, je l'admets. Mais je tiendrai ma promesse faite à bord du *Volkvolny*. Écoute ce que j'ai à offrir. Si mon marché ne te va pas, le navire de Sturmhond t'emmènera où tu voudras dans le monde. Je pense que tu resteras. Je suis en mesure de te donner ce que personne ne peut t'offrir.

– J'espère pour toi, grommela Mal.

– Je t'offre la chance de transformer Ravka, affirma Sturmhond. Je t'offre la chance de rendre l'espoir à ton peuple.

– C'est tout ? ironisai-je. Et comment est-ce que je suis supposée saisir ces merveilleuses opportunités ?

– En aidant la Première et la Seconde Armée à s'unir. En devenant reine.

Avant que je puisse réagir, Mal avait éloigné la table pour se ruer sur Sturmhond, le soulevant dans les airs pour le plaquer contre le poteau. Sturmhond grimaça mais ne fit aucun mouvement pour riposter.

– Du calme. Il vaut mieux pas que j'aie des taches de sang sur mon uniforme. Laissez-moi vous expliquer…

– Essaie avec mon poing dans ta bouche.

Sturmhond se tortilla et, en un éclair, il s'était dégagé de l'emprise de Mal et tenait un couteau, tiré de quelque part dans sa manche.

– Recule, Oretsev. Je garde mon sang-froid pour elle, mais je peux tout à fait t'éventrer comme une carpe.

– Je t'attends, grogna Mal.

– Ça suffit ! grondai-je en projetant un faisceau de lumière vive qui les aveugla tous les deux.

Ils levèrent les mains pour se protéger les yeux.

– Sturmhond, range ton poignard ou sinon c'est toi qui finiras avec les entrailles dehors. Mal, range tes poings.

J'attendis que Sturmhond se débarrasse du couteau et, petit à petit, je diminuai l'éclat de mon rayon.

Mal baissa ses mains, toujours crispées de colère. Ils s'observèrent, méfiants. Quelques heures plus tôt, ils étaient amis. Bien sûr, Sturmhond était alors une tout autre personne.

Sturmhond tira sur les manches de son uniforme.

– Je ne propose pas une relation romantique, espèce d'amoureux transi, juste une alliance politique. Si tu prenais la peine de réfléchir une seconde, tu verrais que c'est le plus logique pour notre pays.

Mal lâcha un éclat de rire gras.

– Pour toi, tu veux dire.

– Les deux ne sont pas incompatibles. J'ai servi dans l'armée, je comprends la guerre et je m'y connais en armes. Je sais que la Première Armée me suivra. Je suis peut-être le deuxième dans l'ordre de succession, mais par mon sang, je peux prétendre au trône.

Mal pointa son index sur le visage de Sturmhond.

– Tu n'as aucun droit sur elle.

Sturmhond perdit un peu de sa superbe.

– Qu'est-ce que tu espérais qu'il se passerait ? cracha-t-il en retour. Tu pensais que tu pourrais te balader avec la Grisha la plus puissante du monde comme si elle était une vulgaire paysanne que tu aurais culbutée dans une étable ? C'est comme ça que tu la voyais se terminer, cette histoire ? J'essaie de sauver un pays qui vole en éclats, pas de te voler ta petite amie.

– Ça suffit, intervins-je calmement.

– Tu peux rester au palais, continua Nikolai. Comme capitaine de sa garde personnelle si tu veux. Ce ne serait pas le premier arrangement de la sorte.

Un muscle tressaillit dans la mâchoire de Mal.

– Tu me rends malade…

Sturmhond fit un geste de dédain.

– Je suis un monstre pervers, je sais. Réfléchis un instant à ce que je te dis.

– *Je n'ai pas besoin d'y réfléchir* ! hurla Mal. Et elle non plus ! Ça n'arrivera pas !

– Ce serait simplement un mariage de pure forme, insista Sturmhond.

Et incapable de s'en empêcher, il adressa à Mal un rictus sarcastique.

– Sauf pour ce qui est d'assurer une descendance au trône de Ravka, bien sûr.

Mal se jeta sur Sturmhond, qui s'empara dans le même mouvement de son couteau, mais j'avais anticipé leur réaction et m'interposai entre eux.

– Stop ! criai-je. Arrêtez tout de suite. Et ne parlez plus de moi comme si je n'étais pas là.

Mal poussa un grognement de frustration et se mit à arpenter la tente. Sturmhond ramassa une chaise qui était tombée et s'assit dessus, se mettant bien à l'aise et se resservant un verre de *kvas*.

– Votre Majesté... commençai-je après avoir pris une profonde inspiration.

– Nikolai, me corrigea-t-il. Mais on m'appelle aussi « mon cœur » et « beau gars ».

Mal pivota sur ses talons et, d'un regard sévère, je lui clouai le bec.

– Tu vas arrêter ça sur-le-champ, *Nikolai*. Ou je t'arrache tes dents princières une à une.

Nikolai se frotta la joue.

– Je te crois, tu es très douée.

– En effet, confirmai-je. Et je ne vais pas t'épouser.

Visiblement soulagé, Mal détendit légèrement ses épaules. Comment avait-il pu imaginer que j'accepterais la proposition de Nikolai ? En tout cas, je savais qu'il n'apprécierait pas ce que j'étais sur le point de dire.

– Mais je retournerai à Os Alta avec toi.

– Alina... s'étrangla Mal.

– Mal, nous avons toujours dit que nous trouverions un moyen de revenir à Ravka, un moyen d'apporter notre aide. Si nous ne faisons rien, Ravka risque de disparaître.

Il secoua la tête, mais je me tournai vers Nikolai pour enchaîner.

– Je retournerai avec toi à Os Alta, et je te soutiendrai dans ta conquête du trône. Mais je veux la Seconde Armée.

Le silence envahit la tente. Ils me dévisagèrent comme si j'étais folle. Et à vrai dire, je ne me sentais pas complètement saine d'esprit. J'en avais assez d'être bringuebalée à travers la Vraie-Mer et la moitié de Ravka par des gens qui voulaient m'utiliser, moi et mon pouvoir.

Nikolai rit nerveusement.

– Les gens t'aiment, Alina, mais je pensais à un titre plus symbolique…

– Je ne suis pas un symbole, l'interrompis-je, cinglante. Et j'en ai assez d'être un pion.

– Non, rugit Mal. C'est trop dangereux. Ce serait comme peindre une cible sur ton dos.

– J'ai déjà une cible sur mon dos, contrai-je. Et aucun de nous ne sera vraiment en sécurité tant que le Darkling ne sera pas vaincu.

– As-tu seulement déjà été aux commandes d'une troupe d'hommes ? demanda Nikolai.

J'avais dirigé un séminaire de cartographes junior, mais ça ne comptait sûrement pas.

– Non, reconnus-je.

– Tu n'as aucune expérience, pas de précédent et aucune légitimité. La Seconde Armée a été dirigée par un Darkling depuis sa formation.

Par *un seul* Darkling. Mais ce n'était pas le moment de l'expliquer.

– L'âge et la lignée importent guère aux Grishas. Tout ce qui les intéresse, c'est le pouvoir. Je suis la seule Grisha à avoir jamais porté deux amplificateurs. Et je suis la seule Grisha vivante assez puissante pour prendre la relève du Darkling et de ses soldats de l'ombre. Personne d'autre ne peut faire ce dont je suis capable.

Je m'efforçai de parler avec aplomb et confiance, même si je n'avais aucune idée de ce qui me prenait. Je savais juste que je n'en pouvais plus de vivre dans la terreur. Je n'en pouvais plus de fuir. Et si Mal et moi espérions localiser l'oiseau de feu, nous avions besoin de pistes. Le Little Palace était peut-être le seul endroit où nous pourrions les trouver.

Pendant un long moment, nous restâmes muets.

– Bien, ponctua Nikolai. Bien.

Il fit tambouriner ses doigts sur la table pendant qu'il réfléchissait à ma proposition. Il se leva enfin et m'offrit sa main.

– Très bien, l'Invocatrice. Aide-moi à gagner le peuple et les Grishas sont à toi.

– Vraiment ? bredouillai-je.

– Si tu as l'intention de diriger une armée, tu as intérêt à bien jouer ton rôle, commenta-t-il en riant. La bonne réponse était : « Je savais que tu entendrais raison. »

Je pris sa main. Elle était rêche et calleuse. La main d'un pirate, pas celle d'un prince. Nous scellâmes notre pacte d'un geste franc.

– Et pour ce qui est de ma proposition… reprit-il.

– Ne tire pas sur la corde. J'ai dit que je viendrais avec toi à Os Alta et c'est tout.

– Et moi, je vais où ? intervint Mal tout bas.

Les bras croisés, il nous fixait de ses yeux bleus perçants. Les stigmates de la chute du *Hummingbird* maculaient encore son front. Il semblait épuisé et distant.

– Je… je pensais que tu viendrais avec moi, balbutiai-je.

– En tant que quoi ? Capitaine de ta garde personnelle ?

Je rougis.

Nikolai se racla la gorge.

– Même si j'adorerais voir comment votre petite altercation se conclut, j'ai d'autres affaires qui m'appellent. À moins que, bien sûr…

– Sors d'ici, ordonna Mal.

– De ce pas !

Il se dépêcha de prendre congé, attrapant au passage son épée sur le poteau.

Le silence dans la tente semblait peser des tonnes.

– Où allons-nous, Alina ? Nous nous sommes battus pour quitter cet endroit de malheur et maintenant nous nous enfonçons de nouveau dans ses marécages.

Je m'assis sur la couchette et posai la tête dans mes mains. J'étais exténuée et tous les os de mon corps me torturaient.

– Qu'est-ce que je devrais faire ? demandai-je, implorante. Ce qui se passe ici, ce qui se passe à Ravka… j'en suis en partie responsable.

– C'est faux.

– Mais bien sûr que si, affirmai-je dans un rire sans joie. Sans moi, le Fold ne serait pas en train de s'étendre. Novokribirsk serait toujours debout.

– Alina… lâcha Mal en s'agenouillant devant moi et en posant les mains sur mes genoux. Même avec tous les Grishas et un millier de soldats de Sturmhond, tu n'es pas assez forte pour l'arrêter.

– Si nous avions le troisième amplificateur…

– Mais nous ne l'avons pas !

Je lui attrapai les mains.

– On l'aura.

Il soutint mon regard.

– Ça ne t'a même pas traversé l'esprit que je puisse dire non ?

Mon estomac se crispa. Non, en effet, je n'avais pas imaginé une seule seconde qu'il refuserait de m'accompagner et une profonde honte m'envahit. Il avait tout abandonné pour être avec moi, ce qui n'impliquait pas forcément qu'il en était heureux. Peut-être qu'il en avait assez des combats, des peurs et des doutes. Peut-être qu'il en avait assez de moi.

– Je me disais... que tous les deux nous voulions sauver Ravka.

– Parce que c'est ça qu'on veut tous les deux ? demanda-t-il.

Il se leva et me tourna le dos. Je déglutis avec peine, essayant d'avaler la boule d'angoisse qui m'empêchait de respirer.

– Tu ne viendras pas à Os Alta, alors ?

Il s'arrêta sur le seuil de la tente.

– Tu voulais porter un deuxième amplificateur. Tu l'as. Tu dois aller à Os Alta ? D'accord, allons-y. Tu dis que tu as besoin de l'oiseau de feu. Je te le trouverai. Quand tout cela sera terminé, Alina, je me demande si tu auras encore envie d'être avec moi.

– Bien sûr que oui ! m'écriai-je en bondissant sur mes pieds. Mal...

Il n'attendit pas que je lui dise ce que j'avais sur le cœur. Il sortit dans le soleil et s'éloigna rapidement.

Je pressai les mains contre mes yeux, essayant de repousser les larmes qui menaçaient de déborder. Qu'est-ce que j'avais fait ? Je n'étais pas une reine. Pas une sainte non plus. Et je ne savais certainement pas diriger une armée.

J'aperçus mon reflet dans le miroir posé sur une table de chevet. Je retirai mon manteau et ma chemise pour examiner la plaie sur mon épaule. Les cicatrices laissées par le *nichevo'ya* ressortaient noires et profondes sur ma peau. Le Darkling m'avait prévenue qu'elles ne s'effaceraient jamais complètement.

Il n'y avait qu'un type de blessure que le pouvoir des Grishas ne pouvait pas guérir. Celle faite par une créature qui n'aurait jamais dû exister.

Je l'ai vu. Le visage du Darkling, pâle et beau, la lame de son couteau. Il était si réel. Qu'était-il arrivé dans le Fold ?

Retourner à Os Alta et prendre le contrôle de la Seconde Armée constituait une vraie déclaration de guerre. Le Darkling saurait où me trouver, et quand il serait assez fort, il viendrait me chercher. Prêts ou non, il faudrait qu'on se montre à la hauteur. C'était une idée terrifiante, mais à ma grande surprise, elle m'apportait également une pointe de soulagement.

Je l'affronterais. Et d'une façon ou d'une autre, cela prendrait fin.

10

Nous ne partîmes pas à Os Alta sur-le-champ, mais passâmes les trois jours suivants à transporter des cargaisons à travers le Fold. Nous opérions depuis ce qu'il restait du camp militaire de Kribirsk. Le plus gros des troupes avait été évacué quand le Fold avait commencé à s'étendre, une nouvelle tour de garde érigée le long des rives noires de la Non-Mer, et seul un petit bataillon laissé sur place.

Aucun Grisha n'était demeuré dans le campement. Après la tentative de coup d'État du Darkling et la destruction de Novokribirsk, une vague de ressentiment à l'égard des Grishas s'était propagée à travers Ravka et dans les rangs de la Première Armée. Ça ne m'étonnait pas. Toute une ville avait été détruite, ses habitants dévorés par des monstres. Ravka n'était pas près d'oublier. Moi non plus.

Certains Grishas avaient fui à Os Alta pour chercher la protection du roi. D'autres étaient en cavale. Nikolai soupçonnait que la plupart s'étaient alliés au Darkling. Mais avec l'aide des hurleurs de Nikolai, nous parvînmes à réaliser deux voyages dans le Fold le premier jour, trois le deuxième et quatre le dernier. Des navires partaient de Ravka-Ouest vides et revenaient avec des cargaisons entières de fusils zemenis, des caisses de munitions et des pièces de mitrailleuses pareilles à celles que Nikolai avait utilisées sur le *Hummingbird*. Ils revinrent également avec quelques tonnes de sucre et de *jurda,* le tout grâce à la contrebande de Sturmhond.

– Des pots-de-vin, commenta Mal en regardant des soldats en liesse assister sur les quais au déchargement des armes luisantes.

– Des cadeaux, corrigea Nikolai. Tu verras, les balles fonctionnent, quel que soit le mot que tu emploies, affirma-t-il avant de se tourner vers moi. Je pense que je peux me lancer dans une nouvelle traversée aujourd'hui. Partante ?

Non, mais je hochai tout de même la tête.

Il sourit et me donna une tape dans le dos.

– Je vais donner l'ordre.

Je sentais le regard de Mal sur moi tandis que j'observais l'obscurité changeante du Fold. L'incident du *Hummingbird* ne s'était pas répété. Ce que j'avais vu ce jour-là, vision ou hallucination, ne s'était pas reproduit. Pourtant, dans la Non-Mer, je restais constamment sur mes gardes, m'efforçant de ne rien laisser paraître de ma frayeur.

Nikolai voulait profiter de nos voyages pour chasser les volcras, mais je refusai. Je prétextai une grande faiblesse qui m'empêchait de garantir la sécurité de l'équipage. Ma peur était réelle mais le reste, un mensonge. Mon pouvoir était plus fort que jamais. Il coulait en moi par vagues pures et vibrantes, irradiait avec les forces mêlées du cerf et du dragon. Simplement, je ne supportais pas l'idée d'entendre de nouveau ces hurlements. Je maintenais un halo scintillant autour de nos navires, et même si les volcras criaient en battant des ailes, ils restaient à distance.

Mal nous accompagnait à chaque passage, tout près de moi, son fusil à portée de main. Je savais qu'il sentait mon angoisse, mais il ne me réclamait aucune explication. En réalité, il m'avait à peine reparlé depuis notre dispute dans la tente. Je craignais également que lorsqu'il m'adresserait de nouveau la parole, ce qu'il aurait à me dire ne me plairait pas du tout. Je n'avais pas changé d'avis au sujet de mon retour à Os Alta, lui, je ne savais pas.

Le matin où nous levâmes le camp pour prendre la route de la capitale, je le cherchai dans la foule, terrifiée à l'idée qu'il pourrait décider de ne pas venir. J'articulai une petite prière de remerciement quand je l'aperçus enfin, le dos droit sur sa selle, silencieux, prêt à rejoindre la colonne de cavaliers.

Nous partîmes avant l'aube, une procession sinueuse de chevaux et de chariots qui s'engageaient sur la grande route appelée Vy. Nikolai m'avait procuré un *kefta* bleu tout simple, mais il était rangé dans mes bagages. Jusqu'à ce qu'il mette en place plus d'hommes pour me garder, je n'étais qu'une combattante parmi les autres dans le cortège du prince.

Alors que le soleil atteignait l'horizon, un petit frisson d'espoir me parcourut. L'idée de remplacer le Darkling, de rassembler les Grishas et de prendre les commandes de la Seconde Armée me semblait encore incroyablement illusoire. Mais au moins, j'agissais plutôt que de fuir le Darkling et d'attendre qu'il me capture de nouveau. Je possédais deux des amplificateurs de Morozova, et je me dirigeais vers un endroit où je pourrais trouver une piste qui me mènerait au troisième. Mal n'approuvait rien de tout cela, mais en voyant les rayons du soleil au-dessus des arbres, je sus que j'arriverais à le convaincre.

Mon humeur ne résista pas à notre traversée de Kribirsk. Nous étions passés par la ville portuaire en ruine après notre atterrissage catastrophe sur le lac, mais je n'avais pas été en état d'observer les changements qui s'y étaient opérés. Cette fois, je ne pus faire autrement.

Même si Kribirsk n'avait jamais brillé d'une beauté particulière, ses trottoirs grouillaient avant de voyageurs et de marchands, de sujets du roi et de dockers. Dans ses rues animées s'alignaient des magasins bondés suffisamment fournis pour approvisionner les expéditions dans le Fold, ainsi que des bars et des lupanars pour attirer les soldats du campement. Désormais, la ville entière était calme et vide, la plupart de ses auberges et de ses boutiques condamnées.

Ce n'est que devant l'église que je pris conscience de l'abomination de la situation. Dans mon souvenir, il s'agissait d'un petit bâtiment propret surmonté de dômes bleu vif. À présent les murs chaulés étaient recouverts d'inscriptions, des rangées et des rangées de noms écrits en rouge sang. Sur les marches, des amoncellements de fleurs fanées se mêlaient à la cire des bougies de prière. Je vis des bouteilles de *kvas*, des tas de bonbons et une poupée abandonnée. Des cadeaux pour les morts.

Je lus au hasard :

Stepan Ruschkin, 57 ans
Anya Sirenka, 13 ans
Mikah Lasky, 45 ans
Rebeka Lasky, 44 ans
Petyr Ozerov, 22 ans
Marina Koska, 19 ans
Valentin Yomki, 72 ans
Sasha Penkin, 8 mois

La liste n'en finissait pas. Mes doigts se crispèrent sur les rênes, tandis qu'une enveloppe glacée se refermait sur mon cœur. Des souvenirs déferlèrent : une mère qui courait avec son enfant dans les bras, un homme qui tombait rattrapé par l'obscurité, une vieille femme, perdue et apeurée, avalée par la foule paniquée. J'avais tout vu. J'avais rendu ce massacre possible.

C'étaient les habitants de Novokribirsk, cette ville autrefois directement en face de Kribirsk, de l'autre côté du Fold. Une ville voisine pleine de parents, d'amis, d'associés. Des gens qui avaient travaillé sur les docks et dans les navires, certains ayant sûrement survécu à plusieurs traversées. Ils avaient habité à la lisière de l'horreur, se croyant à l'abri chez eux, dans les rues de leur petite ville portuaire. Et maintenant, ils étaient tous morts parce que je n'avais pas réussi à arrêter le Darkling.

Sur son cheval, Mal s'approcha de moi.

– Alina, dit-il tout bas. Viens, ne t'attarde pas.

Je secouai la tête. Je voulais me souvenir. *Tasha Stol, Andrei Bazin, Shura Rychenko.* Autant que je pouvais en mémoriser. Ils avaient été assassinés par le Darkling. Est-ce qu'ils hantaient son sommeil comme ils hantaient le mien ?

– On doit l'arrêter, Mal, affirmai-je d'une voix rauque. Il faut trouver un moyen.

Je ne sais pas ce que j'espérais qu'il dirait, mais il resta silencieux. Mal ne voulait sans doute plus me faire de promesses.

Il finit par reprendre sa route et je me forçai à lire tous les noms avant de repartir dans la rue déserte.

Un peu de vie semblait revenir à Kribirsk à mesure que nous nous éloignions du Fold. Quelques échoppes étaient ouvertes et des négociants vendaient leurs marchandises sur le prolongement de la Vy, le chemin des Camelots. Des stands bordaient la route, leurs surfaces couvertes de tissus de couleurs vives croulant sous une masse d'articles de toutes sortes : bottes, châles de prière, jouets en bois, couteaux de mauvaise qualité dans des fourreaux faits main. Sur certaines tables, on ne voyait que des pierres et des os de poulet.

– *Provin'ye osti* ! hurlaient les marchands. *Autchen'ye osti* !

Vrais os. Authentiques.

Alors que je me penchais sur la tête de mon cheval pour examiner l'étalage, un vieil homme m'interpella.

– Alina !

Je levai la tête, surprise. Me connaissait-il ?

Nikolai me rejoignit aussitôt. Il approcha son cheval tout près du mien et tira sur mes rênes pour me faire reculer de la table.

– *Net, spasibo,* dit-il au vieil homme.

– Alina ! insista ce dernier. *Autchen'ye Alina !*

– Attends, intervins-je, pivotant sur ma selle pour mieux le voir.

Il rangeait ses marchandises sur la table. Sans la perspective d'une vente, il semblait se désintéresser de nous.

– *Attends*, insistai-je. Il me connaît.

– Non.

– Il m'a appelée par mon nom, rétorquai-je, furieuse, en reprenant mes rênes.

– Il essayait de te vendre des reliques. Des phalanges de Sankta Alina, authentiques.

Je me figeai, un frisson glacé me parcourant. Mon cheval continua sa route, ignorant l'incident.

– Authentiques, répétai-je, hébétée.

Gêné, Nikolai se rajusta sur sa selle.

– La rumeur court que tu aurais été tuée dans le Fold. Les gens vendent des parties de toi dans tout Ravka depuis des mois. Tu fais un magnifique porte-bonheur.

– Ces os sont censés être *mes doigts ?*

– Phalanges, orteils, fragments de côtes.

À vomir. Je cherchai Mal du regard. J'avais besoin de voir quelqu'un de familier.

– Bien sûr, continua Nikolai, si tous ces os venaient de toi, tu aurais une centaine de pieds. Mais la superstition est au-dessus de ces petits détails.

– Tout comme la foi, retentit une voix derrière moi.

Je me tournai et fus surprise de voir Tolya, sur un immense cheval de guerre noir. Il affichait une expression sévère.

C'en était trop. La vague d'optimisme que j'avais pu ressentir à peine une heure plus tôt s'était évanouie. J'avais soudain l'impression que le ciel me comprimait la poitrine, se refermait sur moi comme un piège. Je fis galoper mon cheval. J'avais toujours été une piètre cavalière, mais je ne ralentis pas avant que Kribirsk soit loin derrière moi et que je n'entende plus les cliquetis des os.

Cette nuit-là, nous nous arrêtâmes dans une auberge dans le petit village de Vernost, où nous fûmes accueillis par un groupe de soldats de la Première Armée. J'appris vite que la plupart d'entre eux venaient du vingt-deuxième régiment, dans lequel Nikolai avait servi et qu'il avait fini par diriger lors de la campagne du Nord. Apparemment, le prince voulait être entouré d'amis lorsqu'il entrerait dans Os Alta. Logique.

Il avait l'air détendu en leur présence, et une fois de plus, je remarquai que son attitude avait changé. Il était passé sans effort du rôle de l'aventurier désinvolte à celui de prince arrogant, et désormais il devenait un commandant aimé, qui riait volontiers avec ses compagnons et connaissait chacun de ses hommes par son nom.

Les soldats étaient suivis d'un élégant carrosse, peint du bleu pâle de Ravka et tiré par six chevaux blancs assortis. Sur l'une des deux portes était gravé l'aigle à deux têtes de la famille régnante. Nikolai avait ordonné qu'on ajoute sur la seconde un soleil stylisé aux nombreux rayons. Alors que l'engin entrait dans la cour de l'auberge, je levai les yeux au ciel, me rappelant les excès du Grand Palace. Peut-être que le mauvais goût était héréditaire.

J'avais espéré dîner seule avec Mal dans ma chambre, mais Nikolai avait insisté pour que nous mangions tous ensemble dans la salle commune de l'auberge. Au lieu de me détendre devant un feu de cheminée, je fus coincée entre plusieurs officiers à une table bruyante. Mal n'avait pas dit un mot de tout le repas, mais Nikolai parlait assez pour nous trois.

En se régalant d'un plat de queue de bœuf braisée, il dressa une liste interminable des endroits où il comptait s'arrêter en chemin vers Os Alta. Rien qu'à l'écouter, j'étais épuisée.

– Je n'avais pas compris que « gagner le peuple » impliquait qu'on rencontre tous les habitants de Ravka un par un, grommelai-je. Ne sommes-nous pas pressés ?

– Ravka doit savoir que son Invocatrice de lumière est revenue.

– Et son imprévisible prince ?

– Lui aussi. Les ragots feront plus que tous les discours royaux. Et ça me rappelle… dit-il en baissant la voix. À partir de maintenant, vous devez vous comporter comme si vous étiez surveillés en permanence.

Il dirigea sa fourchette vers Mal et moi.

– Ce que vous faites en privé vous regarde. Mais soyez discrets.

Je faillis m'étouffer avec mon vin.

– Quoi ? m'écriai-je en crachant.

– C'est une chose d'être liée à un prince, et une tout autre chose de laisser les gens penser que tu te fais culbuter par un paysan.

– Ce n'est pas… De quoi tu te mêles ? murmurai-je, furieuse, en lançant un bref regard vers Mal.

Il serrait les dents et empoignait son couteau un peu trop fermement.

– Le pouvoir réside dans l'alliance, lança Nikolai. Ça concerne tout le monde.

Il prit une autre gorgée de vin, ne faisant aucun cas de ma mine sidérée.

– Et tu ferais mieux de porter tes propres couleurs.

Je secouai la tête, stupéfaite par sa façon de changer de sujet.

– Tu vas me choisir mes vêtements, maintenant ?

Ce soir-là, je portais le *kefta* bleu, mais clairement Nikolai n'était pas satisfait.

– Si tu as l'intention de mener la Seconde Armée et prendre la place du Darkling, tu as besoin d'entrer dans ton rôle.

– Les invocatrices portent du bleu, lâchai-je, excédée.

– Ne sous-estime pas le paraître, Alina. Les gens aiment le spectacle. Le Darkling l'a compris.

– Je vais y réfléchir.

– Puis-je te suggérer de l'or ? insista Nikolai. Très royal, très approprié…

– Très kitsch ?

– Or et noir ce serait encore mieux. Une symbolique parfaite et…

– Pas de noir, intervint Mal.

Il s'écarta de la table et, sans un mot, disparut dans la foule.

Je posai ma fourchette.

– Je n'arrive pas à décider si tu provoques exprès la zizanie ou si tu es juste un abruti.

Le prince prit une autre bouchée de son plat.

– Il n'aime pas le noir ?

– C'est la couleur du type qui a essayé de le tuer et qui me prend régulièrement en otage. Mon ennemi juré. Ça te dit quelque chose ?

– Raison de plus pour la lui usurper.

Je me tordis le cou pour tenter de suivre Mal du regard. À travers la porte, je le vis s'installer seul au bar.

– Non, répliquai-je. Pas de noir.

– Comme tu veux. Mais choisis une couleur pour toi et pour tes gardes.

– J'ai vraiment besoin de gardes ? demandai-je en soupirant.

Nikolai se radossa sur sa chaise et me dévisagea d'un air grave.

– Sais-tu comment j'ai acquis le nom Sturmhond ?

– Je pensais que c'était une blague, un jeu de mots avec Sobachka.

– Non, c'est un nom que j'ai gagné. Le premier navire que j'ai sabordé était un bateau de commerce fjerdan en provenance de Djerholm. Quand j'ai dit au capitaine de baisser son épée, il m'a ri au nez et m'a renvoyé chez ma mère. Il m'a dit que les Fjerdans faisaient du pain avec les os des Ravkans décharnés.

– Tu l'as tué ?

– Non. Je lui ai rétorqué que les vieux capitaines idiots avaient une viande bien trop coriace pour les Ravkans. Je lui ai coupé les doigts et je les ai donnés comme en-cas à mes chiens, sous ses yeux.

– Tu... quoi ?

La salle était remplie de soldats bagarreurs qui chantaient, criaient, racontaient des histoires, mais je n'entendis plus rien, estomaquée par ce qu'il venait de me confier. C'était comme si je le voyais se transformer de nouveau sous mes yeux, comme si son masque de gentleman tombait pour révéler un être atrocement dangereux.

– Tu m'as bien entendu. Mes ennemis comprenaient la brutalité. Et mon équipage aussi. Après ce spectacle, j'ai trinqué avec mes hommes et partagé le butin. Ensuite, je suis retourné dans ma cabine, j'ai vomi le bon dîner que mon chef avait préparé et je me suis endormi en pleurant. Mais c'est le jour où je suis devenu un vrai corsaire. Le jour où Sturmhond est né.

– Rien à voir avec un chiot, commentai-je, un peu nauséeuse moi aussi.

– J'étais un petit garçon qui essayait de diriger un équipage d'hommes indisciplinés, de voleurs, de voyous, contre des ennemis plus âgés, plus sages et plus durs. Il fallait qu'ils me craignent. Tous. Et sans ça, il y aurait eu plus de victimes encore.

Je repoussai mon assiette.

– À qui veux-tu que je découpe les doigts ?

– Je te dis juste que si tu veux être à la tête d'une armée, tu ferais bien d'adopter le comportement adéquat.

– J'ai déjà entendu ce discours, tu sais. Le Darkling et ses compères m'en ont abreuvée. Sois brutale, sois cruelle. À long terme, cela sauvera des vies.

– Tu penses que je suis comme lui ?

Je l'examinai, ses cheveux blonds, son uniforme pimpant, ses yeux noisette intelligents.

– Non, dis-je lentement. Je ne pense pas. Mais ce ne serait pas la première fois que je me trompe.

Le voyage jusqu'à Os Alta n'était pas tant une marche qu'une lente parade insupportable. Nous nous arrêtâmes dans toutes les villes le long de la Vy, dans les fermes, les écoles, les églises et les crémeries. Nous saluâmes les dignitaires locaux et visitâmes les hôpitaux. Nous dînâmes avec des vétérans et applaudîmes des chœurs de jeunes filles.

Il était difficile de ne pas remarquer que les villages étaient habités de très jeunes et de très vieux. Tous les citoyens valides avaient été enrôlés pour servir dans l'armée du roi et combattre dans les interminables guerres ravkannes. Les cimetières étaient aussi grands que les villes.

Nikolai distribuait des pièces d'or et des sacs de sucre à tout-va. Il acceptait les poignées de main des marchands et les baisers sur la joue de matrones mariées qui l'appelaient Sobachka. Il charmait tous ceux qui s'approchaient de lui et ne semblait jamais se fatiguer, ni faiblir. Malgré les kilomètres parcourus, les nouveaux visages rencontrés, il était toujours prêt à parler aux inconnus.

Il avait l'air de systématiquement savoir ce que les gens voulaient de lui, à quel moment jouer le boute-en-train, le prince magnifique, le soldat épuisé. J'imaginais que cela venait avec la formation royale et l'éducation de la Cour, mais c'était tout de même très impressionnant.

Il n'avait pas exagéré en parlant de spectacle. Il s'efforçait toujours d'entrer dans une ville à l'aube ou au crépuscule, ou bien il arrêtait notre procession à l'ombre d'une église ou d'une place publique. La recette idéale pour mettre en avant l'Invocatrice de lumière.

Lorsqu'il me surprenait à lever les yeux au ciel, il m'adressait un clin d'œil et me rappelait :

– Tout le monde te pense morte, ma chérie. Il est important de soigner la présentation.

Je remplissais ma part du marché et jouais mon rôle. Je ne ménageais pas mes sourires et dirigeais ma lumière sur tous les toits, les clochers et sur chaque visage ahuri. Les gens pleuraient. Les mères m'amenaient leurs bébés pour que je les embrasse, et les vieillards se penchaient sur ma main, leurs joues trempées de larmes. Je détestais cette imposture et le dis à Nikolai.

– Qu'est-ce que tu racontes ? demanda-t-il, sincèrement intrigué. Les gens t'aiment !

– Tu veux dire qu'ils aiment ton trophée, grommelai-je alors que nous quittions la ville.

– Je n'ai jamais remporté aucun prix.

– Ce n'est pas drôle, murmurai-je, furieuse. Tu as vu ce dont est capable le Darkling. Ces gens seraient prêts à envoyer leurs filles et leurs fils pour combattre les *nichevo'ya*, et je ne pourrai pas les sauver. Tu ne leur offres que des mensonges.

– Non, de l'espoir. C'est mieux que rien.

– *Dixit* un homme qui n'a jamais souffert de ne rien avoir, conclus-je en m'éloignant de lui.

L'été mettait Ravka en valeur : ses champs fleurissaient, riches de reflets verts et dorés, l'air sentait bon le foin chaud et les arômes sucrés. Malgré les protestations de Nikolai, je refusais le confort du carrosse. Toutes les nuits en me couchant, j'avais mal aux fesses et aux cuisses, mais du haut de ma monture, je profitais de la douceur du temps et je pouvais voir Mal sur son cheval. Il ne parlait pas beaucoup, mais semblait se décontracter un peu.

Nikolai avait raconté autour de lui le combat entre le Darkling et Mal dans le Fold. Cela lui avait rapporté le respect des soldats, et même une certaine dose de célébrité. Il lui arrivait de partir en exploration avec les traqueurs du régiment et il essayait d'enseigner à Tolya l'art de la chasse, même si le grand Grisha n'était pas particulièrement doué pour traverser les bois en silence.

Sur la route de Sala, alors que nous traversions des rangées d'ormes blancs, Mal s'éclaircit la gorge.

– J'ai réfléchi…

Je me redressai pour lui accorder mon entière attention. C'était la première fois depuis notre départ de Kribirsk qu'il initiait la conversation.

Il se trémoussa un peu sur sa selle et continua sans m'adresser un regard.

– J'ai réfléchi à qui sélectionner pour assurer la garde.

– La garde ? répétai-je en fronçant les sourcils.

– Pour toi, précisa-t-il. Quelques-uns des hommes de Nikolai me paraissent convenir. Ainsi que Tolya et Tamar. Ils sont shus, mais Grishas aussi, alors ça ne devrait pas poser de problème. Et aussi… moi.

Je n'avais jamais vu Mal rougir auparavant.

– Tu es sûr que tu veux être nommé capitaine de ma garde personnelle ? l'interrogeai-je en souriant.

Il tourna enfin la tête vers moi, un sourire aux lèvres.

– Il faudra que je porte un chapeau chic ?

– Le plus chic des chics. Et sûrement une cape aussi.

– Avec des plumes ?

– Oh oui ! Plusieurs !

– Alors, d'accord.

J'aurais voulu m'en tenir à ça, mais je ne pus m'en empêcher.

– Je pensais... que tu voudrais retourner dans ton unité, pour redevenir traqueur.

Mal baissa les yeux vers les nœuds sur ses rênes.

– Je ne peux pas. Avec un peu de chance, Nikolai m'évitera d'être pendu...

– Avec un peu de chance ?

– Je suis un déserteur, Alina. Même le roi en personne ne peut pas me rétablir à mon poste.

Il parlait d'une voix ferme et sereine.

Il s'adapte, songeai-je. Mais je savais qu'une partie de lui ferait toujours le deuil de la vie qu'il aurait dû avoir, la vie qu'il aurait eue sans moi.

Il hocha la tête en direction du dos de Nikolai à peine visible dans la colonne de cavaliers.

– Et je ne compte sûrement pas te laisser seule avec Prince Parfait.

– Tu ne me fais pas confiance pour résister à son charme ?

– Même à moi, je ne ferais aucune confiance. Je n'ai jamais vu quelqu'un soulever les foules comme lui. Je suis sûr que s'il décidait de s'adresser aux rochers et aux arbres, ils s'empresseraient de lui prêter allégeance.

Je ris et me penchai en arrière pour sentir le soleil me réchauffer la peau à travers la canopée qui nous recouvrait. Je caressai d'un doigt mon bracelet de dragon, bien caché sous ma manche. Pour l'instant, je voulais garder secret mon deuxième amplificateur. Les Grishas de Nikolai avaient juré de se taire et je ne pouvais qu'espérer qu'ils tiendraient parole.

Je réfléchissais à l'oiseau de feu. Une partie de moi ne croyait toujours pas qu'il existait vraiment. Ressemblerait-il au dessin du livre rouge, avec ses plumes blanches et or ? Ou ses ailes seraient-elles terminées par des flammes ? Et quel genre de monstre serait capable de lui décocher une flèche pour l'abattre ?

J'avais refusé de prendre la vie du cerf, et des milliers de personnes étaient mortes à cause de cela : les habitants de Novokribirsk, les Grishas et les soldats que j'avais abandonnés sur le navire du Darkling. Je pensai à ces hauts murs d'église couverts des noms des victimes.

Le cerf de Morozova. Rusalye. L'oiseau de feu. Des légendes devenues vivantes sous mes yeux, juste avant de mourir. Pour moi. Je me rappelai les soubresauts du dragon, son sifflement léger alors qu'il rendait son dernier souffle. Il était sur le point de mourir, et pourtant j'avais hésité à l'achever.

Je ne veux pas être une meurtrière. La miséricorde n'était sans doute pas une qualité que l'Invocatrice de lumière pouvait se permettre. Je me ressaisis. Tout d'abord il fallait trouver l'oiseau de feu. D'ici là, tous nos espoirs reposaient sur les épaules de ce prince trompeur.

Le lendemain, les premiers pèlerins apparurent. Ils avaient l'air de n'importe quels autres villageois, attendant sur le bord de la route la procession royale, mais ils portaient des brassards et des bannières frappées d'un soleil levant. Sales de leurs longues journées de voyage, ils étaient chargés de sacoches remplies de leurs affaires. Quand ils me virent dans mon *kefta* bleu, le collier du cerf autour du cou, ils se ruèrent sur mon cheval en murmurant *Sankta, Sankta*, et essayèrent de m'attraper par la manche ou l'ourlet. Parfois, ils tombaient à genoux, et il fallait que je fasse attention à ce que ma monture ne les piétine pas.

Je pensais que je m'étais habituée à autant d'attention, et même à être touchée par des inconnus, mais là c'était différent. Je n'aimais pas qu'on m'appelle « Sainte », et la convoitise sur leurs visages me rendait nerveuse.

Plus nous nous enfoncions dans Ravka, plus la foule grossissait. Les gens venaient de partout, des villes, des villages, des ports. Ils se rassemblaient sur les places publiques et le long de la Vy. Des hommes, des femmes, des jeunes, des vieux, certains à pied, d'autres sur des ânes ou agglutinés sur des charrettes de foin. Où que nous allions, ils m'appelaient.

Parfois j'étais Sankta Alina, parfois Alina, parfois Alina la Juste ou la Brillante ou la Miséricordieuse. Fille de Keramzin, hurlaient-ils, fille de Ravka. Fille du Fold. *Rebe Dva Stolba*, ils m'appelaient aussi, fille des Deux Moulins, quand nous eûmes passé la région qui abritait le lieu de ma naissance. J'avais un vague souvenir des ruines qui avaient donné leur nom à la vallée, deux fuseaux de pierre sur le bord d'une route de terre. L'Apparat s'était chargé de décortiquer mon passé, triant les informations pour me construire une histoire de sainte.

Les attentes des pèlerins me terrorisaient. Pour eux, j'étais venue libérer Ravka de ses ennemis, du Shadow Fold, du Darkling, de la pauvreté, de la faim, des douleurs aux pieds, des moustiques et de tout ce qui pouvait les indisposer. Ils me suppliaient de les bénir, de les soigner, mais je ne pouvais qu'invoquer la lumière, les saluer et les laisser me toucher les mains. Mon numéro était bien rodé.

Les pèlerins n'étaient pas juste venus pour me voir, mais aussi pour m'accompagner. Ils se ralliaient à la procession royale et leur groupe déguenillé augmentait les jours passant. Ils nous suivaient de ville en ville, campant dans des champs en jachère, organisant des veillées afin de prier pour moi et pour le salut de Ravka. Ils n'étaient pas loin de dépasser en nombre les soldats de Nikolai.

– C'est la faute de l'Apparat, me plaignis-je à Tamar au cours d'un dîner.

Nous avions élu domicile pour la soirée dans une auberge au bord de la route. À travers les vitres, je voyais les flammes de leurs feux de camp, et entendais leurs chansons de paysans.

– Ils devraient être chez eux, à travailler dans les champs et à s'occuper de leurs enfants, plutôt qu'en vadrouille derrière une fausse sainte.

Tamar poussait dans son assiette un morceau de pomme de terre trop cuite.

– Ma mère m'a enseigné que le pouvoir des Grishas est un don divin.

– Et tu la croyais ?

– Je n'ai pas de meilleure explication.

– Tamar, nous n'avons pas de don divin. Le pouvoir des Grishas est juste quelque chose avec lequel on naît. Comme des grands pieds ou une belle voix.

– C'est ce que pensent les Shus. Que c'est une caractéristique physique, enfouie dans ton cœur ou ton âme, quelque chose qu'on peut isoler ou disséquer.

Elle jeta un regard au camp des pèlerins.

– Ces gens ne seraient pas de cet avis.

– S'il te plaît, ne me dis pas que tu penses que je suis une sainte.

– Peu importe ce que tu es. Ce qui importe, c'est ce que tu fais.

– Tamar…

– Ces gens pensent que tu peux sauver Ravka. Apparemment, toi aussi tu le penses, sinon tu n'irais pas à Os Alta.

– Je vais à Os Alta pour reconstruire la Seconde Armée.

– Et trouver le troisième amplificateur ?

Je faillis en lâcher ma fourchette.

– Ne parle pas aussi fort !

– Nous avons vu l'*Istorii Sankt'ya.*

Alors, Sturmhond ne le leur avait pas caché.

– Qui d'autre sait ? demandai-je en essayant de reprendre contenance.

– Nous n'en parlerons à personne, Alina. Nous connaissons l'enjeu.

Son verre avait laissé un cercle humide sur la table. Elle le toucha du bout du doigt.

– Tu sais, certains croient que les premiers Saints étaient des Grishas.

– Qui croit ça ?

Tamar haussa les épaules.

– Leurs dirigeants ont été excommuniés. Quelques-uns ont même été brûlés.

– J'en ai jamais entendu parler.

– C'était il y a très très longtemps, je ne comprends pas pourquoi cette hypothèse rend les gens tellement furieux. Même si les Saints étaient tous des Grishas, ça ne rend pas leurs exploits moins miraculeux.

Je me tortillai sur ma chaise, mal à l'aise.

– Je ne veux pas être une sainte, Tamar. Je n'essaie pas de sauver le monde. Je veux juste trouver un moyen de vaincre le Darkling.

– Reconstruire la Seconde Armée. Vaincre le Darkling. Détruire le Fold. Libérer Ravka. Appelle-ça comme il te chantera, mais ça ressemble quand même beaucoup à sauver le monde.

En effet, quand elle le présentait ainsi, cela paraissait vraiment très ambitieux. Je pris une gorgée de vin. Affreusement aigre comparé au nectar qu'on nous avait servi sur le *Volkvolny*.

– Mal va vous demander à Tolya et à toi de faire partie de ma garde personnelle.

Le visage de Tamar se fendit d'un large sourire.

– Vraiment ?

– C'est déjà ce que vous faites. Mais si tu dois me garder jour et nuit, je voudrais que tu me fasses une promesse.

– Tout ce que tu veux, lâcha Tamar, radieuse.

– On ne parle plus jamais de saints.

11

À mesure que les groupes de pèlerins grossissaient, ils devenaient plus difficiles à contrôler, et rapidement je fus contrainte de voyager dans le carrosse. Certains jours, Mal m'accompagnait, mais en général il préférait monter à cheval pour surveiller mon véhicule depuis l'extérieur avec Tolya et Tamar. J'aurais voulu qu'il soit à mes côtés, mais je savais que c'était mieux ainsi. Resté coincé dans cette petite boîte laquée à roulettes le mettait de très méchante humeur.

Nikolai ne se joignait à moi que lorsque nous entrions dans un village et que nous en sortions, afin que nous soyons vus ensemble. Il parlait sans arrêt. Il réfléchissait constamment à de nouveaux engins à construire : un instrument pour le pavage des routes, un nouveau système d'irrigation, un bateau qui pouvait ramer seul. Il griffonnait sur tous les bouts de papier qu'il trouvait, et chaque jour, il inventait une nouvelle version bien plus évoluée du *Hummingbird*.

Complètement indifférent à combien cela me rendait nerveuse, il tenait absolument à parler du troisième amplificateur et du Darkling. Il ne reconnaissait pas non plus l'arche en pierre dans l'illustration, et nous avions beau rester des heures rivés sur la page, Sankt Ilya ne révélait pas ses secrets. Ce qui n'empêchait pas Nikolai de se lancer dans des hypothèses sans fin sur les endroits où nous pourrions commencer à chasser l'oiseau de feu, quand il ne m'interrogeait pas sur le nouveau pouvoir du Darkling.

– Nous entrons en guerre ensemble, affirmait-il. Au cas où tu l'aurais oublié, le Darkling ne me porte pas non plus dans son cœur. J'aimerais qu'on profite de tous les avantages qu'on peut avoir.

Je n'avais quasiment aucune information à lui apporter. Je ne comprenais pas moi-même ce que faisait le Darkling.

– Les Grishas ne peuvent qu'utiliser et modifier ce qui existe déjà. Créer est un type de pouvoir complètement différent.

– Et tu penses que c'est ce que le Darkling recherche ?

– Peut-être. Je ne sais pas. Nous avons tous nos limites et quand on tente de les dépasser, on s'épuise. À long terme, utiliser notre pouvoir nous rend plus forts. C'est différent quand le Darkling invoque les *nichevo'ya*. Je pense que ça lui coûte.

Je décrivis la fatigue que j'avais vue déformer ses traits.

– Ce pouvoir ne le nourrit pas, il se nourrit de lui.

– Alors je comprends mieux, lança Nikolai en tapotant sur sa cuisse, son esprit déjà en pleine réflexion.

– Tu comprends quoi ?

– Pourquoi nous sommes toujours vivants, pourquoi mon père occupe encore le trône. Si le Darkling avait pu soulever une armée de l'ombre, ils nous auraient déjà assiégés depuis longtemps. Tant mieux, conclut-il, satisfait. Ça nous fait gagner du temps.

Mais combien de temps ? Je repensai aux aspirations que j'avais éprouvées en observant les étoiles sur le pont du *Volkvolny*. La soif de pouvoir avait corrompu le Darkling. Et peut-être que cette quête de puissance avait eu le même effet sur Morozova. Réunir les amplificateurs pouvait déclencher un désastre tel que le monde n'en avait jamais connu.

Je me frottai les bras, tentant de chasser la vague de froid qui venait de m'envahir. Je ne pouvais exprimer mes doutes devant

Nikolai, et Mal était déjà assez réticent à se lancer dans cette entreprise.

– Tu sais ce à quoi nous allons nous mesurer, déclarai-je. Gagner du temps ne sera pas suffisant.

– Os Alta se trouve protégé par des fortifications solides, au pied de Poliznaya. Plus important encore : la ville est loin des frontières sud et nord.

– En quoi cela nous aide ?

– Le Darkling a une portée limitée. Lorsque nous avons immobilisé son navire, il n'a pas pu envoyer ses *nichevo'ya* à notre poursuite. Ce qui veut dire qu'il va devoir entrer à Ravka avec ses monstres. Les montagnes à l'est sont infranchissables et il ne peut pas traverser le Fold sans toi. Il devra donc nous attaquer par Fjerda ou Shu Han. Et dans un cas comme dans l'autre, nous le saurons largement assez à l'avance.

– Le roi et la reine vont rester ?

– Si mon père quittait la capitale, ce serait comme abandonner le pays aux mains du Darkling dès maintenant. Et de toute façon, je ne suis pas sûr qu'il soit en état de voyager.

Je repensai au *kefta* rouge de Genya.

– Il ne s'est pas rétabli ?

– Ils ont réussi à faire en sorte que cela ne s'ébruite pas, mais non, il ne va pas mieux et je doute qu'il se remette un jour.

Il croisa les bras et pencha la tête sur le côté.

– Ton amie est une empoisonneuse hors pair.

– Ce n'est pas mon amie, dis-je, même si ces mots me semblèrent puérils.

J'avais l'impression de la trahir. J'en voulais à Genya pour bien des raisons, mais pas pour ce qu'elle avait fait au roi. Nikolai avait des espions partout. Je me demandais s'il savait quel type d'homme était vraiment son père.

– Et je doute qu'elle ait utilisé du poison.

– Elle lui a fait quelque chose. Aucun de ses médecins n'arrive à trouver un remède, et ma mère refuse de le montrer à un soigneur Caporalki.

Il s'interrompit un moment, avant d'ajouter :

– C'était malin, vraiment.

– D'essayer de tuer ton père ? demandai-je en fronçant les sourcils.

– Le Darkling aurait très facilement pu l'assassiner, mais il aurait risqué une rébellion massive des paysans et de la Première Armée. Avec le roi en vie mais en quarantaine, personne n'a su ce qui s'était passé. Sur place, l'Apparat jouait le fidèle conseiller et donnait ses ordres pour étendre son influence. Vasily, lui, était parti acheter des chevaux et des prostituées, expliqua-t-il avant de marquer une pause, regardant par la fenêtre et glissant un doigt le long de son montant doré. J'étais en mer. Je n'ai appris les évènements que des semaines plus tard.

J'attendis, ne sachant si je devais vraiment prendre la parole. Ses yeux scrutaient le paysage qui défilait, mais il avait une expression distante.

– La nouvelle du massacre de Novokribirsk et de la disparition du Darkling a déclenché les foudres de l'enfer. Un groupe de ministres royaux et de gardes du palais sont entrés de force dans le Grand Palace et ont exigé de parler au roi. Sais-tu ce qu'ils ont trouvé ? Ma mère en train de trembler de peur dans le petit salon, agrippée à son chien ridicule. Et le roi de Ravka, Alexandre III, seul dans sa chambre, à peine en vie, allongé dans ses excréments. Et moi, j'ai laissé faire.

– Tu ne pouvais pas imaginer les intentions du Darkling, Nikolai. Personne ne le pouvait.

Il n'avait pas l'air de m'entendre.

– Les Grishas et les *oprichniki* qui gardaient le palais sous les ordres du Darkling ont été attrapés en ville alors qu'ils essayaient de s'enfuir. Ils ont tous été exécutés.

Je réprimai un frisson.

– Et l'Apparat ?

Le prêtre s'était allié au Darkling et travaillait peut-être toujours pour lui. Mais il avait tenté de me contacter avant le coup d'État, et j'avais toujours pensé qu'il manigançait d'autres projets.

– En cavale. Personne ne sait comment il a pu se sauver, dit-il d'une voix sévère. Il répondra de ses crimes le moment venu.

De nouveau, j'aperçus le caractère féroce sous les bonnes manières. Était-ce là le vrai Nikolai Lantsov ? Ou juste une autre façade ?

– Tu as laissé Genya partir.

– Ce n'était qu'un pion. Tu étais le trophée. Il fallait que je reste concentré.

Il sourit brusquement, sa mauvaise humeur effacée comme si elle n'était jamais apparue.

– Et elle était bien trop belle pour les requins...

Voyager dans le carrosse était de plus en plus frustrant. J'étais impatiente d'arriver au Little Palace, mais Nikolai profitait de chaque instant pour me préparer à notre arrivée à Os Alta. Il misait gros sur mon succès à prendre la tête de la Seconde Armée, et il avait constamment de nouveaux conseils à me prodiguer. C'était accablant, mais je ne me sentais pas en mesure d'ignorer son avis et j'avais l'impression d'être de retour au Little Palace à ingurgiter toute la théorie grisha.

Moins tu en dis, plus tes paroles auront de poids.

Ne discute pas. Ne t'avise jamais de contredire. Accueille les insultes avec humour.

– Ce n'est pas vraiment ce que tu as fait avec le capitaine fjerdan, ripostai-je.

– Il ne m'avait pas insulté, il m'avait lancé un défi, corrigea-t-il. Apprends à reconnaître la différence.

La faiblesse n'est qu'un déguisement. Porte-le lorsque tu veux leur montrer que tu es humaine, mais jamais quand tu as des doutes.

N'espère pas des briques quand tu peux bâtir avec des pierres. Utilise ce qui s'offre à toi, objet ou personne.

Être chef implique d'être sous surveillance régulière.

Fais en sorte qu'ils obéissent aux ordres les plus insignifiants, ensuite ils respecteront les plus importants.

Il est normal de frustrer les attentes, mais ne les déçois jamais.

– Comment veux-tu que je me souvienne de tout cet enseignement ? demandai-je, exaspérée.

– Ne réfléchis pas trop, fais-le et ça ira très bien.

– Facile à dire. Tu baignes là-dedans depuis ta naissance.

– J'ai été élevé sur des courts de tennis en gazon et dans des soirées arrosées de champagne, répliqua Nikolai. Le reste vient avec la pratique.

– Je n'ai pas le temps de pratiquer !

– Tu t'en sortiras très bien. Mais d'abord calme-toi.

Je laissai échapper un petit cri d'agacement. Je voulais tellement l'étrangler que mes doigts me démangeaient.

– Oh, et le meilleur moyen pour faire enrager quelqu'un, c'est lui dire de se calmer.

Je ne savais pas si je devais en rire, ou lui jeter une chaussure à la figure.

À l'extérieur du carrosse, l'attitude de Nikolai était de plus en plus troublante. Il n'avait pas eu l'audace de réitérer sa demande en mariage, mais il faisait clairement tout pour que les gens soupçonnent une relation entre nous. À chaque arrêt, il devenait plus effronté, se tenant trop près de moi, m'embrassant la main, repoussant une mèche de cheveux derrière mon oreille quand elle se prenait dans le vent.

À Tashta, il salua la masse des villageois et des paysans qui s'étaient agglutinés autour de la statue du fondateur de la ville. En m'aidant à remonter dans le carrosse, il glissa son bras autour de ma taille.

– S'il te plaît, ne m'assomme pas, murmura-t-il.

Il me prit alors contre lui pour plaquer un baiser fougueux sur mes lèvres.

La foule poussa une exclamation de liesse tonitruante. Avant que je puisse réagir, Nikolai me fit entrer dans le carrosse et m'y suivit. Il referma la porte derrière lui, mais j'entendais toujours les acclamations dehors. Mêlés aux « Nikolai ! » et aux « Sankta Alina ! » perçaient désormais des *Sol Koroleva*. Reine Soleil.

J'aperçus Mal par la fenêtre. Sur son cheval, il s'assurait que personne ne sorte du rang. À son expression furibonde, je compris qu'il avait tout vu.

Je me tournai vers Nikolai et lui donnai un coup de pied dans le tibia. Il lâcha un cri de douleur, mais ce ne fut absolument pas satisfaisant. Je le frappai donc encore une fois.

– Ça va mieux ? demanda-t-il.

– Si tu oses recommencer, je ne me contente pas d'un petit coup de pied, je te tranche en deux.

Il balaya de son pantalon une petite peluche.

– Pas sûr que ce serait très avisé. Les gens n'apprécient pas trop le régicide.

– Tu n'es pas encore roi, *Sobachka*, répliquai-je sèchement. Alors ne joue pas à ça.

– Je ne comprends pas pourquoi tu t'énerves. La foule a adoré.

– *Moi*, je n'ai pas adoré.

– Tu n'as pas détesté non plus, me défia-t-il.

Le troisième coup partit tout seul. Cette fois, il m'attrapa la cheville, plus rapide que l'éclair. En hiver, j'aurais porté des bottes, mais avec mes petites ballerines, ses doigts se refermèrent sur ma jambe nue. Mes joues s'empourprèrent aussitôt.

– Promets-moi de ne plus me donner de coups de pied et je promets de ne plus t'embrasser.

– Je ne t'aurais pas tapé si tu ne m'avais pas embrassée !

J'essayais de récupérer ma jambe, mais il l'empoignait fermement.

– Promets.

– D'accord, lâchai-je. C'est promis.

– Alors, marché conclu.

Je ramenai mon pied sous mon *kefta*, espérant qu'il ne remarquerait pas que j'avais rougi comme une idiote.

– Excellent. Maintenant, sors.

– C'est mon carrosse, se défendit-il.

– Le marché ne compte que pour les coups de pied. Ça n'exclut pas la possibilité de te donner des gifles, des coups de poing, de te mordre ou *de te trancher en deux*.

Il esquissa un rictus amusé.

– Tu as peur qu'Oretsev se demande ce qu'on fabrique ensemble ?

C'était exactement ma préoccupation.

– J'ai peur de vomir sur mon *kefta* si je dois passer encore une minute en ta compagnie.

– C'est un rôle, Alina. Plus notre alliance paraît forte, mieux ce sera pour tous les deux. Je suis désolé si ça contrarie Mal, mais c'est nécessaire.

– Pas le baiser.

– J'improvisais, concéda-t-il. Je me suis laissé emporter.

– Tu n'improvises jamais. Tout ce que tu fais est calculé. Tu changes de personnalité comme d'autres changent de chapeau. Et tu sais quoi ? C'est très déstabilisant. Tu ne peux donc jamais être toi-même ?

– Je suis un prince, Alina. Je ne peux pas me permettre d'être moi-même.

Je levai les yeux au ciel.

Après un instant de silence, il reprit la parole.

– Je… Tu me trouves vraiment déstabilisant ?

Pour la première fois, il ne paraissait plus aussi sûr de lui. Malgré ce qu'il venait de faire, je me sentis un peu désolée pour lui.

– Parfois, confiai-je.

Il passa une main sur sa nuque, mal à l'aise. Puis il laissa échapper un soupir et haussa les épaules.

– Je suis le fils cadet, certainement un bâtard et j'ai vécu loin de la Cour pendant sept ans. Je vais tout faire pour assurer mes chances de monter sur le trône. Et si pour cela je dois séduire toute une nation et te faire les yeux doux, alors je le ferai.

Je l'examinai avec de grands yeux. Je n'avais plus vraiment écouté après le mot « bâtard ». Genya avait laissé entendre que des rumeurs couraient sur son hérédité, mais j'étais choquée qu'il l'admette ouvertement.

Il rit.

– Tu ne survivras jamais à la Cour si tu n'apprends pas à cacher un peu mieux ce que tu ressens. On dirait que tu viens de t'asseoir dans un bol de porridge froid. Ferme la bouche.

Je m'exécutai et m'efforçai de me ressaisir. Ce qui ne fit qu'augmenter l'hilarité de Nikolai.

– Maintenant, on dirait que tu as bu trop de vin.

Je renonçai et m'affalai sur mon siège.

– Comment peux-tu plaisanter sur un sujet pareil ?

– J'entends cette rumeur depuis que je suis tout petit. Je ne veux pas que tu le répètes et je le nierai si tu le fais, mais je me fiche totalement d'avoir du sang Lantsov dans les veines. À vrai dire, vu la lignée royale, ne pas y appartenir serait plutôt un point positif.

Je secouai la tête. Il était déroutant. Impossible de savoir quand il fallait le prendre au sérieux.

– Alors pourquoi la couronne est-elle si importante pour toi ? Pourquoi m'infliger toutes ces épreuves ?

– Tu ne veux peut-être pas le croire, mais le destin de ce pays est très important pour moi.

– Vraiment ? C'est effectivement difficile à croire.

Il étudia le bout de ses chaussures vernies. Je n'arrivais pas à comprendre comment il faisait pour qu'elles restent aussi bien lustrées.

– Je suppose que j'aime réparer ce qui est cassé. J'ai toujours été comme ça.

Ça ne répondait pas à ma question, mais d'une certaine façon, je trouvais l'argument convaincant.

– Tu penses vraiment que ton frère te cédera sa place ?

– Je l'espère. Il sait que la Première Armée me suivra et je ne pense pas qu'il ait ce qu'il faut pour mater une guerre civile. En outre, Vasily a hérité de l'aversion de notre père pour le dur labeur. Quand il comprendra l'investissement nécessaire pour régner sur un pays, je doute qu'il reste très longtemps dans la capitale.

– Et s'il ne renonce pas aussi facilement ?

– Il faudra juste que je trouve le bon angle pour aborder la question. Miséreux ou prince, tous les hommes peuvent s'acheter.

La voix de la sagesse, ce Nikolai Lantsov. Je jetai un coup d'œil par la fenêtre du carrosse. Je ne vis que Mal, assis bien droit sur son cheval.

– Pas tous les hommes, murmurai-je.

Nikolai suivit mon regard.

– Et si pourtant, Alina, même ton fidèle champion a un prix…

Songeur, il dirigea sur moi ses yeux noisette.

– … et j'ai les yeux sur lui à cet instant précis.

Je me tortillai sur mon siège, mal à l'aise.

– Tu es si sûr de toi, dis-je, tranchante. Peut-être que je déciderai que le trône me revient et que je t'enverrai dormir pour toujours…

– Voilà, tu penses comme un souverain, se réjouit Nikolai.

Enfin, Nikolai me laissa seule, mais nous roulâmes encore plusieurs heures avant de nous arrêter pour la nuit. Je n'eus pas à partir à la recherche de Mal. Quand la porte du carrosse s'ouvrit, il me tendit la main pour m'aider à descendre. La place grouillait de pèlerins et autres voyageurs, qui se tordaient tous le cou pour mieux voir l'Invocatrice de lumière, mais je ne savais pas quand j'aurais la chance de lui parler.

– Tu es en colère ? murmurai-je, en foulant les pavés.

De l'autre côté de la place, Nikolai discutait déjà avec un groupe de dignitaires locaux.

– Contre toi ? Non. Mais je vais toucher deux mots à Nikolai quand il ne sera pas entouré de ses gardes armés.

– Si ça te soulage un peu, sache que je lui ai donné des coups de pied.

– Vraiment ? demanda Mal en riant.

– Deux. Ça va mieux ?

– Oui, un peu.

– Je lui marcherai sur les pieds ce soir, pendant le dîner.

Cela n'entrait pas dans notre marché.

– Alors pas de papillons ni de frissons dans les bras d'un prince ?

Il me taquinait, mais je perçus la pointe d'inquiétude derrière ses mots.

– Je suis immunisée, répliquai-je. Et heureusement, je sais précisément à quoi ressemble un vrai baiser.

Je le laissai au milieu de la place. Je ne me lassais pas de le faire rougir.

La nuit qui précéda notre entrée à Os Alta, nous séjournâmes dans la datcha d'un noble du coin qui vivait à quelques kilomètres à peine de la ville fortifiée. Elle me rappelait un peu Keramzin : ses grandes portes en fer, son long sentier étroit vers la jolie maison avec ses deux larges ailes de briques pâles. La résidence du comte Minkoff était apparemment célèbre pour ses arbres fruitiers nains et les buis taillés qui bordaient les couloirs de sa datcha et embaumaient les pièces d'un parfum de pêche et de prune.

Je reçus une belle suite au premier étage. Tamar s'installa dans la chambre voisine et Tolya et Mal, de l'autre côté du couloir. Une grande boîte m'attendait sur le lit, et à l'intérieur, je trouvai le *kefta* que j'avais fini par accepter. Nikolai avait envoyé des ordres au Little Palace et je reconnus l'œuvre des fabrikators dans la soie bleu marine bordée d'un liseré doré. Je m'attendais à le sentir lourd dans mes mains, mais l'expertise des Materialki avait rendu le tissu exceptionnellement léger. Quand je le passai par la tête, il luit comme de la lumière sur l'eau. Les fermoirs représentaient des petits soleils dorés. Un habit magnifique et un peu voyant. Nikolai allait apprécier.

La dame de la maison avait demandé à sa servante de s'occuper de mes cheveux. Elle m'assit à ma coiffeuse, râlant et pestant pendant qu'elle me brossait. Elle était bien plus douce que Genya, mais n'atteignait pas un résultat aussi spectaculaire. J'enfouis l'idée bien loin dans mon esprit. Je n'aimais pas penser à Genya et à ce qui avait dû lui arriver quand nous avions quitté le baleinier. Je redoutais également la solitude que je risquais de ressentir sans elle au Little Palace.

Je remerciai la domestique et, avant de quitter ma chambre, j'attrapai la pochette en velours noir qui accompagnait dans la boîte mon *kefta*. Je la glissai dans ma poche, m'assurai que ma manche cachait les écailles et descendis l'escalier.

Pendant le dîner, les discussions tournaient autour des dernières pièces de théâtre, des agissements probables du Darkling et de ce qui se passait à Os Alta. La ville croulait sous les réfugiés. Les nouveaux arrivants étaient refoulés devant le portail et les rumeurs parlaient d'émeutes provoquées par la faim. Depuis cet endroit luxueux, cela semblait impossible.

Le comte et son épouse, une bonne femme grassouillette aux boucles grisonnantes et au décolleté outrageux, avaient dressé une table somptueuse. On nous servit de la soupe froide dans des bols en forme de citrouille sertis de pierres précieuses, de l'agneau rôti couvert de gelée de groseille, des champignons cuits dans de la crème, et un mets que je ne fis que picorer, un coq au brandy, comme je l'appris plus tard. Un liseré d'argent et l'écusson des Minkoff marquaient chaque verre et chaque assiette. Le plus impressionnant était sans aucun doute l'œuvre d'art qui courait au centre de la table : une forêt miniature représentée avec les plus infimes détails, incluant des bosquets de pins minuscules, une plante grimpante avec des fleurs pas plus grandes qu'un ongle et une petite cabane qui abritait la salière.

Assise entre Nikolai et le colonel Raevsky, j'écoutais les invités prestigieux rire, discuter et lever leurs verres au retour du jeune prince et à la santé de l'Invocatrice de lumière. J'avais demandé à Mal de se joindre à nous, mais il avait refusé, préférant patrouiller avec Tamar et Tolya. J'avais beau essayer de me concentrer sur les conversations, je ne pouvais m'empêcher de jeter des coups d'œil vers la terrasse dans l'espoir de l'apercevoir.

Nikolai avait dû remarquer mon attitude.

– Tu n'es pas obligée de suivre, mais fais au moins semblant.

Je fis de mon mieux, mais je n'avais pas grand-chose à dire. Même dans un *kefta* criard et aux côtés d'un prince, je restais la petite paysanne originaire d'un village sans nom. Je n'avais pas ma place parmi ces gens, et je n'en avais pas la prétention. Pourtant, je formulai une petite prière silencieuse de remerciement à Ana Kuya pour avoir appris à ses orphelins à s'asseoir correctement à table et à utiliser la bonne fourchette pour manger des escargots.

Après le dîner, nous fûmes conduits dans un salon où le comte et la comtesse chantèrent en duo, accompagnés par leur fille à la harpe. On nous apporta une farandole de desserts : mousse au miel, compote de noix et melon, et une tour de pâtisseries saupoudrées de sucre à admirer plus qu'à savourer. Le tout fut arrosé de plus de vin encore et noyé par une nouvelle série de discussions. On me demanda d'invoquer la lumière et je projetai un puissant faisceau vers le plafond, sous les applaudissements d'un public enthousiaste. Lorsque certains des invités s'installèrent pour jouer aux cartes, je prétextai une migraine pour prendre congé.

Nikolai m'intercepta à la porte de la terrasse.

– Tu devrais rester. C'est un bon entraînement pour l'ennui mortel qui nous attend à la Cour.

– Les saints ont besoin de repos.

– Tu veux dormir à la belle étoile, sous un rosier ? demanda-t-il en se tournant vers le jardin.

– J'ai sagement joué les singes savants, Nikolai. J'ai montré tous mes tours, et maintenant ça suffit. J'ai mérité de dire bonne nuit.

– Peut-être que je regrette juste de ne pas pouvoir venir avec toi, concéda Nikolai dans un soupir. La comtesse n'a pas arrêté de me caresser le genou sous la table et je déteste jouer aux cartes.

– Je te croyais un homme politique accompli.

– J'ai du mal à rester assis très longtemps.

– Alors invite la comtesse à danser, suggérai-je avec un sourire malicieux, avant de m'enfuir dans la nuit.

En descendant les marches, je regardai par-dessus mon épaule. Nikolai s'attardait toujours sur le seuil de la porte. Il portait un uniforme militaire et un insigne bleu pâle sur le torse. La lumière du salon luisait sur ses médailles et dorait ses cheveux blonds. Ce soir, il incarnait le prince élégant. Mais planté là, il avait juste l'air d'un enfant livré à lui-même qui ne voulait pas retourner à la fête tout seul.

Je me tournai pour continuer jusqu'au jardin.

Il ne me fallut pas beaucoup de temps pour trouver Mal. Appuyé contre le tronc d'un grand chêne, il examinait l'herbe parfaitement tondue.

– Rien ne rôde dans le noir ?

– Juste moi.

Je me posai contre le tronc à côté de lui.

– Tu aurais dû te joindre à nous pour le dîner.

– Non merci. À ce que j'ai vu, tu avais l'air de t'ennuyer à mourir et Nikolai ne semblait pas s'amuser beaucoup plus. Et de toute façon, qu'est-ce que j'aurais pu porter ? ajouta-t-il en examinant mon *kefta*.

– Tu n'aimes pas ?

– C'est charmant. Ça complète parfaitement ton trousseau.

Avant même que je puisse lever les yeux au ciel, il m'attrapa la main.

– Ce n'est pas ce que je voulais dire. Tu es magnifique. Je voulais te le dire dès que je t'ai vue ce soir.

Je rougis.

– Merci. Utiliser mon pouvoir tous les jours m'aide beaucoup.

– Tu étais tout aussi belle à Cofton avec du pollen de *jurda* dans les cheveux.

Embarrassée, je repoussai une mèche mécaniquement.

– Cet endroit me rappelle Keramzin.

– Un peu, admit-il. En beaucoup plus raffiné. C'est quoi vraiment l'intérêt de minuscules arbres fruitiers ?

– C'est pour les gens qui ont de toutes petites mains. Ainsi ils se sentent plus grands.

Il rit de bon cœur. Je fouillai dans ma poche à la recherche de la pochette en velours noir.

– J'ai quelque chose pour toi.

– Qu'est-ce que c'est ?

Je tendis mon poing fermé.

– Devine.

Nous jouions à ce jeu quand nous étions enfants.

– Sûrement un pull.

Je secouai la tête.

– Un poney de foire ?

– Non.

Il me prit la main et la retourna pour desserrer délicatement mes doigts.

J'attendis sa réaction.

Ses lèvres dessinèrent un sourire quand il s'empara de la broche dorée. Le contact léger de sa peau sur la mienne déclencha des frissons dans mon dos.

– Pour le capitaine de ta garde personnelle ?

Je m'éclaircis la voix, nerveuse.

– Je... je ne voulais pas d'uniformes. Je ne voulais rien qui fasse penser aux *oprichniki* du Darkling.

Pendant un long moment nous restâmes sans rien dire, pendant que Mal contemplait la broche. Puis il me la rendit. Mon cœur se mit à battre la chamade, mais je tentai de cacher ma déception.

– Agrafe-la-moi, demanda-t-il.

Je poussai un soupir de soulagement. Je pris le bijou entre mes doigts et le fixai sur le côté gauche de sa chemise. Je dus m'y reprendre à plusieurs fois pour l'accrocher. Quand j'eus terminé et que je reculai d'un pas, il m'attrapa la main et la pressa contre la broche, contre son cœur.

– C'est tout ? interrogea-t-il.

Nous étions si proches l'un de l'autre à présent, seuls dans la douce pénombre du jardin. Cela faisait des mois que nous ne nous étions plus retrouvés ainsi.

– Pardon ? m'enquis-je d'une voix qui était à peine plus forte qu'un souffle d'air.

– On m'avait promis une cape et un chapeau chic.

– Je te revaudrai ça.

– Tu essaies de me séduire ?

– Je fais du troc.

– Puisque c'est comme ça, je vais prendre mon dû dès maintenant.

Il parlait sur un ton léger, mais quand ses lèvres se posèrent sur ma bouche, je ne sentis rien de taquin dans son baiser. Il était enflammé et plus suave que les poires du jardin. Je sentis son désir dans la fougue de son étreinte, une ardeur nouvelle qui embrasait chaque parcelle de mon corps.

Je me hissai sur la pointe des pieds, lui encerclant le cou de mes deux bras pour fondre mon corps dans le sien. Avec la force d'un soldat, les muscles bandés, il pressa ses mains au creux de mes reins pour m'attirer plus près de lui encore. Il m'enlaçait avec frénésie, presque du désespoir, comme si jamais je ne pourrais être assez proche.

Ma tête tournait. Mes pensées s'étaient figées, liquéfiées, mais j'entendis des pas qui venaient vers nous. L'instant d'après, Tamar arriva sur le sentier.

– Nous avons de la compagnie, avertit-elle.

Mal me libéra et s'empara de son fusil d'un geste habile.

– Qui est-ce ?

– Un groupe de personnes au portail qui demandent à entrer. Ils veulent voir l'Invocatrice de lumière.

– Des pèlerins ? demandai-je, m'efforçant de faire fonctionner correctement mon cerveau, encore embrumé.

– Ils prétendent être des Grishas, répondit-elle.

– Ici ?

Mal posa une main sur mon bras.

– Alina, attends à l'intérieur, au moins jusqu'à ce qu'on tire au clair la situation.

J'hésitai. Une partie de moi rageait qu'on me dise d'aller me cacher, mais d'un autre côté, je ne voulais pas jouer les imbéciles. Un cri nous parvint du portail.

– Non, dis-je en me dégageant de la main de Mal. Si ce sont vraiment des Grishas, vous aurez besoin de moi.

Ni Mal ni Tamar ne parurent enchantés, mais ils m'entourèrent et ensemble nous remontâmes en courant le chemin de gravier.

Une foule s'était réunie derrière le portail en fer de la datcha. Je repérai facilement Tolya qui dominait tout le monde de sa carrure imposante. Nikolai se trouvait au milieu de soldats avec leurs armes en joue, ainsi que des gardes du comte. Un petit groupe attendait de l'autre côté des barreaux, mais je ne voyais rien de plus. Quelqu'un secoua furieusement le portail et j'entendis des cris rageurs.

– Approchons-nous, demandai-je.

Tamar décocha à Mal un regard inquiet. Je levai le menton. S'ils devaient être mes gardes, alors il faudrait qu'ils obéissent à mes ordres.

– *Maintenant!* Il faut que je sache ce qui se passe avant que la situation dérape.

Tamar fit un signe à Tolya et le géant vint se placer devant nous, se frayant facilement un chemin dans l'assemblée. J'avais toujours été petite. Coincée entre Mal et les jumeaux, avec des soldats qui fourmillaient autour de nous, j'éprouvai soudain de la difficulté à respirer. Je tentai de me calmer, examinant les silhouettes et les dos jusqu'à ce que j'aperçoive Nikolai en pleine discussion avec une personne derrière le portail.

– Si nous avions voulu parler au laquais du roi, nous serions devant les portes du Grand Palace, grondait une voix impatiente. Nous sommes venus pour l'Invocatrice de lumière!

– Restez poli, impudent! répliqua un soldat que je ne reconnus pas. Vous vous adressez au prince de Ravka, officier de la Première Armée!

Ça ne se passait pas très bien. Je continuai ma progression mais m'arrêtai brusquement en voyant le Caporalki derrière les barreaux en fer.

– Fedyor?

Un sourire illumina le long visage du Grisha puis il me gratifia d'une gracieuse révérence.

– Alina Starkov! Je ne pouvais qu'espérer que la rumeur disait vrai.

J'étudiai Fedyor, méfiante. Il se tenait au centre de Grishas aux *keftas* couverts de poussière, pour la plupart des Caporalki en rouge, quelques Etherealki en bleu et une poignée de Materialki en violet.

– Tu le connais? demanda Nikolai.

– Oui, il m'a sauvé la vie.

Fedyor s'était interposé entre moi et une nuée d'assassins fjerdans.

Il fit une nouvelle courbette.

– Ce fut un honneur pour moi.

– On peut lui faire confiance ? interrogea Nikolai, pas du tout impressionné.

– C'est un déserteur, intervint un soldat.

Des murmures s'élevèrent des deux côtés du portail.

Nikolai fit un signe à Tolya.

– Fais reculer tout le monde et assure-toi qu'aucun des gardes du comte ne s'avise de tirer. J'imagine combien ils doivent manquer d'excitation, ici, dans leurs arbres nains.

Il se tourna vers la grille.

– Fedyor, c'est bien ça ? Un moment, s'il vous plaît.

Il m'attira à l'écart de la foule.

– Alors ? Peut-on vraiment lui faire confiance ?

– Je n'en sais rien.

La dernière fois que j'avais vu Fedyor, nous étions à une fête au Grand Palace, quelques heures avant que j'apprenne les plans du Darkling et que je m'enfuie à l'arrière d'un chariot. Je me creusai les méninges pour me souvenir de ce qu'il m'avait dit à l'époque.

– Je pense qu'il était en faction à la frontière sud. C'était un fondeur de haut rang, mais pas un des favoris du Darkling.

– Nevsky a raison, déclara Nikolai en faisant un signe de tête vers le soldat furieux. Grishas ou pas, ils doivent avant tout prêter allégeance au roi. Ils ont abandonné leurs postes. Techniquement ce sont des déserteurs.

– Ça ne fait pas d'eux des traîtres.

– Ce qu'on doit apprendre avant tout, c'est si ce sont des espions.

– Alors qu'est-ce qu'on fait d'eux ?

– Nous pourrions les arrêter et les interroger.

Je réfléchis tout en triturant ma manche.

– Dis-moi, me pressa Nikolai.

– Est-ce qu'on ne veut pas que les Grishas reviennent ? demandai-je. Si nous arrêtons tous ceux qui arrivent, je n'aurai aucune armée à mener.

– Souviens-toi, tu mangeras avec eux, tu travailleras avec eux, tu dormiras sous le même toit.

– Et il se peut qu'ils soient tous de mèche avec le Darkling...

Par-dessus mon épaule, j'observai Fedyor qui patientait calmement.

– Qu'est-ce que tu en penses ? m'enquis-je.

– Je ne crois pas que ces Grishas soient plus ou moins dignes de confiance que ceux qui nous attendent au Little Palace.

– Pas très encourageant.

– Une fois que nous serons derrière les murailles du palais, toute communication sera étroitement surveillée. Je ne vois pas comment le Darkling pourra se servir de ses espions s'il n'a aucun moyen de les joindre.

Je résistai à l'envie de toucher les cicatrices sur mon épaule. Je repris mon souffle.

– Très bien, ouvrez le portail, conclus-je. Je parlerai à Fedyor, mais seulement à lui. Les autres peuvent camper à l'extérieur ce soir et nous accompagner sur la route d'Os Alta demain.

– Tu es sûre de toi ?

– Je ne pourrai plus jamais être sûre de rien, mais mon armée a besoin de soldats.

– D'accord, concéda Nikolai avec un petit hochement de tête. Mais prends garde à qui tu accordes ta confiance.

– Bien reçu, dis-je en lui adressant un regard de travers.

12

Je discutai jusque tard dans la nuit avec Fedyor, mais nous ne restâmes jamais seuls. Mal, Tolya ou Tamar se relayaient pour maintenir la garde.

Lorsque la nouvelle de la destruction de Novokribirsk lui était arrivée, Fedyor était en poste à Sikursk à la frontière sud-est. Les soldats du roi s'étaient alors retournés contre les Grishas, les tirant de leurs lits au milieu de la nuit et organisant des pseudo-procès pour déterminer leur loyauté. Fedyor avait contribué à une importante entreprise d'évasion.

– Nous aurions pu les tuer tous, mais nous avons choisi de prendre nos blessés avec nous et de fuir.

Certains Grishas n'avaient pas été aussi indulgents. Des massacres avaient ravagé les villes de Chernast et Ulensk, quand les soldats avaient essayé d'attaquer la Seconde Armée. Pendant ce temps, Mal et moi voyagions à bord du *Verrhader*, en direction de l'ouest, loin du chaos que nous avions aidé à provoquer.

– Il y a quelques semaines, on a commencé à entendre parler de ton retour à Ravka. Tu peux être sûre que d'autres Grishas viendront te trouver.

– Combien ?

– Je n'ai aucun moyen de le savoir.

À l'instar de Nikolai, Fedyor pensait que certains Grishas étaient en cavale, attendant l'ordre de réintégrer l'armée. Mais selon lui, bon nombre s'étaient ralliés au Darkling.

– Il représente la force, affirma Fedyor. La sécurité. Et c'est tout ce qu'ils comprennent.

Ou peut-être qu'ils pensent juste avoir opté pour le camp des gagnants, me dis-je amèrement. Mais je savais que ce n'était pas tout… J'avais senti l'attrait de la puissance du Darkling. N'était-ce pas pour cette raison que les pèlerins s'accrochaient à une fausse sainte ? Pourquoi la Première Armée combattait-elle encore pour un roi incompétent ? Parfois il est juste plus simple de suivre.

Lorsque Fedyor termina son récit, je demandai qu'on lui servît un dîner et lui conseillai de se préparer à partir pour Os Alta dès l'aube.

– Je ne sais pas quel accueil tu risques de trouver là-bas, le mis-je en garde.

– Nous serons prêts, *moy soverenyi*, dit-il en esquissant une nouvelle révérence.

Je grimaçai en entendant ce titre. Dans mon esprit, il revenait encore au Darkling.

– Fedyor… commençai-je en le raccompagnant à la porte.

J'hésitais. Je n'en revenais pas de ce que je m'apprêtais à dire. Apparemment, Nikolai déteignait sur moi, pour le meilleur ou pour le pire.

– Je comprends que tu as fait un long voyage. Mais soigne ton apparence pour demain. Il est important que nous fassions bonne impression.

Ma remarque ne le fit même pas ciller.

– *Da, soverenyi*, se contenta-t-il de répondre avec une nouvelle révérence avant de disparaître dans la nuit.

Génial, songeai-je. *Un ordre donné, encore des milliers à venir.*

Le lendemain matin, j'enfilai mon *kefta* élégant et descendis les marches de la datcha en compagnie de Mal et des jumeaux.

Les broches dorées brillaient sur leurs bustes, mais ils portaient toujours des vêtements en toile de jute de paysans. Nikolai n'appréciait peut-être pas ce choix, mais je voulais effacer la frontière qui s'était créée entre les Grishas et le reste de la population ravkanne.

Bien que nous ayons été prévenus qu'Os Alta avait été pris d'assaut par les réfugiés et les pèlerins, pour une fois Nikolai n'insista pas pour que je monte dans le carrosse. Il voulait qu'on me voie entrer dans la ville. Et il comptait bien assurer le spectacle. Mes gardes et moi-même étions tous assis sur de beaux chevaux blancs et des hommes de son régiment nous entouraient des deux côtés, tous portant l'insigne ravkan de l'aigle à deux têtes et des drapeaux marqués de soleils dorés.

– Subtil, comme toujours, commentai-je dans un soupir.

– On ne gagne rien à viser bas, répliqua Nikolai du haut de sa monture gris pommelé. Allons visiter la pittoresque maison de mon enfance.

Il faisait chaud et les banderoles de notre procession restaient immobiles dans un ciel sans le moindre souffle d'air, alors que nous longions la Vy vers la capitale. D'ordinaire, la famille royale passait les mois de canicule dans son palais d'été au bord du lac. Os Alta était cependant plus facile à défendre et ils avaient préféré se replier derrière sa célèbre double muraille.

Tandis que nous progressions, je laissais errer mes pensées. Je n'avais pas beaucoup dormi, et malgré ma nervosité, la chaleur, combinée au trot régulier des chevaux et au bourdonnement des insectes, me faisait constamment piquer du nez. Pourtant, lorsque nous montâmes la colline en périphérie de la ville, je me réveillai complètement.

Au loin, je vis Os Alta, la cité des rêves, ses flèches blanches ressortant dans le ciel sans nuages. Entre nous et la capitale, se dressaient des rangées à n'en plus finir de militaires armés. Des centaines d'hommes de la Première Armée, peut-être un millier : infanterie, cavaliers, officiers et simples soldats. Le soleil léchait les gardes de leurs épées et des fusils scintillaient dans leurs dos.

Un individu se dégagea de la formation militaire. Il portait un manteau d'officier couvert de médailles et montait l'un des chevaux les plus grands que j'aie jamais vus. Il aurait pu supporter deux Tolya.

Nikolai examina le cavalier sous toutes les coutures et poussa un soupir.

– Bon, mon frère est venu nous accueillir…

Nous descendîmes lentement la pente et nous arrêtâmes devant l'assemblée. Malgré les chevaux blancs et les banderoles rutilantes, notre procession de Grishas vagabonds et de pèlerins en haillons parut soudain moins majestueuse. Nikolai avança sur son cheval et son frère vint à sa rencontre.

J'avais vu Vasily Lantsov à quelques reprises à Os Alta. Il était assez beau, même s'il avait eu la malchance d'hériter du menton fuyant de son père, et ses yeux aux paupières lourdes lui donnaient sans cesse un air très las ou légèrement ivre. Aujourd'hui, il semblait s'être débarrassé de sa stupeur habituelle. Il chevauchait fièrement sa noble monture, étincelant d'arrogance et de noblesse. À côté de lui, Nikolai semblait incroyablement jeune.

Je ressentis une pointe de terreur. Nikolai paraissait toujours totalement maître de la situation. Il était facile d'oublier qu'il n'avait que quelques années de plus que Mal et moi, un enfant capitaine qui espérait devenir un enfant roi.

Cela faisait sept ans qu'il n'avait plus remis les pieds à la Cour et j'imaginais qu'il n'avait pas souvent revu Vasily depuis tout ce temps : il n'y eut entre eux aucune effusion de joie, aucune larme d'émotion. Les deux princes descendirent de leurs chevaux et échangèrent une brève accolade. Vasily inspecta nos troupes, se concentrant plus longuement sur moi.

– C'est donc la jeune fille que tu dis être l'Invocatrice de lumière ?

Nikolai grimaça. Son frère aurait pu lui offrir une meilleure entrée en matière.

– C'est assez facile à prouver, confirma-t-il.

On ne gagne rien à viser bas. Je levai les mains et invoquai un puissant faisceau de lumière aveuglant qui atterrit sur les soldats en violentes cascades de chaleur. Ils poussèrent des cris et plusieurs d'entre eux reculèrent, tandis que leurs chevaux hennirent, paniqués. Je laissai la lumière se consumer. Vasily renifla.

– Tu as été bien occupé, petit frère.

– Tu n'as pas idée, Vasya, répliqua Nikolai sur un ton agréable.

La bouche de Vasily se crispa en entendant son diminutif. Il semblait tellement coincé.

– Je m'étonne de te trouver à Os Alta, continua Nikolai. Je te croyais à Caryeva pour les courses.

– J'y étais en effet, mon rouan s'y est distingué. Mais quand j'ai entendu que tu revenais, j'ai voulu être ici pour t'accueillir.

– C'est gentil d'avoir pris cette peine.

– Le retour d'un prince est un événement, déclara Vasily. Même si ce n'est que le cadet.

Il n'avait pas choisi le mot au hasard et la peur en moi grandit. Peut-être que Nikolai avait sous-estimé le désir de Vasily de monter sur le trône. Je ne voulais pas imaginer ce que ses autres erreurs de jugement pourraient nous coûter.

Nikolai se contenta de sourire. Je me rappelai son conseil : *Accueille les insultes avec humour.*

– Nous autres, cadets, apprenons à apprécier ce que nous avons.

Il s'adressa ensuite à un soldat en première ligne.

– Sergent Pechkin, je me souviens de vous, de la campagne Halmhend. Votre jambe a dû bien guérir si vous êtes capable de vous tenir si fièrement sur votre destrier.

La surprise déforma les traits de l'homme.

– *Da, moy tsarevich*, répondit-il sur un ton plein de respect.

– « Monsieur » suffira, sergent. Je suis un officier quand je porte cet uniforme, pas un prince.

Les lèvres de Vasily se pincèrent de nouveau. Comme beaucoup de nobles, il avait passé son service militaire dans les tentes confortables des officiers, très loin des lignes ennemies. Contrairement à Nikolai qui avait servi dans l'infanterie et mérité ses médailles et son rang.

– Oui, monsieur, reprit le sergent. Je ne sens ma jambe que lorsqu'il pleut.

– Alors j'imagine que les Fjerdans prient tous les jours pour une tempête. Vous en avez achevé une belle quantité, si ma mémoire est bonne.

– Si je me souviens bien, vous en avez fait de même, monsieur.

Je réprimai un éclat de rire. Dans ce simple échange, Nikolai avait pris le contrôle du terrain. Cette nuit, quand les soldats se réuniraient dans les tavernes d'Os Alta ou joueraient aux cartes dans leurs baraquements, c'est de cela qu'ils parleraient : le prince qui se rappelait le nom d'un simple soldat, le prince qui avait combattu à leurs côtés sans mettre en avant sa fortune ou son pedigree.

– Frère, lança Nikolai à Vasily. Allons au palais pour entamer les salutations. J'ai une caisse de whisky kerch qui demande à être bue, et j'aimerais avoir tes conseils au sujet d'un poulain que j'ai repéré à Ketterdam. On me dit que Dagrenner est son géniteur, mais j'ai des doutes sur la question.

Vasily tenta de cacher son intérêt, mais il ne put s'empêcher de creuser le sujet.

– Dagrenner ? Ils avaient des papiers ?

– Viens, je vais te montrer.

Même s'il gardait une mine méfiante, Vasily échangea quelques mots avec les commandants et remonta habilement en selle. Les frères prirent leurs places à la tête de la colonne et nous nous remîmes en route.

– Rondement mené, murmura Mal alors que nous passions entre les rangées de soldats. Nikolai est loin d'être bête.

– Je l'espère. Pour lui comme pour nous.

Alors que nous nous approchions de la capitale, je compris de quoi les invités du comte Minkoff avaient parlé. Une ville faite de tentes avait fleuri autour des murailles et une longue file de gens attendaient devant le portail. Plusieurs d'entre eux se disputaient avec les gardes, réclamant sûrement d'entrer. Perchés sur les remparts, des soldats armés surveillaient les alentours : une précaution indispensable pour un pays en guerre, et une menace imparable pour les trouble-fête en bas.

Bien évidemment, les portes de la ville s'ouvrirent pour les princes de Ravka et la procession continua à travers la foule sans s'interrompre.

On avait peint grossièrement sur un bon nombre des tentes et des charrettes les soleils symbolisant mon pouvoir, et alors que nous passions à côté du campement de fortune, je fus interpellée par les cris, désormais bien trop familiers, de « Sankta Alina ».

Je me sentais idiote à faire encore mon petit numéro, mais je me forçai tout de même à me prêter au jeu, décidée à me plier au moins à ce dernier effort. Les pèlerins poussèrent des exclamations de joie et me saluèrent en retour. Certains couraient pour nous accompagner. Quelques réfugiés restaient cependant silencieux au bord de la route, les bras croisés, une expression sceptique sur le visage quand elle n'était pas clairement hostile.

Qu'est-ce qu'ils voient ? songeai-je. *Une autre Grisha privilégiée qui va se mettre à l'abri dans son luxueux palais sur la colline, pendant qu'ils cuisinent sur des feux de camp et dorment à la belle étoile à l'ombre de la ville qui leur refuse l'asile ? Ou pire encore ? Une menteuse ? Une usurpatrice ? Une fille qui ose se présenter comme une sainte vivante ?*

Je fus soulagée d'entrer derrière les murailles protectrices. La périphérie de la ville grouillait de monde, les trottoirs étaient noirs de passants qui se promenaient et interrompaient la circulation. Les vitrines des magasins affichaient la liste des biens disponibles et de longues files d'attente sortaient de chaque boutique. Des relents d'urine et d'ordures empestaient l'air. Je voulais enfouir mon nez dans ma manche, mais je dus me contenter de respirer par la bouche.

Les curieux se réunissaient autour de nous en nous saluant, bien plus disciplinés que la foule à l'extérieur des fortifications.

– Pas de pèlerins, remarquai-je.

– Ils ne sont pas autorisés dans l'enceinte de la ville, m'expliqua Tamar. Le roi a déclaré que l'Apparat était désormais un apostat, et ses sujets ont été bannis d'Os Alta.

L'Apparat avait conspiré avec le Darkling contre le trône. Même s'il avait depuis rompu ces liens, le roi n'avait aucune raison de faire confiance au prêtre et à son culte. *Ni à toi, par la même occasion,* me rappelai-je. *Tu es pourtant assez bête pour te pavaner au Grand Palace en espérant sa clémence.*

Nous traversâmes le large canal et abandonnâmes derrière nous le bruit et le tumulte de la périphérie. Je constatai que la guérite du pont avait été solidement fortifiée, mais lorsque nous atteignîmes la rive d'en face, c'était comme si rien n'avait changé dans le centre-ville. Les imposants boulevards étaient immaculés et tranquilles et les grandes maisons bien entretenues. Nous longeâmes un parc dans lequel des hommes et des femmes élégantes se promenaient dans des allées parfaitement délimitées ou voyageaient à bord de carrosses ouverts. Des enfants jouaient au *babki*, gardés par des nourrices, et un petit garçon coiffé d'un chapeau de paille se baladait sur un poney avec des rubans dans sa crinière tressée, les rênes tenues par un domestique en uniforme.

Ils se tournaient tous sur notre passage, soulevaient leurs chapeaux, murmuraient derrière leurs mains, faisaient la révérence en apercevant Vasily ou Nikolai. Étaient-ils vraiment aussi calmes et dégagés de toute contrainte qu'ils le laissaient paraître ? Il était difficile d'imaginer qu'ils ne savaient rien des dangers qui menaçaient Ravka ou du chahut de l'autre côté du pont, mais il était encore plus difficile de croire qu'ils se fiaient à leur roi pour les protéger.

Plus vite que je ne l'aurais espéré, nous arrivâmes au portail doré du Grand Palace. Le claquement métallique qu'il fit en se refermant déclencha en moi une vague de panique. La dernière fois que j'avais franchi ces grilles, je me cachais entre les différentes parties d'un décor de théâtre sur une charrette, en fuite pour échapper seule au Darkling.

Et si c'était un piège ? songeai-je soudain. Et s'il n'avait jamais été question de grâce ? Si Nikolai n'avait jamais eu l'intention de me donner le contrôle de la Seconde Armée ? Et si Mal et moi finissions derrière des barreaux dans une cellule humide ?

Arrête ! me grondai-je. *Tu n'es plus une petite fille effrayée, qui tremble dans ses bottes militaires. Tu es une Grisha, l'Invocatrice de lumière. Ils ont besoin de toi. Et tu pourrais détruire cet endroit en un clin d'œil si tu le voulais.* Je m'assis plus droit et m'efforçai de ralentir les battements de mon cœur.

Quand nous atteignîmes la fontaine de l'aigle à deux têtes, Tolya m'aida à descendre de cheval. Je jetai un regard vers le Grand Palace, ses terrasses d'un blanc lumineux ornées de couches successives de dorures et de statues. Tout aussi laid et intimidant que dans mon souvenir.

Vasily tendit les rênes de sa monture à un domestique et gravit les marches en marbre sans un regard en arrière.

Nikolai se redressa.

– Taisez-vous et essayez d'avoir l'air pénitent, grommela-t-il dans notre direction.

Il se dépêcha ensuite de rejoindre son frère dans l'escalier.

Mal était pâle. Je m'essuyai les mains sur mon *kefta* et nous suivîmes les princes, laissant le reste du cortège derrière nous.

À l'intérieur, les couloirs du palais étaient plongés dans le silence, alors que nous avancions de pièce en pièce, chacune plus luxueuse que la précédente et moins que la suivante. Nos pas résonnaient sur le parquet ciré, et mon angoisse grandissait exponentiellement. Devant la salle du trône, je vis Nikolai prendre une profonde inspiration. Son uniforme était immaculé, son beau visage pareil à celui des contes de fées. Soudain je regrettai le nez cassé de Sturmhond et ses yeux d'un vert glauque.

Les portes s'ouvrirent et un valet annonça notre arrivée :

– *Tsesarevich Vasily Lantsov et grand-duc Nikolai Lantsov.*

Nikolai nous avait avertis que seuls son frère et lui seraient cités, mais que nous devrions les suivre. Hésitants, nous nous exécutâmes, gardant une distance d'usage entre les princes et nous.

Un long tapis bleu pâle s'étendait sur toute la longueur de la pièce. Tout au bout, un groupe de courtisans et de conseillers élégamment vêtus s'agglutinaient autour d'un dais dressé. Au-dessus d'eux, le roi et la reine de Ravka se tenaient assis sur deux sièges dorés assortis.

Pas de prêtre, constatai-je en approchant. L'Apparat s'était toujours tenu dans l'ombre du roi, son absence désormais se remarquait d'autant plus. Visiblement il n'avait pas été remplacé par une autre autorité spirituelle.

Le roi était bien plus mince et faible que la dernière fois que je l'avais vu. Il parvenait à peine à redresser son buste étroit et ses moustaches tombantes grisonnaient. Mais c'était la reine qui avait le plus changé. Sans Genya pour façonner son visage, elle semblait avoir pris vingt ans en quelques mois. Sa peau avait perdu sa fermeté soyeuse, des rides profondes se creusaient autour de son nez et de sa bouche, et ses iris trop vifs s'étaient fanés, virant à un bleu plus naturel mais moins subjuguant. La pitié que j'aurais pu ressentir pour elle s'évapora vite au souvenir de la manière dont elle avait traité Genya. Peut-être que si elle avait témoigné un peu moins de mépris à ses servantes, Genya n'aurait pas été séduite par le Darkling. Tant de choses auraient pu être différentes…

Quand nous arrivâmes au pied du dais, Nikolai fit une ample révérence.

– *Moy tsar. Moya tsaritsa.*

Pendant un long moment angoissant, le roi et la reine contemplèrent leur fils. Et soudain un déclic sembla remuer la reine. Elle se leva de son trône et descendit les marches dans un nuage de soie et de perles.

– Nikolai ! s'écria-t-elle en le prenant dans les bras.

– *Madraya,* répondit-il avec un sourire, tout en lui rendant son étreinte.

Un murmure s'éleva de la foule, suivi par une salve d'applaudissements. Des larmes perlaient dans les yeux de la reine. C'était la première fois que je la voyais exprimer une émotion réelle.

Le roi se leva lentement, aidé par un valet qui accourut à ses côtés et le guida en bas des marches. Il n'allait vraiment pas bien. La question de la succession allait se poser plus tôt que je ne l'avais pensé.

– Viens, Nikolai, appela le roi en tendant un bras vers son fils. Viens.

Nikolai offrit son coude à son père tandis que sa mère s'agrippait à son autre bras et, sans, à aucun moment, tenir compte de nous, ils sortirent de la salle du trône. Vasily les suivit. Son visage restait impassible mais le pincement de ses lèvres trahissait ses sentiments.

Perplexes, Mal et moi ne bougeâmes pas. Que la famille royale s'isole pour une réunion privée, soit, mais qu'est-ce que nous étions supposés faire maintenant ? Personne ne nous avait dit de disposer, mais on ne nous avait pas invités à rester non plus. Les conseillers du roi nous examinèrent sans cacher leur curiosité, tandis que les courtisans discutaient tout bas. Je résistai à l'envie de trépigner et de leur adresser des regards condescendants.

Les minutes traînèrent péniblement. J'avais faim, j'étais fatiguée et je ne savais pas comment mes jambes me maintenaient encore debout. Je crus entendre des cris dans le couloir. Peut-être qu'ils se disputaient pour savoir combien de temps ils nous feraient poireauter debout dans la salle du trône.

Enfin, après au moins une heure, la famille royale revint. Le roi semblait ragaillardi, la reine avait pâli, Vasily était livide. Mais le changement le plus remarquable se lisait sur le visage de Nikolai. Il semblait plus sûr de lui et avait la démarche arrogante que je lui avais vue sur le *Volkvolny*.

Ils savent, compris-je. *Il leur a avoué qu'il était Sturmhond.*

Le roi et la reine remontèrent s'installer sur leurs trônes. Vasily se plaça derrière le roi, tandis que Nikolai prit sa place derrière la reine. Elle chercha sa main, et il la posa sur son épaule. *Voilà à quoi ressemble une mère avec son fils*. J'étais trop vieille pour désirer des parents, mais ce geste me toucha tout de même.

Mon élan de sentimentalité fut de courte durée, aussitôt interrompu par le roi.

– Vous êtes très jeune pour mener la Seconde Armée.

Il ne s'adressait même pas directement à moi. Je fis une révérence.

– Oui, *moy tsar*.

– Je suis tenté de vous mettre à mort sur-le-champ mais mon fils prétend que cela ferait de vous une martyre.

Je me raidis. *L'Apparat aurait adoré ça*, songeai-je, effrayée. *Une nouvelle illustration pour le livre rouge : Sankta Alina sur la potence.*

– Il est d'avis qu'on peut vous faire confiance, continua le roi d'une voix chevrotante. Je n'en suis pas aussi sûr. La façon dont vous avez échappé au Darkling me semble très improbable, mais je ne peux le nier : Ravka a besoin de vos services.

Il me faisait passer pour une concierge ou une secrétaire. *Pénitente*, me rappelai-je en réprimant mon sarcasme.

– Servir le roi ravkan serait mon plus grand honneur.

Soit le roi aimait la flatterie, soit Nikolai avait plaidé ma cause d'une manière brillante, parce que le roi fut aussitôt convaincu.

– Très bien. Au moins pour l'instant, vous allez servir en tant que commandant des Grishas.

Si facilement ?

– Je... vous remercie, *moy tsar*, bredouillai-je, éberluée.

– Mais sachez une chose, reprit le roi en levant un doigt tremblant. Si je découvre que vous fomentez une action contre moi ou que vous êtes en contact avec l'apostat, je vous ferai pendre sans pitié ni procès.

Sa voix se fit plus sévère.

– Les gens disent que vous êtes une sainte, mais pour moi, vous n'êtes qu'une pauvre réfugiée de plus. Comprenez-vous ?

Une pauvre réfugiée de plus et ta meilleure chance de rester sur ton trône doré, songeai-je avec une explosion de colère qui me surprit moi-même. Je ravalai ma fierté et me penchai aussi bas que ma souplesse me le permettait. Était-ce ce que le Darkling avait ressenti ? Être contraint de s'incliner et de se rabaisser devant un pantin ridicule ?

Le roi nous congédia d'un geste vague de la main. Je jetai un regard à Mal.

Nikolai se racla la gorge.

– Père, qu'en est-il du traqueur ?

– Hmm ? lâcha le roi en levant la tête comme si on l'avait réveillé. Le… ? Ah oui.

Il posa ses yeux chassieux sur Mal.

– Vous avez déserté votre poste et désobéi aux ordres de votre supérieur, déclara-t-il d'une voix lasse. C'est un délit passible de pendaison.

Je ne respirai plus. À côté de moi, Mal se figea. Une pensée atroce me traversa l'esprit : si Nikolai voulait se débarrasser de Mal, ce serait très certainement le moyen le plus facile d'arriver à ses fins.

Un bruissement parcourut l'assemblée autour du dais. Dans quoi est-ce que je nous avais fourrés ? J'ouvris la bouche, mais avant que je puisse intervenir, Nikolai prit la parole.

– *Moy tsar,* commença-t-il humblement. Pardonnez-moi, mais le traqueur a aidé l'Invocatrice de lumière à s'évader. Sans lui, elle aurait assurément été rattrapée par notre ennemi.

– *Si* elle était en danger, nuança le roi.

– Je l'ai vu moi-même prendre les armes contre le Darkling. C'est un ami digne de confiance et j'ai la conviction qu'il a agi dans l'intérêt de la Couronne.

La lèvre inférieure du roi remua, mais Nikolai enchaîna directement.

– Je me sentirai mieux de le savoir auprès de nous au Little Palace.

Le roi fronça les sourcils. *Il pense sûrement déjà à son prochain repas et à sa sieste*, songeai-je.

– Qu'avez-vous à dire pour votre défense ?

– Seulement que j'ai fait ce qui me semblait juste, répondit Mal, sans se laisser intimider.

– Mon fils a l'air de croire que vous aviez de bonnes raisons.

– J'imagine que chacun pense qu'il a de bonnes raisons, continua Mal. C'était tout de même de la désertion.

Nikolai leva les yeux au ciel et je me retins de secouer Mal. Ne pouvait-il pas se montrer pour une fois un peu moins intransigeant et sincère ?

Le froncement de sourcils du roi s'accentua. Nous attendîmes.

– Très bien, dit-il enfin. Qu'est-ce qu'un loup de plus dans la bergerie ? Vous serez relevé de vos fonctions pour manquement à l'honneur.

– Manquement à l'honneur ? intervins-je.

– Merci, *moy tsar*, répondit Mal en direction du roi avant d'esquisser une révérence.

Le roi leva la main pour nous congédier une nouvelle fois.

– Partez, lâcha-t-il, irrité.

Je fus tentée de rester pour continuer à argumenter, mais Nikolai me foudroya du regard et Mal avait déjà fait volte-face. Je dus me dépêcher pour le rattraper sur le tapis bleu.

Dès que nous fûmes sortis de la salle du trône et que les portes se refermèrent derrière nous, je pris la parole.

– Nous parlerons à Nikolai. Nous exigerons de lui qu'il plaide ta cause auprès du roi.

Mal ne ralentit même pas.

– À quoi bon ? Je savais que ça se passerait ainsi.

Il avait beau prononcer ces mots, je voyais bien dans sa tenue qu'il avait espéré un autre dénouement. Je voulais lui agripper le bras, l'arrêter, lui dire que j'étais désolée, que nous trouverions une solution. Au lieu de cela, je lui courus après, parvenant avec peine à le suivre, consciente du regard des valets sur nous.

Nous sortîmes en passant par le couloir rutilant jusqu'à l'escalier en marbre. Fedyor et ses Grishas nous attendaient à côté de leurs chevaux. Ils s'étaient dépoussiérés du mieux qu'ils avaient pu, mais leurs *keftas* colorés semblaient encore assez ternes. Tamar et Tolya se tenaient légèrement à l'écart, la broche en forme de soleil brillant sur leur tunique en jute. Je pris une profonde inspiration. Nikolai avait fait tout ce qu'il avait pu. Maintenant, c'était mon tour.

13

Le chemin de gravier sinueux nous conduisit jusqu'au domaine du palais, composé de pelouses vallonnées et extravagantes, et des hautes haies du labyrinthe. Tolya, d'ordinaire si calme et silencieux, se tortillait sur sa selle, ses lèvres pincées en une fine ligne.

– Qu'est-ce qui ne va pas ? demandai-je.

Je pensais qu'il n'allait pas répondre.

– Ça pue la faiblesse ici, lâcha-t-il soudain. Comme si les gens ramollissaient.

J'examinai le guerrier géant.

– Tout le monde est mou comparé à toi, Tolya.

On pouvait toujours compter sur Tamar pour se moquer des humeurs de son frère, mais elle me surprit en allant dans son sens.

– Il a raison. Cet endroit respire l'agonie, il se meurt.

Ils ne m'aidaient pas à me calmer. Notre audience dans la salle du trône m'avait rendue nerveuse et j'étais encore choquée par la colère que j'avais ressentie contre le roi, même s'il la méritait amplement. C'était une espèce d'ordure gluante, qui passait son temps à déflorer ses servantes, sans parler du fait qu'il manquait des compétences de base pour mener un peuple et qu'il avait menacé de nous exécuter, Mal et moi, en l'espace de cinq minutes. En y réfléchissant, une nouvelle vague de ressentiment me submergea.

Mon cœur s'emballa quand nous nous engageâmes dans le tunnel végétal. Les arbres se refermaient sur nous, et audessus de nos têtes, les branches s'enchevêtraient pour nous servir de toit de verdure. La dernière fois que je les avais vus, ils étaient nus.

Nous ressortîmes dans un soleil éblouissant. Sous nos pieds s'étendait le domaine du Little Palace.

Je pris conscience de combien cet endroit m'avait manqué. L'éclat doré des dômes, les murs étranges sculptés de toutes les bêtes possibles, réelles ou imaginaires. Le lac bleu qui scintillait telle une tranche de ciel, la petite île pas tout à fait en son centre, les taches blanches des pavillons des invocateurs sur la rive. C'était un endroit à nul autre pareil. Je fus étonnée de m'y sentir chez moi.

Mais tout n'était pas resté dans l'état où je l'avais quitté. Les soldats de la Première Armée étaient stationnés autour des terres, leurs fusils dans le dos. Je doutais qu'ils seraient de taille face à un bataillon de fondeurs, de hurleurs et d'infernis, mais le message était clair : on ne pouvait pas faire confiance aux Grishas.

Un groupe de domestiques en gris attendait sur les marches pour prendre nos chevaux.

– Prête ? murmura Mal en m'aidant à descendre de ma selle.

– Si seulement on pouvait arrêter de me poser cette question… Est-ce que j'ai l'air prête ?

– Tu as la même tête que le jour où j'ai glissé un têtard dans ta soupe et que tu l'as avalé.

Je ris, me détendant légèrement.

– Merci pour ce rappel. Je crois que je ne me suis pas encore vengée pour cette plaisanterie.

Je m'arrêtai pour lisser les plis de mon *kefta*, prenant tout mon temps dans l'espoir que mes jambes s'arrêteraient de trembler. Je montai les marches, les autres sur mes talons. Les domestiques nous ouvrirent les portes. Nous traversâmes la pénombre froide de l'entrée pour nous engager dans le hall du Dôme doré.

La pièce, hexagone géant de la taille d'une cathédrale, avait des murs incurvés incrustés de nacre et surmontés d'un immense dôme en or qui semblait flotter au-dessus de nous à une hauteur inimaginable. Installés aux quatre tables organisées en carré au centre de la salle, les Grishas nous attendaient. Malgré leur nombre réduit, ils restaient groupés par Ordres, assis ou debout, en taches rouge, violette et bleue.

– Ils adorent leurs jolies couleurs, grommela Tolya.

– Si tu continues de me donner des idées, je risque de décider que ma garde personnelle portera des pantalons jaune vif.

Pour la première fois, je vis une lueur de terreur dans ses yeux.

Nous avançâmes et la plupart des Grishas se levèrent. Si jeunes. Je pris conscience avec horreur que les plus âgés et les plus expérimentés s'étaient ralliés en grand nombre au Darkling. Ou bien ils avaient eu la présence d'esprit de se sauver.

J'avais anticipé que peu de Caporalki seraient encore là. Ils avaient été les plus haut gradés, les plus valeureux combattants et les plus proches du Darkling.

Je reconnus pourtant plusieurs visages. Sergei était un des rares fondeurs qui avaient décidé de rester. Marie et Nadia se tenaient parmi les Etherealki. Je fus surprise d'apercevoir David vautré à la table des Materialki. Je savais qu'il avait nourri des scrupules vis-à-vis du Darkling, mais cela ne l'avait pas empêché de me sceller le collier autour du cou. Peut-être que cela expliquait pourquoi il ne me regardait pas. Ou peut-être était-il juste pressé de retourner dans son atelier.

On avait retiré la chaise en ébène du Darkling et, à sa table, personne ne l'avait remplacé.

Sergei fut le premier à faire un pas vers nous.

– Alina Starkov, me salua-t-il sur un ton sec. Je suis heureux de te revoir au Little Palace.

Je remarquai qu'il n'avait pas fait de révérence.

La tension grossissait et pulsait dans la pièce comme si un organisme vivant réagissait à la situation. Une partie de moi aurait voulu l'étouffer. Pas difficile : il m'aurait suffi de sourire, de rire, de prendre Marie et Nadia dans mes bras. Même si je n'avais jamais vraiment trouvé ma place ici, j'aurais pu jouer le jeu. Ça m'aurait soulagée de faire semblant d'être l'une d'entre eux. Mais je me rappelai l'avertissement de Nikolai et me retins. *La faiblesse n'est qu'un déguisement.*

– Merci, Sergei, répliquai-je sans y mettre les formes. Je suis contente d'être revenue.

– On annonçait ton retour, dit-il. Ta mort également.

– Comme vous pouvez le voir, je suis bien en vie, et aussi en forme qu'on peut l'être après des semaines de voyage sur la Vy.

– Il paraît que tu as fait la route avec le fils cadet du roi, continua Sergei.

Voilà. Le premier test.

– En effet, répondis-je, souriante. Il m'a aidée à combattre le Darkling.

Un remous agita l'assemblée.

– Dans le Fold ? demanda Sergei, confus.

– Sur la Vraie-Mer, corrigeai-je.

Un murmure s'éleva. Je levai la main, et heureusement, ils se turent aussitôt. *Fais en sorte qu'ils obéissent aux ordres les plus insignifiants, et alors ils respecteront les plus importants.*

– J'ai plusieurs histoires à vous raconter et des informations à vous transmettre. Mais cela peut attendre. Je suis revenue à Os Alta avec un objectif.

– On parle d'un mariage, affirma Sergei.

Nikolai aurait été enchanté.

– Je ne suis pas ici pour devenir une épouse. Je suis ici pour une seule raison.

Ce n'était pas entièrement vrai, mais je n'allais pas parler du troisième amplificateur dans une salle remplie de Grishas dont je doutais de la loyauté. Je pris une inspiration et me jetai à l'eau.

– Je suis de retour pour prendre la tête de la Seconde Armée.

Ils se mirent tous à parler en même temps. Quelques exclamations de joie, des cris de colère. Je vis Sergei échanger un regard avec Marie.

– Nous nous y attendions, affirma-t-il quand les éclats de voix se calmèrent.

– Le roi a accepté que je prenne les commandes.

Pour l'instant, songeai-je, mais sans l'ajouter.

Nouvelle salve de clameurs.

Sergei s'éclaircit la voix.

– Alina, tu es l'Invocatrice de lumière et nous sommes heureux que tu sois rentrée saine et sauve, mais tu n'es pas qualifiée pour mener une campagne militaire.

– Qualifiée ou non, j'ai la bénédiction du roi.

– Alors nous allons déposer une requête auprès de Sa Majesté. Les Caporalki constituent l'ordre le plus élevé de la Petite Science et c'est à eux que revient le commandement de la Seconde Armée.

– Selon toi, peut-être.

Dès que j'entendis cette voix flûtée, je sus à qui elle appartenait. Mon cœur s'arrêta tout de même de battre quand je vis ses cheveux noir corbeau. Zoya se dégagea de la foule d'Etherealki, son corps agile enveloppé d'une soie bleue qui faisait étinceler ses yeux telles des gemmes serties de cils incroyablement longs.

Il me fallut déployer de gros efforts pour ne pas me tourner vers Mal. Zoya avait tout fait pour me rendre la vie insupportable au Little Palace. Elle s'était moquée de moi, avait fait courir des rumeurs sur mon compte et elle m'avait même cassé deux côtes. C'était aussi la fille qui avait attiré l'attention de Mal il y a bien longtemps à Kribirsk. Je ne savais pas exactement ce qui s'était passé entre eux, mais sûrement bien plus que des discussions animées.

– Je parle au nom des Etherealki, affirma Zoya. Nous suivrons les ordres de l'Invocatrice de lumière.

Je fis de mon mieux pour cacher ma surprise. C'était la dernière personne que j'aurais pu imaginer de mon côté. À quel jeu jouait-elle ?

– Pas tous, non, intervint Marie d'une voix faible.

Pas étonnant, mais je fus tout de même blessée.

Zoya poussa un rire dédaigneux.

– Oui, on sait bien que tu soutiens Sergei aveuglément, Marie. Mais il ne s'agit pas d'un rendez-vous galant à la tombée de la nuit au bord de la *banya*. Il est question de l'avenir des Grishas et de tout Ravka.

Des ricanements accueillirent les propos de Zoya et Marie devint écarlate.

– Ça suffit, Zoya ! tonna Sergei.

Un Etherealki que je ne reconnus pas s'avança à son tour. Il avait la peau noire et une cicatrice discrète traversait le haut de sa joue gauche. Il portait les broderies d'un inferni.

– Marie a raison, déclara-t-il. Tu n'as pas à parler pour nous tous, Zoya. Je préférerais voir un Etherealki à la tête de la Seconde Armée, mais pas elle.

Il pointa sur moi un doigt accusateur.

– Elle n'a même pas été élevée ici.

– C'est vrai ! confirma un Caporalki. Ça fait moins d'un an qu'elle est Grisha !

– On naît Grisha, on ne le devient pas, riposta Tolya.

Bien sûr, me dis-je avec un soupir retenu. *C'est maintenant qu'il décide de sortir de sa réserve.*

– Qui es-tu, toi ? interrogea Sergei, affichant son arrogance naturelle.

Tolya posa une main sur son sabre.

– Tolya Yul-Baatar. J'ai été élevé loin de ce maudit palais et je serais ravi de te prouver que je peux arrêter ton cœur.

– Tu es un Grisha ? demanda Sergei, dubitatif.

– Autant que toi, répliqua Tamar, ses yeux dorés lançant des éclairs.

– Et toi ? demanda Sergei en direction de Mal.

– Un simple soldat, répondit Mal en s'approchant de moi. Son soldat.

– Comme nous tous, ajouta Fedyor. Nous sommes revenus à Os Alta pour servir l'Invocatrice de lumière et pas un jeune garçon suffisant.

Un autre Caporalki se leva.

– Tu n'es qu'un trouillard de plus qui a fui après la défaite du Darkling. Tu n'as aucun droit de venir ici pour nous insulter.

– Et elle ? tonna un hurleur. Comment peut-on être sûrs qu'elle n'est pas sous les ordres du Darkling ? Elle l'a aidé à détruire Novokribirsk !

– Et elle a partagé son lit ! cria un autre.

Ne t'avise jamais de contredire, résonna la voix de Nikolai dans ma tête.

– Quel est ton lien avec Nikolai Lantsov ? intima un fabrikator.

– Quelle relation entretenais-tu avec le Darkling ? retentit une voix suraiguë.

– Quelle importance ? demandai-je froidement, mais je sentais bien que je perdais pied.

– Bien sûr que ça a de l'importance, affirma Sergei. Comment pouvons-nous être sûrs de ta loyauté ?

– Vous n'avez aucun droit de remettre en question son intégrité ! s'interposa un des invocateurs.

– Pourquoi ? interrogea un soigneur. Parce que c'est une sainte vivante ?

– Mettez-la dans une chapelle, c'est là sa place ! gronda une autre voix encore. Sortez-les du Little Palace, elle et sa clique.

Tolya resserra sa main sur la garde de son épée. Tamar et Sergei levèrent tous les deux les mains. Je vis Marie frotter son silex et je sentis le tourbillon des invocateurs soulever les bords de mon *kefta*. Je m'étais pensée prête à les affronter, mais c'est à la rage qui coulait dans mes veines que je n'étais pas préparée. La blessure dans mon épaule m'irradia le bras et quelque chose en moi se libéra.

J'examinai le visage hautain de Sergei et mon pouvoir s'exprima avec une précision accrue et vicieuse. Je levai un bras. S'il leur fallait une leçon, je la leur donnerais. Ils pourraient alors discuter sur les restes de la dépouille de Sergei. Ma main dessina un arc dans l'air, qui se dirigeait droit vers lui. Ma lumière était une lame tranchante affûtée par ma furie.

À la dernière seconde, un éclair de lucidité interrompit mon élan rageur. *Non,* songeai-je avec terreur en prenant conscience de ce que j'étais sur le point de faire. Mon esprit paniqué chancela. Je déviai mon mouvement pour orienter la Coupe vers le plafond.

Un craquement tonitruant ébranla la pièce. Les Grishas hurlèrent et reculèrent, se pressant contre les murs.

La lumière du jour traversa la fissure que je venais d'infliger au dôme doré. Je l'avais ouvert comme une coquille géante.

Un silence pesant suivit, tous les regards stupéfaits rivés sur moi. Je déglutis, étonnée de ce que j'avais fait, horrifiée de ce que j'aurais pu faire. Je repensai au conseil de Nikolai et m'endurcis. Il ne fallait pas qu'ils voient ma peur.

– Vous croyez que le Darkling est puissant ? demandai-je, interloquée par la clarté glaciale de ma voix. Vous n'avez aucune idée de quoi il est capable. Je suis la seule à avoir vu ce qu'il peut faire. Je suis la seule à l'avoir affronté et être encore en vie pour en témoigner.

Je ne me reconnaissais pas, mais je sentais l'écho de mon pouvoir vibrer dans mon corps et je continuai. Je me tournai lentement pour regarder chacun dans les yeux.

– Je me fiche de ce que vous pensez de moi, que vous me preniez pour une sainte, une imbécile ou la catin du Darkling. Si vous voulez rester au Little Palace, vous devrez me suivre. Et si ça ne vous plaît pas, quittez les lieux avant la nuit ou je vous ferai enchaîner. Je suis une guerrière. Je suis l'Invocatrice de lumière. Et je suis votre dernière chance.

Je traversai la salle et ouvris les portes des quartiers du Darkling, remerciant les Saints qu'elles ne soient pas verrouillées.

J'avançai à l'aveuglette dans le couloir, sans vraiment savoir où je me dirigeais, mais pressée de quitter le hall du dôme avant que tout le monde remarque que je tremblais.

Par chance, je trouvai le chemin vers la salle des opérations. Mal entra derrière moi, et avant de refermer la porte, je vis Tamar et Tolya qui prenaient leurs postes. Fedyor et les autres avaient dû rester derrière. J'espérais qu'ils trouveraient un terrain d'entente avec les autres Grishas. Ou peut-être qu'ils allaient simplement s'entretuer.

J'arpentai la pièce devant l'ancienne carte de Ravka qui occupait toute la longueur du mur.

Mal se racla la gorge.

– Je trouve que ça s'est bien passé.

Un rire hystérique s'échappa de mes lèvres.

– Sauf si tu voulais nous faire tomber tout le plafond sur la tête. Alors dans ce cas, ça demande encore un peu d'effort.

Je continuai de faire les cent pas tout en me mordillant le pouce.

– Il fallait que j'attire leur attention.

– Alors c'est ce que tu voulais faire ?

J'ai failli tuer quelqu'un. Je voulais le tuer. C'était le dôme ou Sergei, et Sergei aurait été bien plus difficile à réparer.

– Pas exactement, admis-je.

Et soudain, je fus vidée de toute mon énergie. Je m'effondrai sur une chaise à côté de la longue table et posai la tête dans les mains.

– Ils vont tous partir, gémis-je.

– Peut-être, concéda Mal. Mais j'en doute.

J'enfouis le visage dans mes bras.

– Qui est-ce que je pense impressionner ? Je ne suis pas de taille. On dirait une mauvaise plaisanterie.

– Je n'ai entendu personne rire, objecta Mal. Pour quelqu'un qui n'a aucune idée de ce qu'il fait, je dirais que tu te débrouilles vraiment bien.

Je levai la tête. Il était appuyé sur la table, les bras croisés et me regardait avec l'ombre d'un sourire sur les lèvres.

– Mal, j'ai fait un trou dans le plafond…

– Un trou très spectaculaire.

Je lâchai un éclat de voix, mi-rire, mi-sanglot.

– Qu'est-ce qu'on va faire quand il pleuvra ?

– Ce qu'on fait toujours. Rester au sec.

On frappa à la porte et Tamar passa la tête.

– Un des domestiques veut savoir si tu as l'intention de dormir dans la suite du Darkling.

Je savais qu'il le faudrait. Mais je n'en avais aucune envie. Je me frottai le visage et me soulevai de la chaise. Moins d'une heure au Little Palace et j'étais déjà épuisée.

– Allons voir.

Les appartements du Darkling étaient juste en face de la salle des opérations. Une domestique tout de noir vêtue nous conduisit dans une grande chambre bien tenue, meublée d'une longue table et de quelques chaises qui semblaient bien peu confortables. Sur chaque mur, deux portes-doubles ouvraient vers l'extérieur.

– Celles-ci donnent sur un passage qui vous mène en dehors du Little Palace, *moy soverenyi*, expliqua la domestique en me montrant celles de droite.

Elle indiqua ensuite celles sur la gauche.

– Celles-là sur les quartiers des gardes.

Les portes droit devant nous ne nécessitaient aucune explication. Elles s'étendaient du sol au plafond, et leur bois d'ébène était sculpté du symbole du Darkling, une éclipse de soleil.

Je ne me sentais pas prête à affronter ce que j'allais trouver derrière, alors je jetai un regard aux quartiers des gardes. Leur salle commune était bien plus chaleureuse, avec une table ronde pour jouer aux cartes et plusieurs chaises rembourrées autour d'un poêle en faïence pour se réchauffer en hiver. À travers une autre porte, j'aperçus des rangées de lits de camp.

– J'imagine que le Darkling avait plus de gardes, commenta Tamar.

– Bien plus, confirmai-je.

– Nous pouvons en faire venir davantage.

– J'ai réfléchi à la question, intervint Mal. Mais je ne suis pas sûr que ce soit indispensable et je ne sais pas en qui nous pouvons avoir confiance.

Je devais bien reconnaître qu'il avait raison. Même si je m'appuyais volontiers sur Tamar et Tolya, la seule personne à qui je pouvais me fier sans crainte était Mal.

– Peut-être des pèlerins, suggéra Tamar. Certains sont d'anciens militaires, et ils seraient prêts à mourir pour toi.

– Sûrement pas, répliquai-je. Si le roi entend l'un d'eux murmurer « Sankta Alina », il me fera pendre sur-le-champ. Et je ne suis pas sûre de vouloir mettre ma vie entre les mains de quelqu'un qui pense que je suis revenue d'entre les morts.

– On se contentera de ce qu'on a, conclut Mal.

Je hochai la tête.

– D'accord. Et... que quelqu'un veille à ce que le toit soit réparé.

Tamar et Tolya se fendirent aussitôt de sourires amusés.

– Ne peut-on pas laisser le plafond comme ça quelques jours ?

– Non, dis-je en riant. Je ne voudrais pas que le dôme s'effondre sur nous. Voyez ça avec les fabrikators. Ils sauront quoi faire.

Je passai le pouce sur la balafre dans ma paume.

– Mais qu'ils ne fassent pas du trop bon travail, ajoutai-je. Les cicatrices servent de rappel.

Je retournai dans la salle commune et m'adressai à la domestique sur le seuil de la porte.

– Nous allons dîner ici ce soir. Pourriez-vous vous occuper des plateaux ?

La domestique leva la tête, acquiesça d'un hochement de tête et me gratifia d'une révérence avant de partir. Je grimaçai. J'étais supposée donner des ordres, pas poser des questions.

Je laissai Mal et les jumeaux discuter des tours de garde et partis vers les portes en ébène. Les poignées étaient deux croissants de lune en argent faits en ce qui semblait être de l'os. Lorsque je les agrippai pour tirer, je n'entendis aucun grincement. Les portes s'ouvrirent sans un son.

Une domestique avait allumé les lampes dans la chambre du Darkling. J'examinai la pièce et lâchai une profonde expiration. À quoi est-ce que je m'étais attendue ? Un donjon ? Un puits ? Que le Darkling dorme suspendu aux branches d'un arbre ?

La chambre était hexagonale, avec des murs en bois sombre sculptés pour donner l'impression d'une forêt d'arbres fins. Au-dessus de l'immense lit à baldaquin, le plafond en dôme était forgé avec de l'obsidienne noire et lisse et incrusté d'éclats de nacre pour former une constellation. Une chambre originale et vraiment luxueuse, mais rien de plus qu'une chambre.

Aucun livre ne venait encombrer les étagères. Le bureau et la coiffeuse étaient également vides. Toutes ses affaires avaient dû être emportées, sûrement brûlées et détruites. Je devais sans doute être reconnaissante au roi qu'il n'ait pas fait de même avec tout le Little Palace.

J'avançai jusqu'au lit et passai la main sur le tissu froid de l'oreiller. Cela me fit du bien de constater qu'une partie de lui était humaine, qu'il posait la tête ici pour se reposer chaque nuit comme tout le monde. Étais-je vraiment capable de dormir dans son lit, sous son toit ?

Soudain, je réalisai que la pièce sentait comme lui. Je n'avais jamais pris conscience qu'il avait une odeur. Je fermai les yeux et inspirai profondément. Qu'est-ce que c'était ? Le froid piquant d'un vent d'hiver. Les branches nues. L'odeur de l'absence, l'odeur de la nuit.

La blessure sur mon épaule lancinait. J'ouvris les yeux. Les portes de la chambre étaient closes. Je n'avais vu personne les fermer.

– *Alina.*

Je fis volte-face. Le Darkling se tenait de l'autre côté du lit.

Je posai les deux mains sur ma bouche pour m'empêcher de crier.

Ce n'est pas réel, me dis-je. *Ce n'est qu'une hallucination. Comme dans le Fold.*

– *Mon Alina*, chuchota-t-il tout bas.

Son visage était magnifique, sans cicatrice. Parfait.

Je ne crierai pas, parce que ce n'est pas réel et quand ils viendront à ma rescousse, ils ne trouveront rien.

Il contourna doucement le lit. Ses pas ne faisaient aucun bruit.

Je fermai les yeux, pressai les paumes sur mes paupières, comptai jusqu'à trois. Mais quand je les rouvris, il se tenait juste devant moi. *Je ne crierai pas.*

Je fis un pas en arrière, sentis le mur derrière moi. Un son étouffé sortit de ma gorge.

Je ne crierai pas.

Il tendit la main. *Il ne peut pas me toucher,* me dis-je. *Sa main me traversera comme celle d'un fantôme. Ce n'est pas réel.*

– *Tu ne peux pas m'échapper*, murmura-t-il.

Ses doigts effleurèrent ma joue. Solides. Réels. Je les avais sentis.

La terreur m'envahit. Je levai les mains et la lumière inonda la pièce en une vague puissante qui irradiait de chaleur. Le Darkling s'évanouit.

Des pas résonnèrent en dehors de ma chambre. Les portes s'ouvrirent. Mal et les jumeaux se ruèrent à l'intérieur, leurs armes prêtes à tirer.

– Qu'est-ce qui s'est passé ? demanda Tamar en examinant la pièce vide.

– Rien, répondis-je, en priant pour que ma voix ne trahisse pas mon effroi.

Je glissai les mains dans les plis de mon *kefta* pour en cacher le tremblement.

– Pourquoi ?

– Nous avons vu la lumière et…

– Il fait trop sombre ici. C'est tout noir.

Ils me dévisagèrent un long moment. Et Tamar regarda autour d'elle.

– C'est sinistre, en effet. Tu devrais revoir la décoration.

– C'est ma priorité absolue.

Les jumeaux inspectèrent une nouvelle fois la chambre avant de se diriger vers la sortie, Tolya se disputant déjà avec sa sœur au sujet du dîner. Mal s'attarda sur le seuil.

– Tu trembles… remarqua-t-il.

Je savais que cette fois il ne poserait pas la question. Il n'aurait pas dû avoir à le faire. J'aurais dû lui avouer la vérité de moi-même. Mais que pouvais-je dire ? Que j'avais des visions ? Que j'étais folle ? Que nous ne serions jamais en sécurité, où que nous allions ? Que j'étais aussi fissurée que le dôme doré, mais que quelque chose de bien plus effrayant que la lumière du soleil s'était insinué en moi ?

Je ne dis rien.

Mal secoua la tête et partit.

Je restai seule au centre des appartements vides du Darkling.

Rappelle-le, me suppliai-je. *Dis-lui quelque chose. Dis-lui tout.*

Mal n'était qu'à quelques pas de moi, de l'autre côté de la porte. Je pouvais prononcer son nom pour qu'il revienne et tout lui raconter, ce qui s'était passé dans le Fold, ce que j'avais failli faire à Sergei, ce que je venais de voir. J'ouvris la bouche, mais les mêmes mots revinrent en boucle dans mon esprit.

Je ne crierai pas. Je ne crierai pas. Je ne crierai pas.

14

Le lendemain matin, je fus réveillée par des éclats de voix en colère. L'espace d'un instant, j'avais oublié où j'étais, plongée dans une obscurité quasi totale, que seul un fin rai de lumière sous la porte dissipait.

La réalité me revint. Assise, je cherchai à tâtons la lampe sur le mur. Je remontai la flamme et examinai les rideaux en soie noire autour du lit, le carrelage au sol, les murs en ébène incurvé. Il faudrait vraiment que je change la décoration, cette chambre était trop déprimante. Étrange de penser que j'avais passé la nuit dans le lit du Darkling. Que je l'avais vu debout devant moi.

Ça suffit. Je rejetai les couvertures. J'ignorais si ces visions provenaient de mon imagination ou s'il s'agissait de vraies tentatives du Darkling pour me manipuler, mais il devait exister une explication rationnelle. Peut-être que la morsure du *nichevo'ya* m'avait infectée. Il fallait juste que je trouve l'antidote à ce poison. Ou peut-être que les effets s'estomperaient avec le temps.

La dispute devant ma porte se fit plus animée. Je distinguai la voix de Sergei et les tonalités furieuses de Tolya. J'enfilai une robe de chambre brodée laissée au pied de mon lit, vérifiai que les manches cachaient bien mon bracelet d'écailles et me pressai de sortir dans la salle commune.

Je faillis percuter les jumeaux. Tolya et Tamar se tenaient côte à côte pour bloquer un groupe de Grishas en colère qui voulaient entrer dans ma chambre. Tolya avait les bras croisés et Tamar secouait la tête tandis que Fedyor et Sergei pestaient à tout va. Je fus désolée de voir Zoya avec eux, accompagnée par l'inferni à la peau noire qui m'avait bravée la veille. Tout le monde parlait en même temps.

– Que se passe-t-il ? demandai-je.

Dès que Sergei me vit, il se dirigea vers moi en brandissant une feuille de papier. Tamar s'interposa, mais je l'en dispensai.

– Ça ira. Quel est le problème ?

Mais j'avais déjà compris. Je reconnus ma propre écriture et la trace du sceau en forme de soleil de Nikolai sur le papier que Sergei m'agitait au visage.

– C'est inacceptable !

J'avais écrit la veille pour convenir d'un conseil de guerre. Chaque Ordre devait sélectionner deux représentants pour y assister. J'étais contente de constater qu'ils avaient choisi Fedyor ainsi que Sergei, mais ma bonne volonté diminua sous leurs invectives.

– Il a raison, renchérit Fedyor. Les Caporalki sont la première ligne de défense des Grishas. Nous sommes les plus expérimentés dans les questions militaires et nous devrions être représentés en conséquence.

– Nous sommes tout aussi précieux pour l'effort de guerre, riposta Zoya, particulièrement remontée.

Même le feu aux joues, elle était resplendissante. J'imaginais que c'était elle qui serait choisie comme porte-parole des Etherealki, ce qui ne me réjouissait pas.

– S'il doit y avoir trois Caporalki dans le conseil, alors trois invocateurs seront également présents.

Tout le monde se remit à crier. Je remarquai que les Materialki n'étaient pas venus se plaindre. En tant qu'Ordre le moins important des Grishas, ils se félicitaient déjà sûrement de pouvoir participer, ou tout simplement, ils étaient trop occupés pour se déplacer.

Je n'avais pas encore complètement émergé de mon sommeil. Je voulais prendre mon petit déjeuner, pas me lancer dans un débat enflammé. J'avais l'intention de changer les choses. Autant qu'ils le comprennent tout de suite, sinon mes efforts seraient vains avant même que je puisse agir.

Je levai une main et ils se turent sur-le-champ. Apparemment, c'est un tour que je pouvais utiliser à ma guise. Ils craignaient probablement que je ne détruise un autre plafond.

– Il y aura deux Grishas de chaque Ordre, conclus-je. Ni plus, ni moins.

– Mais… commença Sergei.

– Le Darkling a changé. Si nous voulons une chance de le vaincre, il faut que nous changions, nous aussi. Deux Grishas de chaque Ordre, répétai-je. Vous cohabiterez, mangerez ensemble et vous battrez ensemble.

Au moins, j'avais réussi à les faire taire. Ils m'observaient, béats.

– Et les fabrikators commenceront un entraînement militaire cette semaine.

Je remarquai leurs mines horrifiées, comme si je venais de leur annoncer qu'on partirait tout nus sur le champ de bataille. Les Materialki n'étaient pas considérés comme des guerriers, par conséquent on ne leur avait jamais appris à se battre. Selon moi, c'était du gâchis. *Utilise ce qui s'offre à toi, objet ou personne.*

– Parfait, je vois que vous êtes tous aux anges, lâchai-je avec un petit soupir.

Impatiente de boire enfin mon thé, je m'installai à la table où un plateau avait été servi avec des plats sous verre. Je soulevai l'un des couvercles : pain de seigle et hareng. La matinée commençait définitivement mal.

– Mais... mais ça a toujours été ainsi, se défendit Sergei.

– Tu ne peux pas remettre en question des siècles de tradition ! protestèrent les inferni.

– Faut-il également qu'on débatte de ça ? demandai-je, irritée. Nous sommes en guerre contre un pouvoir antique d'une puissance jamais rencontrée et vous vous disputez pour qui s'assiéra à côté de vous au déjeuner ?

– Ce n'est pas le problème, intervint Zoya. Il faut respecter l'ordre des choses, les façons de faire...

Ils se remirent à parler tous en même temps, des traditions, des usages, du besoin d'ordre et de structure pour que chacun connaisse sa place.

Je refermai le plat avec un claquement tonitruant.

– C'est comme ça et pas autrement ! dis-je à bout de patience. Je ne veux plus entendre les caprices hautains des Caporalki, ni les revendications ridicules des Etherealki. Et surtout je ne veux plus de hareng.

Zoya ouvrit la bouche pour se défendre, mais se ravisa aussitôt.

– Sortez d'ici maintenant. Je voudrais manger mon petit déjeuner au calme.

Ils restèrent un moment pétrifiés. Tolya et Tamar firent un pas vers eux, et, au comble de ma surprise, les Grishas obtempérèrent. Zoya semblait sonnée et Sergei furieux, mais ils quittèrent tous la pièce, résignés.

Quelques secondes après leur départ, Nikolai apparut et je compris qu'il avait tout entendu depuis le couloir.

– Bien joué. Cette journée marquera à jamais la fin du hareng au petit déjeuner.

Il entra dans la pièce et referma la porte derrière lui.

– Mais cette grande décision aurait pu être prise avec un peu plus de douceur.

– Je n'ai pas ton don pour cette « distance bienveillante » que tu arrives à instaurer, répliquai-je en m'asseyant et en coupant un petit pain avidement. C'est le mode « grognon » qui marche avec moi.

Une domestique accourut pour me servir une tasse de thé d'un grand samovar. Il était délicieusement chaud et j'y versai une tonne de sucre. Nikolai prit une chaise et s'installa sans que je l'y invite.

– Tu ne vas pas manger le hareng ? Sûre ? demanda-t-il en en entassant déjà une bonne quantité dans son assiette.

– Beurk.

Il en avala une bouchée.

– Tu ne peux pas survivre en mer si tu ne supportes pas le poisson.

– Ne joue pas les pauvres marins avec moi. J'ai mangé sur ton navire, tu as oublié ? Le chef de Sturmhond ne servait pas que de la morue et des galettes de haricots, loin de là.

Il poussa un soupir à fendre l'âme.

– Je regrette tellement Burgos ici. Les cuisiniers royaux pensent qu'un repas digne de ce nom doit baigner dans le beurre…

– Seul un prince peut se plaindre d'avoir trop de beurre.

– Hmm, ponctua-t-il songeur, en se tapotant le ventre. Peut-être qu'une bedaine royale me conférerait plus d'autorité.

Je ris et sursautai quand la porte s'ouvrit brusquement. Mal entra dans la pièce. Il se figea en voyant Nikolai.

– Je n'imaginais pas que vous déjeuneriez au Little Palace, *moy tsaverich*.

Il fit la révérence au prince et se tourna vers moi pour m'en gratifier également.

– Tu n'as pas à faire ça, dis-je.

– Bien sûr que si, me contredit Nikolai.

– Tu as entendu Prince Parfait, renchérit Mal avant de nous rejoindre à table.

Nikolai grimaça.

– On m'a donné beaucoup de surnoms mais celui-ci est sans conteste le plus précis.

– Je ne savais pas que tu étais réveillé, lançai-je en direction de Mal.

– Ça fait des heures déjà que je tourne en rond et que je cherche quelque chose à faire.

– Excellent ! s'exclama Nikolai. Je suis venu te proposer une invitation.

– À un bal ? ironisa Mal en piquant le reste du petit pain dans mon assiette. J'en meurs d'envie !

– Non, même si je suis sûr que tu danses merveilleusement la valse. Des sangliers ont été repérés dans les bois à côté de Balakirev. Une chasse est organisée demain, je voudrais que tu y participes.

– Vous n'avez pas assez d'amis, Votre Altesse ?

– J'ai surtout trop d'ennemis, répondit Nikolai. D'autre part, je n'y serai pas. Mes parents ne sont pas prêts à me laisser repartir. J'ai parlé à un des généraux et il accepte de te compter parmi ses invités.

Mal s'adossa sur sa chaise et se croisa les bras.

– Je vois. Donc je pars me balader dans les bois, et toi tu restes ici, lâcha-t-il en m'adressant un regard insistant.

Je me tortillai sur mon siège. Je n'aimais pas ses sous-entendus, mais je devais bien reconnaître que le stratagème manquait de subtilité. Trop grossier pour Nikolai, en fait.

– Tu sais, pour quelqu'un qui jouit d'un amour éternel, tu es maladivement angoissé. Certains des officiers les plus importants de la Première Armée assisteront à cette chasse, ainsi que mon frère. C'est un chasseur passionné et j'ai vu de mes yeux que tu es le meilleur traqueur de tout Ravka.

– Je pensais que je devais garder Alina. Pas me mêler à une bande de gradés trop gâtés.

– Tolya et Tamar pourront s'en charger en ton absence. Et c'est une occasion pour toi de te rendre utile.

Génial, me dis-je en regardant les yeux de Mal se rétrécir. *Vraiment parfait.*

– Et toi, comment vas-tu te rendre *utile* ?

– Je suis un prince, rétorqua Nikolai. Être utile n'est pas une obligation dans mon cas. Mais en plus d'être beau, je vais faire de mon mieux pour équiper la Première Armée et obtenir des renseignements sur la localisation du Darkling. On l'aurait vu dans les Sikurzoi.

La nouvelle nous réjouit. Les Sikurzoi étaient la dernière chaîne de montagnes le long de la frontière entre Ravka et Shu Han.

– Tu penses qu'il est dans le Sud ? demandai-je.

Nikolai enfourna un autre morceau de hareng.

– Possible. J'aurais plutôt imaginé qu'il se serait allié aux Fjerdans. La frontière nord est bien plus vulnérable. Mais les Sikurzoi sont une bonne cachette. Si mes informations sont confirmées, nous devons établir une alliance avec les Shus le plus rapidement possible afin de l'attaquer sur deux fronts.

– Tu veux initier les combats ? demandai-je, surprise.

– C'est tout de même mieux que d'attendre qu'il soit assez fort pour nous assiéger.

– Ça me plaît ! s'exclama Mal, admiratif. Le Darkling ne nous imagine sûrement pas capables de ça.

Je me souvins alors que même si Mal et Nikolai accumulaient les différends, Mal et Sturmhond avaient été sur le point de devenir bons amis.

Nikolai prit une gorgée de thé.

– Des nouvelles inquiétantes me parviennent de la Première Armée. Plusieurs soldats auraient trouvé la voie de la religion et décidé de déserter.

– Tu ne veux pas dire… commençai-je en fronçant les sourcils.

– Ils se réfugient dans les monastères pour rejoindre le culte de la Sainte de lumière en compagnie de l'Apparat. Le prêtre affirme que tu as été faite prisonnière par la monarchie corrompue.

– C'est ridicule, m'offusquai-je.

– À vrai dire, c'est tout à fait plausible, et ça constitue une excellente histoire. Inutile de préciser que mon père est furieux. Il s'est mis dans une rage noire hier soir et a doublé la récompense pour la capture de l'Apparat.

– Ce n'est pas bon, grondai-je.

– En effet, confirma Nikolai. Vous comprendrez donc pourquoi il est important que le capitaine de ta garde personnelle se forge des alliances à l'intérieur du Grand Palace.

Il se tourna vers Mal.

– Voilà, Oretsev, comment tu peux te rendre utile. Si je me rappelle bien, tu as séduit mon équipage, alors peut-être que tu peux ravaler ta fierté et jouer les habiles diplomates plutôt que les amoureux jaloux.

– Je vais y réfléchir.

– Gentil garçon.

Sérieusement, il était toujours obligé d'en rajouter ?

– Fais attention à ce que tu dis, Nikolai, lâcha Mal tout doucement. Les princes saignent exactement comme tout le monde.

Nikolai retira une poussière invisible de sa manche.

– Oui, mais ils tachent de bien plus beaux habits.

– Mal…

Mal se leva, sa chaise grinçant sur le parquet.

– J’ai besoin de prendre l’air.

Il s’élança vers la porte, sans s’embarrasser du protocole et des courbettes.

Je jetai ma serviette sur la table.

– Pourquoi as-tu fait ça ? demandai-je, en colère. Pourquoi le provoques-tu toujours ?

– Absolument pas mon genre.

Nikolai s’empara d’un autre petit pain. Je fus tentée un instant de lui planter une fourchette dans la main.

– Ne le pousse pas à bout, Nikolai. Si Mal te quitte, tu me perds aussi.

– Il a besoin d’apprendre quelles sont les règles ici. S’il n’y arrive pas, alors il devient un poids. L’enjeu est trop important pour la demi-mesure.

Je frissonnai et me frottai les bras.

– Je déteste quand tu parles ainsi. J’ai l’impression d’entendre le Darkling.

– Si tu as des problèmes pour nous différencier, cherche celui qui n’est pas en train de te torturer ou d’assassiner Mal. C’est moi.

– En es-tu si sûr ? répliquai-je. Si je t’aide à réaliser tes objectifs, à savoir gagner le trône et la possibilité de sauver Ravka, est-ce que tu ne finiras pas par me conduire, en personne, à la potence ?

J’attendis une autre de ses réparties cinglantes, mais on aurait dit que je lui avais donné un coup de poing dans le ventre. Il s’apprêta à parler, s’arrêta et secoua la tête.

– Alors là, lâcha-t-il entre surprise et dégoût… Je ne sais vraiment pas comment répondre à ça.

Je me tassai sur ma chaise. Son aveu aurait dû m’enflammer mais au contraire, ma colère s’effaça aussitôt. Peut-être à cause de son honnêteté. Ou peut-être parce que j’avais peur de ce que je pouvais lui faire.

Nous n'échangeâmes plus un mot pendant une longue minute. Il se frotta la nuque et se leva lentement. À la porte, il s'interrompit.

– Je suis ambitieux, Alina. Et motivé. Mais j'espère… j'espère que je connais encore la différence entre le bien et le mal.

Il hésita.

– Je t'ai offert la liberté, et ce n'étaient pas des paroles en l'air. Si demain tu décides de retourner à Novyi Zem avec Mal, je te mets sur un bateau et je laisse les flots t'emporter.

Il me regarda droit dans les yeux.

– Mais je serais désolé de te voir partir.

Il disparut dans le couloir, ses pas résonnant sur le sol en pierre.

Je restai assise seule un moment, picorant mon petit déjeuner, réfléchissant aux dernières paroles de Nikolai. Je me ressaisis enfin. Je n'avais pas le temps de disséquer ses motivations. Dans quelques heures seulement, le conseil de guerre allait se réunir pour parler stratégie et défense contre le Darkling, j'avais de quoi m'occuper. Mais tout d'abord, j'avais une visite à rendre.

Alors que j'attachais le bouton en forme de soleil de mon *kefta* or et bleu, je secouai rageusement la tête. Baghra se moquerait vite de mon nouvel accoutrement prétentieux. Je me brossai les cheveux et quittai le Little Palace par la porte d'entrée du Darkling pour traverser le domaine jusqu'au lac.

La domestique à qui j'avais parlé m'avait expliqué que Baghra s'était portée malade peu de temps avant les fêtes d'hiver et que depuis, elle n'acceptait plus d'étudiants. Bien sûr, je connaissais la vérité. La nuit de la cérémonie, elle avait révélé les plans du Darkling et m'avait aidée à fuir le Little Palace. Ensuite, elle m'avait fait gagner du temps en cachant mon absence. L'idée de la fureur du Darkling en comprenant le stratagème me plombait l'estomac.

Quand j'avais tenté de tirer de la domestique plus de détails, elle s'était contentée d'une courbette maladroite et avait pris congé. Baghra était toujours en vie, toujours ici. Le Darkling pouvait détruire une ville entière, mais même lui se refusait à tuer sa propre mère.

Le sentier vers la cabane de Baghra était envahi par les ronces et le bois d'été mêlé de feuilles odorantes et de terre humide. J'accélérai, étonnée par mon empressement de la voir. Professeur intransigeante et vieille femme désagréable, elle m'avait tout de même aidée quand tous les autres m'avaient lâchée. Je savais qu'elle représentait ma meilleure chance pour résoudre l'énigme du troisième amplificateur de Morozova.

Je grimpai les trois marches vers le seuil de la cabane et frappai à la porte. Pas de réponse. Je frappai de nouveau et poussai la porte, pour me faire accueillir par un souffle de chaleur familier. Baghra avait tout le temps froid et quand on entrait dans sa cabane, on avait l'impression d'entrer dans un four.

La petite pièce sombre n'avait pas changé. À peine meublée du strict nécessaire, un feu crépitait dans le poêle en faïence. Baghra se blottissait devant dans son *kefta* délavé. Je fus surprise de ne pas la trouver seule. Un jeune domestique vêtu de gris était assis à ses côtés. Il se leva quand j'apparus et me dévisagea à travers la pénombre.

– Pas de visiteurs, annonça-t-il.

– Et qui l'exige ?

Au son de ma voix, Baghra tourna la tête brusquement.

Elle frappa son bâton à terre.

– Sors, mon garçon, ordonna-t-elle.

– Mais…

– Sors !

Toujours aussi sympathique.

– Je me demandais quand tu reviendrais ici, petite sainte, lança Baghra, à peine la porte s'était-elle refermée sur le domestique.

Il fallait qu'elle m'appelle du seul nom que je ne voulais pas entendre. Typique !

Je transpirais déjà à grosses gouttes et n'avais aucune envie de m'approcher du feu, mais je le fis tout de même. Je traversai la pièce jusqu'à la chaise que le jeune garçon avait laissée vacante.

Elle refit volte-face vers les flammes pendant que j'avançais, me présentant son dos. Elle se surpassait pour l'occasion. J'ignorai l'offense.

Je m'assis en silence, ne sachant comment commencer.

– On m'a dit que vous étiez tombée malade après mon départ.

– Oui.

Je ne voulais pas savoir, mais je demandai tout de même.

– Que vous a-t-il fait ?

Elle lâcha un rire sec.

– Moins que ce qu'il aurait pu. Plus qu'il n'aurait dû.

– Baghra...

– Tu devais aller à Novyi Zem. Tu devais disparaître.

– J'ai essayé.

– Non, tu es partie chasser, gronda la vieille dame en faisant claquer son bâton sur le sol. Et qu'est-ce que tu as trouvé ? Un joli collier à porter jusqu'à ton dernier jour ? Approche-toi. Je veux savoir ce que j'ai gagné pour ma peine.

Je me penchai. Quand elle se tourna, je retins ma respiration.

Baghra avait pris des dizaines d'années depuis mon départ. De sa chevelure noire, il ne lui restait plus que quelques rares cheveux gris. Ses traits fins s'étaient brouillés, sa bouche était pâteuse et ramollie.

Ce n'est, hélas, pas ce qui m'horrifia le plus. Elle avait perdu ses yeux. À leur place se trouvaient deux orifices noirs, des ombres gigotant dans leurs cavités infinies.

– Baghra… m'étranglai-je.

Je tendis la main vers elle, mais elle recula brusquement.

– Épargne-moi ta pitié, ma fille.

– Qu'est-ce… qu'est-ce qu'il vous a fait ? répétai-je d'une voix presque inaudible.

Elle éclata d'un autre rire glacial.

– Il m'a laissée dans le noir.

Elle parlait d'une voix forte, mais c'était la seule partie d'elle qui n'avait pas changé. Elle avait été élancée et solide, avec la posture tranchante d'une acrobate. Désormais, ses mains ridées tremblaient légèrement et son corps était devenu frêle et décharné.

– Montre-moi, dit-elle en s'approchant.

Je me figeai et la laissai passer une main sur mon visage. Ses doigts noueux se déplaçaient telles des araignées blanches, glissant sur mes larmes sans s'en préoccuper, descendant sur ma mâchoire jusqu'en bas de ma gorge où ils se posèrent sur le collier.

– Ah, lâcha-t-elle alors que ses doigts traçaient les contours des morceaux de ramure, sa voix douce presque pensive. J'aurais aimé voir son cerf.

Je voulais tourner la tête, ne plus voir les deux orbites vides et creux. Au lieu de cela, je remontai ma manche et lui attrapai une main. Elle essaya de se dégager, mais je resserrai mon emprise et la guidai vers le bracelet sur mon poignet. Elle s'immobilisa.

– Non. C'est impossible…

Elle caressa le bord des écailles du Flagelleur des mers.

– *Rusalye,* murmura-t-elle. Qu'est-ce que tu as fait, ma fille ?

Ses mots me donnèrent de l'espoir.

– Tu connais les autres amplificateurs.

Je grimaçai quand ses ongles s'enfoncèrent dans ma peau.

– Est-ce vrai ? ajouta-t-elle brusquement. Ce dont il est capable ? Donner la vie aux ombres ?

– Oui, admis-je.

Ses épaules voûtées s'affaissèrent encore davantage. Elle rejeta alors mon bras comme s'il s'agissait d'une ordure.

– Sors d'ici.

– Baghra, j'ai besoin de votre aide.

– J'ai dit *sors !*

– S'il vous plaît. J'ai besoin de savoir où je peux trouver l'oiseau de feu.

Ses lèvres tombantes tremblèrent légèrement.

– J'ai trahi mon fils une fois, petite sainte. Qu'est-ce qui te fait penser que je recommencerai ?

– Vous vouliez l'arrêter, hasardai-je. Vous…

Baghra fit de nouveau retentir son bâton sur le sol.

– Je voulais l'empêcher de devenir un monstre ! Mais c'est un peu tard, tu ne crois pas ? Grâce à toi, il n'a jamais été aussi peu humain. Il ne pourra plus jamais se repentir.

– Peut-être, reconnus-je. Mais Ravka peut encore être sauvé.

– Qu'est-ce que j'en ai à faire de ce qui arrive à ce pays perdu ? Le monde est si merveilleux à tes yeux qu'il mérite d'être sauvé ?

– Oui. Et je sais que vous le pensez aussi.

– Tu ne sais rien, ma pauvre fille.

– Très bien ! m'écriai-je, mon désespoir dépassant mes scrupules. Je suis une idiote. Une imbécile. Totalement impuissante. C'est pour cela que j'ai besoin de votre aide.

– Tu ne peux pas être aidée. Ta seule chance était de t'enfuir.

– Dites-moi ce que vous savez sur Morozova, suppliai-je. Aidez-moi à trouver le troisième amplificateur.

– Je n'ai aucune idée de l'endroit où chercher l'oiseau de feu, et même si je le savais, je ne te le dirais pas. Tout ce que je veux désormais, c'est une pièce bien chauffée et qu'on me laisse mourir tranquille.

– Je pourrais vous retirer cette pièce, menaçai-je. Votre feu, votre domestique. Ça vous donnerait peut-être envie de parler.

Les mots à peine sortis de ma bouche, je regrettai de les avoir prononcés. Une vague de honte m'envahit. Est-ce que je venais vraiment d'essayer d'intimider une vieille femme aveugle ?

Un rire froid et vicieux s'échappa des lèvres de Baghra.

– Tu apprends vite, je vois. Plus ton pouvoir grandira, plus tu auras d'appétit, petite fille. Qui se ressemble s'assemble.

Une décharge de terreur m'ébranla.

– Je regrette, dis-je.

– Tu ne peux pas violer les règles de ce monde sans en payer le prix. Ces amplificateurs n'auraient jamais dû exister. Aucun Grisha ne devrait posséder un tel pouvoir. Tu changes déjà. Cherche le troisième, utilise-le et tu te perdras complètement, morceau par morceau. Tu veux mon aide ? Tu veux savoir quoi faire ? Oublie l'oiseau de feu. Oublie Morozova et sa folie.

– Je ne peux pas, objectai-je en secouant la tête. C'est impossible.

Elle pivota vers le poêle.

– Alors fais ce que tu veux, ma fille. J'en ai fini avec cette vie et j'en ai fini avec toi.

Qu'est-ce que j'avais espéré ? Qu'elle m'accueille comme sa fille ? Comme une amie ? Elle avait perdu l'amour de son fils et sacrifié sa vue, et tout cela pour que je la déçoive. Je voulais m'enterrer sur place et l'implorer de m'aider. Je voulais la menacer, l'amadouer, tomber à genoux et lui demander de me pardonner pour tout ce qu'elle avait perdu et pour les erreurs que j'avais commises. Mais j'obéis et tournai les talons. Je m'enfuis hors de sa cabane.

Je faillis tomber dans les marches, mais le domestique attendait dehors et il me rattrapa.

– Est-ce vrai ? me demanda-t-il. Êtes-vous vraiment l'Invocatrice de lumière ?

J'examinai son visage plein d'espoir et sentis les larmes poindre. Je hochai la tête et tentai de sourire.

– Ma mère dit que vous êtes une sainte.

À quelle autre légende croit-elle ? songeai-je amèrement.

Avant que je me mette à pleurer devant lui, je lui faussai compagnie pour filer sur l'étroit sentier.

Quand j'arrivai au bord du lac, je partis vers une des maisons en pierre blanche des invocateurs. Ce n'étaient pas vraiment des bâtiments, juste des espèces de coquilles où les jeunes invocateurs pratiquaient leurs dons sans peur d'exploser le toit de l'école ou de mettre le feu au Little Palace. Je m'assis dans l'ombre des marches et enfouis mon visage dans mes mains, essayant de sécher mes larmes et de reprendre mon souffle. J'étais tellement persuadée que Baghra pourrait me renseigner sur l'oiseau de feu et si convaincue qu'elle m'aiderait. Je prenais maintenant conscience de l'espoir que j'avais mis en elle.

Je lissai les plis scintillants de mon *kefta* sur mes genoux et ravalai un sanglot. Je m'étais imaginé que Baghra se moquerait de moi, se moquerait de la petite sainte parée de strass. Pourquoi avais-je pensé que le Darkling aurait eu pitié de sa mère ?

Et pourquoi avais-je agi ainsi ? Pourquoi l'avais-je menacée de lui prendre le peu qui lui restait dans la vie ? Je me dégoûtais. Je pouvais mettre cette attitude ignoble sur le compte de mon désespoir, mais cela ne suffisait pas à me dédouaner. Ni à changer le fait qu'une partie de moi voulait retourner dans sa cabane pour sévir, l'attirer dans la lumière du jour et soutirer toutes les réponses de sa vieille bouche fanée. Qu'est-ce qui ne tournait pas rond chez moi ?

Je sortis de ma poche mon exemplaire d'*Istorii Sankt'ya* et passai les mains sur la couverture usée en cuir rouge. Je l'avais regardée si souvent qu'il s'ouvrit tout de suite sur l'illustration de Sankta Ilya, même si les pages avaient été trempées après la chute du *Hummingbird*.

Un saint grisha ? Ou un autre dément cupide qui ne pouvait pas résister à la tentation du pouvoir ? Un dément cupide comme moi. *Oublie Morozova et sa folie.* J'effleurai d'un doigt la courbure de l'arche. Cela ne voulait peut-être rien dire. Ou peut-être était-ce une référence au passé d'Ilya sans aucun lien avec les amplificateurs. Ou encore un ornement du peintre. Et même si nous avions raison, et qu'il s'agissait bien d'une indication, l'oiseau de feu pouvait se trouver n'importe où. Nikolai avait traversé tout Ravka ou presque et il ne l'avait jamais vu. Nous n'avions aucune certitude qu'il vivait encore.

La cloche de l'école sonna de l'autre côté du lac et des enfants se ruèrent dehors en criant, en riant, en se bousculant pour profiter du soleil de l'été. Malgré les massacres des derniers mois, l'école avait continué à fonctionner. Mais si le Darkling revenait, je devrais l'évacuer. Je ne voulais aucun enfant sur la route des *nichevo'ya*.

Le bœuf croule sous le fardeau, mais l'oiseau sent-il le poids de ses ailes ?

Baghra m'avait-elle vraiment jamais dit ces mots ? Ou les avais-je juste entendus dans un rêve ?

Je me levai et époussetai mon *kefta*. Je n'étais pas sûre de savoir ce qui m'avait le plus ébranlée, le refus de Baghra de m'aider ou son piteux état. Elle n'était pas juste une vieille femme, mais une femme sans espoir, et c'est en partie moi qui l'en avais privée.

15

Malgré son nom, j'aimais beaucoup la salle des opérations. La cartographe en moi ne pouvait résister aux vieux plans dessinés sur des peaux d'animaux et embellis de détails fantaisistes : le phare doré d'Os Kervo, les temples sur les montagnes des Shus, les sirènes au large des côtes.

J'examinai, autour de la table, les visages des Grishas, certains familiers, d'autres nouveaux. N'importe lequel d'entre eux pouvait être un espion à la solde du Darkling, du roi ou de l'Apparat. N'importe lequel pouvait guetter l'occasion de me dégager pour prendre le pouvoir.

Tolya et Tamar attendaient à l'extérieur, tout près au cas où les esprits s'échaufferaient, mais c'était la présence de Mal qui me réconfortait. Il était assis à ma droite dans ses vêtements en toile de jute, sa broche épinglée sur son cœur. Je n'aimais pas l'idée qu'il me quitte si tôt pour aller chasser, mais il fallait bien reconnaître qu'une distraction lui ferait du bien. Il tirait une grande fierté d'être soldat, et même s'il ne le disait pas, je savais que la décision du roi l'avait accablé. Qu'il pense que je lui cachais des choses n'aidait pas non plus.

Assis à droite de Mal, Sergei croisait les bras, l'air sévère. Il manifestait son mécontentement d'être assis à côté d'un garde *otkazat'sya*. Pire encore, j'avais insisté pour placer une fabrikator directement à ma gauche, une place d'honneur. C'était une

Suli appelée Paja, que je n'avais jamais rencontrée. Les yeux pratiquement aussi noirs que ses cheveux, elle portait un kefta violet aux manches brodées de rouge qui indiquaient qu'elle appartenait aux Alkemi, des fabrikators spécialisés dans les explosifs et les poisons.

Un peu plus loin autour de la table, se trouvait David, avec ses manches brodées de gris. Il travaillait avec le verre, l'acier, le bois et la pierre, tous les matériaux solides. Je savais qu'il était le meilleur des Durasts, parce que le Darkling l'avait choisi pour sceller mon collier. L'assemblée comptait également Fedyor et, à côté de lui, Zoya, toujours aussi resplendissante vêtue du bleu des Etherealki.

En face de Zoya, était installé Pavel, l'inferni à la peau noire qui m'avait fustigée la veille. Il avait un visage étroit et une dent ébréchée qui sifflait légèrement quand il parlait.

Lors de la première partie de la réunion, nous discutâmes du nombre de Grishas aux différents avant-postes dans Ravka et de ceux qui se cachaient certainement. Zoya suggéra qu'on envoie des messagers pour diffuser la nouvelle de mon retour et offrir le pardon inconditionnel à ceux qui jureraient allégeance à l'Invocatrice de lumière. Nous passâmes plus d'une heure à débattre des termes et de la formulation de la missive. Je savais que je devrais la présenter à Nikolai pour recevoir l'approbation du roi et je tenais à agir avec prudence. Nous nous mîmes d'accord sur « loyauté envers le trône ravkan et la Seconde Armée ». Personne ne semblait entièrement satisfait, par conséquent je me dis que nous avions réussi à trouver les mots justes.

Ce fut Fedyor qui souleva la question de l'Apparat.

– Comment expliquer qu'il parvienne à passer entre les mailles du filet ?

– A-t-il essayé de te contacter ? me demanda Pavel.

– Non, répondis-je, mais je vis qu'il restait sceptique.

– Il a été vu à Kerskii et Ryevost, reprit Fedyor. Il apparaît sans qu'on s'y attende pour faire son prêche et s'évanouit dans la nature juste avant que les soldats du roi ne viennent l'arrêter.

– Il faut réfléchir à un assassinat, proposa Sergei. Il devient trop puissant et il pourrait bien s'associer au Darkling.

– Il faudrait déjà pouvoir le trouver, objecta Paja.

Zoya fit un geste gracieux et dédaigneux de la main.

– À quoi bon ? Il passe son temps à répandre la rumeur que l'Invocatrice de lumière est de retour et qu'elle est une sainte. Il est temps que les gens commencent à apprécier les Grishas.

– Ce n'est pas des Grishas qu'il s'agit, contredit Pavel en faisant un signe de la tête vers moi. Mais d'elle.

Zoya haussa les épaules, élégamment.

– C'est mieux que de se faire traiter de sorcières et de traîtres.

– Laissons le roi faire le sale boulot, conclut Fedyor. Qu'il trouve l'Apparat lui-même et qu'il l'exécute. À lui de subir la colère du peuple.

Je n'arrivais pas à croire qu'on discutait de façon si posée du meurtre d'un homme. Et je n'étais pas sûre de vouloir la mort de l'Apparat. Le prêtre avait à répondre de nombreux crimes, mais je n'étais pas convaincue qu'il fût encore de mèche avec le Darkling. En outre, il m'avait donné l'*Istorii Sankt'ya*, ce qui signifiait qu'il représentait une source d'information potentielle. S'il était capturé, j'espérais vraiment que le roi le laisserait en vie assez longtemps pour que je puisse l'interroger.

– Tu penses qu'il le croit vraiment ? demanda Zoya en me dévisageant. Que tu es une sainte ressuscitée ?

– Quelle importance ?

– Ça nous dirait à quel point il est fou…

– Je préfère encore combattre un traître qu'un fanatique, intervint Mal doucement, pour la première fois depuis le début de la séance. J'ai peut-être des contacts dans la Première Armée qui lui parlent encore. Des bruits circulent sur des soldats qui ont déserté pour le rejoindre, et si c'est le cas, ils savent sûrement où il est.

Je jetai un regard furtif à Zoya. Elle fixait Mal de ses yeux bleus magnétiques. Elle avait passé la moitié de la réunion à battre des cils dans sa direction. Ou peut-être que j'imaginais. C'était une hurleuse puissante et certainement une alliée de poids, mais elle avait également été une des favorites du Darkling, ce qui la rendait peu digne de confiance.

Je faillis éclater de rire tout haut. Il fallait bien que je me rende à l'évidence : rien que le fait d'être assise dans la même pièce qu'elle m'insupportait. Elle avait l'air d'une sainte. Une ossature délicate, des cheveux noirs soyeux, une peau parfaite. Il ne lui manquait qu'un halo. Mal ne lui prêtait aucune attention, mais j'avais le sentiment qu'il faisait un peu trop d'efforts pour paraître aussi indifférent. Zoya aurait dû être le moindre de mes soucis. J'avais tout de même une armée à commander et des ennemis à combattre sur tous les fronts, mais apparemment c'était plus fort que moi.

Je pris une profonde inspiration et tentai de me concentrer. Le plus difficile était encore à venir. Même si j'avais surtout envie de me recroqueviller dans un endroit sombre et calme, certains points devaient être abordés.

Je regardai les participants l'un après l'autre.

– Vous devez savoir à qui vous vous mesurez.

La pièce plongea dans le silence. On aurait dit qu'une cloche avait sonné, que jusque-là il ne s'était rien passé et que la réunion s'apprêtait seulement à débuter.

Dans le détail, j'exposai tout ce que je savais sur les *nichevo'ya*, leur force et leur taille, leur quasi-invulnérabilité aux balles et aux lames, et le plus important, le fait qu'ils ne craignaient pas la lumière du jour.

– Mais tu as réussi à t'échapper, hasarda Paja. Ils doivent donc être mortels.

– Mon pouvoir peut les détruire. C'est la seule arme qui semble en être capable. Mais ce n'est pas facile. Il faut pour cela que j'utilise la Coupe et je ne sais pas combien je peux en anéantir en même temps.

Je ne parlai pas du deuxième amplificateur. Même avec lui, je n'étais pas sûre de pouvoir tenir devant une armée de l'ombre au complet, et le bracelet était un secret que je voulais garder, au moins pour le moment.

– Nous n'avons réussi à nous enfuir que grâce au prince Nikolai qui nous a mis hors de portée du Darkling. Apparemment, ils doivent rester près de leur maître.

– À quelle distance ? demanda Pavel.

Je me tournai vers Mal.

– Difficile à dire, répondit-il. Un kilomètre et demi. Peut-être deux.

– Donc il existe une limite à son pouvoir, affirma Fedyor avec une note de soulagement évidente.

– Absolument, confirmai-je, heureuse de présenter un aspect pas totalement négatif. Il faudra qu'il entre à Ravka avec son armée pour nous vaincre. Ce qui nous donnera une avance sur lui et le rendra vulnérable. Il ne peut pas les invoquer comme il invoque les ténèbres. Cela lui coûte beaucoup d'efforts.

– Parce que ce n'est pas un pouvoir grisha, expliqua David. C'est *merzost*.

En ravkan, on employait le même mot pour magie et abomination. Selon la base de la théorie grisha, on ne pouvait pas créer à partir de rien. Mais c'était un principe de la Petite Science. *Merzost,* c'était différent : il s'agissait d'une altération dans la conception au cœur du monde.

David jouait avec un fil de sa manche.

– Cette énergie, cette substance vient de quelque part. Elle vient sûrement de lui.

– Mais comment fait-il ? demanda Zoya. Avez-vous déjà entendu parler d'un Grisha avec un pouvoir pareil ?

– La vraie question, c'est comment le combattre, objecta Fedyor.

La discussion dévia sur les façons de défendre le Little Palace et l'avantage éventuel d'affronter le Darkling à l'extérieur. J'observai David avec attention. Quand Zoya avait demandé si nous connaissions d'autres Grishas, il avait orienté son regard droit sur moi pour la première fois depuis mon retour au Little Palace. Enfin, plutôt sur mon collier. Aussitôt après, il avait baissé les yeux, mais il semblait encore moins à l'aise qu'avant, si c'était possible. Je me demandais ce qu'il savait au sujet de Morozova. Et moi aussi, j'aurais aimé une réponse à la question de Zoya. J'ignorais si j'avais l'entraînement nécessaire et le cran pour invoquer une armée de lumière qui se battrait contre les créatures de l'ombre du Darkling. En serais-je capable grâce au pouvoir des trois amplificateurs ?

Je souhaitais parler seule à seul avec David après la réunion, mais dès qu'elle fut clôturée, il fila sans attendre. Mes intentions de venir le retrouver dans son atelier l'après-midi furent contrariées par la pile de documents que je devais traiter. Je passais des heures avec le pardon des Grishas et tous les papiers que je devais signer pour garantir des fonds et des provisions à la Seconde Armée, afin qu'elle établisse de nouveaux avant-postes à la frontière ravkanne. Sergei avait essayé de se charger de certaines tâches du Darkling, mais majoritairement, le travail n'avait simplement pas été fait.

Tout semblait rédigé de la façon la plus alambiquée possible. Je devais lire et relire ce qui aurait dû être des demandes triviales. J'avais à peine avancé sur ma pile et j'étais déjà en retard pour mon premier dîner dans le grand hall, sous le dôme. J'aurais préféré qu'on me serve un plateau dans ma chambre, mais il fallait que j'affirme ma présence au Little Palace. Je voulais aussi m'assurer que mes instructions étaient respectées et que les Grishas mélangeaient bien les Ordres comme je l'avais exigé.

J'étais installée à la table du Darkling. Afin d'apprendre à connaître tout le monde et d'éviter qu'une nouvelle élite ne se constitue, j'avais décidé que ce ne seraient pas les mêmes qui dîneraient avec moi tous les soirs. Une bonne idée au départ, mais je n'avais ni l'aisance de Mal ni le charme naturel de Nikolai. La conversation cafouillait péniblement entre des moments de silence longs et pesants.

Aux autres tables, l'ambiance ne semblait pas vraiment meilleure. Les Grishas assis dans un arc-en-ciel rouge, violet et bleu s'adressaient à peine la parole. Le cliquetis des couverts résonnait sous le dôme fissuré que les fabrikators n'avaient pas encore commencé à réparer.

J'hésitais entre le rire et les cris. On aurait dit que je les obligeais à manger à côté d'un volcra. Au moins Sergei et Marie avaient l'air satisfaits, même s'il était clair que Nadia se serait bien cachée dans le beurrier pendant qu'ils se faisaient les yeux doux à côté d'elle. Tant mieux pour eux, songeai-je. Même si j'étais un peu jalouse.

Je comptai dans ma tête : quarante Grishas, peut-être cinquante, la plupart à peine sortis de l'école. *Quelle armée !* Mon glorieux règne commençait vraiment péniblement.

Mal avait accepté de se joindre aux chasseurs et je me levai à l'aube le lendemain pour le voir partir. Je me rendais compte que nous aurions moins d'intimité au Little Palace que nous n'en avions eu sur la route. Entre Tolya et Tamar et le défilé constant des domestiques, je craignais de ne jamais avoir un instant seule avec lui.

Cette nuit-là, j'avais dormi dans le lit du Darkling et je m'étais souvenue du baiser fougueux que Mal m'avait donné à la datcha, me demandant s'il viendrait frapper à ma porte. J'avais même hésité à traverser la salle commune pour me rendre aux quartiers des soldats, mais je ne savais pas qui était de garde et l'idée que Tolya ou Tamar m'ouvre la porte me plongeait dans un embarras insoutenable. Ce fut la fatigue de la journée qui prit la décision pour moi, car je m'endormis rapidement et me réveillai au petit matin.

Lorsque j'arrivai à la fontaine de l'aigle à deux têtes, l'allée qui menait au portail du palais grouillait de cavaliers : Vasily et ses amis aristocrates dans leurs tenues de chasse élégantes, les officiers de la Première Armée dans leurs uniformes immaculés et derrière eux, une légion de serviteurs en blanc et or.

Je trouvai Mal en train de resserrer sa selle à côté d'un groupe de traqueurs royaux. Il était facile à distinguer dans sa tenue de paysan. Sur le dos, il portait un arc flambant neuf et un carquois aux couleurs du roi ravkan, bleu et or. Les chasses officielles ravkannes interdisaient l'usage des armes à feu, mais je remarquai que plusieurs des domestiques avaient des fusils sur le dos, au cas où les animaux se montreraient trop coriaces pour leurs nobles maîtres.

– Quel spectacle ! commentai-je en arrivant à côté de lui. Il faut se mettre à combien pour abattre quelques sangliers ?

Mal rit.

– Et tu n'as pas tout vu. Un autre groupe de domestiques est parti avant l'aube pour installer le camp. Les Saints refusent que le prince de Ravka ait à attendre pour recevoir sa tasse de thé.

Une corne retentit et les cavaliers se mirent en place dans un concert de sabots et d'étriers. Mal secoua la tête et tira fermement sur les sangles.

– J'espère qu'ils sont sourds, ces sangliers.

Je contemplai le ballet des uniformes étincelants et des bottes cirées.

– J'aurais peut-être dû te procurer des habits un peu plus… brillants.

– Ce n'est pas pour rien que les paons ne sont pas des prédateurs, dit-il en me gratifiant d'un sourire franc, comme je ne lui en avais plus vu depuis trop longtemps.

Il est heureux de partir, compris-je. *Il a bien râlé, mais en fait, il s'en réjouit.* Je m'efforçai de ne pas le prendre mal.

– Et toi, tu es comme un grand faucon brun ? demandai-je.

– Exactement.

– Ou un pigeon obèse.

– Un faucon, c'est mieux.

Tous montèrent en selle et orientèrent leurs chevaux vers le chemin de gravier.

– Allons-y, Oretsev, l'appela un traqueur blond.

Je me sentis soudain mal à l'aise, pas à ma place au milieu de tous les regards inquisiteurs qui se posaient sur moi. J'avais dû enfreindre un protocole en venant dire au revoir.

– Allez, lâchai-je en tapotant le flanc de son cheval. Amusez-vous bien. Et essaie de ne pas tirer sur tout ce qui bouge.

– Ça marche. Attends, de ne *pas* tirer ? dit-il en jetant un regard amusé autour de lui.

J'esquissai un sourire un peu forcé.

Nous restâmes sans rien dire encore un instant, séparés par le silence. Je voulais me jeter à son cou, y enfouir mon visage, lui faire me promettre qu'il prendrait soin de lui. Mais je n'en fis rien.

Un rictus triste lui déforma les lèvres. Il s'inclina devant moi.

– *Moy soverenyi*, me salua-t-il.

Mon cœur se serra dans ma poitrine.

Il monta sur son cheval et disparut dans la nuée de cavaliers qui partaient vers le portail doré.

Je retournai vers le Little Palace, l'humeur chagrine.

Il était tôt et la journée s'annonçait chaude. Tamar m'attendait quand je sortis du tunnel végétal.

– Il sera vite de retour, me rassura-t-elle. Pas la peine de prendre cet air sinistre.

– Je sais, répliquai-je, me sentant bête.

Je parvins à dessiner un sourire sur mon visage en traversant la pelouse jusqu'aux écuries.

– À Keramzin, j'avais une poupée que j'avais cousue moi-même avec une vieille chaussette et je lui parlais chaque fois qu'il partait à la chasse. Peut-être que je devrais faire pareil, maintenant.

– Tu étais une petite fille étrange…

– Tu n'imagines même pas. Vous jouiez avec quoi, Tolya et toi ?

– Les crânes de nos ennemis.

Je vis une lueur dans ses yeux et nous éclatâmes toutes les deux de rire.

Dans les salles d'entraînement, nous retrouvâmes Botkin, l'instructeur chargé de préparer les Grishas pour le combat physique. Le vieux mercenaire fut tout de suite enchanté par Tamar et ils discutèrent en shu pendant près de dix minutes avant que je parvienne à aborder le sujet des fabrikators.

– Botkin peut enseigner à n'importe qui à se battre, assura-t-il dans son fort accent.

La lumière tamisée donnait un éclat perlé à la méchante cicatrice sur son cou.

– Appris à petite fille à se battre, non ?

– Oui, confirmai-je, grimaçant au souvenir des exercices éreintants de Botkin et des corrections qu'il m'avait infligées.

– Mais petite fille plus si petite, dit-il en examinant l'or de mon *kefta*. Toi revenue pour entraînement avec Botkin ? Je frappe grande fille pareil que petite fille.

– Quel bel esprit égalitaire, ironisai-je, et je me dépêchai de sortir des écuries avec Tamar avant qu'il décide de me faire une démonstration.

Je partis directement assister à un autre conseil de guerre. J'eus ensuite à peine le temps de me recoiffer et de brosser mon *kefta* que déjà je devais retrouver Nikolai au Grand Palace pour écouter les conseillers du roi le renseigner sur les défenses à Os Alta.

J'avais un peu l'impression que nous étions des enfants infiltrés dans un monde d'adultes. Les conseillers nous expliquèrent sans détour que nous perdions notre temps, mais Nikolai resta impassible. Il posa des questions prudentes sur l'armement, le nombre de troupes stationnées autour des fortifications, le système d'alerte en place en cas d'attaque. Rapidement les conseillers perdirent leur attitude condescendante pour converser avec lui ouvertement. Ils l'interrogèrent à leur tour sur les armes qu'il avait rapportées à travers le Fold et sur leur utilisation.

Il me demanda de leur décrire brièvement les *nichevo'ya* pour que les Grishas aussi soient équipés en conséquence. Les conseillers nourrissaient encore d'importants doutes vis-à-vis de la Seconde Armée, mais sur le chemin de retour vers le Little Palace, Nikolai ne semblait pas inquiet.

– Ils finiront par se rendre à la raison. C'est l'intérêt principal de ta présence ici. Tu vas les rassurer et leur faire comprendre que le Darkling n'est pas un ennemi ordinaire.

– Tu penses qu'ils ne le savent pas ? demandai-je, incrédule.

– Ils ne veulent pas l'entendre. Tant qu'ils parviennent à se bercer d'illusions en se disant que le Darkling peut être acheté ou écrasé, alors ils n'ont pas à affronter la réalité de la situation.

– On peut les comprendre, concédai-je, morose.

Toutes ces discussions sur les troupes, les fortifications et notre avance potentielle étaient bien belles, mais je doutais qu'elles feraient la différence contre les ombres du Darkling.

– Marche avec moi jusqu'au lac, me proposa Nikolai quand nous sortîmes du tunnel.

J'hésitai.

– Je te promets de ne pas tomber à tes genoux pour jouer une ode à ta beauté. Je veux juste te montrer quelque chose.

Je rougis et Nikolai sourit.

– Tu devrais voir si les Caporalki peuvent t'éviter de devenir écarlate au moindre embarras.

Il contourna alors le Little Palace vers le lac.

J'étais tentée de suivre ses conseils juste pour le plaisir de lui montrer l'absurdité de ses propos. Même si… les Caporalki pouvaient-ils vraiment résoudre ce problème ? Je repoussai cette idée ridicule de ma tête. Le jour où je demanderais à un Caporalki de m'empêcher de rougir serait le jour où je deviendrais tellement la risée du Little Palace que je ne pourrais plus y rester.

Nikolai s'était arrêté sur le chemin de gravier, à mi-chemin vers le lac et je l'y rejoignis. Il m'indiqua une large bande de plage sur la rive d'en face, tout près de l'école.

– Je voudrais faire bâtir une jetée à cet endroit.

– Pourquoi ?

– Pour reconstruire le *Hummingbird*.

– Tu ne peux vraiment pas rester en place ? Tu n'as pas déjà assez à penser ?

Il plissa les yeux vers la surface de l'eau chatoyante.

– Alina, j'espère que tu trouveras comment vaincre le Darkling. Mais si tu échoues, il nous faut un moyen pour te faire partir d'ici.

– Et le reste des Grishas ?

– Je ne peux rien pour eux.

Je n'arrivais pas à y croire.

– Je ne m'enfuirai pas.

– Je savais que tu dirais ça, lâcha-t-il dans un soupir.

– Et toi ? demandai-je, furieuse. Tu vas te sauver en douce et nous laisser affronter le Darkling ?

– Arrête un peu. Tu sais que j'ai toujours voulu des funérailles de héros.

Il tourna de nouveau la tête vers le lac.

– Je suis heureux de partir au combat, mais je ne veux pas laisser mes parents à la merci du Darkling. Me donneras-tu deux hurleurs à entraîner ?

– Ce ne sont pas des présents dont je dispose à ma guise, Nikolai, m'offusquai-je, repensant à comment le Darkling avait offert Genya à la reine. Mais je vais faire appel à des volontaires. Ne leur dis pas dans quel but. Je ne veux pas décourager les autres.

Ni lancer une compétition pour une place sur le vaisseau.

– Et autre chose, ajoutai-je. Je veux que tu fasses de la place pour Baghra. Elle n'a pas à subir la cruauté du Darkling une nouvelle fois. Elle a déjà subi suffisamment d'épreuves.

– Bien sûr. Je pense toujours que nous avons nos chances de gagner, Alina, précisa-t-il.

Heureuse que quelqu'un le pense, me dis-je, dépitée, avant de me diriger vers le Little Palace.

16

Encore une fois, David avait réussi à filer juste après la dernière réunion. Ce ne fut que tard le lendemain soir que j'eus enfin l'occasion de le retrouver dans les ateliers des fabrikators, penché sur une pile de plans, les doigts tachés d'encre.

Je m'installai sur un tabouret à côté de lui et me raclai la gorge. Il leva la tête vers moi, clignant des yeux comme une chouette. Il était si pâle qu'un réseau de lignes bleues apparaissait sous sa peau, et on lui avait particulièrement mal coupé les cheveux.

Il l'a sûrement fait lui-même, me dis-je en secouant la tête intérieurement. Difficile de croire que c'était le garçon dont Genya était tombée si éperdument amoureuse.

Il posa le regard sur mon collier. Il se mit à triturer les objets sur son établi, les déplaçant pour les ranger en lignes ordonnées : compas, crayons à mine de graphite, stylos et pots d'encre de différentes couleurs, éclats de verre transparent ou à effet miroir, un œuf cuit qui devait être son dîner, et des pages et des pages de dessins et de plans qui n'avaient aucun sens pour moi.

– Tu travailles sur quoi ?

– Des paraboles, répondit-il en clignant une nouvelle fois des yeux.

– Ah.

– Des coupes réfléchissantes, précisa-t-il.

– C'est… intéressant.

Il se frotta le nez, laissant une grosse marque bleue sur l'arête.

– Ça pourrait être un moyen d'augmenter tes pouvoirs.

– Comme les miroirs dans mes gants ?

J'avais demandé aux Durasts de les refaire. Avec la force de deux amplificateurs, je n'en avais sans doute pas besoin, mais les miroirs m'aidaient à concentrer la lumière et à la diriger précisément. Et le contrôle qu'ils m'apportaient me rassurait.

– En quelque sorte. Si j'y arrive comme je veux, la Coupe sera encore plus efficace.

– Et si tu n'y arrives pas ?

– Soit il ne se passera rien, soit celui qui utilise les paraboles sera réduit en morceaux.

– Encourageant.

– N'est-ce pas ? confirma-t-il sans une pointe d'humour avant de retourner à son travail.

– *David…* appelai-je.

Il leva la tête, surpris, comme s'il avait totalement oublié ma présence.

– Il faut que je te demande quelque chose.

De nouveau, ses yeux se posèrent sur mon collier mais s'empressèrent de revenir sur son établi.

– Qu'est-ce que tu peux me dire sur Ilya Morozova ?

David se crispa et examina la pièce presque vide. La plupart des fabrikators prenaient encore leur dîner. Il paraissait clairement nerveux, peut-être même effrayé.

Il regarda sa table de travail, prit le compas, le reposa.

– On l'appelait le forgeron des os, murmura-t-il enfin.

Un frisson me traversa. Je revis les doigts et les vertèbres étalés sur les stands des marchands à Kribirsk.

– Pourquoi ? demandai-je. À cause des amplificateurs qu'il a trouvés ?

David leva la tête, étonné.

– Il ne les a pas trouvés, il les a *fabriqués*.

Je n'en revenais pas.

– *Merzost* ?

Il hocha la tête. Je me rappelai les yeux de David rivés sur le collier de Morozova quand Zoya avait demandé si un Grisha avait déjà eu autant de pouvoir que le Darkling. Morozova avait joué avec les mêmes forces. La magie. L'abomination.

– Comment ?

– Personne ne le sait, répondit David en jetant un coup d'œil par-dessus son épaule. Après que l'Hérétique noir a été tué dans l'accident qui a provoqué le Fold, son fils est sorti de sa cachette pour prendre le contrôle de la Seconde Armée. Il a fait détruire tous les écrits de Morozova.

Son *fils* ? De nouveau, je me rendais compte que très peu de gens connaissaient le secret du Darkling. L'Hérétique noir n'était pas mort : il n'y avait jamais eu qu'un seul Darkling, un seul Grisha suffisamment puissant pour diriger la Seconde Armée pendant des générations en dissimulant sa véritable identité. Que je sache, il n'avait pas de fils. Et il n'aurait jamais détruit les précieux journaux de Morozova. Sur le baleinier, il m'avait expliqué que tous les livres n'interdisaient pas la combinaison des amplificateurs. Il se référait peut-être aux documents de Morozova.

– Pourquoi son fils était-il en cavale ? demandai-je, curieuse de comprendre comment le Darkling avait inventé un tel mensonge.

– Un Darkling et son héritier ne vivent jamais au Little Palace en même temps. Le risque qu'ils se fassent assassiner tous les deux est trop grand.

– Je vois.

Relativement crédible, et ce n'est pas après des centaines d'années à croire cette histoire que les gens allaient se mettre à en douter. Les Grishas adoraient leurs traditions et Genya n'était certainement pas la première façonneuse que le Darkling avait employée.

– Pourquoi aurait-il fait détruire les journaux ?

– Ils expliquaient les expériences de Morozova. L'Hérétique noir a essayé de recréer des amplificateurs, mais ça a mal tourné.

– Et c'est ainsi que le Fold est né.

David hocha la tête.

– Son fils a fait brûler tous les journaux et les papiers de Morozova. Il a dit qu'ils étaient trop dangereux, qu'ils représentaient trop de tentations pour un Grisha. C'est pour ça que je n'ai rien dit à la réunion. Je n'aurais même pas dû connaître leur existence.

– Alors comment la connais-tu ?

David balaya l'atelier d'un nouveau regard inquiet.

– Morozova était un fabrikator, peut-être le premier, en tout cas le plus puissant. Il est à l'origine de créations qu'on n'aurait jamais cru possibles avant et après lui, expliqua-t-il en haussant les épaules, un peu embarrassé. Pour nous, c'est une sorte de héros.

– Tu sais autre chose au sujet des amplificateurs qu'il a forgés ?

– Il paraît qu'il en existe d'autres, mais je ne connais que le cerf.

Peut-être que David n'avait jamais lu l'*Istorii Sankt'ya*. L'Apparat m'avait dit qu'autrefois le livre était distribué à tous les enfants grishas qui entraient au Little Palace. Mais cela faisait bien longtemps. Les Grishas croyaient en la Petite Science, et je n'avais jamais entendu dire qu'ils se préoccupaient de religion. *Superstition.* Voilà comment le Darkling avait appelé le livre rouge. *Propagande pour paysans.* Manifestement, David n'avait pas fait le lien entre Sankt Ilya et Ilya Morozova. Ou peut-être ne me disait-il pas tout.

– David, pourquoi es-tu ici ? Tu as scellé le collier, tu devais savoir ce que projetait le Darkling.

Il déglutit.

– Je savais qu'il pourrait te contrôler, que le collier lui permettrait d'utiliser ton pouvoir. Mais je n'imaginais pas, je ne pouvais pas penser… tous ces gens…

Il n'arrivait pas à trouver les mots. Finalement, il leva ses mains tachées d'encre dans un geste presque implorant.

– Je crée, je ne détruis pas !

Je voulais croire qu'il avait sous-estimé la cruauté du Darkling. J'avais moi-même commis cette erreur. Mais soit il mentait, soit il était juste faible. *Lequel est pire ?* me souffla une voix sévère dans la tête. *S'il peut changer de côté une fois, il peut recommencer.* Était-ce la voix de Nikolai ? Celle du Darkling ? Ou juste la partie de moi qui avait appris à ne faire confiance à personne ?

– Bonne chance avec les paraboles, dis-je en me levant.

– Je ne crois pas en la chance, conclut David en retournant à ses papiers.

Dommage, songeai-je. *Parce qu'il nous en faudra.*

Après les ateliers des fabrikators, je me rendis droit à la bibliothèque et y passai pratiquement toute la nuit. Quelle frustration ! Les histoires de Grishas ne traitaient que de façon superficielle d'Ilya Morozova, bien qu'il fût considéré comme le plus grand fabrikator de tous les temps. Il avait inventé l'acier grisha, une méthode pour rendre le verre incassable et un mélange de feu liquide, si dangereux qu'il en détruisit la formule douze heures seulement après l'avoir élaborée. Il n'était nulle part fait mention des amplificateurs ni du forgeron des os.

Cela ne m'empêcha pas de retourner le lendemain soir me noyer dans les textes religieux à la recherche de toutes les références disponibles sur Sankt Ilya. Comme pour tous les saints, le récit de son martyre était d'une brutalité déprimante : un jour, une charrue s'était renversée dans les champs derrière sa maison. En entendant des hurlements, Ilya avait couru apporter son aide et trouvé un homme qui pleurait la mort de son fils, le corps du garçon perforé de toutes parts, le sol autour de lui trempé de son sang. Ilya avait ressuscité l'enfant, et les villageois l'avaient remercié en le mettant aux fers et en l'envoyant se noyer dans la rivière sous le poids de ses chaînes.

Les détails étaient désespérément flous. Parfois Ilya était un fermier, parfois un maçon ou un ébéniste. Il avait deux filles, ou un fils, ou pas d'enfant du tout. Une centaine de villages différents se targuaient d'être le lieu de son martyre. Et venait également le petit problème du miracle qu'il avait provoqué. Je pouvais parfaitement concevoir que Sankt Ilya était un soigneur Caporalki, mais Ilya Morozova était censé être un fabrikator. Et s'il ne s'agissait pas de la même personne ?

Le soir, la salle au dôme en verre était éclairée par des lampes à huile, et l'intensité du silence me permettait d'entendre ma propre respiration. Seule dans la pénombre, entourée de livres, j'avais du mal à ne pas me sentir dépassée. Mais la bibliothèque représentait mon dernier espoir, alors je ne renonçais pas. Tolya m'y trouva un soir, blottie dans mon fauteuil préféré, alors que je déchiffrais tant bien que mal un texte en ravkan ancien.

– Tu ne devrais pas venir ici la nuit sans l'un de nous, gronda-t-il, mécontent.

Je bâillai et m'étirai. Je risquais sûrement plus la chute d'une étagère sur moi que toute autre chose, mais j'étais trop fatiguée pour discuter.

– Je ne le referai plus, promis-je.

– C'est quoi ? demanda Tolya en se penchant pour voir de plus près le livre sur mes genoux.

Avec sa carrure, j'avais l'impression qu'un ours venait de me rejoindre pour une séance d'étude.

– Je n'en suis pas sûre. J'ai vu le nom d'Ilya dans l'index, alors je l'ai pris, mais je n'y comprends rien.

– C'est une liste de titres.

– Tu peux lire ça ? demandai-je, surprise.

– Nous avons été élevés à l'église, répondit-il en feuilletant les pages.

Je l'observai. Beaucoup d'enfants grandissaient dans des foyers religieux, mais ça ne voulait pas dire pour autant qu'ils comprenaient le ravkan liturgique.

– Ça parle de quoi ?

Il passa un doigt sur les mots sous le nom Ilya. Ses grosses mains étaient recouvertes de cicatrices. Sous sa veste en toile de jute, dépassait le bord d'un tatouage.

– Pas grand-chose. Sankt Ilya le Bien-Aimé, Sankt Ilya le Précieux. Il y a une liste de villes aussi, où il aurait accompli des miracles.

– Ça peut être un point de départ, affirmai-je en me redressant.

– Tu devrais faire un tour dans la chapelle. Je pense qu'il y a des livres dans la sacristie.

J'étais passée à côté de la chapelle royale à plusieurs reprises, mais sans jamais y entrer. Pour moi, ça avait toujours été l'antre de l'Apparat, et même maintenant qu'il était parti, j'hésitais à la visiter.

– C'est comment à l'intérieur ?

– Comme une chapelle, répondit Tolya en haussant ses puissantes épaules.

– Tolya, tu n'as jamais pensé à rejoindre la Seconde Armée ?

– Je ne suis pas né pour servir le Darkling, s'offusqua-t-il.

Je voulais lui demander pour quoi il était né, mais il tapa soudain la page sur laquelle il se trouvait.

– Je peux te traduire ça, si tu veux, proposa-t-il avant d'afficher un rictus amusé. Ou je peux demander à Tamar de le faire.

– Volontiers, merci.

Il baissa la tête. Une toute petite révérence, mais il restait penché devant moi et son geste me provoqua un inconfort que je n'aurais su m'expliquer.

J'avais l'impression qu'il attendait quelque chose. Hésitante, je posai une main sur son épaule. Dès qu'il sentit mes doigts sur lui, il poussa un soupir.

Nous restâmes un moment, enveloppés par le halo de la lampe à huile. Il se leva alors et refit une petite révérence.

– Je serai dehors, dans le couloir, dit-il avant de disparaître dans le noir.

Mal revint le lendemain matin. J'étais impatiente de tout lui raconter : ce que j'avais appris de David, les projets pour le nouveau *Hummingbird*, mon étrange entretien avec Tolya.

– Il est bizarre, reconnut Mal. Mais ce n'est pas une mauvaise idée de faire un tour dans la chapelle.

Nous décidâmes de nous y rendre ensemble, et en chemin, je l'interrogeai sur la partie de chasse.

– Nous avons passé plus de temps à jouer aux cartes et à boire du *kvas* qu'à traquer les sangliers. Un type s'est tellement soûlé qu'il est tombé dans la rivière. Il a failli se noyer. Ses domestiques l'ont repêché par ses bottes, mais il retournait constamment à l'eau, bafouillant quelque chose sur la meilleure façon d'attraper une truite.

– C'était si affreux ? demandai-je en riant.

– Ça allait, répondit-il en frappant un caillou du bout de sa botte. Les gens s'interrogent beaucoup sur toi.

– Pourquoi est-ce que je sais déjà que ça ne va pas me plaire ?

– Un des traqueurs du roi est persuadé que tes pouvoirs sont faux.

– Et je ferais comment alors ?

– Je suppose grâce à un système élaboré de miroirs, de poulies et sûrement aussi l'hypnose. Je n'ai pas tout suivi.

Je gloussai.

– Ce n'était pas drôle, Alina. Quand ils avaient trop bu, certains nobles exprimaient ouvertement leur opinion. Pour eux, tous les Grishas devraient être parqués et exécutés.

– Oh, par tous les Saints ! lâchai-je.

– Ils ont peur.

– Ce n'est pas une excuse, affirmai-je, furieuse. Nous sommes ravkans nous aussi. On dirait qu'ils ont oublié tout ce que la Seconde Armée a fait pour eux.

– Je n'ai jamais dit que j'étais d'accord avec eux, se défendit Mal en levant les mains.

En soupirant, je donnai une tape dans une branche d'arbre innocente.

– Je sais.

– En tout cas, je pense avoir semé un peu le doute dans les esprits.

– Ah oui ?

– Ils apprécient le fait que tu as servi dans la Première Armée et que tu as sauvé la vie de leur prince.

– Après qu'il a risqué sa propre vie pour me sauver ?

– J'ai sauté quelques détails.

– Oh, Nikolai va beaucoup aimer ça. Quoi d'autre ?

– Je leur ai dit que tu détestes les harengs.

– Pourquoi ?

– Et que tu adores les gâteaux aux prunes. Et qu'un jour, Ana Kuya t'avait passé un sacré savon pour avoir abimé tes chaussons en sautant dans les flaques.

– Pourquoi es-tu allé leur confier des choses pareilles ? demandai-je, stupéfaite.

– Je voulais te rendre humaine à leurs yeux. Tout ce qu'ils voient quand ils te regardent, c'est l'Invocatrice de lumière. Ils voient une menace, une autre Grisha tout aussi puissante que le Darkling. Je veux qu'ils voient une fille, une sœur, une amie. Je veux qu'ils voient Alina.

L'émotion m'envahit.

– Tu t'entraînes pour être merveilleux ?

– Tous les jours, confirma-t-il en souriant. Mais je préfère être utile.

La chapelle était le seul bâtiment encore debout d'un monastère autrefois installé à Os Alta, et on disait que c'était là que les premiers rois ravkans avaient été couronnés. Comparée aux autres constructions sur le domaine du palais, elle était modeste, avec des murs blanchis à la chaux et un seul dôme bleu resplendissant.

L'intérieur, entièrement vide, aurait eu besoin d'un bon ménage. Une épaisse couche de poussière recouvrait les bancs et des pigeons se perchaient dans les corniches. En longeant l'allée centrale, Mal me prit la main et mon cœur fit un petit bond dans ma poitrine.

Nous ne passâmes pas beaucoup de temps dans la sacristie. Les quelques ouvrages sur les étagères étaient plutôt décevants, juste de vieux livres de cantiques aux pages jaunies. Seul l'immense triptyque derrière l'autel éveilla notre intérêt. Dans un feu d'artifice de couleurs, les trois énormes panneaux montraient treize saints aux visages bienveillants. J'en reconnus quelques-uns d'après l'*Istorii Sankt'ya* : Lizabeta avec ses roses ensanglantées, Ptyr avec ses flèches en feu. Et Sankt Ilya était également représenté avec son collier, ses bracelets et ses chaînes brisées.

– Pas d'animaux, remarqua Mal.

– À ce que j'ai vu, on ne le dessine jamais avec ses amplificateurs, mais juste avec les chaînes. À part dans l'*Istorii Sankt'ya.*

Je n'aurais su dire pourquoi.

Dans son ensemble, le triptyque était en bon état, à l'exception du panneau avec Ilya, qui semblait très sévèrement attaqué par l'humidité. Les visages des saints se distinguaient à peine sous la moisissure qui envahissait l'atmosphère d'une puanteur insoutenable. Je cachai mon nez dans ma manche.

– Il doit y avoir une fuite quelque part, commenta Mal. Cet endroit est une ruine.

J'examinai les traits d'Ilya sous la crasse. Encore une fausse piste. Force était de constater que j'avais nourri trop d'espoir sur ce lieu. De nouveau je sentis ce manque affreux, ce vide sur mon poignet. Où était l'oiseau de feu ?

– Même si on restait ici toute la journée, je doute qu'il se mette à nous parler, déclara Mal.

Je savais qu'il plaisantait, mais la colère monta en moi. Contre lui ou contre moi, je n'en savais rien.

Nous pivotâmes sur nous-mêmes pour descendre l'aile, mais je m'arrêtai net. Le Darkling était installé sur un banc dans l'ombre à côté de l'entrée.

– Qu'est-ce qui se passe ? demanda Mal en suivant mon regard.

J'attendis, pétrifiée. *Vois-le*, suppliai-je en silence. *S'il te plaît, vois-le.*

– Alina ? Qu'est-ce qui ne va pas ?

J'enfonçai mes doigts dans ma paume.

– Rien, dis-je. Tu ne penses pas qu'on devrait vérifier une nouvelle fois dans la sacristie ?

– Ce n'était pas très encourageant.

Je m'obligeai à sourire et à avancer.

– Tu as sûrement raison. Je suis juste déçue.

Quand nous passâmes à côté du Darkling, il tourna la tête pour nous suivre du regard. Il posa un doigt sur ses lèvres et, moqueur, il baissa la tête pour faire mine de prier.

Je me sentis mieux au dehors, avec l'air frais sur ma peau. Mais mon esprit fusait. Cela s'était de nouveau produit.

Aucune cicatrice n'apparaissait sur le visage du Darkling et Mal ne l'avait pas vu. Ce qui voulait dire qu'il ne s'agissait que d'une illusion, le fruit de mon imagination.

Mais il m'avait touchée l'autre soir, dans la chambre. J'avais senti ses doigts sur ma joue. Quel genre d'hallucination peut donner des sensations pareilles ?

Je frissonnai alors que nous entrions dans les bois. Était-ce la manifestation de son nouveau pouvoir ? L'idée qu'il s'était frayé un passage jusqu'à mes pensées me terrorisait. Mais les autres possibilités étaient bien pires encore.

Tu ne peux pas violer les règles de ce monde sans en payer le prix. J'appuyai mon bras sur mes côtes. Les écailles de Rusalye s'enfoncèrent dans ma peau. *Oublie Morozova et sa folie*. Peut-être que cela n'avait rien à voir avec le Darkling. Peut-être que je perdais juste la raison.

– Mal… commençai-je, pas sûre de savoir quoi dire. Le troisième amplificateur…

Il mit un doigt sur ses lèvres, me rappelant tellement le geste que venait de faire le Darkling que je faillis trébucher, mais un bruissement m'obligea à me ressaisir. Vasily sortit alors de derrière une rangée d'arbres.

Je n'avais pas l'habitude de voir le prince ailleurs que dans le Grand Palace. Je restai un moment figée sur place. Je me repris cependant et esquissai une révérence.

Vasily me répondit d'un petit hochement de tête, ignorant complètement Mal.

– *Moy tsaverich*, saluai-je.

– Alina Starkov, répondit le prince en souriant. J'aimerais que vous m'accordiez un peu de votre temps.

– Bien sûr.

– Je t'attends au bout de l'allée, lança Mal en adressant un coup d'œil suspicieux à Vasily.

Le prince le regarda s'éloigner.

– Le déserteur n'a pas encore appris sa place, on dirait.

Je refoulai ma colère.

– Que puis-je pour vous, *moy tsaverich* ?

– S'il vous plaît, je préférerais que vous m'appeliez Vasily, au moins quand nous sommes en privé.

Je grimaçai. Jamais je ne m'étais retrouvée seule avec le prince et je n'en avais aucune envie à cet instant non plus.

– Comment êtes-vous installée au Little Palace ?

– Très bien, merci, *moy tsaverich*.

– Vasily.

– Je ne sais pas s'il est convenable que je vous parle de façon si informelle, refusai-je, gênée.

– Vous appelez bien mon frère par son prénom.

– Je l'ai rencontré... dans d'autres circonstances.

– Je sais qu'il peut se montrer très charmant. Mais vous devez savoir qu'il est aussi très fourbe et malin.

Sans aucun doute, songeai-je.

– Il a un esprit particulier.

Vasily gloussa.

– Quelle diplomate vous êtes devenue ! Vous êtes si rafraîchissante. Avec le temps, je suis certain que, malgré vos modestes antécédents, vous saurez vous comporter avec l'attitude et l'élégance d'une noble dame.

– Vous voulez dire quand j'apprendrais enfin à me taire ?

Vasily m'adressa un petit grognement désapprobateur. Il fallait que je me sauve de cette conversation avant de vraiment le vexer. Vasily avait beau être ridicule, il n'en restait pas moins un prince.

– Pas du tout, répondit-il avec un petit rire coincé. Votre candeur est délicieuse.

– Merci, bredouillai-je. Si vous voulez bien m'excuser, Votre Altesse…

Vasily me barra la route.

– Je ne sais pas ce que vous avez convenu avec mon frère, mais vous devez garder en tête qu'il n'est pas l'aîné. Quelles que soient ses ambitions, il ne dépassera jamais sa condition de cadet. Moi seul peux faire de vous une reine.

Et voilà la déclaration que je redoutais. Je réprimai un soupir excédé.

– Seul un roi peut faire une reine, lui rappelai-je.

Vasily balaya mon objection d'un geste de la main.

– Mon père ne vivra plus très longtemps. C'est comme si je régnais déjà sur Ravka.

Sérieusement ? songeai-je, essayant de cacher mon irritation. Si Nikolai ne menaçait pas sa place sur le trône, Vasily ne serait même pas à Os Alta à l'heure qu'il était.

– Vous êtes montée bien haut pour une orpheline de Keramzin, continua-t-il. Mais vous pouvez aller plus haut encore.

– Je peux vous assurer, *moy tsaverich*, que je ne nourris pas de telles ambitions.

– Alors que voulez-vous, Invocatrice de lumière ?

– Maintenant ? Déjeuner.

Il afficha une mine boudeuse et, l'espace d'un instant, je l'aurais confondu avec son père. Puis il sourit.

– Vous êtes une jeune fille intelligente et je suis sûr que vous saurez vous montrer utile. Je suis impatient d'approfondir notre lien.

– Rien ne me ferait plus plaisir, mentis-je.

Il me prit la main et pressa sa bouche humide contre mes phalanges.

– À très bientôt, Alina Starkov.

Je réprimai un haut-le-cœur. Quand il partit, j'essuyai frénétiquement le dos de ma main sur mon *kefta*.

Mal m'attendait à la lisière du bois.

– Qu'est-ce qu'il voulait ? demanda-t-il, inquiet.

– Oh, tu sais, encore un prince, encore une demande en mariage.

– Tu plaisantes ? s'esclaffa Mal, incrédule. Il ne perd pas son temps !

– Le pouvoir c'est l'alliance, scandai-je en imitant Nikolai.

– Dois-je te présenter mes félicitations ? demanda Mal, amusé, sans une pointe de jalousie.

Apparemment l'héritier du trône ravkan le menaçait moins qu'un corsaire suffisant.

– Tu penses que le Darkling a dû supporter des avances importunes lui aussi ? demandai-je, contrariée.

Mal rit.

– Qu'est-ce qu'il y a de si drôle ?

– J'imagine le Darkling acculé dans un coin par une duchesse en sueur désireuse de lui soutirer des faveurs…

J'éclatai de rire à mon tour. Nikolai et Vasily étaient si différents, difficile de croire qu'ils avaient vraiment du sang en commun. Soudain me vint le souvenir du baiser que Nikolai m'avait volé, la vigueur de sa bouche sur la mienne, la fermeté de son corps quand il me serrait contre lui. Je secouai la tête.

Ils sont peut-être différents, me rappelai-je alors que nous nous dirigions vers le palais, *mais tous les deux veulent m'utiliser exactement de la même façon.*

17

L'été avançait, chargeant l'air d'Os Alta d'une chaleur accablante. Pour trouver un peu de fraîcheur, il fallait se rendre au bord du lac ou dans les bains froids de la *banya*, à l'ombre du bosquet de bouleaux à côté du Little Palace. L'hostilité que la Cour ressentait vis-à-vis des Grishas ne les empêchait pas de convoquer des hurleurs et des faiseurs de marée au Grand Palace pour souffler une brise légère ou confectionner des blocs de glace afin de faire baisser la température dans les pièces étouffantes. C'était une utilisation abusive du pouvoir des Grishas mais je tenais à satisfaire les désirs du roi et de la reine, que j'avais déjà privés de plusieurs de leurs précieux fabrikators, réquisitionnés pour aider David à travailler sur ses mystérieuses paraboles.

Tous les matins, je réunissais mon conseil de Grishas, parfois pour quelques minutes, parfois pour des heures entières, afin de traiter des rapports de nos services de renseignements, du mouvement des troupes et des informations qui nous arrivaient des frontières nord et sud.

Nikolai espérait toujours attaquer le Darkling avant qu'il ait le temps de rassembler l'intégralité de ses forces, mais pour le moment, aucun des espions et des informateurs ravkans n'était parvenu à le localiser. Il semblait de plus en plus probable que nous aurions à l'affronter à Os Alta. Nous avions pour seul avantage l'assurance que le Darkling ne pourrait pas nous envoyer les *nichevo'ya* à distance. Il devait être proche de ses créatures, ce qui l'obligeait à marcher sur la capitale avec elles. Entrerait-il à Ravka par Fjerda ou par Shu Han ? C'était la grande question qui restait en suspens.

Dans la salle du conseil des Grishas, Nikolai pointait son doigt vers les immenses cartes sur le mur.

– Nous avons récupéré la plupart de ce territoire lors de la dernière campagne, expliquait-il en montrant, au nord, la frontière avec Fjerda. Il est constitué d'une forêt dense, pratiquement impossible à traverser quand les rivières ne sont pas gelées, et toutes les routes d'accès ont été bloquées.

– A-t-on posté des Grishas là-bas ? demanda Zoya.

– Non, mais il y a beaucoup d'éclaireurs stationnés en dehors d'Ulensk. S'il arrive par là, nous le saurons vite.

– Et il lui faudra d'abord faire face aux Petrazoi, affirma Paja. Qu'il les contourne ou qu'il passe par-dessus, ça nous fera gagner du temps.

Elle semblait dans son élément depuis quelques semaines. Alors que David ne pipait mot, elle avait l'air ravie d'avoir l'occasion de sortir un peu des ateliers.

– Je suis plus inquiet pour le permafrost, annonça Nikolai en longeant du doigt la partie de la frontière au nord de Tsibeya. L'endroit est solidement fortifié, mais ça fait une sacrée étendue de territoire à couvrir.

Je hochai la tête. Mal et moi avions parcouru ces terres sauvages et je me rappelais comme elles nous avaient paru vastes. Je me surpris à le chercher dans l'assemblée, alors qu'il était reparti chasser avec, cette fois, un groupe de tireurs d'élite kerch et de diplomates ravkans.

– Et s'il vient par le sud ? demanda Zoya.

Nikolai fit signe à Fedyor qui se leva pour exposer aux Grishas les points faibles de la frontière sud. Comme il avait été en faction à Sikursk, le Caporalki connaissait bien la zone.

– Il est pratiquement impossible de patrouiller sur l'ensemble des chemins montagneux provenant de Sikurzoi, déclara-t-il sur un ton sévère. Les Shus en profitent depuis des années pour mener leurs raids. Le Darkling n'aurait aucun problème à s'infiltrer par là.

– Ensuite, c'est direct vers Os Alta, renchérit Sergei.

– En passant par la base militaire de Poliznaya, nuança Nikolai. Ce qui joue à notre avantage. De toute façon, quand il entamera sa progression, nous serons prêts.

– Prêts ? reprit Pavel, ironique. Pour accueillir une armée de monstres invincibles ?

– Ils ne sont pas invincibles, contredit Nikolai en hochant la tête vers moi. Et le Darkling non plus. Je le sais, je lui ai tiré dessus.

– Vous lui avez tiré dessus ? répéta Zoya en ouvrant de grands yeux.

– Oui. Malheureusement je n'ai pas très bien visé. Mais je suis sûr de m'améliorer avec un peu d'entraînement.

Il examina les Grishas, les regardant l'un après l'autre avant de reprendre la parole.

– Le Darkling est puissant, mais nous aussi. Il n'a jamais combattu les deux armées réunies, ni le type d'armes que je m'apprête à lui opposer. Nous l'affrontons. Nous le bombardons. Nous voyons quelle balle est la plus efficace.

Pendant que les hordes de l'ombre se focaliseraient sur le Little Palace, le Darkling serait vulnérable. De petites unités armées de Grishas seraient stationnées tous les trois kilomètres autour de la capitale. Lorsque les combats commenceraient, les troupes se refermeraient sur le Darkling pour lancer l'attaque dont parlait Nikolai.

D'une certaine façon, c'était ce que le Darkling avait toujours craint. De nouveau, je me rappelai comment il avait décrit le nouvel arsenal mis au point aux frontières ravkannes et ce qu'il m'avait confié, il y a si longtemps, sous le toit délabré d'une vieille auberge : *L'âge des Grishas touche à son terme.*

Paja se racla la gorge.

– Savez-vous ce que deviendront les soldats de l'ombre quand on tuera le Darkling ?

Je l'aurais bien serrée dans mes bras. Je n'avais aucune idée de ce qui se passerait pour les *nichevo'ya* si nous parvenions à abattre le Darkling. Peut-être qu'ils partiraient en fumée, ou peut-être qu'ils se déchaîneraient dans un ouragan de démence, mais elle avait dit « quand on tuera le Darkling ». Hésitante, effrayée, elle ne perdait pourtant pas espoir.

Nous concentrions le plus gros de nos efforts sur la défense d'Os Alta. La ville avait un ancien système d'alarme pour prévenir le palais quand un ennemi était en vue. Avec la permission de son père, Nikolai avait installé de puissants canons pareils à ceux du *Hummingbird* autour des fortifications et sur les murs du palais. Malgré les plaintes des Grishas, j'en fis également placer quelques-uns sur le toit du Little Palace. Ils n'arrêteraient peut-être pas les *nichevo'ya*, mais ils les ralentiraient.

Petit à petit, les autres Grishas goûtaient à l'importance des fabrikators. Avec l'aide des inferni, les Materialki essayaient de créer des *grenatki* capables de produire un éclair suffisamment puissant pour retarder ou assommer les créatures du Darkling. La difficulté consistait à doser la poudre explosive de sorte à ce qu'elle ne détruise pas tout autour d'eux. Parfois je craignais qu'ils ne finissent par souffler le Little Palace à la place de nos ennemis. Régulièrement certains Grishas arrivaient dans le réfectoire avec les manches brûlées ou les sourcils roussis. Je les encourageais à tenter les expériences les plus périlleuses au bord du lac avec des faiseurs de marée pour les urgences.

Le projet intriguait suffisamment Nikolai pour qu'il demande à participer à sa conception. Les fabrikators s'efforcèrent de l'ignorer, puis firent semblant de l'intégrer, mais ils comprirent vite que le jeune homme était plus qu'un prince désœuvré en quête de distraction. Non seulement il comprenait les idées de David, mais en plus il avait vécu assez longtemps avec les Grishas déserteurs pour maîtriser le jargon de la Petite Science. Rapidement, ils oublièrent son rang et son statut d'*otkazat'sya*. Il arrivait même fréquemment qu'on le trouvât penché sur un établi dans les ateliers des Materialki.

Les expériences qui avaient lieu derrière les portes rouges des laboratoires des Caporalki me préoccupaient beaucoup. En collaboration avec les fabrikators, ils travaillaient sur la fusion de l'acier grisha et des os humains, afin de permettre à un soldat de résister à une attaque de *nichevo'ya*. Mais la procédure était douloureuse et défectueuse : le plus souvent, le corps du cobaye rejetait l'acier.Les soigneurs avaient beau faire de leur mieux, les hurlements des volontaires de la Première Armée résonnaient à travers les couloirs du Little Palace.

Les après-midi, se tenaient des réunions interminables dans le Grand Palace. Le pouvoir de l'Invocatrice de lumière favorisait les nouvelles alliances que Ravka voulait forger avec les autres pays, et on sollicitait régulièrement ma présence dans les rencontres diplomatiques pour prouver mon existence. La reine invitait des amies pour boire le thé ou organisait des dîners afin que je fasse mon numéro. Nikolai y faisait presque toujours son apparition pour me gratifier de compliments dithyrambiques, me séduire publiquement et tourner autour de mon siège tel un prétendant protecteur et amoureux.

Rien n'était cependant plus ennuyeux que les comités stratégiques avec les conseillers du roi et ses commandants. Le roi n'y assistait pratiquement jamais. Il préférait passer ses journées à coincer ses domestiques et à dormir au soleil comme un vieux chat. En son absence, ses conseillers parlaient en boucle. Ils étaient d'avis qu'on fasse la paix avec le Darkling, ou qu'on parte en guerre contre lui. Ils parlaient de s'allier avec les Shus, puis de s'associer aux Fjerdans. Ils discutaient de chaque ligne de chaque budget, de la quantité de provisions que les troupes devaient recevoir au petit déjeuner. Et pourtant rien ne changeait jamais, aucune décision n'était prise.

Lorsque Vasily apprit que Nikolai et moi assistions aux réunions, il oublia toutes ses années à mépriser ses devoirs en tant qu'héritier des Lantsov et insista pour être présent, lui aussi. À ma grande surprise, Nikolai l'accueillit avec enthousiasme.

– Quel soulagement ! S'il te plaît, essaie de m'aider à y voir clair là-dedans, pria-t-il en poussant vers son frère une immense pile de documents sur la table.

– Qu'est-ce que c'est ? demanda Vasily.

– Un devis pour les réparations d'un aqueduc à la sortie de Chernitsyn.

– Tout ça pour un aqueduc ?

– Ne t'inquiète pas, je fais porter le reste directement dans ta chambre.

– Il y a plus encore ? Un des ministres ne pourrait-il pas...

– Notre père a confié aux autres le soin de gouverner Ravka, et tu vois le résultat. Il faut que nous nous montrions vigilants.

Méfiant, Vasily souleva la première feuille sur la pile, comme s'il ramassait un tapis sale. Je dus me maîtriser pour ne pas éclater de rire.

– Vasily pense qu'il peut régner sur Ravka comme notre père avant lui, me confia Nikolai plus tard dans l'après-midi.

En organisant des banquets et en prononçant des discours de temps en temps. Je veux m'assurer qu'il comprenne ce que cela signifie vraiment de diriger le pays sans le Darkling ou l'Apparat pour tenir les rênes.

Le plan semblait sensé, mais rapidement, j'en vins à maudire en silence les deux princes. Avec Vasily parmi nous, les réunions duraient désormais le double du temps. Il se donnait des grands airs, se pavanait, s'attardait sur chaque question tout en prônant haut et fort le patriotisme, la stratégie et l'importance de la diplomatie.

– Je n'ai jamais rencontré quelqu'un qui peut parler autant sans rien dire, me plaignis-je à Nikolai, excédée, alors qu'il me ramenait au Little Palace après une séance particulièrement éreintante. Tu devrais trouver quelque chose pour le canaliser !

– Qu'est-ce que tu suggères ?

– Demande à un de ses précieux poneys de lui donner un coup de sabot sur la tête.

– Je suis sûr qu'ils sont souvent tentés, affirma Nikolai. Vasily est paresseux et vaniteux. Il aime prendre des raccourcis, mais gouverner un pays n'a rien d'une partie de plaisir. Ne t'inquiète pas, il finira vite par se lasser.

– Peut-être, mais je serai morte d'ennui d'ici là !

– La prochaine fois, apporte une flasque. Dès qu'il change d'avis, bois une gorgée.

– Je serai ivre au bout d'une heure à peine.

Avec l'aide de Nikolai, j'avais fait venir des experts en armements de Poliznaya pour que les Grishas se familiarisent avec l'arsenal moderne et bénéficient d'entraînements au tir. Même si les premières séances avaient été plutôt tendues, elles devenaient plus décontractées et nous espérions que des amitiés se créeraient entre les deux armées. Les unités de Grishas et de soldats formées pour chasser le Darkling quand il approcherait d'Os Alta se soudaient plus rapidement que les autres. Ils rentraient de missions en échangeant des plaisanteries dans un esprit de franche camaraderie. Ils s'appelaient même entre eux *nolniki*, les zéros, parce qu'ils n'appartenaient plus, à strictement parler, à la Première ou à la Seconde Armée.

Je m'inquiétais de l'effet de ces changements sur Botkin, mais cet homme-là semblait doué pour tuer, quelle que soit la méthode qu'il adoptait. Et il trouvait toujours un prétexte pour parler d'armes avec Tolya et Tamar.

Comme les Shus avaient la mauvaise habitude de pratiquer des expériences scientifiques sur leurs Grishas, rares étaient ceux qui avaient survécu pour entrer dans les rangs de la Seconde Armée. Avec les jumeaux, Botkin aimait pouvoir parler dans sa langue maternelle, mais il appréciait aussi leur férocité. Ils ne se contentaient pas de s'appuyer sur leurs compétences de Caporalki, comme le faisaient les Grishas élevés au Little Palace. Au contraire, pour eux, leur pouvoir de fondeurs n'était qu'une arme de plus dans leur impressionnant arsenal.

– Dangereux garçon, dangereuse fille, commenta Botkin un matin, en regardant les jumeaux s'entraîner avec des Caporalki tandis qu'un groupe d'invocateurs nerveux attendaient leur tour.

J'aperçus également Marie et Sergei. Comme d'habitude, Nadia traînait derrière eux.

– Elle est encore plus coriafe que lui, se plaignit Sergei.

Tamar lui avait tranché la lèvre, et il avait du mal à parler.

– Ve fuis dévolé pour fon futur mari.

– Elle jamais mariée, lança Botkin alors que Tamar envoyait valser un malheureux inferni.

– Pourquoi pas ? demandai-je, surprise.

– Pas elle. Pas frère non plus, répondit notre instructeur. Eux comme Botkin. Nés pour combat. Nés pour guerre.

Trois Caporalki se jetèrent sur Tolya. En un clin d'œil, ils gisaient tous les trois au sol. Je repensai à ce que Tolya m'avait dit dans la bibliothèque, qu'il n'était pas né pour servir le Darkling. Comme tant de Shus, il s'était engagé dans la carrière de mercenaire et corsaire et voyageait dans le monde entier. Malgré tout, il avait atterri au Little Palace. Combien de temps sa sœur et lui resteraient-ils ?

– Je l'aime bien, affirma Nadia en regardant Tamar avec mélancolie. Elle est intrépide.

Botkin rit.

– *Intrépide*, autre mot pour *stupide*.

– Ve ne dirais pas fa en fafe d'elle, grommela Sergei pendant que Marie lui humectait la lèvre avec un linge humide.

Je souris malgré moi et me détournai. Je n'avais pas oublié comment ces trois-là m'avaient accueillie au Little Palace. Ce n'étaient pas eux qui m'avaient traitée de putain et avaient essayé de me chasser, mais ils n'étaient en tout cas pas intervenus pour me défendre. Je ne comptais pas copiner avec eux. Je ne savais plus comment me comporter en leur compagnie. Nous n'avions jamais été proches, et désormais notre différence de statut rendait encore plus infranchissable le fossé qui nous séparait.

Genya s'en ficherait, songeai-je. Genya me connaissait bien. Nous avions échangé des éclats de rire, elle s'était confiée à moi et ce n'est pas un *kefta* clinquant ou un titre glorieux qui l'auraient empêchée de me dire ce qu'elle pensait, de glisser son bras autour du mien pour me raconter les derniers ragots. Malgré ses mensonges, elle me manquait.

Comme en réponse à mes pensées, je sentis qu'on tirait sur ma manche et une voix tremblante résonna.

– *Moy soverenyi* ?

Nadia se dandinait devant moi.

– J'espérais...

– Quoi ?

Elle se tourna vers un coin obscur des écuries et me montra, vêtu du bleu des Etherealki, un jeune garçon que je n'avais jamais vu. Quelques Grishas avaient commencé à arriver au Little Palace depuis que nous avions publié le pardon, mais celui-là semblait trop jeune pour avoir déjà servi sur un champ de bataille. Il s'approcha de moi nerveusement, ses doigts triturant le tissu de son *kefta*.

– C'est Adrik, présenta Nadia en lui entourant les épaules de son bras. Mon frère.

Je distinguai un air de famille, mais il fallait quand même le savoir.

– Nous avons entendu dire que tu envisageais d'évacuer l'école.

– C'est vrai.

J'envoyais les étudiants dans le seul endroit que je connaissais avec des dortoirs et assez de place pour tous les accueillir, un endroit loin des combats : Keramzin. Botkin s'y installerait avec eux. Je détestais l'idée de perdre un si précieux soldat, mais ainsi les jeunes Grishas continueraient leur apprentissage, et il pourrait garder un œil sur eux. Comme Baghra refusait de me voir, je lui avais adressé une domestique pour lui proposer de les accompagner. Elle n'avait pas répondu. Malgré mes efforts pour ignorer ses affronts, ses rejets répétés me blessaient.

– Tu es étudiant ? demandai-je à Adrik, repoussant l'image de Baghra au fond de mon esprit.

Il hocha la tête, déterminé.

– Adrik se demandait... Nous nous demandions si...

– Je veux rester, affirma-t-il, direct.
– Quel âge as-tu ? m'enquis-je en fronçant les sourcils.
– L'âge de me battre.
– Il aurait dû passer son diplôme cette année, intervint Nadia.
Je grimaçai. Il n'avait que quelques années de moins que moi, mais il était tout en os avec des cheveux ébouriffés.
– Va avec les autres à Keramzin, déclarai-je. Si tu es toujours volontaire, tu pourras nous rejoindre dans un an.
Si nous sommes toujours là.
– Je suis prêt, se défendit-il. Je suis un hurleur, et je suis aussi fort que Nadia, même sans amplificateur.
– C'est trop dangereux…
– C'est chez moi ici. Je ne partirai pas.
– Adrik ! gronda Nadia.
– Ce n'est pas grave.
Adrik semblait enragé. Il serrait les poings furieusement. Je me tournai vers Nadia.
– Tu es sûre que tu veux qu'il reste ?
– Je… commença Adrik.
– Je parle à ta sœur. Si tu te fais tuer par l'armée du Darkling, c'est elle qui te pleurera.
Nadia pâlit légèrement mais Adrik ne cilla pas. Il fallait bien le reconnaître, ce gosse avait du cran.
Nadia se mordilla l'intérieur de la lèvre, regardant tour à tour Adrik et moi.
– Si tu as peur de le décevoir, imagine ce que ce sera de l'enterrer.
Je savais que je me montrais très dure, mais je voulais qu'ils comprennent tous les deux ce qu'ils me demandaient.
Après une petite hésitation, elle se redressa.
– Laisse-le se battre. Je reste, il reste. Si tu le renvoies d'ici, il reviendra par ses propres moyens au bout d'une semaine.

Dans un soupir, je dévisageai Adrik qui s'était fendu d'un sourire rayonnant.

– N'en parle pas aux autres étudiants. Je ne veux pas qu'ils se fassent des idées.

Je pointai mon index sur Nadia.

– Et il est sous ta responsabilité.

– Merci, *moy soverenyi*, lâcha Adrik, esquissant une courbette si démonstrative que je craignis qu'il ne s'écroule par terre.

Je regrettais déjà ma décision.

– Raccompagne-le en cours.

Je les regardai remonter la colline vers le lac, époussetai mon *kefta* et me dirigeai vers une des salles d'entraînement, plus petite, où je trouvai Mal en plein combat avec Pavel. Mal était de moins en moins présent au Little Palace depuis quelque temps. Les invitations avaient commencé à pleuvoir à son retour de Balakirev : parties de chasse, de cartes, réceptions, pêche à la truite. Tous les nobles et tous les officiers semblaient désireux de compter Mal parmi leurs convives.

Parfois il partait pour l'après-midi, parfois pour quelques jours. Cela me rappelait quand, à Keramzin, je le regardais filer sur son cheval et l'attendais tous les jours à la fenêtre de la cuisine. Mais si je voulais vraiment être honnête avec moi-même, en son absence, les journées se déroulaient plus facilement. Quand il était au Little Palace, je me sentais coupable de ne pas passer du temps avec lui, et je détestais voir comment les Grishas l'ignoraient ou le traitaient avec dédain. Même s'il me manquait, je l'encourageais à partir.

C'est mieux ainsi, me disais-je. Avant de déserter pour venir à ma rescousse, Mal avait été un traqueur à l'avenir brillant, entouré d'amis et d'admirateurs. Il n'était pas fait pour monter la garde aux portails ou dans des couloirs vides, ni pour se transformer en une ombre protectrice qui me suivrait d'une réunion à la suivante.

– Je pourrais le regarder toute la journée, lança une voix.

Je me raidis. Zoya se tenait derrière moi. Même en pleine canicule, elle ne transpirait pas.

– Tu ne trouves pas qu'il pue Keramzin ? demandai-je, reprenant les mots vicieux qu'elle m'avait autrefois adressés.

– Je trouve les classes inférieures séduisantes dans leur simplicité. Tu me diras quand tu ne voudras plus de lui, d'accord ?

– Pardon ?

– Oh, j'avais mal compris ? Vous avez l'air très... proches. Mais j'imagine que tu as des prétentions plus élevées désormais.

– Qu'est-ce que tu fais ici, Zoya ?

– Je suis venue m'entraîner.

– Tu as bien compris. Qu'est-ce que tu fais au Little Palace ?

– Je fais partie de la Seconde Armée. Ma place est ici.

Je croisai les bras. Il était temps que j'aie une petite discussion avec Zoya.

– Tu ne m'aimes pas, et tu n'as jamais raté une occasion de me le faire savoir. Pourquoi est-ce que tu me suis, maintenant ?

– Tu crois que j'ai le choix ?

– Je suis sûre que le Darkling t'accueillerait volontiers dans ses rangs.

– Tu m'ordonnes de partir ?

Elle s'efforçait de prendre son ton supérieur habituel, mais je sentais bien qu'elle avait peur. Cela m'apporta une pointe de satisfaction teintée de culpabilité.

– Je voudrais savoir pourquoi tu es si décidée à rester.

– Parce que je ne veux pas vivre dans les ténèbres. Parce que tu es notre meilleure chance.

– Trop facile, répliquai-je en secouant la tête.

– Tu veux que je te supplie ? demanda-t-elle en rougissant.

L'aurait-elle fait ? L'idée me plaisait en tout cas.

– Tu es vaniteuse. Tu es ambitieuse. Tu aurais tout fait pour attirer l'attention du Darkling. Qu'est-ce qui a changé ?

– Qu'est-ce qui a changé ? s'étrangla-t-elle.

Ses lèvres se pincèrent et ses poings se fermèrent.

– J'avais une tante qui habitait à Novokribirsk. Et une cousine. Le Darkling ne m'a rien dit de ses intentions. J'aurais pu les mettre en garde…

Sa voix se cassa et j'eus aussitôt honte du plaisir que j'avais pris en la voyant perdre une partie de sa superbe.

La voix de Baghra résonna dans ma tête : *Tu apprends vite… Plus ton pouvoir grandira, plus tu auras d'appétit.* Et pourtant, pouvais-je croire Zoya ? L'éclat dans ses yeux était-il réel ou de la comédie ? Elle ravala ses larmes et me fusilla du regard.

– Je ne t'aime toujours pas, Starkov. Je ne t'aimerai jamais. Tu es quelconque, gourde et je ne sais pas pourquoi tu es née avec un tel pouvoir. Mais tu es l'Invocatrice de lumière et si tu as une chance de sauver Ravka, alors je me battrai pour toi.

Je l'examinai, remarquant les deux taches rouges qui enflammaient ses joues, le tremblement de sa lèvre.

– Eh bien ? demanda-t-elle au prix de gros efforts. Tu me renvoies ?

– Tu peux rester, répondis-je après un moment. Pour l'instant.

– Tout va bien ? intervint Mal.

Nous n'avions même pas remarqué qu'il avait interrompu son combat.

En un éclair, toute trace d'inconfort la quitta. Elle le gratifia d'un sourire resplendissant.

– J'ai entendu dire que tu fais des merveilles avec un arc et des flèches. Tu veux bien me donner une leçon ?

Mal posa les yeux sur moi.
– Peut-être une autre fois.
– Avec plaisir, se réjouit-elle avant de nous quitter dans un nuage de soie.
– Vous parliez de quoi ? interrogea-t-il alors que nous remontions la colline vers le Little Palace.
– De rien. Je ne lui fais pas confiance.
Pendant une longue minute, il ne réagit pas.
– Alina, dit-il enfin, au comble de l'embarras. Ce qui s'est passé à Kribirsk…
Je l'interrompis tout de suite. Je ne tenais pas à savoir ce qu'il avait fait avec Zoya dans le camp grisha. Il ne s'agissait pas de cela.
– Elle était une des favorites du Darkling et elle m'a toujours détestée.
– Parce qu'elle est jalouse de toi.
– Elle m'a cassé deux côtes.
– Pardon ?
– Un accident. En quelque sorte.
Je n'avais jamais raconté à Mal combien j'avais souffert avant d'apprendre à utiliser mon pouvoir. Toutes ces journées interminables à échouer.
– Je n'arrive pas à savoir dans quel camp elle est.
Je me frottai la nuque là où mes muscles commençaient à se crisper.
– Je ne peux me fier à personne. Ni aux Grishas ni aux domestiques. Ils pourraient tous être de mèche avec le Darkling.
Mal jeta un coup d'œil autour de lui. Pour une fois, personne ne nous surveillait. Brusquement, il me prit la main.
– Gritzki organise une fête prestigieuse au nord de la ville, dans deux jours. Viens avec moi.
– Gritzki ?

– Son père est Stephan Gritzki, le roi des cornichons. Un nouveau riche, expliqua Mal en prenant un air snob. Mais sa famille a un palais sur le canal.

– Je ne peux pas, répondis-je en songeant aux réunions, à la parabole de David et à l'évacuation de l'école.

Je ne me voyais pas aller dans une soirée alors que nous risquions d'entrer en guerre d'un jour à l'autre.

– Tu peux, insista Mal. Juste pour une ou deux heures.

Très tentant. Un peu de temps volé avec Mal loin de la pression du Little Palace.

Il avait dû percevoir mon hésitation.

– On te déguisera comme l'un des diseurs de bonne aventure qui se produiront là-bas. Personne ne te reconnaîtra.

Une fête, tard le soir, après la fin du travail. Je raterais une nuit de recherches vaines à la bibliothèque. Pas si grave.

– D'accord, allons-y.

Son visage se fendit d'un sourire à couper le souffle. Je me demandai si je me ferais jamais à l'idée qu'un tel éclat pouvait m'être destiné.

– Tolya et Tamar ne seront pas contents, m'avertit-il.

– Ce sont mes gardes, ils obéissent à mes ordres.

Mal se redressa avant de s'incliner devant moi.

– *Da, moy soverenyi*, lâcha-t-il sur un ton grave. Nous vivons pour servir.

Je levai les yeux au ciel, mais en me pressant vers les ateliers des Caporalki, je me sentis mieux que depuis plusieurs semaines.

18

Le manoir des Gritski était dans le quartier du canal, considéré comme la partie la moins chic du centre-ville, du fait de sa proximité avec le pont et la populace de l'autre côté. C'était une demeure somptueuse, coincée entre un mémorial de guerre et les jardins du couvent de Sankta Lizabeta.

Mal avait réussi à nous réserver un carrosse pour la soirée et nous roulions dans son intérieur exigu avec une Tamar ronchon. Tolya et elle avaient fortement désapprouvé cette fête, mais je leur avais bien fait comprendre que je ne changerais pas d'avis. Je leur avais aussi fait promettre de ne rien dire, je ne voulais surtout pas que Nikolai soit au courant de ma petite excursion.

Nous étions tous habillés comme des diseurs de bonne aventure sulis : capes orange vif, masques de chacals laqués rouge. Tolya était resté au Little Palace. Même couvert de la tête aux pieds, sa carrure aurait attiré l'attention.

Mal me serra la main et une vague de frivolité m'emporta. Ma cape était trop chaude et je commençais déjà à avoir le visage qui démangeait derrière mon masque, mais je m'en fichais. J'avais l'impression de nous revoir à Keramzin, quand nous abandonnions nos corvées et que nous bravions la menace du bâton pour nous enfuir dans les prés. Allongés dans l'herbe fraîche, bercés par le bourdonnement des insectes, nous observions les nuages qui planaient au-dessus de nous. Ce sentiment de paix et d'harmonie semblait bien loin désormais.

Des dizaines de véhicules obstruaient la rue qui menait au manoir du roi des cornichons. Nous tournâmes dans une allée qui longeait le couvent afin de nous fondre dans la foule des artistes qui entraient par la porte des domestiques.

Tamar ajusta soigneusement sa cape en descendant du carrosse. Mal et elle portaient des pistolets cachés et je savais que sous la soie orange, elle avait une hache attachée à chaque cuisse.

– Et si quelqu'un me demande de lui dire son avenir ? m'inquiétai-je en resserrant les pans de ma cape et en remontant ma capuche.

– Sors-lui les promesses habituelles, répondit Mal. De belles femmes, une fortune inattendue. Prenez garde au numéro 8.

L'entrée donnait sur une cuisine noyée de vapeur. Mais dès que nous fûmes à l'intérieur, un homme vêtu de ce qui devait être l'uniforme des Gritzki m'attrapa le bras.

– Qu'est-ce que vous pensez faire, là ? demanda-t-il en me secouant.

Je vis Tamar approcher la main de sa hanche.

– Je...

– Vous devriez déjà être en plein travail ! gronda-t-il en nous dirigeant vers les pièces principales du manoir. Ne restez pas trop longtemps avec chaque invité. Et que je ne vous surprenne pas en train de boire !

Je hochai la tête, essayant de ralentir les battements de mon cœur, et nous nous précipitâmes vers la salle de bal. Le roi des cornichons n'avait pas lésiné sur les moyens. La maison avait été décorée pour ressembler au plus décadent des camps sulis. Du plafond pendaient des milliers de lanternes en forme d'étoiles. Des chariots couverts de soie entouraient la pièce pour représenter une caravane rutilante, et des faux feux de camp luisaient avec des lumières colorées et dansantes. Les portes de la terrasse étaient ouvertes et l'air de la nuit fredonnait en chœur avec les cymbales et les violons.

J'aperçus les vrais diseurs de bonne aventure sulis éparpillés dans la salle et je pris conscience de notre allure étrange derrière nos masques de chacals, mais les invités ne semblaient pas s'en préoccuper. Déjà un peu ivres pour la plupart, ils riaient et criaient, formant des groupes joyeux qui admiraient les acrobates dans les airs au bout de cordes en soie. Certains se balançaient sur leurs chaises et écoutaient leur avenir prédit au-dessus de percolateurs dorés. D'autres dînaient à la longue table dressée sur la terrasse. Ils bâfraient des figues fourrées et des bols entiers de pépins de grenade en tapant dans leurs mains au rythme de la musique.

Mal me tendit un petit verre de *kvas*, et nous trouvâmes un banc dans un coin ombragé de la terrasse, tandis que Tamar montait la garde discrètement. Je posai la tête sur l'épaule de Mal, me délectant de sa présence à mes côtés et des belles mélodies de l'orchestre. L'air était chargé du délicieux parfum des fleurs, ainsi que d'arômes citronnés. Je respirai profondément, libérant un peu de ma fatigue et de la tension des dernières semaines. Je sortis un pied de ma ballerine sur le gravier froid.

Mal replaça sa capuche pour cacher son visage et remonta légèrement son masque. Il fit de même avec le mien et se pencha vers moi. Nos museaux de chacals s'entrechoquèrent.

Je ris.

– La prochaine fois, on prendra d'autres déguisements.

– Des chapeaux plus grands ?

– Peut-être juste des paniers sur la tête.

Deux filles accoururent vers nous. Tamar me rejoignit aussitôt. Nous redescendîmes nos masques prestement.

– On veut connaître notre avenir ! demanda la plus grande, manquant de peu de renverser son amie.

Tamar secoua la tête, mais Mal la dirigea vers une des petites tables équipées de coupes bleues en émail et de percolateurs dorés.

La fille poussa un couinement strident et se versa un peu de liquide boueux. Les Sulis disaient l'avenir en lisant le marc au fond des tasses. Elle but tout son café en grimaçant.

Je donnai un petit coup de coude à Mal. *Et maintenant ?*

Il se leva et avança vers la table.

– Hmm, lâcha-t-il en examinant la coupe. Hmm…

La fille lui attrapa le bras.

– Qu'est-ce que vous voyez ?

Il me fit signe d'approcher. Je serrai les dents et me penchai à mon tour sur la tasse.

– C'est mauvais ? s'impatienta-t-elle.

– Tlèèèès tlèèèès… bôn ! s'exclama-t-il dans le plus ridicule des accents sulis que j'avais jamais entendus.

La fille laissa échapper un soupir de soulagement.

– Vôs rencontlerez un bel incônnu.

Les filles gloussèrent et tapèrent dans leurs mains. Je ne pus résister.

– Un hômme tlèèèès méchânt, intervins-je.

Mon accent était encore pire que celui de Mal. Si un vrai Suli m'entendait, je finirais sûrement avec un œil au beurre noir.

– Vôs devez fuir cet hômme.

– Oh, lâchèrent les filles, déçues.

– Vous devez épôser hômme affleux, dis-je. Bôcoup mieux. Il vôs rendla heuleuse.

J'entendis Mal rire dans son masque.

– Je n'aime pas cet avenir, s'indigna la fille. Viens, on va en choisir un autre !

Quand elles s'éloignèrent, deux nobles prirent leurs places. L'un d'eux avait un nez crochu et des bajoues branlantes. L'autre siffla son café comme s'il s'agissait de *kvas* et claqua sa coupe sur la table.

– Maintenant, bafouilla-t-il en entortillant sa moustache rousse. Qu'est-ce que l'avenir me réserve ? Et que ce soit bon !

Mal fit mine d'étudier le marc.

– Vôs gâgnerez une belleu sômme d'algent.

– J'ai déjà suffisamment d'argent. Quoi d'autre ?

– Euh… Vôtle femme vôs donnela tlois bô galçôns.

– Et tu découvriras qu'ils ne sont pas de toi ! le charria son camarade au nez crochu en éclatant de rire.

Je crus que l'autre noble allait se vexer, mais il pouffa à son tour, son visage rougeaud devenant encore plus rouge.

– Faudra remercier le valet ! rugit-il.

– J'ai entendu dire que toutes les meilleures familles ont des bâtards, continua son ami.

– Nous aussi, on a des chiens. Mais on ne les laisse pas s'asseoir avec nous à table !

Je grimaçai sous mon masque. Je me doutais bien qu'ils parlaient de Nikolai.

– Ôh, pal tous les Saints ! lançai-je en arrachant la coupe des mains de Mal. Ôh, pal tous les Saints. Si tliste !

– Quoi ? demanda l'homme, toujours hilare.

– Vôs selez chôve. Tlèèès tlèèèès chôve.

Il s'arrêta aussitôt de rire et sa grosse main caressa son crâne déjà dégarni.

– Et vôs… enchaînai-je en montrant l'autre.

Mal me donna un petit coup de pied discret, mais je n'en tins pas compte.

– Vôs attlapelez la *korpa*.

– La quoi ?

– La korpa ! répétai-je, lugubre. Vôs palties intimes vônt se rétlécir jusqu'à dispalaître complètement.

Il blêmit. Sa gorge se serra.

– Mais...

À cet instant, un cri retentit à l'intérieur de la salle de bal, suivi du fracas d'une table qu'on renversait. Je vis deux hommes qui se bousculaient.

– Je pense qu'il est temps de partir, lança Tamar en nous éloignant de l'agitation.

J'étais sur le point de protester quand la bagarre éclata pour de bon. Les gens se poussaient pour se frayer un chemin vers la porte. La musique s'était arrêtée et quelques Sulis se mêlaient à la cohue. Derrière la foule, je vis une des charrettes en soie s'effondrer. Quelqu'un fonça sur nous et heurta les nobles. Le percolateur tomba de la table et les petites coupes bleues le rejoignirent au sol.

– Allons-y, acquiesça Mal en mettant une main sur son pistolet. Par derrière.

Tamar nous ouvrit la voie, ses haches prêtes à frapper. Je la suivis dans l'escalier, mais en arrivant en bas des marches, j'entendis un autre claquement horrible et une femme se mit à hurler. Elle était coincée sous la table du banquet.

Mal rangea son pistolet.

– Conduis-la au carrosse, cria-t-il à Tamar. Je vous rattrape.

– Mal...

– Allez-y ! Je vous rejoins tout de suite.

Il s'enfonça dans la foule en direction de la femme prise au piège.

Tamar m'emporta vers le jardin et dans une allée qui contournait le manoir jusqu'à la rue. Il faisait noir loin des lanternes de la fête. Je projetai un petit faisceau lumineux pour nous éclairer.

– Non, s'écria Tamar. Ils vont nous repérer si tu fais ça.

Je laissai la lumière se consumer, et une seconde plus tard, j'entendis une rixe, un cri étouffé, puis le silence.

– Tamar ?

Je jetai un regard en direction de la fête, espérant que Mal se trouvait déjà derrière nous.

Mon cœur battait la chamade. Je levai les mains. Tant pis si j'indiquais notre position, je n'allais pas rester comme ça dans le noir. Et soudain une barrière crissa et deux mains m'agrippèrent. Je fus attirée de l'autre côté d'une haie.

Je projetai un flamboiement puissant. J'étais dans une cour en pierre en bordure du jardin principal, entourée d'ifs de tous les côtés. Et je n'étais pas seule.

Je sentis son odeur avant même de le voir – de la terre retournée, de l'encens, de la moisissure. La puanteur d'une tombe. Je levai les mains dès que l'Apparat sortit de l'ombre. Le prêtre n'avait pas changé, la même barbe noire toute fine et le même regard impitoyable. Il portait toujours la robe marron de sa fonction, mais sur son buste l'aigle à deux têtes du roi était remplacé par un soleil tissé dans du fil d'or.

– Restez où vous êtes, le mis-je en garde.

Il s'inclina devant moi, le plus bas possible.

– Alina Starkov, Sol Koroleva. Je ne vous veux aucun mal.

– Où est Tamar ? Si elle a été blessée…

– Vos gardes ne risquent rien, mais je vous demande de m'écouter.

– Qu'est-ce que vous voulez ? Comment saviez-vous que je serais ici ?

– Les fidèles sont partout, Sol Koroleva.

– Ne m'appelez pas comme ça !

– Tous les jours votre armée sainte grandit, attirée par la promesse de votre lumière. Ils n'attendent que vous pour les mener.

– Mon armée ? J'ai vu les pèlerins camper en dehors des murs de la ville, des pauvres, des faibles, des affamés, tous désespérés pour les bribes d'espoir que vous leur faites miroiter.

– Il y en a d'autres. Des soldats.

– Encore des gens qui pensent que je suis une sainte parce que vous leur offrez des mensonges ?

– Ce n'est pas un mensonge, Alina Starkov. Vous êtes fille de Keramzin, ressuscitée du Fold.

– Je n'y ai pas péri ! hurlai-je. J'ai survécu parce que j'ai fui le Darkling et que j'ai tué tout un navire de soldats et de Grishas pour y arriver ! Vous racontez ça aussi à vos disciples ?

– Votre peuple souffre. Vous seule pouvez apporter l'aube d'une ère nouvelle, une ère bénie par la lumière sainte !

De ses yeux exaltés, je ne voyais que le noir profond et infini. Mais sa folie était-elle réelle ou entrait-elle dans un numéro élaboré ?

– Qui va régner sur cette nouvelle ère ?

– Vous, bien sûr, Sol Koroleva. Sankta Alina.

– Avec vous comme bras droit ? J'ai lu le livre que vous m'aviez donné. Les saints ne vivent pas très longtemps.

– Venez avec moi, Alina Starkov.

– Je n'irai nulle part avec vous.

– Vous n'êtes pas encore assez forte pour affronter le Darkling. Je peux vous y aider.

– Dites-moi ce que vous savez, demandai-je en me figeant.

– Rejoignez-moi et tout vous sera révélé.

Je fis un pas vers lui, surprise par la soif et la rage qu'il éveillait en moi.

– Où est l'oiseau de feu ?

Je m'attendais à ce qu'il me serve une réponse vague ou qu'il prétende ne pas savoir. Mais il se fendit d'un large sourire, exhibant des gencives noires et un fouillis de chicots pourris.

– Dites-le-moi, prêtre ! ordonnai-je. Ou je vous tranche en deux, et vos disciples ne pourront plus que prier pour vous recoudre !

Effarée, je me rendis compte que j'en avais vraiment l'intention.

Pour la première fois, je le sentis nerveux. *Excellent.* S'était-il attendu à une sainte docile ?

Il leva les mains pour m'apaiser.

– Je ne sais pas, je vous le jure. Mais quand le Darkling a quitté le Little Palace, il n'avait pas conscience que ce serait pour la dernière fois. Il a laissé des biens précieux derrière lui, des objets qu'on croyait depuis longtemps détruits.

La soif me submergea de nouveau.

– Les écrits de Morozova ? Vous les avez ?

– Venez avec moi, Alina Starkov. Certains secrets sont profondément enterrés.

Était-il possible qu'il dise la vérité ? Ou avait-il juste l'intention de me livrer au Darkling ?

– Alina !

La voix de Mal retentit de l'autre côté de la haie.

– Je suis ici ! répondis-je.

Mal arriva en trombe dans la cour, son pistolet brandi et Tamar sur ses talons. Elle avait perdu une de ses haches, et du sang tachait le devant de sa cape.

Dans un tourbillon de tissu, l'Apparat disparut entre les buissons. Tamar se précipita sur lui, furieuse.

– Il me le faut vivant ! avertis-je.

– Tu vas bien ? demanda Mal à bout de souffle en avançant vers moi.

Je lui attrapai la manche.

– Mal, je pense qu'il a les journaux de Morozova.

– Qu'est-ce qu'il t'a fait ?

– Je suis de taille à lutter contre un vieux prêtre, répliquai-je, impatiente. Tu as entendu ce que j'ai dit ?

Il se recula.

– Oui, je t'ai entendue. Je te croyais en danger.

– Je ne l'étais pas. Je...

Mais Tamar revenait déjà vers nous, au comble de la frustration.

– Je ne comprends pas, déclara-t-elle en secouant la tête. Il était là, et l'instant d'après, volatilisé.

– Par tous les Saints ! jurai-je.

– Désolée, s'excusa-t-elle, penaude.

Je ne l'avais jamais vue si affligée.

Mon esprit tournait toujours à toute allure. Une partie de moi voulait courir retrouver l'Apparat, lui demander de revenir, le chasser à travers les rues de la ville et lui extorquer la vérité. J'examinai les haies autour de nous. Les cris de la fête nous parvenaient encore, et quelque part dans le noir, les cloches du couvent se mirent à sonner. Je laissai échapper un soupir.

– Partons d'ici.

Nous trouvâmes notre cocher qui nous attendait dans la petite allée où nous l'avions laissé. Le chemin de retour fut tendu.

– Cette bagarre n'avait rien de fortuit, affirma Mal.

– En effet, confirma Tamar, en tamponnant l'affreuse entaille qu'elle avait sur le menton. Il savait qu'on serait là.

– Comment ? demanda Mal. Personne d'autre que nous trois n'était dans la confidence. Tu l'as dit à Nikolai ?

– Nikolai n'a rien à voir avec tout ça, répondis-je.

– Comment peux-tu en être si sûre ?

– Parce qu'il n'a rien à y gagner, déclarai-je en appuyant les doigts sur mes tempes. Peut-être que quelqu'un nous a vus quitter le palais.

– Comment l'Apparat a-t-il fait pour venir à Os Alta sans que personne le voie ? Et comment aurait-il pu apprendre que nous venions à cette fête ?

– Je n'en sais rien, répliquai-je, lasse. Il a dit que les fidèles étaient partout. Peut-être qu'un des domestiques nous a entendus.

– Nous avons eu de la chance ce soir, affirma Tamar. Ça aurait pu être bien pire.

– Je n'ai jamais été vraiment en danger, ripostai-je. Il voulait juste me parler.

– Qu'est-ce qu'il a dit ?

Je leur fis un bref résumé, en m'abstenant de mentionner les journaux de Morozova. Je n'en avais parlé qu'à Mal, et Tamar en savait déjà bien trop sur les amplificateurs.

– Il soulève une armée, conclus-je. Avec des gens qui pensent que je suis ressuscitée, que j'ai des pouvoirs sacrés.

– Combien ? demanda Mal.

– Aucune idée. Et je ne sais pas non plus ce qu'il a l'intention d'en faire. Les lancer contre le roi ? Les envoyer combattre les hordes du Darkling ? Je suis déjà responsable des Grishas, je ne veux pas en plus d'une armée d'*otkazat'sya* incapables.

– Incapables ? répéta Mal, visiblement vexé.

– Je ne… c'est juste qu'il se sert de ces gens. Il exploite leurs espoirs.

– Est-ce si différent de Nikolai qui te fait parader de village en village ?

– Nikolai ne raconte pas à la ronde que je suis immortelle et que j'accomplis des miracles.

– Non, il se contente de leur laisser le croire.

– Pourquoi es-tu si prompt à l'attaquer ?

– Et toi, si prompte à le défendre ?

Je me détournai, fatiguée, exaspérée, incapable de freiner le tourbillon de pensées qui envahissait mon esprit. Les rues éclairées par les lampadaires du centre-ville défilaient sur les côtés. Nous continuâmes notre trajet en silence.

De retour au Little Palace, je me changeai tandis que Mal et Tamar racontaient à Tolya les événements de la soirée.

J'étais assise sur mon lit quand Mal frappa à ma porte. Il referma et regarda autour de lui, appuyé sur le mur.

– Cette chambre est si déprimante. Je croyais que tu allais la redécorer…

Je haussai les épaules. J'avais déjà assez à faire et je m'étais presque habituée à l'obscurité apaisante de cet endroit.

– Tu crois qu'il a les journaux ? demanda-t-il.

– J'étais déjà étonnée qu'il connaisse leur existence.

Il traversa la pièce jusqu'au lit et je pliai les jambes pour lui faire de la place.

– Tamar a raison, dit-il en s'asseyant à côté de mes pieds. Ça aurait pu être bien pire.

– Oui, un peu ratée, notre sortie touristique.

– Je n'aurais pas dû te le proposer.

– Je n'aurais pas dû accepter.

Il hocha la tête et planta le bout de sa botte sur le plancher.

– Tu me manques, dit-il tout bas.

De douces paroles qui me déclenchèrent un frisson douloureux et bienvenu. En avais-je douté ? Il partait si souvent.

– Toi aussi, répliquai-je en lui frôlant la main.

– Viens avec moi demain à l'entraînement de tir, suggéra-t-il. Au bord du lac.

– Je ne peux pas. Je rencontre une délégation de banquiers kerch avec Nikolai. Ils veulent voir l'Invocatrice de lumière avant d'accorder un prêt à la Couronne.

– Dis-lui que tu es malade.

– Les Grishas ne tombent pas malades.

– Alors, que tu es occupée.

– Je ne peux pas.

– Les autres Grishas prennent du temps pour…

– Je ne suis pas les *autres* Grishas, rétorquai-je plus sèchement que je ne l'aurais voulu.

– Je sais bien, dit-il sur un ton las.

Il inspira profondément.

– Par tous les Saints, qu'est-ce que je déteste cet endroit…

– Vraiment ? demandai-je, étonnée par la fougue dans sa voix.

– Je déteste les fêtes. Je déteste les gens… Je déteste tout ici.

– Je pensais… tu avais l'air… pas heureux, mais…

– Je ne suis pas à ma place ici, Alina. Ne me dis pas que tu ne l'as pas remarqué.

Je n'y croyais pas du tout. Mal trouvait sa place où qu'il aille.

– Nikolai dit que tout le monde t'adore.

– Je les amuse, ce n'est pas pareil.

Il retourna ma main, traçant de son doigt les cicatrices qui marquaient ma paume.

– Tu sais que ça me manque de ne plus être en cavale ? Même la pension de famille crasseuse de Cofton me manque et aussi travailler dans l'entrepôt. Au moins, là, j'avais l'impression de faire quelque chose, pas juste perdre mon temps et écouter des ragots.

Je me tortillai, soudain mal à l'aise.

– Tu saisis toutes les occasions pour partir. Tu n'as qu'à pas accepter toutes les invitations.

Il me dévisagea.

– Je m'éloigne pour te protéger, Alina.

– De quoi ? demandai-je, n'y comprenant plus rien.

Il se leva et arpenta la pièce.

– Que penses-tu que les gens me demandent au cours des parties de chasse ? Leur première question ? Ils veulent savoir quel est notre lien.

Il se tourna vers moi et quand il enchaîna, sa voix se fit cruelle et moqueuse.

– Est-ce vrai que tu culbutes l'Invocatrice de lumière ? C'est comment avec une sainte ? Elle a une préférence pour les traqueurs ou elle met tous les domestiques dans son lit ?

Il croisa les bras.

– Je pars pour mettre de la distance entre nous et faire taire les rumeurs. Je ne devrais sans doute pas être ici à l'heure qu'il est.

Je m'entourai les genoux avec les bras, les attirant plus près de ma poitrine. J'avais les joues en feu.

– Pourquoi ne m'as-tu rien dit ?

– Qu'est-ce que je pouvais te dire ? Et quand ? Je ne te vois pratiquement plus.

– Je pensais que tu aimais tes distractions.

– J'aurais voulu que tu me dises de rester.

Ma gorge se serra. J'ouvris la bouche, prête à lui rétorquer qu'il était injuste, que je n'aurais pas pu le savoir. Mais était-ce vrai ? Peut-être que j'avais vraiment cru que c'était loin du Little Palace que Mal se plaisait plus. Ou peut-être que je m'en étais juste convaincue parce qu'il était plus facile de le savoir ailleurs, parce que ainsi cela faisait une personne de moins derrière mon dos, une personne de moins à m'occuper.

– Je suis désolée, lâchai-je d'une voix éraillée.

Il leva les mains comme pour plaider sa cause et les laissa retomber, impuissant.

– Je te sens m'échapper et je ne sais pas comment faire pour arrêter le courant.

Je sentis des larmes poindre.

– On trouvera un moyen. On se ménagera du temps…

– Ce n'est pas que ça. Depuis que tu as mis ce deuxième amplificateur, tu es différente.

Ma main se posa sur mon bracelet.

– Comment tu as fendu le dôme, la façon dont tu parles de l'oiseau de feu… Je t'ai entendue parler à Zoya, l'autre jour. Elle avait peur, Alina, et ça t'a plu.

– Peut-être, oui, acquiesçai-je, la colère montant en moi, et je l'accueillis bien plus volontiers que la culpabilité ou la honte. Et alors ? Tu n'as aucune idée de comment elle s'est comportée, de ce que cet endroit a été pour moi. La peur, la responsabilité…

– Mais si, j'en suis parfaitement conscient. Et je vois la tournure que ça prend. Mais c'est toi qui l'as choisi, tu as un objectif. Je ne sais même plus ce que je fais ici.

– Ne dis pas ça.

Je me levai à mon tour.

– Nous avons un but commun. Nous sommes venus ici pour Ravka. Nous…

– Non, Alina. Toi, tu es venue ici pour Ravka. Pour l'oiseau de feu. Pour mener la Seconde Armée.

Il tapota le soleil sur son cœur.

– Moi, je suis venu ici pour toi. Tu es mon drapeau, tu es ma nation. Mais ça n'a plus l'air de compter. Tu te rends compte que c'est la première fois que nous sommes vraiment seuls depuis des semaines ?

Il avait raison. Nous restâmes sonnés par cette constatation. La chambre plongea dans un silence pesant. Hésitant, Mal fit un pas vers moi. Et il finit par me rejoindre en deux grandes foulées. Il glissa une main autour de ma taille, posa l'autre sur ma joue. Délicatement, il leva ma bouche vers la sienne.

– Reviens-moi, dit-il doucement.

Il m'attira contre lui, mais au moment où ses lèvres effleurèrent les miennes, j'aperçus un mouvement du coin de l'œil.

Le Darkling se tenait derrière Mal. Je me raidis.

Mal s'écarta de moi.

– Quoi ?

– Rien. C'est juste…

Je ne savais pas quoi lui répondre.

Le Darkling ne bougeait pas.

– Dis-lui que tu me vois quand il te prend dans ses bras.

Je fermai les yeux.

Mal baissa les mains et recula, ses doigts se resserrant pour former deux poings furieux.

– C'est tout ce que je voulais savoir.

– Mal…

– Tu aurais dû m'arrêter. Tout ce temps où je tournais autour de toi comme un imbécile. Si tu ne voulais pas de moi, tu aurais dû me le dire.

– Ce n'est pas ta faute, traqueur, lâcha le Darkling. *Tous les hommes peuvent être menés en bateau.*

– Ce n'est pas ça… protestai-je.

– C'est Nikolai ?

– Quoi ? Non !

– Un autre otkazat'sya, *Alina ?* se moqua le Darkling.

Mal secoua la tête, dégoûté.

– Je l'ai laissé m'éloigner de toi. Les réunions, les comités, les dîners. Je l'ai laissé m'écarter. Et moi j'attendais, espérant que tu leur dirais à tous d'aller se faire voir.

Je déglutis douloureusement, m'efforçant de ne pas voir le sourire glacé du Darkling.

– Mal, le Darkling…

– Je ne veux plus entendre parler de lui ! Ni de Ravka, ni des amplificateurs, ni de rien de tout ça !

Il fit un grand geste de la main dans l'air.

– J'en ai eu ma dose.

Il tourna les talons pour se diriger vers la porte.

– Attends ! m'écriai-je en me précipitant vers lui pour l'attraper par le bras.

Il vit volte-face si vite que je faillis le percuter.

– Arrête, Alina.

– Tu ne comprends pas…

– Tu as eu un mouvement de recul. Dis-moi que c'est faux.

– Pas à cause de toi !

Mal poussa un rire amer.

– Je sais que tu n'as pas eu beaucoup d'expérience. Mais moi j'ai embrassé assez de filles pour savoir exactement ce que ça signifie. Ne t'inquiète pas, ça ne se reproduira plus.

Ses mots me firent l'effet d'une gifle. Il claqua la porte derrière lui.

Je restai sur place, les yeux rivés sur la porte fermée. Je posai la main sur la poignée en os.

Tu peux arranger ça, me dis-je. *Tu peux rattraper la situation.* Mais je ne bougeai pas, les paroles de Mal résonnant à mes oreilles. Je me mordis la lèvre inférieure pour faire taire le sanglot qui remuait ma poitrine. *C'est bon,* songeai-je, alors que les larmes inondaient mes joues. *Comme ça, les domestiques n'entendront rien.* Une douleur insoutenable m'oppressait le cœur.

Je n'entendis pas le Darkling s'approcher avant qu'il soit juste derrière moi. Ses longs doigts repoussèrent mes cheveux sur ma nuque et s'installèrent sur le collier. Quand il m'embrassa la joue, ses lèvres étaient froides.

19

Le lendemain matin tôt, je suivis David sur le toit du Little Palace, où le chantier avait commencé pour ses immenses paraboles réfléchissantes. À l'ombre d'un des dômes, il s'était installé un atelier de fortune, qui était déjà recouvert de détritus brillants et de dessins cornés. Le moindre souffle de vent les remuait. Je reconnus l'écriture de Nikolai dans la marge.

– Comment ça se passe ? demandai-je.

– Mieux, répondit-il en examinant la surface lisse de la coupe la plus proche. Je pense que la courbure est bonne. Nous devrions pouvoir les essayer prochainement.

– Combien de temps encore ?

Nous recevions encore des rapports contradictoires sur la position du Darkling, mais il ne tarderait sûrement plus à rassembler son armée, si ce n'était pas déjà fait.

– Deux semaines.

– Tant que ça ?

– Tu préfères l'avoir plus tôt, ou l'avoir en état de fonctionnement optimal ?

– David, il faut que je sache…

– Je t'ai dit tout ce que je savais sur Morozova.

– Pas sur lui, corrigeai-je. Pas exactement. Si… si je voulais retirer le collier, comment devrais-je faire ?

– Tu ne peux pas.

– Pas maintenant. Mais après la...

– Non, m'interrompit David sans même me regarder. Il n'est pas comme les autres amplificateurs. Il ne se retire pas comme ça. Tu devrais le casser, détruire sa structure. Les résultats seraient catastrophiques.

– À quel point ?

– Je n'en suis pas sûr. Mais l'idée c'est que le Fold, à côté, passerait pour un coupe-papier.

– Oh, ponctuai-je doucement.

Alors il en allait sûrement de même pour le bracelet. Ma transformation avait débuté et je ne pouvais plus faire marche arrière. J'avais espéré que mes visions ne soient que le résultat de la morsure du *nichevo'ya*, que les effets diminueraient à mesure que la blessure guérirait. Mais il n'en était rien. Et même si elles finissaient par s'estomper, je serais toujours liée au Darkling par le collier. De nouveau, je me demandai pourquoi il n'avait pas choisi de tuer le dragon de glace lui-même pour consolider encore davantage notre connexion.

David s'empara d'un flacon d'encre qu'il tourna entre ses doigts. Il avait un air affreusement malheureux. *Et pas juste malheureux*, me dis-je. *Coupable*. C'est lui qui nous avait unis, qui avait scellé la chaîne autour de mon cou pour l'éternité.

Avec douceur, je lui pris le flacon des mains.

– Si tu ne l'avais pas fait, le Darkling aurait trouvé quelqu'un d'autre.

Il esquissa un mouvement vague, entre haussement d'épaules et hochement de tête. Je posai l'encre au bord de la table où ses doigts nerveux ne pouvaient pas l'atteindre et jouer avec.

– Alina... ?

Je levai les yeux vers lui. Ses joues étaient écarlates. La brise chaude soulevait ses cheveux hirsutes. Ils repoussaient enfin, cette coupe horrible allait disparaître.

– J'ai entendu que Genya… qu'elle était à bord du navire. Avec le Darkling.

Une pointe de tristesse pour Genya me saisit. David ne l'avait donc pas complètement effacée de son esprit.

– Oui.

– Elle va bien ? demanda-t-il, plein d'espoir.

– Je ne sais pas, avouai-je. Elle allait bien quand je me suis enfuie.

Mais si le Darkling avait appris qu'elle n'avait rien fait pour nous retenir, il avait dû être impitoyable. J'hésitai.

– Je l'ai suppliée de venir avec nous.

– Mais elle est restée ? dit-il, décomposé.

– Elle estimait qu'elle n'avait pas le choix, je pense.

Je n'arrivais pas à croire que je trouvais des excuses à Genya, mais je ne voulais pas que David pense du mal d'elle.

– J'aurais dû…

Il n'avait pas l'air de savoir comment finir sa phrase.

Je voulais lui offrir des paroles rassurantes. Mais j'avais moi-même commis tellement d'erreurs que je ne trouvai rien qui sonnerait juste.

– On fait de notre mieux, lâchai-je.

David me regarda, le regret s'affichant clairement sur son visage. Quoi que je dise, nous savions tous les deux la dure réalité. On fait de notre mieux. On essaie. Et en général, ça ne change rien du tout.

Je trimballai ma mauvaise humeur jusqu'à la prochaine réunion au Grand Palace. Il semblait que le plan de Nikolai fonctionnait. Même si Vasily faisait encore l'effort d'apparaître dans la salle du conseil pour rencontrer les ministres, il arrivait de plus en plus tard et, de temps en temps, on le surprenait à somnoler. Le jour où il brilla par son absence, Nikolai le tira du lit, insistant pour qu'il s'habille parce qu'on ne pouvait pas commencer sans lui. Un Vasily souffrant d'une violente gueule de bois avait débarqué au milieu de la séance pour piquer du nez minablement au bout de la table. Après un moment, il était sorti vomir bruyamment dans un vase laqué.

C'était mon tour de tenir difficilement éveillée. L'air stagnait, et, malgré les fenêtres ouvertes, il faisait une chaleur irrespirable dans la salle du conseil. La réunion traînait laborieusement jusqu'à ce qu'un des généraux annonce les chiffres à la baisse des troupes de la Première Armée. Les rangs avaient été réduits par les morts, les désertions et des années de guerre brutale. Comme Ravka allait inévitablement se battre sur un front au moins, la situation était critique.

Vasily leva paresseusement la main et prit la parole.

– Pourquoi tant de discussions vaines ? Baissez l'âge d'enrôlement !

Je me redressai.

– À combien ?

– Quatorze ? Quinze ? C'est quoi maintenant ?

Je songeai aux villages que Nikolai et moi avions traversés, les cimetières qui s'étendaient à perte de vue.

– Pourquoi pas douze ans ? ironisai-je.

– On n'est jamais assez jeune pour servir son pays, déclara Vasily.

J'ignore si c'était la fatigue ou la colère, mais les mots sortirent de ma bouche sans que je réfléchisse.

– Alors pourquoi nous arrêter à douze ans ? J'ai entendu dire que les bébés font d'excellentes chairs à canon.

Un murmure de désapprobation agita les conseillers du roi. Sous la table, Nikolai me serra la main en guise d'avertissement.

– Mon cher frère, les recruter plus jeunes n'est pas la solution pour les empêcher de déserter.

– Alors trouvons quelques déserteurs et montrons l'exemple.

Nikolai leva un sourcil.

– Es-tu sûr que se faire tuer par un peloton d'exécution est plus terrifiant que la perspective de se faire déchiqueter par les *nichevo'ya* ?

– S'ils existent vraiment, contra Vasily.

Je n'en croyais pas mes oreilles.

Nikolai lui adressa cependant un sourire charmant.

– Je les ai vus moi-même à bord du *Volkvolny*. Je n'imagine pas que tu me traites de menteur, si ?

– Et toi, suggérerais-tu qu'il vaut mieux trahir son pays que le servir honnêtement ?

– Je suggère juste que peut-être ces gens aiment la vie autant que toi. Ils sont sous-équipés, n'ont pas assez de provisions et manquent cruellement d'espoir. Si tu lisais les rapports, tu saurais que les officiers ont du mal à maintenir l'ordre dans leurs rangs.

– Alors ils doivent mettre en place des punitions plus sévères, affirma Vasily. Les paysans ne comprennent pas autre chose.

J'avais déjà assommé un prince, pourquoi pas un de plus ? J'étais déjà presque debout quand Nikolai m'attrapa la main.

– Ils comprennent les ventres pleins et les consignes claires. Si tu me laissais appliquer les ajustements que je propose et ouvrais les coffres pour…

– Tu ne peux pas avoir tout ce que tu veux, *petit frère*.

La tension était palpable.

– Le monde change, déclara Nikolai, de l'acier dans la voix. Il faut s'adapter ou nous finirons en cendres.

– Je n'arrive pas à décider si tu es un alarmiste ou juste un poltron, se moqua Vasily dans un rire.

– Et toi, un idiot ou juste un idiot ?

Vasily s'empourpra aussitôt. Il se leva d'un bond et frappa la main sur la table.

– Le Darkling n'est qu'un homme. Si tu as peur de l'affronter…

– Je l'ai affronté. Si tu n'es pas effrayé, si aucun de vous n'est effrayé, c'est que vous ne mesurez pas la puissance de votre ennemi.

Certains des généraux hochèrent la tête. Mais les conseillers du roi, les nobles d'Os Alta et les bureaucrates prirent un air sceptique et renfrogné. Pour eux, guerre rimait avec parades, théorie militaire, figurines en plomb déplacées sur un plateau. Et c'étaient les hommes que Vasily pouvait compter derrière lui.

Nikolai se redressa, son masque d'acteur habillant de nouveau ses traits.

– Ne nous disputons pas, mon frère. Nous voulons tous les deux ce qui est le mieux pour Ravka.

Mais Vasily n'allait pas se laisser apaiser si facilement.

– Le mieux pour Ravka, c'est un Lantsov sur le trône.

Je retins ma respiration. Un silence assourdissant s'installa dans la salle. Vasily venait de traiter Nikolai de bâtard.

Mais dans son rôle, Nikolai semblait imperméable aux attaques.

– Eh bien, disons ensemble une prière pour le roi légitime de Ravka. Peut-être pourrions-nous en finir avec les affaires courantes ?

La réunion se prolongea encore quelques minutes et s'acheva au grand soulagement de tout le monde. Sur le chemin de retour vers le Little Palace, Nikolai était étrangement silencieux.

Lorsque nous arrivâmes aux jardins, à côté de la fontaine à colonnes, il s'arrêta et arracha une feuille à une haie.

– Je n'aurais pas dû m'emporter ainsi. Cela ne fait que le gonfler de sa propre suffisance.

– Alors qu'est-ce qui t'est arrivé ? demandai-je, sérieusement curieuse.

Nikolai ne se laissait que très rarement dépasser par ses propres émotions.

– Je ne sais pas, répondit-il en déchirant la feuille. Tu t'es mise en colère. Moi aussi. Il faisait une chaleur à se damner, dans cette pièce.

– Je ne crois pas.

– Une indigestion peut-être ?

Mais ce n'était pas avec une pirouette qu'il allait s'en tirer. Malgré les objections de Vasily et les réticences du conseil pour agir, Nikolai avait tout de même réussi à faire passer certains de ses plans, grâce à une combinaison magique de patience et de pression. Il les avait convaincus d'apporter de l'aide aux réfugiés qui fuyaient les rives du Fold, et de réquisitionner du tissu des Materialki pour habiller les régiments clés de la Première Armée. Ils avaient même approuvé sa proposition de réaffecter des fonds pour moderniser les équipements afin que les fermiers ne se contentent pas de survivre. Des petites choses mais qui feraient la différence le moment venu.

– C'est parce que tu te soucies vraiment de ce qui arrive à ce pays, déclarai-je. Le trône n'est qu'un prix pour Vasily, un jouet dont il pourrait se vanter. Tu n'es pas comme lui. Tu feras un bon roi.

Nikolai se figea.

– Je...

Pour une fois, il sembla à court de mots. Un rictus tordu et gêné lui fendit le visage, bien loin de ses sourires amusés et confiants habituels.

– Merci.

Je soupirai en me remettant à marcher.

– Tu vas être infect maintenant avec ça, n'est-ce pas ?

– Je suis déjà infect, répliqua-t-il en riant.

Les journées s'allongeaient. Le soleil restait suspendu juste au-dessus de l'horizon et le festival de Belyanoch débuta à Os Alta. Même à minuit, les cieux n'étaient pas entièrement noirs et malgré la peur de la guerre et la menace constante du Fold, la ville célébra les heures infinies du crépuscule. Dans le centre-ville, opéras, bals masqués et ballets extravagants égayaient les soirées, tandis que de l'autre côté du pont, des courses de chevaux endiablées et des danses d'extérieur embrasaient les rues. Un flot continu de bateaux de plaisance traversait le canal et, sous la nuit scintillante, les eaux calmes encerclaient la capitale tel un bracelet couvert de diamants, éclairé par les lanternes accrochées aux milliers de proues.

La chaleur avait légèrement baissé. Derrière les murs du palais, tout le monde semblait de meilleure humeur. J'avais continué à insister pour que les Grishas des différents Ordres se mélangent et j'ignorais encore comment petit à petit le silence embarrassé avait cédé la place aux rires et aux conversations animées. Il existait toujours des clans et des conflits, mais l'atmosphère dans les couloirs était devenue beaucoup plus détendue et amicale.

J'étais heureuse, et peut-être même un peu fière, de voir des fabrikators boire le thé avec des Etherealki autour de grands samovars, ou Fedyor discuter avec Pavel au petit déjeuner, ou encore le petit frère de Nadia essayer d'attirer l'attention d'une Paja plus âgée et visiblement très peu intéressée. J'avais cependant l'impression de les regarder de très loin.

J'avais essayé de parler à Mal plusieurs fois depuis notre dispute. Il trouvait toujours une excuse pour m'éviter. S'il ne chassait pas, il jouait aux cartes au Grand Palace ou passait ses soirées dans les tavernes de la périphérie avec ses nouveaux amis. Je voyais bien qu'il buvait plus. Certains matins il avait le regard trouble et, sur sa peau, les coups et les égratignures montraient bien qu'il s'était battu, mais il était invariablement à l'heure, et d'une politesse irréprochable. Il remplissait ses fonctions de garde, restait dans l'embrasure des portes en silence et me suivait dans mes déplacements à une distance respectable.

La solitude me pesait affreusement au Little Palace. J'étais entourée de monde, mais ils ne me voyaient pas : ils voyaient juste ce qu'ils pouvaient tirer de moi. J'avais peur de leur faire part de mes doutes et de mes hésitations, et certains jours, je me sentais accablée par le poids des responsabilités et des attentes.

J'assistais à toutes les réunions, je m'entraînais avec Botkin, je passais de longues heures au lac pour améliorer ma pratique de la Coupe. Je ravalai même ma fierté et tentai une autre visite chez Baghra, espérant, au moins, qu'elle m'aiderait à développer mon pouvoir. Elle refusa encore de me voir.

Rien de tout cela ne suffisait. Le navire de Nikolai en construction sur le lac me rappelait constamment que tous nos efforts étaient très certainement vains. Quelque part, le Darkling réunissait ses forces, soulevait son armée, et quand elle nous attaquerait, aucun fusil, aucune bombe, aucun soldat ou Grisha ne pourrait les arrêter. Même pas moi. Si la bataille tournait mal, nous nous replierions sous le dôme pour attendre les renforts de Poliznaya. Les portes étaient renforcées d'acier grisha, et les fabrikators avaient déjà commencé à colmater toutes les fissures pour empêcher l'entrée des *nichevo'ya*.

Je ne pensais pas qu'on en arriverait là. Je n'avais abouti nulle part sur mes recherches de l'oiseau de feu. Si David n'arrivait pas à faire fonctionner ses paraboles, alors nous n'aurions d'autre choix que d'évacuer. Nous enfuir encore et encore.

Utiliser mon pouvoir ne m'apportait plus le même réconfort qu'autrefois. Lorsque j'invoquais de la lumière dans les ateliers des Materialki ou sur la rive du lac, je sentais mon poignet droit désespérément nu. Malgré tout ce que je savais sur les amplificateurs, la destruction qu'ils semaient, le changement définitif qu'ils opéraient sur moi, je ne pouvais pas refréner ma soif pour l'oiseau de feu.

Mal avait raison, c'était devenu une obsession. La nuit, allongée dans mon lit, j'imaginais que le Darkling avait déjà trouvé le dernier morceau du puzzle de Morozova. Peut-être qu'il retenait l'oiseau de feu dans une cage filée d'or. Chanterait-il pour lui ? Je ne savais même pas si un oiseau de feu chantait. Certains récits racontaient que oui. L'un d'eux expliquait même qu'il pouvait bercer des armées entières. Quand ils l'entendaient, les soldats arrêtaient les combats, posaient leurs armes et tombaient dans les bras de leurs ennemis.

Je connaissais toutes ces histoires, désormais. L'oiseau de feu pleurait des larmes en diamant, ses plumes guérissaient les plaies mortelles, l'avenir se lisait dans ses battements d'ailes. J'avais parcouru d'innombrables ouvrages de folklore, de poésie épique et de fables paysannes à la recherche d'indices et d'informations. Les légendes sur Rusalye se concentraient dans les eaux glacées de la route de l'Os, mais celles qui mentionnaient l'oiseau de feu venaient de toutes les parties de Ravka et au-delà, et aucune ne liait la créature à un saint.

Pire encore, mes visions devenaient plus claires et plus fréquentes. Le Darkling m'apparaissait pratiquement tous les jours, en général dans ses appartements ou dans les ailes de la bibliothèque et parfois dans la salle des opérations pendant les réunions du conseil ou quand je repartais du Grand Palace, à la tombée du jour.

– Pourquoi ne me laisses-tu pas seule ? murmurai-je un soir alors qu'il se penchait sur moi pendant que j'essayais de travailler.

De longues minutes passèrent. Je ne pensais pas qu'il me répondrait. J'eus même le temps d'espérer qu'il était parti, avant de sentir sa main sur mon épaule.

– *Parce que sinon je serais seul, moi aussi.*

Et il resta toute la nuit, jusqu'à ce que les bougies se consument.

Je m'étais habituée à le voir m'attendre au bout des couloirs, ou assis au bord de mon lit quand je m'endormais la nuit. Quand il ne se manifestait pas, je me surprenais à le chercher ou à me demander pourquoi il n'était pas venu. C'était ce qui m'effrayait le plus.

Mon seul rayon de soleil fut la décision de Vasily de quitter Os Alta pour les ventes aux enchères de yearlings à Caryeva. Je faillis bondir de joie quand Nikolai me l'annonça au cours d'une de nos promenades.

– Il a fait ses valises en pleine nuit. Il a promis de revenir à temps pour mon anniversaire, mais je ne serais pas étonné qu'il trouve une excuse pour rester loin.

– Tu ne devrais pas être si ravi, ça ne fait pas très royal.

– J'ai quand même droit à quelques minutes de jubilation, rétorqua-t-il, hilare.

Et il se mit à siffler faux, le même air qu'il répétait sans cesse sur le *Volkvolny*. Il s'éclaircit alors la voix.

– Alina, ne pense pas une minute que tu puisses être moins ravissante, mais… est-ce que tu dors suffisamment ?

– Pas beaucoup, admis-je.

– Des cauchemars ?

Il m'arrivait encore de rêver du navire brisé, des passagers qui fuyaient les ténèbres du Fold, mais ce n'était pas ce qui me tenait éveillée la nuit.

– Pas exactement.

– Ah, ponctua Nikolai en serrant les mains derrière son dos. J'ai remarqué que ton petit ami se noie dans le travail depuis quelque temps. Il est très demandé.

– Oui, Mal est comme ça.

– Où a-t-il appris à traquer ? Personne n'arrive à dire si c'est de la chance ou un don.

– Il n'a pas appris. Il a toujours su le faire, c'est tout.

– Le veinard, affirma Nikolai. Rien n'a jamais été naturel pour moi.

– Tu joues la comédie comme personne, dis-je sèchement.

– Tu trouves ? demanda-t-il avant de se pencher vers moi pour murmurer à mon oreille : Je joue les modestes, là.

Je secouai la tête, exaspérée, mais j'étais reconnaissante des plaisanteries de Nikolai et encore plus reconnaissante qu'il abandonne le sujet.

Il fallut encore presque deux semaines à David pour faire fonctionner correctement ses paraboles. Quand il y parvint enfin, je fis réunir les Grishas sur le toit du Little Palace pour assister à la démonstration. Sur leurs gardes, comme toujours, Tolya et Tamar inspectaient l'assemblée. Mal manquait à l'appel. J'étais restée debout, la veille, dans la salle commune, espérant le croiser pour lui demander en personne de venir. Je ne m'étais résignée à me coucher qu'après minuit.

Les deux larges coupes étaient placées aux deux extrémités du toit, sur la partie plane qui s'étendait entre les dômes des ailes est et ouest. Elles tournaient grâce à un système de poulies, et chacune était manipulée par un Materialki et un hurleur, équipés de lunettes de protection pour ne pas être éblouis. Je vis que Zoya et Paja avaient été désignées d'un côté et de l'autre, Nadia avec un durast.

Même si c'est un échec complet, me dis-je, anxieuse, *au moins, ils travaillent ensemble. Rien de tel qu'une violente explosion pour favoriser un climat de camaraderie.*

Je pris ma place sur le toit, à égale distance entre les deux paraboles.

Avec une pointe de nervosité, je vis que Nikolai avait invité le capitaine des gardes du palais, ainsi que deux généraux et plusieurs conseillers du roi. J'espérais qu'ils ne s'attendaient à rien de trop spectaculaire. Mon pouvoir se voyait davantage dans l'obscurité totale et les longues journées de Belyanoch n'offraient pas ces conditions. J'avais demandé à David si nous ne ferions pas mieux de reprogrammer pour plus tard, mais il se contenta de secouer la tête.

– Si ça marche, ce sera bien assez impressionnant comme ça. Dans le cas contraire, il ne faudra pas être une lumière pour se rendre compte que quelque chose cloche.

– David, tu viens de faire une plaisanterie, n'est-ce pas ?

– Ah oui ? lâcha-t-il, perplexe, en haussant les épaules.

Sur les conseils de Nikolai, David avait décidé de prendre exemple sur le *Volkvolny* et d'utiliser un sifflet pour donner ses consignes. Il souffla dedans et les spectateurs se plaquèrent contre les parois des dômes, pour nous laisser de la place. Je levai les mains. Nouveau coup de sifflet. J'invoquai la lumière.

Elle me pénétra en un torrent doré et jaillit de mes mains en deux faisceaux réguliers qui frappèrent les paraboles pour se réfléchir sur elles et donner naissance à un éclat éblouissant. Joli, mais vraiment pas spectaculaire.

David siffla de nouveau et les deux paraboles tournèrent légèrement. La lumière rebondit sur leurs surfaces réfléchissantes et se décupla pour percer la pénombre naissante.

Un *ahhh* s'éleva de la foule qui se protégeait les yeux. Je n'avais plus à m'en faire pour le spectacle.

Les rayons fusèrent dans l'air, produisant des cascades brillantes et une chaleur rayonnante, comme s'ils brûlaient le ciel. David siffla encore. Les faisceaux se fusionnèrent en une lame de lumière. Impossible de la regarder directement. Si on pouvait considérer la Coupe comme un couteau dans ma main, là il s'agissait plutôt d'un glaive.

Les paraboles s'inclinèrent et le faisceau descendit. Les spectateurs poussèrent un cri de stupeur quand la lumière s'abattit sur la lisière du bois pour tailler le sommet des arbres.

David indiqua qu'on les penche plus encore. Le rayon se dirigea vers la rive pour continuer dans l'eau. Un nuage de vapeur s'éleva dans l'air avec un bruit strident et, l'espace d'un instant, la surface de l'eau sembla en ébullition.

David donna un coup de sifflet, paniqué. Rapidement, je baissai les mains et la lumière disparut.

Nous nous précipitâmes vers le bord du toit et observâmes le paysage qui s'étendait devant nous.

On aurait dit qu'un géant avait pris un rasoir pour trancher les bois en une diagonale parfaite, depuis la cime des arbres jusqu'à la rive. Sur son passage, le faisceau avait creusé un sillon chatoyant qui arrivait jusqu'au bord de l'eau.

– Ça a marché, lâcha David, abasourdi. Ça a vraiment marché !

Après un bref silence, Zoya éclata de rire. Sergei la suivit et Marie et Nadia se joignirent à eux. Bientôt nous fûmes tous hilares, même le grincheux Tolya qui souleva David sur ses énormes épaules. Les soldats embrassaient les Grishas, les conseillers du roi prenaient les généraux dans leurs bras, Nikolai entraînait Paja dans une danse endiablée sur le toit et le capitaine de la garde m'enlaça chaleureusement.

Nous poussâmes des cris de joie et sautâmes sur place tant et si bien que tout le palais sembla agité par un tremblement de terre. Quand le Darkling déciderait de nous attaquer, les *nichevo'ya* auraient une petite surprise pour les accueillir.

– Allons voir de près ! proposa un des spectateurs, et nous descendîmes aussitôt du toit tels des enfants qui se ruent hors de l'école en entendant les cloches.

Nous ouvrîmes les portes du hall pour dégringoler les quelques marches jusqu'au jardin. Alors que tout le monde courait vers le lac, je m'arrêtai net.

Mal remontait l'allée depuis le tunnel végétal du petit bois.

– Allez-y, lançai-je en direction de Nikolai. Je vous rejoins.

En approchant, Mal baissait la tête pour éviter mon regard. Quand il arriva à ma hauteur, je vis que ses yeux étaient injectés de sang et un affreux hématome lui recouvrait la pommette.

– Qu'est-ce qui s'est passé ? demandai-je en levant une main vers sa joue.

Il recula, jetant un coup d'œil aux domestiques devant les portes du Little Palace.

– Je suis entré dans une bouteille de *kvas*. Tu as besoin de quelque chose ?

– Tu as raté la démonstration.

– Je n'étais pas de service.

J'ignorai la remarque incisive malgré la douleur qu'elle provoqua dans ma poitrine.

– On descend au lac. Tu viens ?

Une fraction de seconde, il sembla hésiter, mais il secoua la tête.

– Je suis ici pour gagner quelques pièces. Une partie de cartes va commencer au Grand Palace.

La douleur se renforça.

– Tu devrais te changer alors, conseillai-je. On dirait que tu as dormi dans ces habits.

Je regrettai aussitôt mon commentaire, qui n'eut pourtant pas l'air de le contrarier.

– Sûrement parce que c'est le cas, répliqua-t-il. Autre chose ?

– Non.

– *Moy soverenyi.*

Après une courbette excessive, il monta les quelques marches comme s'il était pressé de me fausser compagnie.

Je pris mon temps pour arriver au lac, espérant que la torture dans mon cœur s'apaiserait. La joie que j'avais éprouvée après notre démonstration s'était évanouie, me laissant vide à l'intérieur.

Sur la rive, un groupe de Grishas remontaient sur toute la longueur du sillon, déclamant les mesures avec enthousiasme et triomphe. Il faisait plus de soixante centimètres de large et presque autant de profondeur. Une tranchée de terre brûlée continuait jusqu'au bord du lac. Dans la forêt, des cimes d'arbres jonchaient le sol en un tas de branches et d'écorce. Je m'approchai pour passer la main sur les troncs coupés. Le bois était lisse, soigneusement tranché et encore chaud au toucher. Deux petits foyers d'incendie s'étaient allumés, mais les faiseurs de marée les avaient rapidement éteints.

Nikolai ordonna qu'on apporte un festin et du champagne au lac et nous passâmes le reste de la soirée sur la rive. Les généraux et les conseillers partirent tôt, mais le capitaine et quelques-uns de ses gardes s'attardèrent. Ils retirèrent leurs vestes et leurs chaussures et plongèrent dans le lac. Très vite tous les suivirent sans s'embarrasser de retirer leurs vêtements. Ils s'éclaboussaient, chahutaient et finirent par organiser des courses jusqu'à la petite île. Sans surprise, ce fut un faiseur de marée qui arriva en tête, porté par un courant favorable.

Nikolai et ses hurleurs invitèrent des gens sur son bateau récemment achevé qu'il avait nommé *Kingfisher*, le roi pêcheur. La proposition fut accueillie avec méfiance, mais quand le premier groupe revint en battant des bras et en se vantant d'avoir volé dans les airs, personne ne voulut passer son tour. J'avais juré que mes pieds ne quitteraient plus jamais la terre ferme, mais je finis par céder et me laisser embarquer.

Peut-être était-ce l'effet du champagne, peut-être également parce que je savais à quoi m'attendre, mais le *Kingfisher* me sembla plus léger et gracieux que le *Hummingbird*. Même si je m'agrippais au cockpit à deux mains, je sentis mon humeur s'éclaircir dans les airs.

Je rassemblai mon courage pour regarder en bas. Le domaine vallonné du Grand Palace s'étendait sous moi, traversé par des sentiers de graviers blancs. Je vis le toit de la serre des Grishas, le cercle parfait de la fontaine de l'aigle à deux têtes, l'éclat doré des portes du palais. Nous survolâmes ensuite les manoirs et les longs boulevards du centre-ville. Les rues grouillaient de fêtards qui célébraient Belyanoch. J'aperçus des jongleurs et des échassiers sur Gersky Prospect, des danseurs virevolter sur une scène éclairée dans un des parcs. De la musique s'échappait des bateaux sur le canal.

Je voulais rester ici pour toujours, dans le vent, à regarder ce petit monde parfait défiler sous mes yeux. Mais Nikolai finit par tourner la barre et nous ramener doucement au lac.

Le crépuscule se déclina en teintes pourpres magnifiques. Les inferni allumèrent des feux de joie et, quelque part dans la pénombre, quelqu'un joua de la balalaïka. Depuis la ville, j'entendis des sifflets et des feux d'artifice.

Avec Nikolai, nous nous installâmes sur la jetée de fortune, nos pantalons remontés, les pieds dans l'eau. Le *Kingfisher* flottait à côté de nous, ses voiles blanches baissées.

Nikolai frappa l'eau, éclaboussant autour de lui.

– Les miroirs de David changent tout, affirma-t-il. Si tu peux occuper les *nichevo'ya* suffisamment longtemps, nous aurons le temps de trouver et viser le Darkling.

Je m'allongeai sur le quai, étendant les bras et respirant l'air parfumé de la nuit. Lorsque je tournai la tête, je distinguai les contours de l'école désormais vide aux fenêtres noires. J'aurais aimé que les étudiants voient cette démonstration, pour leur donner un peu d'espoir. La perspective de la bataille était toujours aussi effrayante, surtout quand je pensais à toutes les vies qui risquaient d'être perdues. Mais au moins, nous ne restions pas passifs au sommet d'une colline à attendre notre mort.

– Nous avons une vraie chance, affirmai-je.

– Essaie de ne pas laisser l'excitation te submerger, mais j'ai encore une bonne nouvelle.

Je grimaçai. Je reconnaissais le ton de sa voix.

– Ne me dis pas.

– Vasily est rentré de Caryeva.

– Aie pitié et noie-moi tout de suite.

– Pour que je souffre seul ? Sûrement pas.

– Peut-être que tu pourrais demander pour ton anniversaire qu'on lui mette une muselière, suggérai-je.

– Mais nous raterions toutes ses aventures passionnantes aux enchères. Tu es fascinée par la supériorité des chevaux ravkans, n'est-ce pas ?

Je laissai échapper un soupir de désespoir. Mal était de service pour le dîner d'anniversaire de Nikolai le lendemain soir. Je demanderais peut-être à Tolya et Tamar de prendre sa place. À cet instant, je n'imaginais pas que je pourrais supporter de voir son visage fermé toute la soirée, surtout avec un Vasily fanfaronnant du début à la fin.

– Réjouis-toi, avec un peu de chance il te refera une demande en mariage.

– Comment es-tu au courant ? demandai-je en me redressant brusquement.

– Si tu te rappelles bien, j'ai fait la même chose. Je suis juste étonné qu'il n'ait pas recommencé.

– Apparemment les occasions sont rares de se retrouver seul avec moi.

– Je sais, confirma Nikolai. Pourquoi penses-tu que je te raccompagne du Grand Palace après toutes les réunions ?

– Parce que je suis d'excellente compagnie ? plaisantai-je, agacée de la déception que ses paroles éveillèrent en moi.

Nikolai savait si bien vous faire oublier que tout ce qu'il faisait était calculé.

– Aussi.

Il sortit son pied de l'eau et examina ses orteils qui s'agitaient.

– Il recommencera, tu verras.

Je poussai un soupir de nostalgie exagéré.

– Comment dire non à un prince ?

– Tu as réussi, affirma Nikolai, contemplant toujours son pied. Es-tu vraiment sûre que c'est ce que tu veux ?

– Tu n'es pas sérieux.

Nikolai se tortilla, mal à l'aise.

– Disons qu'il est l'héritier direct du trône. Du pur sang royal.

– Je n'épouserais pas Vasily même si son animal domestique était un oiseau de feu appelé Ludmilla. Son sang royal, je m'en contrefiche.

Je le regardai droit dans les yeux.

– Tu as dit que les rumeurs sur ton ascendance ne te dérangeaient pas.

– Je n'ai peut-être pas été entièrement honnête.

– Toi ? Pas entièrement honnête ? Je suis choquée, Nikolai. Choquée et horrifiée.

Il rit.

– J'imagine que c'est facile de ne pas m'en préoccuper quand je suis loin de la Cour. Mais apparemment, ici, personne n'a envie que j'oublie, surtout pas mon frère.

Il haussa les épaules.

– Ça a toujours été comme ça. Les ragots ont commencé avant même ma naissance. C'est pour cette raison que ma mère ne m'appelle jamais Sobachka. Elle dit que c'est un nom de bâtard.

Mon cœur se figea. J'avais moi-même reçu une belle collection de patronymes en grandissant.

– J'aime les bâtards, déclarai-je. Ils ont de jolies oreilles tombantes.

– Mes oreilles sont très dignes.

Je passai les doigts sur les planches lisses de la jetée.

– Est-ce pour cela que tu es resté loin si longtemps ? Que tu es devenu Sturmhond ?

– Je ne sais pas s'il n'y a qu'une seule raison. Je pense que je n'ai jamais eu ma place ici. J'ai essayé de m'en faire une quelque part.

– Moi non plus, je n'ai jamais trouvé ma place où que ce soit, avouai-je.

Sauf auprès de Mal. Je chassai cette pensée et grimaçai.

– Tu sais ce que je déteste chez toi ?

– Non ? répondit-il, surpris.

– Tu dis toujours ce qu'il faut.

– Et tu détestes ça ?

– J'ai vu ta façon de changer de personnalité, Nikolai. Tu es toujours celui dont tout le monde a besoin. Peut-être que tu n'as jamais trouvé ta place, ou peut-être que tu dis juste ça pour te rapprocher de la pauvre petite orpheline que je suis.

– Donc tu m'aimes bien, en fait ?

– Oui, quand je n'ai pas envie de te poignarder, répondis-je en levant les yeux au ciel.

– C'est un début.

– Pas du tout.

Il se tourna vers moi. Dans la semi-pénombre, ses yeux noisette ressemblaient à des éclats d'ambre.

– Je suis un corsaire, Alina, dit-il tout bas. Je prends tout ce que je peux avoir.

Je sentis soudain son épaule contre la mienne, le contact de sa cuisse. L'air était chaud et sentait bon l'été et la fumée de bois.

– Je voudrais t'embrasser.

– Tu m'as déjà embrassée, répliquai-je dans un rire nerveux.

Un sourire se dessina sur ses lèvres.

– Je voudrais t'embrasser à nouveau, corrigea-t-il.

– Oh.

Sa bouche s'approcha de la mienne. Mon cœur s'emballa. *C'est Nikolai*, me rappelai-je. *Pur calcul.* Je n'étais même pas sûre de vouloir qu'il m'embrasse. Mais ma fierté brûlait encore du rejet de Mal. Ne m'avait-il pas dit qu'il avait embrassé plein de filles ?

– Je voudrais t'embrasser, répéta Nikolai. Mais je ne le ferai que quand tu penseras vraiment à moi plutôt que d'essayer de l'oublier.

Je reculai et me levai, maladroite et rouge d'embarras.

– Alina…

– Au moins maintenant je sais que tu ne dis pas toujours ce qu'il faut.

Je récupérai mes chaussures et m'enfuis sur la jetée.

20

À distance du feu de joie des Grishas, je contournai le lac. Je ne voulais voir personne et encore moins parler.

Qu'est-ce que j'avais voulu de Nikolai ? De la distraction ? De la séduction ? Quelque chose pour chasser la douleur dans mon cœur ? Peut-être juste me venger de Mal. Ou peut-être que je me sentais si désespérément seule que même un pseudo-baiser par un prince si peu digne de confiance m'aurait fait du bien.

La perspective de la soirée d'anniversaire du lendemain me terrifiait. Et si je trouvais une excuse pour ne pas y assister ? Je pourrais envoyer un gentil mot au Grand Palace scellé avec de la cire et marqué du sceau officiel de l'Invocatrice de lumière :

À Leurs Majestés royales, le roi et la reine de Ravka,

Je suis dans le regret sincère de vous annoncer que je ne pourrai assister aux festivités célébrant la naissance du prince Nikolai Lantsov, grand-duc d'Udova.

Pour des raisons indépendantes de ma volonté, à savoir que mon meilleur ami ne supporte plus de me regarder en face, et que votre fils n'a pas voulu m'embrasser alors que j'en avais envie. Ou pas. Enfin, je ne sais toujours pas ce que je veux, mais il y a de fortes chances que si je ne peux pas me dispenser de faire acte de présence à cette fâcheuse soirée, je finisse en larmes dans ma part de gâteau.

Je vous souhaite une excellente soirée pour cette heureuse occasion,

Alina Starkov, l'idiote.

Quand j'arrivai dans les appartements du Darkling, Tamar lisait dans la salle commune. Elle leva les yeux vers moi, mais mon humeur devait se lire sur mon visage, parce qu'elle ne prononça pas un mot.

Je savais que je ne pourrais pas m'endormir, alors j'entrai au lit avec un des livres que j'avais empruntés à la bibliothèque, un vieux guide de tourisme qui énumérait la liste de tous les monuments ravkans célèbres. J'avais le mince espoir qu'il me guiderait à l'arche.

J'essayai de me concentrer, mais me rendis vite compte que je lisais en boucle la même phrase. Ma tête bourdonnait de champagne et mes pieds étaient encore mouillés et glacés de leur petite baignade dans le lac. Mal avait peut-être déjà fini sa partie de cartes. Si je frappais à sa porte et qu'il ouvrait, qu'est-ce que je lui dirais ?

Je mis le livre de côté. Je n'en avais aucune idée. Jamais je ne trouvais comment l'aborder, ces derniers temps. Mais pourquoi pas commencer avec la vérité : j'étais perdue et confuse et peut-être même que je perdais la tête, que je m'inventais des frayeurs et qu'il me manquait tellement que c'en était physiquement douloureux. Il fallait au moins que j'essaie de combler le vide entre nous avant qu'il ne soit trop tard. Peu importe ce qu'il penserait de moi après, son opinion était déjà au plus bas. Je pouvais supporter un autre rejet, mais pas l'idée que je n'avais rien tenté pour arranger la situation.

Je retournai dans la salle commune.

– Mal est ici ? demandai-je à Tamar.

Elle secoua la tête.

Je ravalai ma fierté pour enchaîner :

– Tu sais où il est allé ?

– Mets tes chaussures, lâcha-t-elle en soupirant. Je t'y emmène.

– Il est où ?

– Dans les écuries.

Déstabilisée par sa réponse, je filai dans ma chambre me chausser. Je suivis Tamar et ensemble nous sortîmes du Little Palace et traversâmes les pelouses.

– Tu es sûre que tu veux voir ça ? interrogea Tamar.

Je ne répondis pas, sachant déjà que quoi qu'elle me montre, ça n'allait pas me plaire. Mais je refusais de tourner les talons et de m'enfouir la tête dans les couvertures.

Nous descendîmes la petite pente le long de la *banya*. Les chevaux hennirent dans leurs enclos. Il faisait noir dans l'écurie, mais les manèges étaient éclairés. J'entendis des cris.

La plus spacieuse des salles d'entraînement n'était pas plus grande qu'une taverne au sol en terre, avec toutes les armes imaginables sur les murs. C'était en général là que Botkin distribuait les punitions aux étudiants grishas et qu'il montrait les exercices. Mais ce soir, elle accueillait surtout des soldats, quelques Grishas et aussi des domestiques. Ils criaient et riaient, se bousculant pour mieux voir ce qui se passait au centre de la salle.

Sans nous faire remarquer, Tamar et moi nous glissâmes entre les spectateurs. J'aperçus deux traqueurs du roi, plusieurs membres du régiment de Nikolai, un groupe de Caporalki et Zoya qui tapait dans ses mains et hurlait en chœur avec les autres.

J'étais presque arrivée au premier rang quand je vis un hurleur, les poings levés, torse nu, qui faisait le tour du cercle formé par l'assemblée. *Eskil*, me rappelai-je, un des Grishas qui avaient voyagé avec Fedyor. Il était Fjerdan et ça se voyait bien : yeux bleus, cheveux blonds, si grand et si large qu'il m'obstruait complètement la vue.

Il n'est pas trop tard, songeai-je. *Tu peux toujours te sauver et faire comme si tu n'avais jamais été là.*

Je restai clouée sur place. Je savais à quoi m'attendre, mais je fus tout de même estomaquée quand Eskil s'éloigna et que j'aperçus Mal. Tout comme le hurleur, il ne portait qu'un pantalon, les muscles de son buste couverts de poussière et de sueur. Il avait des hématomes sur les phalanges, un filet de sang coulait sur sa joue depuis une entaille sous son œil qui ne semblait pas le gêner.

Le hurleur s'élança sur Mal qui esquiva le premier coup, mais reçut le deuxième dans les reins. Il poussa un rugissement, baissa son coude et le projeta dans la mâchoire de son adversaire.

Eskil recula et envoya son bras dans l'air en un geste large. Une vague de panique me submergea quand je compris qu'il utilisait son pouvoir. Une rafale m'ébouriffa les cheveux et l'instant d'après, Mal fut soulevé du sol par le vent de l'Ethe-realki. Eskil leva le bras et Mal percuta le toit de la grange. Il y resta suspendu un moment, calé entre les planches en bois par la force du Grisha. Puis Eskil le laissa retomber lourdement à terre dans un fracas d'os.

Je hurlai, mais ma voix se perdit dans le vacarme ambiant. Un des Caporalki cria des encouragements à Eskil alors qu'un autre beuglait sur Mal pour qu'il se lève.

Je fis un pas en avant, la lumière rayonnant déjà dans mes mains. Tamar m'attrapa par la manche.

– Il ne veut pas de ton aide.

– Je m'en fiche, répliquai-je, enragée. Ce n'est pas un combat à la loyale. Ce n'est pas autorisé !

Les Grishas n'avaient jamais le droit d'utiliser leur pouvoir dans les salles d'entraînement.

– Les règles de Botkin ne s'appliquent plus la nuit. Mal est en plein duel, pas en cours.

Je me dégageai de son emprise. Je préférais voir Mal furieux contre moi que mort et enterré.

Il était à quatre pattes et tentait de se relever. Je n'en revenais pas qu'il puisse encore bouger après ce que le hurleur lui avait infligé. Eskil leva de nouveau les mains. Des tourbillons de poussière se soulevèrent dans l'arène. J'invoquai la lumière, me fichant bien de ce que Tamar ou Mal aurait à dire. Mais cette fois, Mal roula sur le sol, évitant le courant et bondissant avec une vitesse étonnante.

Eskil fronça les sourcils et évalua ses options. Je savais ce qu'il calculait. Il ne pouvait pas laisser libre cours à son pouvoir sans tous nous balayer, ainsi qu'une bonne partie des écuries. J'attendis, prête à déchaîner ma lumière, mais hésitant à le faire tout de suite.

Plié en deux, les mains sur les cuisses, Mal respirait avec peine. Il devait avoir au moins une côte cassée et pouvait s'estimer heureux de ne pas avoir la colonne vertébrale brisée. Dans ma tête, je le suppliais d'abdiquer. Mais il se redressa, au contraire, grimaçant de douleur. Il fit tourner ses épaules, jura et cracha du sang. Horrifiée, je le vis alors serrer les poings et se ruer sur le hurleur. Un cri de joie s'éleva de la foule.

– Qu'est-ce qu'il fabrique ? gémis-je. Il va se faire tuer.

– Il va s'en sortir, contredit Tamar. Je l'ai vu encaisser bien pire.

– *Quoi ?*

– Il se bat ici pratiquement tous les soirs quand il est assez sobre. Parfois il est trop soûl.

– Il se bat contre des Grishas ?

– Et il est vraiment bon, confirma Tamar en haussant les épaules.

Voilà donc ce que Mal faisait de ses nuits. Je me rappelai tous les matins où je l'avais vu avec des hématomes et des balafres. Qu'est-ce qu'il essayait de prouver ? Mes mots maladroits alors que nous rentrions de la fête me revinrent en mémoire. *Je ne veux pas en plus d'une armée d'*otkazat'sya *incapables.*

J'aurais tant aimé les reprendre.

Le hurleur fit mine de partir sur la gauche, mais leva les mains pour lancer une nouvelle attaque. Le vent se leva et je vis les pieds de Mal quitter le sol. Je serrai les dents, m'attendant à le voir propulsé contre le mur le plus proche. Mais à la dernière seconde, il sortit du courant d'air pour se précipiter sur le hurleur.

Eskil poussa un cri étouffé quand Mal l'encercla de ses deux bras, l'empêchant de lever les bras. Le grand Fjerdan grogna, les muscles bandés, la bouche ouverte.

J'imaginais que ça devait lui coûter, mais Mal renforça encore son emprise. Il pivota et cogna de toutes ses forces sa tête dans le nez du colosse. Dans le même mouvement, il l'avait libéré pour le rouer de droites et de crochets.

Eskil se recroquevilla pour tenter de se protéger, le sang dégoulinant sur sa bouche et son menton. Mal lui assena alors un violent coup de pied derrière les jambes. Eskil tomba à genoux, mais il restait encore droit.

Mal se recula pour admirer son travail. La foule tapait des pieds et hurlait hystériquement, mais les yeux en alerte de Mal ne quittaient pas le hurleur accroupi.

Il étudia son rival, puis baissa les poings.

– Continue ! lui cria-t-il.

Son expression me déclencha un frisson glacé dans le dos. J'y lus bravade et satisfaction morbide. Que voyait-il quand il regardait Eskil à ses pieds ?

Les yeux d'Eskil étaient vitreux. Avec beaucoup d'effort, le Grisha leva les mains. Une très légère brise souffla sur Mal. Un tonnerre de huées et de sifflements s'échappa des spectateurs.

Imperturbable, Mal avança. Le vent faible d'Eskil se consuma. Mal posa une main sur le torse du hurleur et, avec dédain, le poussa à terre.

Eskil se laissa choir. Son grand corps heurta le sol, et il se ratatina sur lui-même en geignant.

Des applaudissements et des cris de joie retentirent. Un soldat ravi attrapa le poignet de Mal pour le lever triomphalement au-dessus de sa tête et des billets passèrent de mains en mains.

La foule se referma sur Mal, m'emportant avec elle. Tout le monde parlait en même temps. Des gens lui donnaient des tapes dans le dos et lui mettaient de l'argent dans les poches. Soudain Zoya apparut devant lui. Elle lui enlaça le cou et pressa ses lèvres contre les siennes. Je le vis se raidir.

Un bruit tonitruant m'envahit les oreilles, couvrant les cris de la foule.

Repousse-la, le suppliai-je en silence. *Repousse-la.*

Et je crus un moment qu'il le ferait. Mais soudain ses bras lui entourèrent la taille et il lui rendit son baiser, déchaînant l'enthousiasme des spectateurs.

Le sol se déroba sous moi. C'était comme fouler un lac gelé et sentir la glace se craqueler sous son poids. Sous la surface, il n'y avait que des eaux impitoyables et noires.

Il se dégagea, un sourire victorieux aux lèvres, le sang coulant toujours sur sa joue, et c'est à cet instant que nos regards se croisèrent. Il blêmit aussitôt.

Zoya tourna la tête dans ma direction et me décocha un rictus de défi.

Je tournai les talons pour me frayer un chemin entre les spectateurs. Tamar me suivit.

– Alina… appela-t-elle en me rattrapant.

– Laisse-moi tranquille.

Je la distançai. Il fallait que je sorte d'ici, loin de tout le monde. Les larmes me brouillaient la vue. Je ne savais pas si elles avaient été provoquées par le baiser ou par ce qui avait précédé, mais je ne voulais pas qu'on me voie ainsi. L'Invocatrice de lumière ne pleurait pas, surtout pas pour un garde *otkazat'sya*.

Et de quel droit, de toute façon ? N'avais-je pas flirté avec Nikolai un peu plus tôt ? Peut-être que je pouvais le trouver et lui demander de m'embrasser indépendamment de qui j'avais en tête.

Je sortis des écuries en trombe, dans le clair-obscur. Il faisait chaud et lourd, j'avais du mal à respirer. Je m'éloignai du chemin éclairé à côté des enclos pour me réfugier dans un bosquet de bouleaux.

Quelqu'un me toucha le bras.

– Alina…

Mal.

Je le repoussai et me mis à courir.

– Alina, arrête…

Il me rattrapa sans difficulté, malgré toutes ses blessures.

Je l'ignorai et m'enfonçai dans les bois. Je sentis les sources chaudes qui baignaient la *banya*, l'odeur puissante des feuilles de bouleau sous mes pieds. Ma gorge me faisait mal. Tout ce que je voulais, c'était qu'on me laisse seule pour pleurer ou vomir, ou peut-être les deux.

– Bon sang, Alina, tu veux bien t'arrêter ?

Je ne pouvais pas m'abandonner à mon chagrin, alors je m'abandonnai à ma colère.

– Tu es le capitaine de ma garde hurlai-je en me faufilant entre les arbres. Tu ne devrais pas te donner en spectacle comme le plus ordinaire des soldats !

Mal m'attrapa le bras et me fit pivoter.

– C'est ce que je suis, gronda-t-il. Pas l'un de tes pèlerins, ni un Grisha, ni un imbécile de garde assis devant ta porte toute la nuit dans l'espoir que tu aurais peut-être besoin de lui.

– Bien sûr que non, répliquai-je. Tu as bien mieux à faire de ton temps. Comme te soûler et enfoncer ta langue dans la bouche de Zoya.

– Au moins elle, elle ne tressaille pas quand je la touche, cracha-t-il. Tu ne veux pas de moi, alors qu'est-ce que ça peut te faire si elle, oui ?

– Tu as raison, je m'en fiche, répondis-je dans un sanglot.

Mal me lâcha brusquement et je faillis tomber à la renverse. Il s'éloigna de moi, passa ses mains dans ses cheveux en un mouvement qui le fit grimacer. Ses doigts tâtèrent ensuite les blessures qu'il avait reçues. Je voulais lui crier d'aller consulter un soigneur. Je voulais le frapper moi-même et lui faire encore plus mal.

– Par tous les Saints, jura-t-il. Je regrette tellement qu'on soit venus ici !

– Alors partons, proposai-je follement. Enfuyons-nous, ce soir, et oublions cet endroit.

Il laissa échapper un rire amer.

– Tu n'imagines même pas à quel point je le voudrais. Être avec toi sans hiérarchie, sans murs, sans rien entre nous. N'être plus que de simples anonymes ensemble.

Il secoua la tête.

– Mais jamais tu ne le feras, Alina.

– Si, assurai-je, les larmes déferlant sur mes joues.

– Sois honnête avec toi-même. Tu trouverais un moyen pour revenir.

– Je ne sais pas comment réparer ça, soufflai-je, désespérée.

– Tu ne peux rien réparer ! cria-t-il. C'est comme ça ! Il ne t'a jamais traversé l'esprit que tu es peut-être destinée à être reine et moi à être un rien du tout ?

– C'est faux.

Il fit un pas vers moi, les branches des arbres dessinant d'étranges ombres sur son visage.

– Je ne suis plus un soldat, lâcha-t-il. Je ne suis pas un prince et certainement pas un saint. Alors qu'est-ce que je suis, Alina ?

– Je...

– Qu'est-ce que je suis ? murmura-t-il.

Il était tout près de moi désormais. Son odeur que je connaissais si bien, le parfum envoûtant des champs, se perdait sous les relents de transpiration et de sang.

– Est-ce que je suis ton garde ? demanda-t-il.

Il descendit doucement la main le long de mon bras, de l'épaule jusqu'au bout des doigts.

– Ton ami ?

Sa main gauche caressa mon autre bras.

– Ton domestique ?

Je sentais son souffle sur mes lèvres. Mon cœur tambourinait à mes oreilles.

– Dis-moi ce que je suis, dit-il en m'attirant contre son corps, une main m'encerclant le poignet.

Quand ses doigts se refermèrent, un violent sursaut me remua, me faisant plier les genoux. Le monde tournait autour de moi. Je haletai. Mal lâcha ma main comme si elle le brûlait.

Il recula, stupéfait.

– Qu'est-ce que c'était ?

J'essayai de chasser le vertige qui s'était emparé de moi.

– Qu'est-ce que c'était, bon sang ? répéta-t-il.

– Je n'en sais rien, répondis-je, un picotement dans les doigts.

Un sourire sans chaleur lui déforma la bouche.

– Ce n'est jamais facile, nous deux, n'est-ce pas ?

Je me redressai, furieuse.

– Non, Mal, ça ne l'est pas. Ça ne sera jamais facile, douillet ou confortable avec moi. Je ne peux pas partir comme ça, maintenant. Je ne peux pas m'enfuir et faire semblant d'être quelqu'un d'autre, parce que si je n'assume pas qui je suis, d'autres gens encore mourront. Je ne peux plus être simplement Alina. Cette fille-là a disparu.

– Je veux la retrouver ! tonna-t-il.

– Je ne peux pas retourner en arrière ! hurlai-je, sans me préoccuper de qui pouvait nous entendre. Même si tu m'arraches le collier et le bracelet, tu ne pourras plus me démunir de mon pouvoir.

– Et si je le pouvais ? Y renoncerais-tu ? Accepterais-tu de vivre sans ?

– Jamais.

Cette vérité resta suspendue entre nous. Nous nous tûmes, perdus au milieu du bosquet, et la douleur dans mon cœur se transforma. Je savais à quoi elle laisserait la place quand elle serait partie : la solitude, le vide, une profonde fissure qui ne se colmaterait jamais, le gouffre infini que j'avais aperçu dans le regard du Darkling.

– Allons-y, lança Mal enfin.

– Où ça ?

– Au Little Palace. Je ne vais pas te laisser seule dans les bois.

Nous remontâmes la colline en silence et entrâmes dans le palais par les appartements du Darkling. Fort heureusement, la salle commune était vide.

À la porte de ma chambre, je me tournai vers Mal.

– Je le vois, avouai-je. Je vois le Darkling. Dans la bibliothèque. Dans la chapelle. Dans le Fold, juste avant l'accident du *Hummingbird*. Dans la chambre, la nuit où tu as voulu m'embrasser.

Il me dévisagea.

– Je ne sais pas si ce sont des visions ou de réelles apparitions. Je ne te l'ai jamais dit parce que je pensais que je devenais folle. Et parce que tu as déjà un peu peur de moi.

Mal ouvrit la bouche, la referma, essaya de nouveau. J'aurais tant aimé qu'il me contredise. Mais il tourna les talons. Il partit vers les quartiers des gardes, s'arrêta pour prendre une bouteille de *kvas* sur la table puis referma doucement derrière lui.

Je me préparai à entrer au lit et glissai entre les draps, mais la nuit était trop chaude, je les repoussai à mes pieds. Allongée sur le dos, je contemplai le dôme en obsidienne marqué de constellations. Je voulais frapper à la porte de Mal, lui dire que j'étais désolée, que j'avais tout fait de travers, que nous aurions dû entrer à Os Alta main dans la main. Mais quelle différence est-ce que cela aurait fait ?

Les gens comme vous et moi ne peuvent vivre une existence ordinaire.

Pas d'existence ordinaire. Rien que des batailles, la peur et des sursauts mystérieux qui nous ébranlent. J'avais passé tant d'années à pleurer de ne pas être le type de fille qui plaisait à Mal. Peut-être que ce n'était plus possible.

Il n'existe personne d'autre comme nous, Alina. Et il n'en existera jamais plus après nous.

Quand les larmes se déversèrent, elles coulèrent chaudes et enragées. J'enfouis la tête dans mon oreiller pour que personne ne m'entende pleurer. Je sanglotai jusqu'à sombrer dans un sommeil agité.

– Alina…

Je fus réveillée par le doux contact des lèvres de Mal sur les miennes, une caresse sur mes tempes, mes yeux, mon front. La lumière vacillante de ma lampe de chevet éclairait ses cheveux châtains alors qu'il se penchait pour m'embrasser le cou.

L'espace d'un instant, j'hésitai, confuse, encore ensommeillée, puis je l'enveloppai de mes deux bras pour l'attirer contre moi. Je me fichais qu'on se soit disputés, qu'il ait embrassé Zoya, qu'il m'ait tourné le dos, que tout semble si impossible. Ce qui comptait, c'était qu'il avait changé d'avis. Il était revenu et je n'étais plus seule.

– Tu m'as manqué, Mal, murmurai-je à son oreille. Tu m'as tellement manqué !

Mes mains remontèrent le long de son dos pour se poser sur sa nuque. Il m'embrassa de nouveau et je me détendis dans son étreinte. Je sentais son corps sur moi et je passai les mains sur ses muscles puissants. Si Mal était encore avec moi, s'il pouvait toujours m'aimer, alors tout espoir n'était pas perdu. Mon cœur battait la chamade et des vagues de chaleur m'envahissaient. Le silence total n'était troublé que par nos respirations et le frottement de nos corps. Il m'embrassait la gorge, le cou, il s'abreuvait de ma peau. Frissonnante, je le serrai plus fort encore.

C'était ce que je voulais. Un moyen de refermer l'espace qui s'était créé entre nous. Et pourtant, une pointe de panique me traversa. Il fallait que je voie son visage, que je m'assure que nous allions bien. Je pris sa tête dans mes deux mains, lui remontai le menton et quand nos regards se croisèrent, je replongeai dans la terreur.

J'examinai les yeux de Mal, ses yeux bleus que je connaissais mieux que les miens. Seulement, ils n'étaient pas bleus. Dans la lumière de la flamme, ils chatoyaient, plus gris que le quartz.

Il esquissa alors un sourire froid, calculé, comme jamais je ne lui en avais vu.

– Tu m'as manqué aussi, Alina.

Cette voix. Glaçante. Tranchante comme du verre.

Les traits de Mal se désagrégèrent pour se reformer en un visage différent. Pâle, beau avec une épaisse tignasse noire et une mâchoire magnifiquement taillée.

Le Darkling avait posé délicatement une main sur ma joue.

– *Bientôt,* murmura-t-il.

Je hurlai. Il se volatilisa dans l'air.

Je sortis précipitamment de mon lit et m'entourai le corps de mes deux bras. J'avais la chair de poule, mon corps tremblait de terreur et du souvenir de mon désir. Je m'attendais à voir Tamar ou Tolya se ruer dans ma chambre. J'avais déjà un mensonge tout prêt pour eux.

« Un cauchemar », dirais-je, convaincante, malgré les battements endiablés de mon cœur dans ma poitrine et le nouveau cri qui montait dans ma gorge.

Mais la chambre resta silencieuse. Personne ne vint. Je restai à trembler dans l'obscurité presque totale.

Je tentai de reprendre ma respiration. Une fois. Deux.

Lorsque je sentis que mes jambes pouvaient me porter, j'enfilai ma robe de chambre et sortis dans la salle commune. Elle était vide.

Je refermai la porte et, appuyée dessus, je regardai le lit en désordre. Je n'allais pas retourner dormir. Peut-être que plus jamais je ne le pourrais. Je consultai l'horloge sur la cheminée. Le jour se lève tôt pendant Belyanoch, mais le palais ne s'animerait pas avant des heures.

Je fouillai dans la pile de vêtements que j'avais gardés de notre voyage à bord du *Volkvolny* et en tirai un manteau marron terne et une longue écharpe. Trop chauds pour la saison, mais je m'en fichais bien. J'enfilai le manteau par-dessus ma robe de chambre, m'entourai la tête et le cou de l'écharpe et glissai dans mes chaussures.

En me faufilant dans la salle commune, je vis que la porte des gardes était fermée. Si Mal ou les jumeaux s'y trouvaient, ils devaient être profondément endormis. Ou peut-être que Mal avait retrouvé les bras de Zoya, quelque part sous les dômes du Little Palace. Mon cœur se déchira. Je pris les portes de gauche et m'élançai dans les couloirs sombres, vers le domaine silencieux.

21

Je traversai dans la pénombre les pelouses silencieuses enveloppées de brume, longeant les fenêtres sombres de la serre. Seuls mes pas sur le gravier venaient rompre le calme du jour naissant. On livrait au Grand Palace le pain et autres provisions, et je suivis la caravane de calèches jusqu'au portail et sur les rues pavées qui menaient au centre-ville. Je croisai quelques noceurs, pas encore rentrés se coucher. Je vis deux personnes en habits de soirée enlacés sur un banc dans un parc. Un groupe de filles s'éclaboussaient dans une fontaine en riant, leurs jupes remontées au-dessus des genoux. Assis sur un trottoir, un homme coiffé d'une couronne de coquelicots se tenait la tête dans les mains, tandis qu'une fille avec une couronne en papier lui tapotait l'épaule. Je passais à côté de ce monde sans qu'on me remarque, silhouette invisible dans un manteau marron terne.

Je savais que j'agissais de façon complètement déraisonnable. Les espions de l'Apparat me surveillaient sans doute, ou peut-être ceux du Darkling. Je risquais de me faire capturer à tout moment. Est-ce que cela m'inquiétait encore ? Pas sûr. J'avais besoin de marcher, de me remplir les poumons d'air frais, de balayer le souvenir des mains du Darkling sur ma peau.

Je touchai la cicatrice sur mon épaule. Même sous l'épais tissu de mon manteau, j'en sentais les contours. Sur le baleinier, j'avais demandé au Darkling pourquoi il avait laissé son monstre me mordre. J'avais cru que ce n'était que par mépris, afin que je porte pour toujours sa marque. Ce n'était peut-être pas l'unique raison.

Les visions étaient-elles réelles ? Se trouvait-il vraiment là, avec moi, ou n'était-ce que le fruit de mon imagination ? Quelle maladie me rongeait pour que je fasse un rêve pareil ?

Je ne voulais plus réfléchir, je voulais juste marcher.

Je traversai le canal. Les petites embarcations se balançaient paisiblement sur l'eau. Sous le pont, un accordéoniste jouait une mélodie langoureuse.

Je dépassai les portes de la garde pour entrer dans les rues étroites et encombrées du marché. J'avais l'impression qu'il était encore plus bondé que la dernière fois. Des gens grouillaient sur les perrons et devant les porches. Certains jouaient aux cartes sur des cartons transformés en tables de fortune. D'autres dormaient blottis en grappe. Un couple dansait lascivement sur la terrasse d'une taverne au rythme d'une musique que lui seul entendait.

Quand j'arrivai aux murs de la ville, je me suppliai d'arrêter, de faire demi-tour et de rentrer chez moi. Je réprimai un rire sans joie. Le Little Palace n'était pas chez moi, il ne le serait jamais.

Les gens comme vous et moi ne peuvent vivre une existence ordinaire.

Ma vie se composerait à présent d'allégeance et non d'amour, de fidélité plutôt que d'amitié. Je soupèserais chaque décision, réfléchirais avant chaque action, et ne me fierais à personne. Une vie à observer à distance.

Je savais que je retournerais au palais, mais je continuai à marcher. Un instant plus tard, je me retrouvai de l'autre côté du mur. Aussi facilement que ça, j'avais quitté Os Alta.

La ville de tentes avait encore grandi. Des centaines de personnes campaient là, peut-être des milliers. Les pèlerins se repéraient tout de suite. À ma grande surprise, ils étaient encore plus nombreux maintenant. Ils s'entassaient à côté d'une grande tente blanche, les visages tournés vers l'est pour accueillir la nouvelle journée.

Un murmure s'éleva alors de la foule, grossissant tels les battements d'ailes à mesure que le soleil se levait à l'horizon et éclairait le ciel d'une lueur bleu pâle. Petit à petit je distinguai les mots qu'ils prononçaient.

Sankta. Sankta Alina. Sankta. Sankta Alina.

Les pèlerins contemplaient l'aube naissante et je les contemplais, incapable de détourner le regard de leurs espoirs, de leurs attentes. Ils affichaient un air triomphant, et quand les premiers rayons vinrent les caresser, certains fondirent en larmes.

Le murmure retentissait de plus en plus fort en vagues plaintives qui me hérissaient les poils. C'était un ruisseau qui sortait de son lit, une ruche qui tombait d'un arbre.

Sankta. Sankta Alina. Fille de Ravka.

Je fermai les yeux et laissai le soleil se promener sur ma peau, priant pour ressentir quelque chose, n'importe quoi.

Sankta. Sankta Alina. Fille de Keramzin.

Leurs mains se levèrent vers le ciel, leurs voix se muèrent en un cri frénétique, un pleur incontrôlé. Des vieux, des jeunes, des malades, des faibles, des bien portants et des forts. Tous des inconnus.

Je les examinai. *Ce n'est pas de l'espoir*, songeai-je. *C'est de la folie. C'est de la soif, du besoin, du désespoir.* J'avais l'impression de me réveiller d'une transe. Pourquoi étais-je venue ici ? J'étais plus seule parmi ces gens que derrière les murs du palais. Ils n'avaient rien à donner, et je n'avais rien à leur offrir.

Mes pieds me faisaient mal, et je pris conscience de mon épuisement. Je pivotai sur moi-même pour me frayer un chemin vers les portes de la ville, tandis que le chant se transformait en une clameur rugissante.

Sankta, hurlaient-ils. *Sol Koroleva. Rebe Dva Stolba.*

Fille des Deux Moulins. J'avais déjà entendu ce nom, pendant notre trajet vers Os Alta. Une vallée à laquelle on avait donné le nom d'anciennes ruines, et qui abritait une toute petite communauté insignifiante sur la frontière sud. Mal aussi était né près de là, mais jamais nous n'avions eu l'occasion d'y retourner. Et à quoi bon ? Ce qu'il nous y restait de famille était sûrement enterré ou brûlé depuis longtemps.

Sankta Alina.

Les quelques images que j'avais gardées d'avant Keramzin me revinrent en mémoire. Les plats de betteraves, mes doigts tachés de rouge. Je me rappelai la route de terre, que je regardais depuis les larges épaules de quelqu'un, les queues des bœufs qui se balançaient et nos ombres sur le sol. Une main dirigée vers les ruines des moulins, deux étroits fuseaux de pierre, rognés par le vent, la pluie et le temps. C'est tout ce que j'avais conservé de mes années là-bas. Mes seuls vrais souvenirs remontaient à Keramzin. Mes seuls vrais souvenirs, c'était Mal.

Sankta Alina.

Je me faufilai dans la masse de corps, resserrant mon écharpe autour de mes oreilles pour essayer de bloquer le bruit. Une vieille femme pèlerin me coupa la route et je faillis la renverser. Je l'attrapai pour l'empêcher de tomber et elle s'accrocha à moi, retrouvant avec peine l'équilibre.

– Excusez-moi, *babya*, dis-je poliment.

On ne pouvait pas dire qu'Ana Kuya ne nous avait pas appris les bonnes manières. Je la stabilisai.

– Tout va bien ?

Mais elle ne me regardait pas dans les yeux, elle admirait mon cou. Ma main recouvrit ma gorge. Trop tard. L'écharpe avait glissé.

– Sankta, gémit la femme. Sankta !

Elle tomba à genoux et m'agrippa la main pour la presser contre sa joue ridée.

– Sankta Alina !

Soudain je sentis des mains partout sur moi. On tirait mes manches, l'ourlet de mon manteau.

– S'il vous plaît, implorai-je en essayant de les repousser.

Sankta Alina. Murmures, grondements, cris, plaintes. Mon nom sonna étranger à mes oreilles, prononcé comme une prière, une incantation inconnue pour chasser les ténèbres.

Ils m'encerclèrent, de plus en plus près, se bousculant pour m'approcher, me toucher les cheveux, la peau. J'entendis quelque chose se déchirer et compris qu'il s'agissait de mon manteau.

Sankta. Sankta Alina.

Les corps poussaient, se battaient pour prendre leur place sur moi. Mes pieds perdirent contact avec le sol. Je hurlai quand on m'arracha une mèche de cheveux. Ils allaient me déchiqueter.

Qu'ils le fassent, me dis-je, frappée d'une vague de lucidité. Tout peut prendre fin aussi facilement que ça. Plus de peur, plus de responsabilité, plus de cauchemars avec des navires brisés et des enfants dévorés par le Fold, plus de visions. Je serais libérée du collier, du bracelet, du poids écrasant de leur espoir. *Qu'ils le fassent.*

Je fermai les yeux. Je finirais ainsi. Ils pourraient me consacrer une page dans l'*Istorii Sankt'ya* et mettre un halo doré autour de ma tête. Alina l'Abattue, Alina la Mesquine, Alina la Folle, la fille des Deux Moulins, déchiquetée un matin dans l'ombre des murs d'Os Alta. Ils pourraient vendre mes os sur le bord de la route.

Quelqu'un poussa un hurlement. J'entendis un cri furieux. Des mains immenses m'agrippèrent et je fus soulevée dans les airs.

J'ouvris les yeux pour voir le visage bourru de Tolya. Il m'avait prise dans ses bras.

Tamar se tenait à ses côtés. Ses paumes, orientées vers le ciel, tournaient lentement.

– Reculez ! ordonna-t-elle à la foule.

Je vis quelques pèlerins cligner des yeux, ensommeillés, d'autres s'asseoir par terre. Elle ralentissait leur rythme cardiaque, pour les calmer, mais ils étaient trop nombreux. Un homme plongea vers nous. En un éclair, Tamar s'empara de ses haches. L'homme beugla quand une profonde entaille rouge lui déchira le bras.

– Approche encore et tu le perds complètement ! menaça-t-elle.

Les pèlerins étaient déchaînés.

– Laissez-moi vous aider, protestai-je.

Tolya m'ignora et fonça dans le tas. Tamar tournait autour de lui pour lui ouvrir la voie en agitant ses lames. Les pèlerins grognaient et grondaient, leurs bras tendus vers moi.

– Maintenant ! lança Tolya. Maintenant ! répéta-t-il plus fort encore.

Il se mit à courir. Ma tête cognait contre sa poitrine alors que nous retournions nous abriter derrière les murs de la ville, Tamar sur nos talons. Les gardes avaient remarqué l'agitation et ils refermaient déjà les portails.

Tolya se précipita à toute vitesse vers l'étroite ouverture entre les portes en fer, renversant tout le monde sur son passage. Tamar s'y glissa après nous, juste à temps. De l'autre côté, j'entendis le fracas des corps qui se ruaient sur les portes, les mains qui tambourinaient, les voix qui appelaient. Mon nom résonnait encore. *Sankta Alina*.

– Mais qu'est-ce que tu fichais là ? vociféra Tolya, hors de lui.

– Plus tard, intervint Tamar, tranchante.

Les gardes de la ville me dévisageaient.

– Partez d'ici ! pesta l'un d'eux. On pourra s'estimer heureux si on n'a pas une émeute à contenir, maintenant.

Des chevaux nous attendaient. Tamar arracha une couverture à un des étals du marché et m'en couvrit les épaules. Je serrai le tissu autour de mon cou pour cacher le collier. Elle bondit sur sa selle, et Tolya me balança sans cérémonie derrière elle.

Nous retournâmes au palais dans un silence tourmenté. L'effervescence de l'autre côté des fortifications ne s'était pas encore propagée à l'intérieur et nous n'eûmes à supporter que des regards intrigués.

Les jumeaux n'échangèrent pas un mot, mais leur colère était palpable. Et il y avait de quoi : je m'étais comportée en idiote, et maintenant je ne pouvais qu'espérer que les gardes rétabliraient l'ordre sans recourir à la violence.

Et pourtant, malgré la panique et le regret, une idée s'était formée dans mon esprit. Je me dis que c'était ridicule, plus un désir qu'une réalité, mais je ne pouvais l'effacer.

Quand nous arrivâmes au Little Palace, les jumeaux voulurent me ramener directement dans les appartements du Darkling mais je refusai.

– Je n'ai plus rien à craindre, maintenant. Je dois faire quelque chose de très important.

Ils insistèrent pour me suivre dans la bibliothèque.

Il ne me fallut pas longtemps pour mettre la main sur ce que je cherchais. J'avais été cartographe, après tout. Le livre sous le bras, je repartis dans ma chambre accompagnée de mes deux gardes bougons.

À ma grande surprise, je trouvai Mal installé dans la salle commune, avec une tasse de thé.

– Où… ? commença-t-il, mais Tolya le souleva de sa chaise pour le plaquer contre le mur.

– Toi, où étais-tu ? lui hurla-t-il en plein visage.

– Tolya ! m'écriai-je, affolée.

Je tentai de retirer sa main de la gorge de Mal, mais c'était comme tordre une barre en acier. Je me tournai vers Tamar, mais elle resta immobile, les bras croisés, tout aussi furibonde que son frère.

Mal étouffait. Il ne s'était pas changé depuis la veille, il arborait une barbe de plusieurs jours et empestait un mélange de sang et de *kvas*.

– Par tous les Saints, Tolya ! Vas-tu enfin le relâcher ?

Pendant un moment, Tolya parut totalement décidé à lui arracher son dernier souffle de vie, mais il écarta enfin les doigts et Mal glissa le long du mur, haletant.

– C'est toi qui étais de garde ! rugit Tolya en pointant son index sur la poitrine de Mal. Tu aurais dû être avec elle !

– Je suis désolé, lâcha Mal en se frottant le cou. J'ai dû m'endormir. J'étais juste à côté…

– Tu étais au fond d'une bouteille, l'interrompit Tolya. Ça se sent à dix mètres.

– Je suis désolé, répéta Mal, pitoyable.

– *Désolé ?* répliqua Tolya en serrant les poings. Je devrais te réduire en bouillie !

– Tu pourras l'étriper plus tard, intervins-je. Pour l'instant, j'ai besoin que tu ailles demander à Nikolai de me retrouver dans la salle des opérations. Je vais me changer.

Je partis m'enfermer dans ma chambre pour reprendre mes esprits. Il était encore tôt et j'avais déjà failli me faire tuer et sans doute déclencher une émeute. Peut-être que je mettrais le feu au palais avant le petit déjeuner.

Je me lavai le visage et enfilai mon *kefta*, avant de foncer vers la salle des opérations. Mal m'y attendait, affalé sur une chaise, même si je ne l'y avais pas invité. Il s'était changé lui aussi, mais paraissait toujours aussi négligé et épuisé. De nouveaux bleus de la nuit précédente maculaient son visage. Il leva la tête vers moi quand j'entrai, mais ne dit rien. Est-ce qu'un jour poser les yeux sur lui me deviendrait moins éprouvant ?

Je plaçai l'atlas sur la longue table et traversai la pièce jusqu'à l'ancien plan de Ravka qui s'étalait sur toute la longueur du mur d'en face. De toutes les cartes dans la salle de guerre, c'était de loin la plus vieille et la plus belle. Je passai mes doigts sur les crêtes du Sikurzoi, les montagnes qui délimitaient la frontière la plus au sud avec Shu Han, et je les suivis jusqu'au pied des collines à l'ouest. La vallée de Dva Stolba était trop petite pour apparaître sur cette carte.

– Tu te rappelles quelque chose ? demandai-je à Mal sans le regarder. D'avant Keramzin ?

Mal n'était pas beaucoup plus âgé que moi quand on l'avait amené à l'orphelinat. Je me souvenais encore du jour de son arrivée. J'avais entendu dire qu'un autre réfugié était attendu et j'espérais que ce serait une fille pour jouer avec moi. Mais j'avais vu débarquer un petit gars potelé aux yeux bleus qui relevait tous les défis.

– Non, répondit-il, sa voix encore rauque après le traitement que lui avait infligé Tolya.

– Rien ?

– Autrefois, je rêvais d'une femme avec de longs cheveux blonds tressés. Elle agitait sa natte devant moi comme un jouet.

– Ta mère ?

– Mère, tante, voisine, comment le saurais-je ? Alina, ce qui s'est passé…

– Autre chose ?

Il me dévisagea un long moment puis laissa échapper un soupir avant de continuer :

– Chaque fois que je sens de la réglisse, je me revois assis sur un porche avec une chaise peinte en rouge devant moi. C'est tout. Le reste…

Il ne finit pas sa phrase et esquissa un petit haussement d'épaules.

Il n'avait pas besoin de m'expliquer. Les souvenirs, c'était un luxe réservé aux autres enfants, pas aux orphelins de Keramzin. *Soyez reconnaissants. Soyez reconnaissants.*

– Alina, reprit Mal une nouvelle fois. Ce que tu as dit sur le Darkling…

À cet instant, Nikolai fit irruption. Malgré l'heure matinale, il affichait une élégance sans faille : le prince parfait aux cheveux blonds gominés, et aux bottes lustrées et brillantes. Il examina les hématomes et entailles sur le visage de Mal.

– Personne n'a demandé du thé, je suppose ? lança-t-il simplement.

Il s'assit et étendit ses longues jambes devant lui. Tolya et Tamar avaient pris leurs postes, mais je leur demandai de fermer la porte et de nous rejoindre.

Lorsqu'ils furent tous réunis autour de la table, je pris la parole.

– Je me suis rendue parmi les pèlerins, ce matin.

Nikolai releva la tête brusquement. En un éclair, le prince décontracté avait disparu.

– J'ai mal entendu, je pense…

– Je vais bien.

– Elle a failli se faire lyncher, affirma Tamar.

– Mais ce n'est pas arrivé.

– Tu as perdu la raison ? s'énerva Nikolai. Ces gens sont des fous !

Il se tourna vers Tamar.

– Comment as-tu pu la laisser faire une chose pareille ?

– Ce n'est pas ma faute, se défendit Tamar.

– Dis-moi que tu n'étais pas seule.

– Je n'étais pas seule, répétai-je.

– Elle était seule, contredit Tamar.

– Tamar, tais-toi. Nikolai, je te l'ai déjà dit, je vais bien.

– Seulement parce qu'on est arrivés à temps, protesta Tamar.

– Comment avez-vous fait ? demanda Mal, doucement. Comment l'avez-vous retrouvée ?

Le visage de Tolya s'obscurcit et il frappa un de ses gros poings sur la table.

– On aurait pas dû avoir à le faire, pesta-t-il. C'est toi qui étais de garde.

– Arrête ça, Tolya ! ordonnai-je, sèchement. Mal n'était pas où il aurait dû être, mais je suis tout à fait capable de me conduire comme une idiote toute seule !

Je repris mon souffle. Mal avait l'air abattu. Tolya semblait prêt à détruire tout le mobilier de la pièce. Tamar gardait un visage de pierre et jamais je n'avais vu Nikolai aussi furieux. Mais au moins, j'avais capté leur attention.

Je poussai l'atlas vers le centre de la table.

– Les pèlerins m'appellent parfois Fille de Dva Stolba.

– Deux moulins ? traduisit Nikolai.

– Une vallée qui a reçu son nom des ruines qu'elle y abrite.

J'ouvris l'atlas sur la carte de la frontière sud-ouest.

– Mal et moi venons d'un endroit par là, expliquai-je en passant un doigt au bord de la carte. Les décombres s'étendent sur toute cette zone.

Je tournai la page pour arriver sur l'illustration d'une route qui menait vers une vallée parsemée de villages. De chaque côté de la route s'élevait une fine paroi en pierre.

– Pas très impressionnant, ronchonna Tolya.

– Exactement, confirmai-je. Ces ruines sont anciennes. Qui sait depuis combien de temps elles sont là et de quoi elles sont les vestiges ? La vallée porte le nom de Deux Moulins, mais peut-être qu'il s'agissait d'une guérite ou d'un aqueduc.

Je passai la main sur la paroi.

– Ou d'une arche…

Le silence nous enveloppa soudain. Avec l'arche au premier plan et les montagnes au loin, les ruines ressemblaient parfaitement au paysage derrière Sankt Ilya dans l'*Istorii Sankt'ya*. Il ne manquait que l'oiseau de feu.

Nikolai rapprocha l'atlas de lui.

– Est-ce qu'on ne voit pas simplement ce qu'on a envie de voir ?

– Peut-être, admis-je. Mais difficile de croire que ça pourrait juste être une coïncidence.

– Envoyons des éclaireurs, suggéra-t-il.

– Non. Je veux y aller.

– Si tu pars maintenant, tout ce que tu auras accompli avec la Seconde Armée aura été vain. J'irai, moi. Si Vasily peut s'absenter pour acheter des poneys à Caryeva, je peux bien faire une petite escapade.

– C'est moi qui dois tuer l'oiseau de feu, protestai-je.

– On ne sait même pas si tu l'y trouveras.

– Pourquoi perdre du temps à discuter ? intervint Mal. Tout le monde sait que c'est moi qui irai.

Tamar et Tolya échangèrent un regard embarrassé.

Nikolai se racla la gorge.

– Avec tout le respect que je te dois, Oretsev, tu n'as pas l'air particulièrement en forme.

– Je vais bien.

– Tu t'es regardé dans une glace dernièrement ?

– Tu le fais assez pour nous deux.

Il se passa une main sur le visage, plus épuisé que jamais.

– Ma gueule de bois ne me permettra pas d'argumenter. Mais je suis le seul qui pourra trouver l'oiseau de feu. Ça ne peut être que moi.

– Je viens avec toi, affirmai-je.

– Non, réagit-il avec une force inattendue. Je vais le chasser et le capturer. Je te le rapporterai. Mais tu ne viens pas avec moi.

– C'est trop risqué, m'insurgeai-je. Même si tu parviens à l'attraper, comment le rapporteras-tu ici ?

– Demande à tes fabrikators de me confectionner une cage. Ce sera mieux pour tout le monde. Tu auras ton oiseau de feu et moi je décampe de cet endroit de malheur.

– Tu ne peux pas partir seul. Tu…

– Alors prête-moi Tolya et Tamar. Nous voyagerons plus vite et attirerons moins l'attention si nous ne sommes que tous les trois.

Mal repoussa sa chaise et se leva.

– Organise ça comme tu veux. Je te laisse faire, dit-il sans me regarder. Dis-moi seulement quand je peux partir.

Sans me laisser le temps de soulever une autre objection, il avait disparu.

Je me détournai, ravalant les larmes qui menaçaient de couler. Derrière moi, j'entendis Nikolai murmurer des instructions aux jumeaux avant de les congédier.

J'étudiai le plan. Poliznaya, où nous avions effectué notre service militaire. Ryevost, qui avait marqué le début de notre voyage vers les Petrazoi. Tsibeya, où il m'avait embrassée pour la première fois.

Nikolai posa la main sur mon épaule. Je ne savais pas si je voulais la balayer ou me retourner et tomber dans ses bras. Qu'est-ce qu'il ferait alors ? Me tapoterait-il le dos ? M'embrasserait-il ? Me demanderait-il de l'épouser ?

– C'est mieux ainsi, Alina.

Je ris amèrement.

– Le beau mensonge...

– Il n'a pas sa place ici, insista-t-il en retirant sa main.

Sa place est avec moi, me retins-je de crier. Mais je savais que ce n'était pas vrai. Je repensai au visage tuméfié de Mal, à son attitude d'animal en cage, à son combat avec Eskil. *Vas-y*. Je me revis tout contre lui alors que nous traversions la Vraie-Mer. La carte se brouilla quand mes yeux s'emplirent de larmes.

– Laisse-le partir, insista Nikolai.

– Partir où ? À la recherche d'une créature mythique qui n'existe peut-être pas ? Vers une quête impossible dans des montagnes grouillant de Shus ?

– Alina, dit Nikolai tout bas. C'est ce que font les héros.

– Je ne veux pas qu'il soit un héros !

– Il ne peut pas être autre chose que ce qu'il est, tout comme toi qui ne peux pas arrêter d'être une Grisha.

C'était un écho de ce que j'avais dit quelques heures plus tôt, mais je ne voulais pas l'entendre.

– Tu te fiches de ce qui pourrait lui arriver, lançai-je, furieuse. Tu veux juste te débarrasser de lui.

– Si je voulais tuer ton amour pour lui, je le ferais rester. Je le laisserais noyer ses ennuis dans du *kvas* et se comporter en vrai débile. C'est ce que tu veux pour lui ?

Je pris une inspiration tremblante. Nikolai avait raison, je le savais. Mal dépérissait ici. Il souffrait depuis l'instant où nous étions arrivés, mais j'avais refusé de le voir. Je lui reprochais de vouloir me faire devenir quelqu'un que je n'étais pas, mais je faisais exactement la même chose avec lui. J'essuyai les larmes sur mes joues. À quoi bon discuter davantage ? Mal avait été soldat, il avait besoin d'un objectif. Et il en avait désormais un, si je le laissais s'en emparer.

Et pourquoi ne pas le reconnaître ? Plus forte que toutes mes protestations, une petite voix en moi, assoiffée de pouvoir, impatiente d'être complète, suppliait Mal de partir au plus vite me rapporter l'oiseau de feu à n'importe quel prix. J'avais dit à Mal que la fille qu'il avait connue n'existait plus. Mieux valait qu'il s'en aille avant de constater à quel point c'était vrai.

Je laissai mes doigts glisser sur l'illustration de Dva Stolba. Deux moulins, ou plus que ça ? Qui pouvait affirmer qu'il ne restait que des ruines ?

– Tu sais le problème avec les héros et les saints, Nikolai ? demandai-je en refermant le livre et en me dirigeant vers la porte. Ils finissent toujours par mourir.

22

Mal m'évita tout l'après-midi, je fus donc surprise quand il apparut avec Tamar pour m'accompagner à la soirée d'anniversaire de Nikolai. J'avais pensé qu'il demanderait à Tolya de prendre sa place. Peut-être qu'il se rachetait pour son tour de garde manqué.

J'avais vraiment hésité à assister à la fête, mais avais-je seulement le choix ? Je n'arrivais pas à trouver d'excuse plausible, et mon absence ne ferait qu'offusquer le roi et la reine.

J'avais enfilé un *kefta* léger en soie dorée. Les saphirs du bleu profond des invocateurs brodés sur le corsage se mariaient à la perfection avec les bijoux dans mes cheveux.

Les yeux de Mal se posèrent sur moi quand j'entrai dans la salle et je me rendis compte que les couleurs auraient été plus belles sur Zoya. Mais je me repris. Si magnifique qu'elle fût, Zoya n'était pas le problème. Mal partait, et je le laissais faire. Je n'avais personne à accuser pour le fossé qui grandissait entre nous.

Le dîner fut servi dans une des plus somptueuses salles à manger du palais : le Nid de l'aigle. Elle tenait son nom de l'immense fresque au plafond représentant l'aigle à deux têtes couronnées, un sceptre dans les serres et un carquois de flèches noires terminées par des rubans rouges, bleus et violets. Ses plumes étaient forgées dans de l'or et je ne pus m'empêcher de penser à l'oiseau de feu.

Autour de la table étaient réunis les généraux les plus haut gradés de la Première Armée, en compagnie de leurs épouses, et également les oncles, tantes et cousins les plus importants de la famille Lantsov. La reine, assise à une extrémité, avait l'air d'une fleur fanée dans sa robe en soie rose. De l'autre côté, installé à côté du roi, Vasily feignait de ne pas remarquer les regards appuyés de son père sur la jeune femme d'un officier. Au centre de la table, Nikolai animait le repas de son charme caractéristique, avec moi à ses côtés.

Il avait demandé à ce qu'on n'organise pas de bal en son honneur. Il considérait de telles réjouissances inappropriées avec tous les réfugiés qui mouraient de faim aux portes de la ville. Mais c'était Belyanoch, et apparemment le roi et la reine n'avaient pas pu se refréner. Le menu consistait en treize plats, comprenant un cochon de lait entier et une structure en gélatine en forme de biche grandeur nature.

Quand arriva la distribution des cadeaux, le père de Nikolai lui offrit un œuf énorme vernissé en bleu pâle. À l'intérieur, un splendide navire miniature voguait sur une mer en lapis-lazuli. La bannière au chien rouge de Sturmhond flottait sur le mât et un minuscule canon tira un petit nuage de fumée.

Tout au long du dîner, j'écoutai mes interlocuteurs d'une oreille distraite tout en observant Mal. Les gardes du roi étaient placés à intervalles réguliers le long de chaque mur. Je savais que Tamar se trouvait quelque part derrière moi, mais Mal était juste en face de moi, droit comme un pique, les mains derrière le dos, les yeux aussi vides et anonymes que tous les autres domestiques. C'était une réelle torture de le voir ainsi. Nous n'étions qu'à quelques pas l'un de l'autre, mais on eût dit des kilomètres. Comme depuis notre arrivée à Os Alta, en réalité. Le nœud dans ma poitrine se resserrait chaque fois que mon regard se posait sur lui. Les joues rasées, les cheveux taillés, l'uniforme impeccable, même s'il affichait une mine lasse et distante, il se ressemblait de nouveau.

Les nobles levaient leurs verres à la santé de Nikolai. Les généraux vantaient son talent de meneur d'hommes et son courage. Je m'attendais à voir Vasily grimacer face à tant d'éloges faites à son frère, mais il semblait totalement ravi. Il avait le visage tout rose du vin qu'il avait bu, et sur ses lèvres se dessinait un sourire suffisant. Apparemment son voyage à Caryeva l'avait mis d'excellente humeur.

Mes yeux retournèrent sur Mal. Je ne savais pas si j'avais envie de pleurer ou de me lever et balancer la vaisselle contre le mur. La pièce était trop chaude, et la blessure sur mon épaule s'était remise à tirer et piquer.

Super, me dis-je. *Il ne manquerait plus que j'aie une autre hallucination en pleine soirée. Le Darkling va peut-être jaillir de la soupière, cette fois.*

Nikolai pencha la tête pour murmurer à mon oreille :

– Je sais que ma compagnie ne compte pas pour toi, mais tu pourrais au moins essayer ? On dirait que tu es sur le point de fondre en larmes.

– Désolée, murmurai-je. Je suis juste…

– Je sais, dit-il en me serrant la main délicatement sous la table. Mais cette biche en gélatine a donné sa vie pour que tu t'amuses ce soir.

Je souris de mon mieux, et me mis à faire des efforts. Je ris et discutai avec le général au gros visage rougeaud sur ma droite et fis mine de m'intéresser au Lantsov à taches de rousseur en face de moi qui me raconta les réparations qu'il avait entreprises dans sa nouvelle datcha.

Quand les glaces parfumées furent servies, Vasily se leva et brandit sa coupe de champagne.

– Mon frère, comme il est bon de porter un toast à ta naissance et de faire la fête avec toi après tant d'années d'absence. Je te salue et bois en ton honneur. À ta santé, petit frère !

– *Ne zalost !* répondirent les invités en prenant une grande gorgée de leur coupe avant de reprendre le fil de leurs discussions.

Mais Vasily n'avait pas terminé. Il fit cliqueter sa fourchette sur son verre pour attirer de nouveau l'attention sur lui.

– Aujourd'hui, nous avons plus à célébrer que la seule *noble* naissance de mon frère.

Si l'emphase n'était pas suffisante, le rictus dédaigneux de Vasily retirait toute ambiguïté. Un sourire agréable éclairait encore le visage de Nikolai.

– Comme vous le savez tous, j'étais en voyage ces dernières semaines.

– Et j'imagine combien vous avez dépensé, plaisanta le général rougeaud. Il va falloir agrandir les écuries !

Vasily lui décocha un regard glaçant.

– Je ne suis pas allé à Caryeva, mais en mission dans le Nord, commanditée par notre cher père.

À côté de moi, Nikolai se figea.

– Après de longues négociations difficiles, je suis heureux de vous annoncer que Fjerda a accepté de s'allier à nous dans notre lutte contre le Darkling. Ils nous envoient des troupes et des ressources.

– Est-ce possible ? lâcha un des nobles.

La poitrine de Vasily se gonfla de fierté.

– Bien évidemment. Au prix d'efforts non négligeables, j'ai réussi à faire de notre plus féroce ennemi notre allié le plus puissant.

Des éclats de voix ébranlèrent l'assemblée. Radieux, le roi embrassa son fils aîné.

– *Ne Ravka !* cria-t-il en levant son verre.

– *Ne Ravka !* reprirent les convives.

À ma grande surprise, je vis Nikolai froncer les sourcils. Il avait dit que son frère aimait les raccourcis et visiblement il en avait trouvé un. Mais Nikolai n'était pas du genre à exposer sa frustration ou sa déception.

– Quelle nouvelle extraordinaire, mon cher frère ! Je te félicite ! s'exclama Nikolai en levant à son tour son verre. Puis-je te demander ce que les Fjerdans voulaient en retour ?

– Ils sont durs en affaires, reconnut Vasily avec un petit rire indulgent. Mais rien de trop coûteux. Ils exigent l'accès à nos ports de Ravka-Ouest et notre aide pour débarrasser les voies commerciales du Sud des pirates zemenis. Je suis sûr que tu pourras apporter ta contribution pour cette requête, mon cher frère, ajouta-t-il avec un petit rire. Ils voulaient également voir réouvertes certaines routes forestières du Nord et une fois que le Darkling sera vaincu, ils demandent la coopération de l'Invocatrice de lumière dans nos efforts communs pour repousser le Fold.

Il m'adressa un large sourire. Je tressaillis légèrement de son arrogance, mais cela n'avait rien d'excessif et, en tant que chef de la Seconde Armée, j'étais un sujet du roi. Je répondis d'un hochement de tête que j'espérai suffisamment digne.

– Quelles routes ? interrogea Nikolai.

Vasily agita la main pour balayer sa question.

– Quelque part au sud de Halmhend et à l'ouest du permafrost. Elles sont suffisamment défendues par le fort d'Ulensk s'il vient à ces Fjerdans des idées de conquête.

Nikolai se leva d'un bond, sa chaise se renversant sur le sol dans un claquement.

– Quand as-tu levé les barrages ? Depuis combien de temps les routes sont-elles rouvertes ?

– Quelle différence... ? commença Vasily en haussant les épaules.

– *Depuis combien de temps ?*

La blessure dans mon épaule pulsait.

– Un peu plus d'une semaine, répondit Vasily. Tu ne crains tout de même pas que les Fjerdans nous attaqueraient depuis Ulensk ? Cela fait des mois que les rivières ne sont plus gelées, et jusqu'à...

– Et tu ne t'es pas demandé pourquoi ils s'intéressent aux routes forestières ?

– Parce qu'ils ont besoin de bois, j'imagine. Ou peut-être parce qu'elles sont sacrées pour l'un de leurs esprits ridicules.

Des rires nerveux retentirent dans la salle.

– Elles ne sont défendues que par un seul fort, gronda Nikolai.

– Parce que le passage est trop étroit pour laisser se déployer une réelle force.

– Tu mènes une guerre à l'ancienne, mon frère. Le Darkling n'a pas besoin d'un bataillon d'infanterie ni d'armes lourdes. Tout ce dont il a besoin, ce sont ses Grishas et ses soldats de l'ombre. Nous devons évacuer le palais sur-le-champ.

– Ne sois pas stupide !

– Notre seul avantage était d'être mis au courant à l'avance et les gardes postés au barrage étaient notre première ligne de défense. Ils étaient nos yeux et tu nous as rendus aveugles. Le Darkling est peut-être à notre porte à l'heure qu'il est.

Vasily secoua la tête tristement.

– Tu te ridiculises.

Nikolai frappa les deux mains sur la table. La vaisselle fit un bond.

– Pourquoi la délégation fjerdanne n'est-elle pas ici pour partager ton triomphe ? Pour boire à cette alliance sans précédent ?

– Ils nous ont envoyé leurs regrets. Ils ne peuvent pas voyager pour l'instant, parce que…

– Ils ne sont pas ici parce qu'il va y avoir un massacre ! C'est avec le Darkling qu'ils ont signé leur pacte !

– Tous nos services de renseignements le disent dans le Sud avec les Shus.

– Tu penses qu'il n'a pas d'espions ? Qu'il n'a pas ses propres taupes infiltrées dans notre réseau ? Il t'a tendu un piège que n'importe quel gosse aurait directement repéré, et toi, tu as sauté dedans à pieds joints !

Vasily s'empourpra.

– Nikolai, certainement… objecta sa mère.

– Le fort d'Ulensk est dirigé par un régiment entier, intervint l'un des généraux.

– Tu vois ? lança Vasily. Tu sèmes la terreur, c'est honteux. Je ne tolérerai pas une pareille attitude.

– Un régiment contre une armée de *nichevo'ya* ? Tout le monde dans le fort est sûrement déjà mort. Sacrifié à ta bêtise et à ta fierté.

Vasily posa la main sur la garde de son épée.

– Tu vas trop loin, pauvre bâtard !

La reine ouvrit de grands yeux.

Nikolai rit de bon cœur.

– C'est ça, insulte-moi, cher frère. Ça ne peut qu'arranger la situation. Regarde autour de cette table. Tous les généraux, tous les nobles haut gradés, une grande partie des Lantsov, *et* l'Invocatrice de lumière. Tous au même endroit, au même instant.

Certains visages blêmirent.

– Peut-être devrions-nous considérer… commença le garçon aux taches de rousseur en face de moi.

– Non ! lança Vasily, sa lèvre inférieure tremblant de rage. Ce n'est que sa jalousie et sa mesquinerie qui s'expriment ! Il ne supporte pas mes succès. Il…

Les cloches se mirent à retentir, distantes au départ et de plus en plus proches des murs de la ville. Une seule tout d'abord puis une autre, s'élevant dans un concert d'avertissement qui résonnait dans les rues d'Os Alta, à travers le centre-ville et jusqu'au Grand Palace.

– Tu lui as donné Ravka sur un plateau, trancha Nikolai.

Les invités se levèrent, repoussant les tables dans un vent de panique.

Mal vint tout de suite me rejoindre, son sabre déjà brandi.

– Il faut que nous allions au Little Palace, déclarai-je en pensant aux paraboles réfléchissantes sur le toit. Où est Tamar ?

Les fenêtres explosèrent.

Du verre tomba sur nous en pluie. Je levai les bras pour me protéger le visage tandis qu'autour de moi, les convives hurlaient et se bousculaient.

Les *nichevo'ya* déferlèrent dans la salle, battant de leurs ailes d'ombre en fusion, emplissant l'air d'un bourdonnement d'insectes.

– Mettez le roi à l'abri ! ordonna Nikolai.

Il dégaina son épée tout en accourant vers sa mère.

Les gardes du palais restaient figés sur place, terrorisés.

Une ombre souleva le garçon aux taches de rousseur et le propulsa contre le mur. Il glissa au sol, le cou brisé.

Je levai les mains, mais la pièce était trop pleine pour que je prenne le risque d'utiliser la Coupe.

Vasily n'avait pas bougé de la table, le roi frémissant à côté de lui.

– C'est toi qui as fait ça ! hurla-t-il en direction de son frère. Toi et la sorcière !

Il leva son sabre bien haut et se précipita sur moi, enragé. Mal s'interposa, plaçant son épée sur la trajectoire du coup. Mais avant que Vasily ait le temps de frapper, un *nichevo'ya* l'attrapa et lui arracha le côté gauche. Le sang gicla de sa blessure. Il se figea, stupéfait, avant de s'écrouler à terre, sans vie.

La reine poussa des hurlements hystériques. Elle se pencha pour atteindre le corps de son fils, ses pieds glissant dans son sang, mais Nikolai la retint.

– Non, supplia-t-il en l'entourant de ses deux bras. Il est mort, *Madraya*. Il est mort.

Deux autres *nichevo'ya* descendirent des fenêtres pour se diriger vers Nikolai et sa mère.

Il fallait que j'intervienne. Je fis descendre la lumière en deux arcs de feu, tranchant un monstre après l'autre, et ratant de peu un général recroquevillé sur le sol. Les gens criaient et pleuraient tandis que les *nichevo'ya* s'abattaient sur eux.

– Après moi ! lança Nikolai en poussant ses parents vers une porte dérobée.

Nous les suivîmes avec les gardes qui couvraient nos arrières et nous nous mîmes à courir.

Le Grand Palace avait plongé dans le chaos. Des domestiques et des valets paniqués encombraient les couloirs, certains fuyant vers l'entrée, d'autres se barricadant dans les chambres. J'entendis une plainte, du verre brisé. Une explosion retentit quelque part.

Faites que ce soient les fabrikators, songeai-je désespérément.

Mal et moi sortîmes du palais et dévalâmes les marches en marbre. Un crissement de métal déchira l'air. Je tournai la tête à temps pour voir le portail doré du Grand Palace soufflé de ses charnières par le vent des Etherealki. Les Grishas du Darkling se déployèrent dans leurs *keftas* colorés.

Nous nous engageâmes dans le sentier qui menait au Little Palace. Nikolai et les gardes royaux nous emboîtaient le pas, ralentis par le roi affaibli.

À l'entrée du tunnel végétal, le roi se plia en deux, respirant avec peine, tandis que la reine s'agrippait à son bras en pleurant.

– Il faut que je les conduise au *Kingfisher*, déclara Nikolai.

– Prends le chemin le plus long, conseillai-je. Le Darkling va d'abord se rendre au Little Palace. C'est moi qu'il cherche.

– Alina, s'il te capture…

– Vas-y. Sauve-les, sauve Baghra. Je n'abandonnerai pas les Grishas.

– Je les fais partir et je reviens. C'est promis.

– J'ai ta parole d'assassin et de pirate ?

Il effleura ma joue, rapidement.

– De corsaire.

Une autre explosion fit trembler la terre.

– Allons-y ! cria Mal.

Alors que nous foncions vers le tunnel, je tournai la tête et vis Nikolai disparaître dans le crépuscule pourpre. Je me demandai si je le reverrais un jour.

La blessure sur mon épaule brûlait et lancinait, me faisant courir encore plus vite dans le tunnel. Mon esprit tournait à cent à l'heure – *s'ils pouvaient s'enfermer dans le hall principal* ; *s'ils parvenaient à tirer les canons sur le toit* ; *si j'arrivais à atteindre les coupes réfléchissantes*. Tous nos plans étaient tombés à l'eau à cause de l'arrogance de Vasily.

Je sortis sur le sentier et glissai sur le gravier. Je ne sais pas si j'avais perdu l'équilibre ou si c'est ce que je vis devant moi qui me fit tomber à genoux.

Le Little Palace était enveloppé d'ombres grouillantes. Elles vrombissaient et cliquetaient en se déplaçant sur les murs depuis le toit. Des cadavres gisaient sur les marches, s'entassaient sur le sol. Les portes de devant étaient grandes ouvertes.

Des bris de verre s'éparpillaient sur le chemin devant l'escalier. Une des paraboles de David écrasait le corps d'une fille qui avait ses lunettes de travers sur le visage. Paja. Deux *nichevo'ya*, accroupis devant le miroir cassé, admiraient leurs reflets.

Je poussai un hurlement de rage et projetai deux faisceaux brûlants sur les deux monstres. La lumière frappa le bord du plat quand les *nichevo'ya* disparurent.

Une fusillade retentit sur le toit. Quelqu'un était encore vivant. Quelqu'un se battait encore, et il restait un miroir. Une maigre compensation mais il fallait faire avec.

– Par ici, lança Mal.

Nous traversâmes la pelouse et empruntâmes l'entrée qui donnait dans les appartements du Darkling. Au pied de l'escalier, un *nichevo'ya* nous fonça dessus en criant et me renversa au sol. Mal le trancha avec son sabre. La créature trembla et se reforma.

– Il revient ! avertis-je.

Mal se pencha et j'achevai le soldat de l'ombre avec la Coupe. Je gravis les marches, mon cœur tambourinant dans ma poitrine, Mal sur les talons. L'atmosphère était chargée de l'odeur du sang et de coups de feu assourdissants.

Lorsque nous sortîmes sur le toit, une voix nous mit en garde.

– Attention !

Nous eûmes juste le temps de nous plaquer contre le toit avant que le *grenatki* n'explose au-dessus de nos têtes, inondant nos paupières de lumière et nos oreilles d'un tonnerre retentissant. Des Caporalki maniaient les canons de Nikolai, pour mitrailler sans répit la masse ténébreuse, tandis que les fabrikators les alimentaient en munitions. Le miroir intact était entouré de Grishas armés, qui essayaient de repousser les *nichevo'ya*. David se trouvait parmi eux, un fusil à bout de bras dans une position maladroite. Je déchirai le ciel nocturne d'un éclair fulgurant pour nous faire gagner de précieuses secondes.

– David !

Il souffla de toutes ses forces dans le sifflet qu'il avait autour du cou. Nadia baissa ses lunettes sur les yeux et le durast qui dirigeait la parabole se prépara. Je n'attendis pas et levai les mains pour projeter la lumière sur le miroir. Le sifflet résonna. La structure se pencha. Un rayon jaillit du miroir et, même sans le deuxième, la lumière fendit la nuit et enflamma les *niche-vo'ya* qui ne purent résister.

Le rayon monta dans l'air en un arc étincelant, effaçant les corps noirs sur son passage, réduisant les troupes jusqu'à ce que nous puissions de nouveau voir le profond crépuscule du Belyanoch. Une clameur de triomphe traversa les Grishas quand ils aperçurent les étoiles et une pointe d'espoir vint percer ma terreur.

Un *nichevo'ya* apparut alors. Il évita la lumière et heurta violemment la parabole qui s'ébranla sans se décrocher.

Mal s'élança aussitôt sur la créature, suivi par un groupe de Grishas qui tentèrent de s'emparer de ses pattes musclées. Mais le soldat de l'ombre leur échappa. Et de nouveau les *nichevo'ya* se mirent à descendre de tous les côtés. J'en vis un qui glissa sous la lumière pour se ruer directement sur l'arrière de la parabole. Le miroir bascula en avant. Le faisceau faiblit et s'éteignit.

– Nadia ! hurlai-je.

Avec le durast, ils s'écartèrent de la coupe juste à temps. Elle dégringola du toit et se fracassa au sol. Les *nichevo'ya* lancèrent une autre offensive.

J'envoyai une série d'arcs lumineux.

– Allez vous réfugier dans le hall ! ordonnai-je. Fermez les portes !

Les Grishas obéirent, mais ils n'étaient pas assez rapides. J'entendis un cri et vis en un flash le visage de Fedyor, soulevé dans les airs et basculer du toit. Je tentai de couvrir leur retraite avec ma lumière, mais les *nichevo'ya* affluaient sans arrêt. Si seulement nous avions encore les deux miroirs. Si seulement nous avions plus de temps.

Mal se trouva soudain à mes côtés, son fusil dans les mains.

– Ce n'est pas bon. Il faut qu'on parte d'ici.

Je hochai la tête. Alors que nous descendions les marches, le ciel se chargea de formes remuantes. Je foulai une surface molle et trébuchai.

Sergei était recroquevillé contre le dôme. Il tenait Marie dans ses bras. Son corps avait été fendue du cou jusqu'en bas du ventre.

– Il ne reste personne, sanglota-t-il, les joues noyées de larmes. Il ne reste personne.

Il se balançait d'avant en arrière, serrant Marie contre lui. Je ne supportais pas de la voir ainsi. Marie l'ingénue avec ses adorables boucles brunes.

Les *nichevo'ya* déferlaient sur le toit et se ruaient vers nous en une marée noire.

– Mal, relève-le ! vociférai-je.

Je pulvérisai la nuée d'ombres qui fonçaient sur nous.

Mal attrapa Sergei et l'emporta loin de Marie. Le pauvre Grisha se débattit, mais nous parvînmes à le faire entrer et refermâmes la porte derrière nous. Nous le traînâmes dans l'escalier. Quand nous arrivâmes à l'étage inférieur, nous entendîmes la porte du toit exploser. Je projetai un faisceau de lumière derrière nous, espérant toucher autre chose que l'escalier et nous dévalâmes le dernier étage.

Nous nous précipitâmes dans le hall principal et les Grishas verrouillèrent les portes une fois que nous fûmes à l'intérieur. Des coups tonitruants nous indiquèrent la présence des *nichevo'ya* juste derrière nous.

– Alina ! cria Mal.

Je me tournai et vis les autres portes également fermées, mais des *nichevo'ya* avaient déjà réussi à s'infiltrer. Zoya et le frère de Nadia avaient été repoussés contre un mur. En soufflant les vents des hurleurs, ils balançaient sur les soldats de l'ombre des tables, des chaises et tous les objets qu'ils pouvaient.

Je levai les mains et la lumière se répandit en cordes crépitantes pour décimer jusqu'au dernier *nichevo'ya*. Zoya baissa les mains et un samovar s'écrasa au sol.

Derrière chaque porte, les monstres cognaient et grattaient. Ils s'efforçaient de creuser un trou dans le bois pour se ménager un passage. Les bruits nous parvenaient de toutes parts. Les fabrikators avaient fait du bon travail et les verrous tiendraient, pour un moment au moins.

Je balayai la pièce du regard. Le sang dégoulinait sur les murs et tapissait le sol. Des corps s'empilaient en tas violets, rouges et bleus.

– Il y en a d'autres ? demandai-je d'une voix chevrotante.

Complètement sonnée, Zoya hocha la tête. Une de ses joues était tachée de sang.

– Nous étions en train de dîner quand les cloches ont retenti. Nous n'avons pas eu le temps de verrouiller les portes. Ils étaient… partout.

Sergei sanglotait en silence. David était blême, mais calme. Nadia avait également réussi à se réfugier dans le hall. Elle avait son bras autour des épaules d'Adrik, qui affichait toujours la même arrogance obstinée même s'il tremblait de tout son corps. Je comptai également trois inferni et deux autres Caporalki, un fondeur et un soigneur. C'était tout ce qui restait de la Seconde Armée.

– Quelqu'un a vu Tolya et Tamar ?

Personne. Ils étaient certainement morts. Ou peut-être qu'ils avaient joué leur rôle dans ce massacre. Tamar avait disparu de la salle de réception. Qui sait, ils travaillaient peut-être pour le Darkling depuis le début.

– Nikolai n'est peut-être pas encore parti, affirma Mal. On pourrait essayer d'atteindre le *Kingfisher*.

Je secouai la tête. Si Nikolai était encore là, ça voulait dire que ses parents et lui étaient sûrement morts, et sans doute Baghra avec eux. J'imaginai soudain Nikolai flottant dans le lac, sur le ventre, parmi les restes de son *Kingfisher*.

Non. Il ne fallait pas que je réfléchisse ainsi. Je me rappelai ce que j'avais pensé de Nikolai la première fois que je l'avais vu. Il fallait que je croie en lui : le renard rusé s'échapperait de ce piège encore une fois.

– Le Darkling a concentré ses forces ici, dis-je. Nous pouvons essayer de nous enfuir par le centre-ville.

– On n'y arrivera jamais, se lamenta Sergei. Il y en a trop !

Il avait raison. Nous savions que nous risquions d'en arriver là, mais nous pensions que nous serions plus nombreux et que nous obtiendrions des renforts de Poliznaya.

De l'extérieur nous parvint un puissant tonnerre.

– Il arrive, gémit un inferni. Oh, par tous les Saints, il arrive !

– Il va tous nous tuer, murmura Sergei.

– Si nous avons de la chance, ironisa Zoya.

Son commentaire ne contribuait pas à améliorer le moral des troupes, mais elle avait raison. J'avais vu le sort que réservait le Darkling aux traîtres dans les orbites creuses de sa mère, et je me disais bien qu'il se montrerait plus cruel encore avec Zoya et les autres.

Zoya tenta d'essuyer le sang sur sa joue, mais ne fit que l'étaler.

– Je suis d'avis qu'on parte au centre-ville, ajouta-t-elle. Je préfère mille fois affronter les monstres dehors qu'attendre le Darkling ici.

– Nos chances sont faibles, avertis-je, désolée de n'avoir aucun espoir à leur offrir. Je ne suis pas assez forte pour les arrêter tous.

– Au moins, avec les *nichevo'ya* ce sera relativement rapide, affirma David. Sortons nous battre.

Nous nous tournâmes pour le regarder. Il semblait un peu surpris lui-même. Il haussa les épaules et croisa mon regard.

– Faisons de notre mieux, conclut-il.

J'examinai tous les Grishas, les uns après les autres. Ils hochèrent tous la tête.

– David, il te reste des *grenatki* ? demandai-je.

Il sortit deux cylindres en fer de son *kefta*.

– Ce sont les derniers.

– Utilises-en un et garde l'autre en réserve. Je vais donner le signal. Quand j'ouvrirai les portes, courez vers les portails du palais.

– Je reste avec toi, affirma Mal.

J'ouvris la bouche pour protester, mais un regard me suffit pour comprendre que c'était inutile.

– Ne nous attendez pas, dis-je aux autres. Je vous couvre aussi longtemps que je le peux.

Un autre tonnerre déchira l'air.

Les Grishas arrachèrent les fusils des bras des morts et se rassemblèrent autour de la porte.

– Très bien, ponctuai-je.

Je me tournai et posai les mains sur les poignées sculptées. Dans mes paumes, je sentais la pression des *nichevo'ya* sur le bois. Ma blessure pulsa violemment.

Je fis un signe de tête en direction de Zoya. Le verrou cliqueta.

Je poussai les portes.

– Maintenant ! criai-je.

David lança la bombe aveuglante dans le crépuscule et Zoya la propulsa le plus loin possible dans un souffle de hurleur.

– Baissez-vous ! lança David.

Nous nous repliâmes dans l'abri du hall, les yeux fermés, les mains sur la tête pour nous protéger de l'explosion.

Le choc remua le sol en pierre sous nos pieds et un éclat de lumière rouge brûla mes paupières closes.

Nous nous mîmes à courir. Les *nichevo'ya* s'éparpillèrent, ébranlés par la lumière et le son, mais après quelques secondes seulement, ils se ruaient de nouveau sur nous.

– Foncez ! hurlai-je.

Je levai les bras et les fauchai un à un en les éblouissant, tandis que Mal ouvrait le feu. Les Grishas s'élancèrent dans le tunnel végétal du bois.

J'en appelai à toute la puissance du cerf et toute la force de Rusalye, à toutes les astuces que m'avait apprises Baghra. J'attirai la lumière à moi pour la déverser en arcs foudroyants sur les pas de l'armée de l'ombre.

Ils étaient trop nombreux. Quelle énergie le Darkling avait-il dû dépenser pour en soulever autant ? Ils se ruaient sur nous, tel un nuage d'insectes assoiffés de sang, les bras en avant, leurs serres brandies. Ils repoussèrent les Grishas hors du tunnel, leurs ailes noires battant l'air, l'immense gouffre de leurs gueules béantes prêt à se refermer sur eux.

Et soudain une fusillade éclata. Sortant des bois à ma gauche, des soldats tiraient en courant. Le cri de guerre qu'ils scandaient me hérissa les poils. *Sankta Alina*.

Ils fonçaient vers les *nichevo'ya*, brandissant leurs épées et leurs sabres, tranchant les monstres avec une férocité effrayante. Certains étaient habillés comme des paysans, d'autres portaient les uniformes déchirés de la Première Armée, mais chacun d'eux arborait le même tatouage : mon soleil, gravé à l'encre noire sur le visage.

Seuls deux d'entre eux n'exhibaient aucune marque. Tolya et Tamar menaient la charge. Leurs yeux furibonds, leurs lames étincelantes dans la nuit, ils rugissaient mon nom.

23

Les soldats de lumière se ruèrent sur la horde de l'ombre pour repousser l'ennemi, tandis que les coups de fusils retentissaient, obsédants. Mais malgré leur férocité, ce n'étaient que des chairs humaines et de l'acier contre des formes sans matière. L'un après l'autre, les *nichevo'ya* les mettaient à terre.

– Courez vers la chapelle ! cria Tamar.

La chapelle ? Avait-elle l'intention d'assommer le Darkling avec des livres de cantiques ?

– Nous y serons pris au piège ! objecta Sergei, en accourant vers moi.

– Nous sommes déjà pris au piège, répliqua Mal, en passant son fusil derrière son dos et en me tirant par le bras. Allons-y !

Je ne savais qu'en penser, mais nous étions à court d'options.

– David ! criai-je. La deuxième bombe !

Il la jeta sur les *nichevo'ya*. Il rata complètement son lancer, mais heureusement Zoya redirigea le projectile.

Nous nous enfonçâmes dans les bois, les soldats de lumière protégeant nos arrières. L'explosion déchira les arbres en un éclair blanc.

Des lampes avaient été allumées dans la chapelle et la porte était ouverte. Nous nous ruâmes à l'intérieur, l'écho de nos pas résonnant sur les bancs et sous le dôme bleu.

– Où on va maintenant ? demanda Sergei, paniqué.

Déjà nous entendions le bourdonnement provenant de dehors. Tolya referma la porte et plaça rapidement le lourd loquet en bois. Les soldats de lumière se positionnèrent derrière les fenêtres, fusils en joue.

Tamar sauta par-dessus un banc pour me rejoindre dans l'aile.

– Viens !

Je lui adressai un regard perdu. Où voulait-elle que je la suive ?

Elle courut vers l'autel et arracha un coin en bois doré du triptyque. Je n'en revenais pas : le panneau abîmé par les eaux révéla un passage sombre. Voilà comment les soldats de lumière étaient entrés dans le domaine et comment l'Apparat s'était enfui du Grand Palace.

– Où conduit-il ? demanda David.

– Quelle importance ? lança Zoya.

Le bâtiment trembla quand un puissant coup de tonnerre déchira l'air. Les portes de la chapelle volèrent en éclats. Tolya fut projeté en arrière et les ténèbres pénétrèrent la chapelle.

Le Darkling fit son apparition sur une marée d'ombre, flottant sur le dos de ses monstres qui le posèrent au sol avec un soin infini.

– Feu ! ordonna Tamar.

Les soldats obtempérèrent. Les *nichevo'ya* s'enroulèrent autour de leur créateur, ondulant et se reformant chaque fois qu'une balle les touchait. Ils se relayaient dans une vague d'ombre continue. Les tirs ne ralentissaient même pas le Darkling.

Les *nichevo'ya* affluaient par la porte de la chapelle. Tolya s'était déjà redressé et il s'élança vers moi, un pistolet dans chaque main. Tamar et Mal m'entouraient, les Grishas derrière nous. Je levai les mains, invoquant la lumière, me préparant à l'attaque.

– Baisse les bras, Alina, demanda le Darkling.

Sa voix douce résonna dans la chapelle, couvrant l'agitation ambiante.

– Baisse les bras et je les épargnerai.

En réponse, Tamar frotta ses haches l'une contre l'autre, déclenchant un affreux crissement de métal. Les soldats de lumière levèrent leurs fusils et j'entendis le claquement des silex des inferni.

– Regarde autour de toi, Alina, lança le Darkling. Tu ne peux pas gagner. Tu ne peux que les regarder mourir. Viens à moi maintenant et je ne toucherai personne. Ni tes soldats fanatiques, ni même les traîtres grishas.

J'examinai le cauchemar qui se jouait devant mes yeux. Les *nichevo'ya* grouillaient au-dessus de nous, se rassemblant sous le dôme. Ils formaient autour du Darkling un épais nuage noir de corps et d'ailes. Par les fenêtres, j'en vis plus encore qui planaient dans le ciel de la nuit.

Les soldats de lumière affichaient des visages déterminés, mais leurs rangs avaient été sévèrement diminués. L'un d'eux avait des fossettes sur le menton. Sous son tatouage, il ne devait pas avoir beaucoup plus que douze ans. Il leur fallait un miracle de leur sainte, un miracle que j'étais bien incapable d'accomplir.

Tolya arma ses deux pistolets.

– Attendez, ordonnai-je.

– Alina, murmura Tamar. On peut encore te faire sortir d'ici.

– *Attendez*, répétai-je.

Les soldats de lumière baissèrent leurs fusils. Tamar posa ses haches sur ses cuisses, mais sans en lâcher les manches.

– Quelles sont tes conditions ? demandai-je.

Mal fronça les sourcils. Tolya secoua la tête. Je les ignorai. Je savais qu'il s'agissait probablement d'une ruse, mais s'il existait une chance de sauver leurs vies, j'étais prête à la saisir.

– Rends-toi, lança le Darkling. Et ils repartent tous libres. Ils peuvent se faufiler dans ce trou de lapin et disparaître pour toujours.

– Libres ? murmura Sergei.

– Il ment, protesta Mal. Il ne sait faire que ça.

– Je n'ai pas besoin de mentir, objecta le Darkling. Alina veut venir avec moi.

– Elle ne veut rien avoir à faire avec toi, cracha Mal.

– Non ? demanda le Darkling.

Ses cheveux noirs luisaient dans la lueur des lampes de la chapelle. Soulever son armée de l'ombre lui avait coûté un lourd tribut. Il avait maigri et pâli, mais étrangement, les angles bien taillés de son visage le rendaient plus beau encore.

– Je t'avais prévenue que tes *otkazat'sya* ne pourraient jamais te comprendre, Alina. Je t'avais dit qu'ils finiraient par te craindre et détester ton pouvoir. Je me suis trompé ?

– Tu t'es trompé, confirmai-je d'une voix ferme, mais le doute s'insinuait dans mon cœur.

Le Darkling secoua la tête.

– Tu ne peux pas me mentir. Tu penses que j'aurais pu venir te retrouver encore et encore si tu avais été moins seule ? Tu m'as appelé et j'ai répondu.

Je n'en croyais pas mes oreilles.

– Tu... tu étais là ?

– Dans le Fold. Au palais. La nuit dernière.

Je rougis en me rappelant son corps sur le mien. Une vague de honte me submergea, mais elle s'accompagnait d'une pointe de soulagement. Je n'avais pas imaginé sa présence.

– C'est impossible, lâcha Mal.

– Tu n'as aucune idée de ce que je peux réaliser, traqueur.

Je fermai les yeux.

– Alina...

– J'ai vu qui tu étais vraiment, continua le Darkling. Et jamais je ne me suis détourné. Jamais je ne me détournerai. Peut-il en dire autant ?

– Tu ne sais rien d'elle, répliqua Mal, furieux.

– Viens avec moi maintenant, et tout s'arrêtera. La peur, le doute, le bain de sang. Laisse-le partir, Alina. Laisse-les tous partir.

– Non, répondis-je.

Mais quelque chose en moi me hurlait d'accepter. *Oui.*

Le Darkling poussa un soupir et jeta un regard par-dessus son épaule.

– Amenez-la.

Une silhouette approcha, enveloppée d'un lourd châle. Pliée en deux, elle avançait lentement, comme si chaque pas lui était pénible. *Baghra.*

Mon estomac se serra. *Pourquoi a-t-il fallu qu'elle se montre si têtue ? Pourquoi n'était-elle pas partie avec Nikolai ?* Ou peut-être que Nikolai n'avait pas réussi à fuir.

Le Darkling posa une main sur l'épaule de la vieille femme. Elle tressaillit.

– Laisse-la tranquille, hurlai-je, hors de moi.

– Montre-leur.

Elle défit son châle. Je retins ma respiration. J'entendis quelqu'un derrière moi pousser une exclamation d'épouvante.

Ce n'était pas Baghra. Je ne reconnus pas tout de suite qui j'avais devant les yeux. Les morsures lui déformaient tout le corps, creusaient des fentes noires, boursouflaient sa peau au-delà de toute possibilité de cicatrisation, même par un Grisha. Les marques indélébiles des *nichevo'ya*. Je distinguai alors la flamme délavée de ses cheveux, la jolie teinte ambre de son œil unique.

– Genya… lâchai-je dans un souffle.

Un silence de mort s'abattit sur nous. Je fis un pas vers elle. David me bouscula en descendant de l'autel. Genya recula, remettant son châle et détournant le visage.

David ralentit. Il hésita. Délicatement, il tendit le bras vers son épaule. Je vis les mouvements saccadés de son dos et compris qu'elle pleurait.

Je me couvris la bouche pour étouffer le sanglot qui montait dans ma gorge.

J'avais vu des milliers d'horreurs dans cette longue journée, mais ce fut celle qui m'anéantit. Genya qui tentait d'échapper à David, tel un animal apeuré. Genya la lumineuse avec sa peau d'albâtre et ses mains gracieuses. Genya la résiliente qui avait encaissé d'innombrables offenses et injures, sans jamais courber l'échine. Genya l'imbécile qui avait essayé d'être mon amie, qui avait osé me témoigner de la merci.

David lui entoura les épaules de son bras et, lentement, lui fit remonter l'aile. Le Darkling ne les arrêta pas.

– J'ai mené cette guerre parce que tu m'y as contraint, Alina, affirma le Darkling. Si tu ne m'avais pas fui, la Seconde Armée serait intacte. Tous ces Grishas seraient encore en vie. Ton traqueur serait heureux et à l'abri dans son régiment. Quand est-ce que tu en auras assez ? Quand me permettras-tu d'arrêter ?

Personne ne peut t'aider. Ton seul espoir est la fuite. Baghra avait eu raison. Je m'étais bercée d'illusions à croire que je pouvais le combattre. Mes tentatives avaient coûté un nombre insensé de vies.

– Tu pleures les morts de Novokribirsk, continua le Darkling. Ceux du Fold. Mais qu'en est-il des milliers qui les ont précédés, au cours de guerres sans fin ? Et de ceux qui meurent en ce moment même sur les côtes éloignées ? Ensemble nous pouvons mettre une fin à ces massacres.

Raisonnable. Logique. Pour une fois, je l'écoutais. Une fin à ces massacres.

C'est terminé.

J'aurais dû me sentir abattue, vaincue, mais au contraire une curieuse lumière se mit à briller en moi. Une partie de moi savait-elle que ça s'achèverait ainsi ?

À l'instant où le Darkling avait glissé sa main sur mon bras dans le pavillon des Grishas, il y a si longtemps, il avait pris possession de moi. Je ne l'avais juste pas compris avant maintenant.

– Très bien, murmurai-je.

– *Alina, non !* cria Mal, furieux.

– Tu les laisseras partir ? demandai-je. Tous sans exception ?

– Il nous faut le traqueur, affirma le Darkling. Pour l'oiseau de feu.

– Il part. Tu ne peux pas nous avoir tous les deux.

Le Darkling réfléchit puis hocha la tête. Il était persuadé qu'il trouverait un moyen de récupérer Mal. Qu'il le croie. Je ne l'autoriserais pas.

– Je ne vais nulle part, objecta Mal, les mâchoires serrées.

Je me tournai vers Tolya et Tamar.

– Emmenez-le loin d'ici. Même si vous devez le porter sur votre dos.

– Alina…

– Nous ne partirons pas, déclara Tamar. Nous t'avons juré allégeance.

– Vous partirez.

Tolya secoua son immense tête.

– Nous t'avons dédié notre vie. Nous tous.

Je me tournai pour leur faire face.

– Alors faites ce que je vous ordonne. Tolya Yul-Babatar, Tamar Kir-Baatar, mettez ces gens en sécurité.

J'invoquai la lumière pour qu'elle m'enveloppe d'un halo glorieux. Une astuce facile, mais convaincante. Nikolai aurait été fier de moi.

– *Ne me décevez pas.*

Tamar avait les larmes aux yeux, mais elle baissa la tête en même temps que son frère.

Mal m'attrapa le bras pour me faire pivoter vers lui.

– Qu'est-ce que tu fais ?

– Je le veux ainsi.

J'en ai besoin ainsi. Égoïsme ou sacrifice, quelle importance ?

– Je ne te crois pas.

– Je ne peux pas échapper à ce que je suis, Mal, à ce que je deviens. Je ne peux pas ramener celle que tu connaissais, mais je peux te libérer.

– Tu ne peux pas... tu ne peux pas le choisir.

– Ce n'est pas un choix. C'est ma destinée.

Je ne mentais pas. C'était inscrit dans le collier, dans le poids du bracelet. Pour la première fois après des semaines, je me sentais forte.

Il grimaça.

– Ce n'est pas comme ça que ça devait être.

L'expression sur son visage faillit me faire perdre ma résolution. Il semblait perdu, sidéré, comme un petit garçon abandonné dans les ruines d'un village parti en fumée.

– S'il te plaît, Alina, supplia-t-il tout bas. S'il te plaît. Ça ne peut pas finir comme ça.

Je posai une main sur sa joue, espérant que ce qui restait entre nous lui permettrait de comprendre. Je me hissai sur la pointe des pieds et embrassai la cicatrice sur sa mâchoire.

– Je t'ai aimé toute ma vie, Mal, murmurai-je à travers mes larmes. Notre histoire est éternelle.

Je reculai, mémorisant chaque trait de son visage. Puis je fis volte-face et descendis l'aile. Je marchai d'un pas assuré. Mal aurait une belle vie. Il trouverait un but. Je marchai vers le mien. Nikolai m'avait promis une chance de sauver Ravka, de me racheter de tout ce que j'avais fait. Il avait essayé, mais c'était au Darkling de m'offrir ce présent.

– Alina ! hurla Mal.

J'entendis remuer derrière moi et compris que Tolya avait soulevé Mal pour le mettre sur son épaule.

– Alina !

Sa voix sonnait comme l'écorce qu'on arrache au tronc d'un arbre. Je ne me retournai pas.

Le Darkling m'attendait, ses gardes de l'ombre s'enroulant autour de lui.

J'étais effrayée, mais au-delà de la peur, j'étais impatiente.

– Nous sommes semblables. Comme personne d'autre, comme personne ne le sera jamais.

Je m'imprégnai de cette vérité. *Qui se ressemble s'assemble.*

Il me tendit la main et j'entrai dans ses bras.

Je lui pris la nuque, caressant ses cheveux soyeux de mes doigts. Je savais que Mal nous regardait. Je voulais qu'il se détourne. Je voulais qu'il parte. Je tournai mon visage vers le Darkling.

– Mon pouvoir est le tien, murmurai-je.

Je vis l'extase et le triomphe dans ses yeux tandis qu'il approchait sa bouche de la mienne. Nos lèvres se rencontrèrent et la connexion entre nous se fit aussitôt. Ce n'était pas ainsi qu'il m'avait touchée dans mes visions, quand son ombre m'avait rendu visite. C'était réel, et je plongeai dans son étreinte.

Le pouvoir m'inonda – le pouvoir du cerf, son cœur puissant qui battait dans nos deux corps, les vies qu'il avait prises, les vies que j'avais essayé de sauver. Mais je sentais également le pouvoir du Darkling, le pouvoir de l'Hérétique noir, le pouvoir du Fold.

Qui se ressemble s'assemble. Je l'avais perçu quand le *Hummingbird* était entré dans la Non-Mer, mais j'avais eu trop peur pour l'accepter. Cette fois, je ne luttai pas. Je me débarrassai de ma peur, ma culpabilité et ma honte. Je portais en moi les ténèbres. C'est lui qui les y avait placées, je n'allais plus le nier. Les volcras, les *nichevo'ya*, ils étaient mes monstres, tous sans exception. Et lui aussi était mon monstre.

– Mon pouvoir est le tien, répétai-je.

Son bras se resserra sur moi.

– Et le tien m'appartient, murmurai-je contre ses lèvres.

Il m'appartient. Les mots résonnèrent en moi, en nous deux.

Les soldats de l'ombre s'entortillaient et bourdonnaient.

Je me souvins de ce que j'avais éprouvé dans cette clairière enneigée, quand le Darkling avait posé le collier autour de mon cou et s'était emparé de mon pouvoir. Je traversai le lien entre nous.

Il recula.

– Qu'est-ce que tu fais ?

Je savais pourquoi il n'avait jamais eu l'intention de tuer le dragon lui-même, pourquoi il n'avait pas voulu constituer cette deuxième connexion. Il avait peur.

Il m'appartient.

Je remontai vers lui à travers l'union que le collier de Morozova créait entre nous et m'emparai de son pouvoir.

L'obscurité s'échappa de lui, de l'encre noire dégoulinant de ses paumes, se gonflant et tourbillonnant pour prendre la forme d'un *nichevo'ya*, ses mains, sa tête, ses griffes, ses ailes. La première de mes abominations.

Le Darkling essaya de se dégager de moi, mais je l'agrippai plus fort, appelant son pouvoir, appelant ses ténèbres comme il avait autrefois utilisé le collier pour invoquer ma lumière.

Une autre créature surgit, puis une autre encore. Le Darkling hurla quand elles se dégagèrent de lui. Je le sentais aussi, je sentais mon cœur se contracter à chaque nouveau soldat de l'ombre qui m'arrachait une partie de moi pour me faire payer le prix de sa création.

– Arrête, lâcha le Darkling, haletant.

Les *nichevo'ya* vrombissaient nerveusement autour de nous, cliquetant et sifflant de plus en plus vite. L'un après l'autre, je donnais vie à mes combattants des ténèbres et mon armée grossissait autour de nous.

Le Darkling poussa un gémissement, et moi aussi. Nous nous écroulâmes l'un contre l'autre, mais je ne cédai pas.

– Tu vas nous tuer tous les deux ! se lamenta-t-il.

– Oui.

Les jambes du Darkling vacillèrent et nous tombâmes à genoux.

Ce n'était pas la Petite Science. C'était de la magie, une force ancienne, la conception au cœur du monde. C'était terrifiant, infini. Pas étonnant que le Darkling en réclame toujours plus.

L'obscurité grouillait en bourdonnant, un millier de sauterelles, de coccinelles, de mouches affamées, frétillant des pattes, battant des ailes. Les *nichevo'ya* faiblirent et se reformèrent, alimentés par sa rage et mon exaltation.

Un autre monstre. Un autre encore. Du sang coulait du nez du Darkling. La chapelle me donna l'impression de remuer et je pris conscience que je convulsais. Je mourais, petit à petit, avec chaque monstre qui se libérait.

Un peu plus longtemps encore, songeai-je. *Juste quelques-uns de plus. Juste assez pour que je l'envoie dans l'autre monde avant de le suivre.*

– Alina ! cria Mal si loin de moi.

Il s'accrochait à moi, essayait de me ramener.

– Non ! protestai-je. Laisse-moi finir.

– Alina !

Mal attrapa mon poignet et un choc m'ébranla. À travers le voile de sang et d'ombre, j'aperçus une vision d'une beauté parfaite, comme si une porte en or s'était ouverte.

Il m'arracha au Darkling, mais pas avant que je lance un dernier appel à mes créatures : *destruction.*

Le Darkling s'effondra au sol. Les monstres s'élevèrent autour de lui en une colonne noire pour aller percuter les murs de la chapelle et ébranler tout l'édifice.

Mal m'avait prise dans ses bras et remontait l'allée en courant. Les *nichevo'ya* continuaient leur entreprise de démolition. Le plâtre tombait au sol par grosses plaques. Le dôme bleu trembla, ses fondations ne le soutenant plus.

Mal bondit par-dessus l'autel et plongea dans le passage. Il fonçait pour fuir le désastre que j'avais provoqué. L'odeur de terre humide et de moisissure emplit mes narines, mêlée au parfum suave de l'encens.

Une explosion derrière nous nous indiqua l'effondrement de la chapelle. L'impact se répercuta jusque dans le tunnel. Un nuage de poussière et de débris nous souffla avec la force d'un typhon. Mal fut projeté en avant. Je tombai de ses bras et le monde autour de nous s'écroula.

La première chose que j'entendis fut la voix grave et étouffée de Tolya. Je ne pouvais ni parler ni crier. J'éprouvais une intense douleur, suffoquant sous le poids de la terre. Plus tard, j'appris qu'ils avaient creusé des heures pour me dégager et souffler de la vie dans mes poumons. Ils avaient stoppé l'hémorragie dont je souffrais et réparé le plus gros de mes fractures.

Je perdais régulièrement connaissance. Ma bouche était sèche et gonflée. J'avais dû me mordre la langue. J'entendis Tamar donner des ordres.

– Détruisez le reste du tunnel. Il faut qu'on parte aussi loin d'ici que possible.

Mal.

Était-il ici ? Enterré sous les décombres ? Je ne pouvais pas les laisser l'abandonner. Je forçai mes lèvres à dessiner son nom.

– Mal.

Percevaient-ils seulement ma voix ? Même à mes oreilles, elle sonnait trop faible, trop lointaine.

– Elle est blessée. Devrait-on la ralentir ? demanda Tamar.

– J'ai peur que son cœur s'arrête de nouveau, répondit Tolya.

– Mal… répétai-je.

– Laisse ouvert le passage vers le couvent, lança Tamar. Avec un peu de chance, il pensera qu'on a pris ce chemin.

Le couvent. Sankta Lizabeta. Les jardins à côté du manoir des Gritzki. Je ne pouvais mettre de l'ordre dans mes pensées. Je tentai de prononcer de nouveau le nom de Mal. La douleur grandissait en moi. Je l'avais peut-être perdu à jamais. Si j'en avais eu la force, j'aurais hurlé. À tue-tête. Mais je plongeai dans le coma.

Quand je revins à moi, le monde se balançait. Je me souvins du baleinier, et l'espace d'un moment terrifiant, je pensai être retournée sur un navire. J'ouvris les yeux, vis de la terre et des rochers au-dessus de moi. Nous avancions dans une immense caverne. J'étais allongée sur une espèce de civière, portée entre les épaules de deux hommes.

Je m'efforçai de ne plus reperdre connaissance. J'avais passé le plus clair de ma vie malade et faible, mais jamais je n'avais connu un tel épuisement. Je me sentais vidée, complètement creuse. Au moindre coup de vent, je risquais de me briser en mille morceaux.

Même si tous mes os et tous mes muscles s'indignèrent de mon geste, je tournai la tête.

Mal était là, étendu sur une autre civière, à quelques mètres de moi. Il me regardait comme s'il attendait mon réveil. Il tendit la main.

Je trouvai en moi un reste de force pour la saisir. Quand nos doigts se rencontrèrent, j'entendis un sanglot et compris que je pleurais. Je me laissai aller, soulagée de ne pas avoir à supporter le poids de sa mort. Mais en même temps, j'éprouvais une pointe incandescente de ressentiment. J'enrageais d'avoir survécu.

Nous voyageâmes pendant des kilomètres, à travers des galeries si étroites qu'on dut baisser ma civière pour la faire rouler au sol, et à travers des tunnels assez spacieux pour faire passer dix charrettes de foin. J'ignore combien de temps nous avons avancé ainsi. Sous la terre, il n'existe ni nuit ni jour.

Mal se rétablit avant moi et descendit de sa civière pour m'accompagner à pied. Il avait été blessé lors de l'éboulement, mais les Grishas l'avaient soigné. Ce que j'avais subi, ce que j'avais traversé, ils n'étaient pas en mesure de le réparer.

Nous nous arrêtâmes dans une grotte couverte de stalactites. La Bouche du ver, comme j'entendis quelqu'un la nommer. Quand ils me posèrent, Mal était à mes côtés, et avec son aide, je parvins à m'asseoir, appuyée contre la paroi rocheuse. Cet effort insignifiant suffit pour m'étourdir et, quand il me tamponna le nez avec sa manche, je vis que je saignais.

– C'est grave ? demandai-je.

– Tu as déjà eu meilleure mine, reconnut-il. Les pèlerins nous ont parlé d'une Cathédrale blanche. Je pense que c'est là que nous nous rendons.

– Ils m'emmènent auprès de l'Apparat.

Il examina la grotte.

– C'est comme ça qu'il s'est enfui du Grand Palace après le coup d'État, dit-il. Et qu'il a réussi à ne pas se faire capturer.

– Et aussi qu'il a fait son apparition à la fête. Le manoir était à côté du couvent de Sankta Lizabeta, tu te souviens ? Tamar m'a amenée à lui, pour le laisser filer ensuite.

Je perçus l'amertume dans ma faible voix.

Lentement, mon esprit embrumé rassemblait les pièces du puzzle. Seuls Tolya et Tamar étaient au courant de cette soirée et ils avaient arrangé une rencontre avec l'Apparat. Le matin où j'avais failli déclencher une émeute, ils se trouvaient parmi les pèlerins, pour regarder le lever du jour avec eux. C'est pour cela qu'ils m'avaient rejointe si rapidement. Et Tamar avait fui le Nid de l'aigle dès qu'elle avait senti le danger. Je savais que c'étaient aux jumeaux et à leurs soldats de lumière que les Grishas devaient d'être encore en vie, mais leurs mensonges me blessaient tout de même.

– Comment vont les autres ?

Mal tourna la tête en direction du groupe de Grishas épuisés rassemblés dans l'ombre.

– Ils ont appris l'existence du bracelet, répondit-il. Ils ont peur.

– Et l'oiseau de feu ?

– Je ne crois pas.

– Je le leur dirai dès que je le jugerai nécessaire.

– Sergei ne va pas bien, continua Mal. Je pense qu'il est toujours en état de choc. Les autres tiennent bon.

– Genya ?

– David et elle restent en retrait des autres. Elle ne peut pas marcher très vite. Les pèlerins l'appellent *Razrusha'ya*, enchaîna-t-il après une pause.

La Détruite.

– J'ai besoin de voir Tolya et Tamar.

– Tu as besoin de te reposer.

– Maintenant, insistai-je. S'il te plaît.

Il se leva, hésitant. Quand il reprit la parole, sa voix vibrait d'une touche d'aigreur.

– Tu aurais dû me dire ce que tu avais l'intention de faire.

Je détournai le visage. La distance entre nous s'était encore creusée. *J'ai essayé de te libérer, Mal. Du Darkling. De moi.*

– Tu aurais dû me laisser l'achever. Tu aurais dû me laisser mourir.

Quand j'entendis ses pas s'éloigner, je laissai ma tête tomber lourdement entre mes épaules. Je respirais laborieusement, par saccades. Quand j'ouvris les yeux, Tolya et Tamar étaient accroupis devant moi, prostrés.

– Regardez-moi, dis-je.

Ils obéirent. Tolya avait retroussé ses manches, et je vis sur ses puissants bras des tatouages de soleil.

– Pourquoi ne m'avoir rien dit ?

– Tu ne nous aurais jamais permis de rester si près de toi, répliqua Tamar.

Elle avait raison. Même maintenant je me demandais ce que j'allais faire d'eux.

– Si vous croyez que je suis une sainte, pourquoi ne pas m'avoir laissée mourir dans la chapelle ? Et si c'était là mon martyre ?

– Alors tu serais morte, lança Tolya sans l'ombre d'un doute. Nous ne t'aurions pas retrouvée dans les décombres ou nous n'aurions pas pu te réanimer à temps.

– Vous avez laissé Mal revenir me sauver. Après m'avoir juré le contraire.

– Il nous a échappé.

J'ouvris de grands yeux, incrédule. Quel miracle ça aurait été !

Tolya baissa la tête et haussa les épaules.

– Je suis désolé. Je ne pouvais pas être celui qui l'empêcherait de te retrouver.

Je poussai un soupir. Peut mieux faire, pour un guerrier saint.

– C'est moi que vous servez ?

– Oui, répondirent-ils en chœur.

– Pas le prêtre ?

– C'est toi que nous servons, gronda Tolya.

– Nous verrons, murmurai-je avant de les congédier.

Ils se levèrent mais je les rappelai.

– Certains des pèlerins ont donné à Genya le surnom *Razrusha'ya*. Mettez-les en garde. Si je les entends une seule fois prononcer ce mot devant moi, je leur fais trancher la langue.

Ils restèrent de marbre, esquissèrent une révérence et disparurent.

La Cathédrale blanche était une grotte de quartz d'albâtre, si spacieuse qu'elle aurait pu abriter une ville entière dans ses profondeurs resplendissantes. Ses parois humides étaient recouvertes de champignons, de moisissures et d'amanites en forme d'étoiles. Elle se trouvait à plusieurs mètres sous Ravka, au nord de la capitale.

Je voulais rencontrer l'Apparat debout. Je me retins donc au bras de Mal pour apparaître devant lui, m'efforçant de cacher mon tremblement et l'effort que je devais déployer pour rester droite.

– Sankta Alina, salua le prêtre. Tu es venue à moi, enfin.

Il tomba à genoux dans sa robe marron en haillons. Il m'embrassa la main et l'ourlet de mon *kefta*. Il appela ses disciples réunis par milliers au fond de la caverne. Quand il prit la parole, l'air vibra.

– Nous nous lèverons pour construire un nouveau Ravka, rugit-il. Un pays débarrassé des tyrans et des rois ! Nous surgirons des entrailles de la Terre et balaierons les ombres dans une vague de justice !

Sous nous, les pèlerins chantaient. *Sankta Alina*.

Dans la roche, des cavités avaient été creusées, de petites grottes d'ivoire chatoyant, striées de fines nervures argentées. Mal me conduisit dans mes quartiers, m'aida à manger quelques bouchées de porridge de pois et m'apporta un broc d'eau fraîche pour remplir ma bassine. Un miroir avait été placé directement sur la pierre et quand j'aperçus mon reflet, je poussai un petit cri de détresse. Le broc se fracassa par terre. Ma peau blême s'étirait sur des os saillants. Mes yeux n'étaient plus que deux trous entourés de cernes. Mes cheveux avaient viré au blanc neige.

Je posai les doigts sur le verre. Le regard de Mal croisa le mien dans la glace.

– J'aurais dû t'avertir.

– J'ai l'air d'un monstre…

– Plus d'un *khitka.*

– Les lutins des bois qui dévorent les enfants.

– Seulement quand ils ont faim, objecta Mal.

Je tentai de sourire, pour aviver la petite étincelle de chaleur entre nous. Mais je remarquai comme il se tenait loin de moi, les bras croisés dans le dos. Un garde en service. Il interpréta mal les larmes qui perlaient à mes yeux.

– Ça va s'arranger. Dès que tu auras utilisé ton pouvoir.

– Bien sûr, confirmai-je, envahie par la fatigue et la douleur jusqu'au plus profond de mon être.

Je me détournai du miroir. J'hésitai, mais jetai un regard entendu dans la direction des hommes que l'Apparat avait placés devant ma grotte. Mal approcha. J'aurais voulu poser ma joue contre son torse, sentir ses bras autour de moi, écouter le rythme régulier des battements de son cœur. Je me retins.

Au lieu de cela, je pris la parole tout bas sans pratiquement bouger les lèvres.

– J'ai essayé, murmurai-je. Quelque chose ne fonctionne pas.

– Tu ne peux pas invoquer la lumière ? demanda-t-il en fronçant les sourcils.

Qu'est-ce que je distinguais dans sa voix ? De la peur ? De l'espoir ? De l'inquiétude ? Je n'aurais su dire. Tout ce qui m'apparaissait clairement était sa prudence.

– Je suis trop faible. Nous sommes trop loin sous terre. Je ne sais pas.

J'étudiai son visage, me rappelant la dispute que nous avions eue dans le bosquet de bouleaux, quand il m'avait demandé si je pourrais renoncer à être une Grisha. *Jamais*, avais-je répondu. Jamais.

Le désespoir me submergea, dense et noir, pesant comme le sol au-dessus de nos têtes. Je ne voulais pas prononcer les mots, donner une réalité à ce que je craignais depuis le début de notre voyage dans ces galeries sombres. Mais je m'y résignai.

– La lumière ne revient pas, Mal. Mon pouvoir a disparu.

ÉPILOGUE

De nouveau, la fille rêva d'un navire, mais cette fois, il volait. Il avait des ailes blanches en toile et un renard à l'air rusé se tenait à la barre. Parfois, l'animal devenait un prince qui lui embrassait les lèvres et lui offrait une couronne sertie de diamants. Parfois c'était un cerbère, l'écume aux babines, qui la poursuivait furieusement.

De temps en temps, elle rêvait d'un oiseau de feu. Il la maintenait dans ses ailes enflammées comme sur un bûcher.

Bien avant qu'on apprenne la nouvelle, elle sut que le Darkling avait survécu et qu'elle avait encore échoué. Il avait été sauvé par ses Grishas et dirigeait désormais Ravka sur un trône auréolé d'ombres et entouré de hordes monstrueuses. La fille ignorait si ce qu'elle lui avait fait dans la chapelle l'avait affaibli. À son âge avancé, le pouvoir lui était plus familier qu'à elle.

Les gardes *oprichniki* du nouveau roi firent des raids dans les monastères et les églises, arrachèrent les tuiles, retournèrent les parquets, à la recherche de l'Invocatrice de lumière. Des récompenses furent offertes, des menaces lancées et, de nouveau, la fille se retrouva traquée.

Le prêtre jurait qu'elle était en sécurité dans le réseau de galeries qui traversaient Ravka telle une carte secrète. Certains prétendaient que les tunnels avaient été creusés par des armées de fidèles, qu'il avait fallu des centaines d'années, des pioches et des haches pour les forer. D'autres disaient que c'était l'œuvre d'un monstre, un ver géant qui avalait de la terre, des pierres, des racines et du gravier. Il avait vidé les routes qui menaient aux anciens lieux de culte, où des prières à moitié retenues étaient encore récitées. La fille savait qu'ils ne seraient nulle part longtemps à l'abri.

Elle observait les visages de ses disciples : vieux, jeunes, hommes, femmes, enfants, soldats, fermiers, prisonniers. Tout ce qu'elle voyait, c'étaient des cadavres, de nouvelles dépouilles à entasser à ses pieds pour le Darkling.

L'Apparat pleurait, hurlant sa gratitude de voir la Sainte de Lumière encore en vie, épargnée. Dans son regard noir, la fille voyait une autre vérité : une martyre morte causait moins de problèmes qu'une sainte vivante.

Les prières des fidèles s'élevaient autour du garçon et de la fille, résonnant et se multipliant sous la terre, se répercutant sur les murs en pierre de la Cathédrale blanche. L'Apparat disait que c'était un lieu saint, leur havre, leur sanctuaire, leur abri.

Le garçon secoua la tête. Il savait reconnaître un cachot quand il en voyait un : il avait tort. La fille le lisait dans les yeux de l'Apparat quand il la regardait se relever. Elle l'entendait dans chaque battement fragile de son cœur. Il ne s'agissait pas d'une prison. Mais d'une tombe.

Mais la fille avait passé bien des années à être invisible. Elle avait déjà connu une vie de fantôme, cachée du monde et d'elle-même. Mieux que personne, elle connaissait le pouvoir des choses enterrées depuis longtemps.

La nuit, elle entendait le garçon qui marchait devant sa chambre pour tenir la garde avec les jumeaux aux yeux d'or. Allongée dans son lit, elle comptait ses respirations, tendue vers la surface, cherchant la lumière. Elle pensait au navire brisé, à

Novokribirsk, aux noms rouges gravés dans le mur de l'église. Elle se rappelait les petits tas d'humains sous le dôme doré ; le corps éventré de Marie ; Fedyor qui lui avait une fois sauvé la vie. Elle entendait les chants des pèlerins et leurs exhortations. Elle pensait aux volcras et à Genya blottie dans le noir.

La fille toucha le collier sur son cou, le bracelet autour de son poignet. Trop d'hommes avaient essayé de faire d'elle une reine. Maintenant elle comprenait que son destin était bien plus grand encore.

Le Darkling lui avait confié qu'il était destiné à régner sur le pays. Il avait récupéré son trône, ainsi qu'une partie d'elle. Qu'il en profite. Pour les vivants et pour les morts, elle lui ferait payer.

Elle se relèverait.

Leigh Bardugo

La façonneuse

Une nouvelle inédite

– Tu as consulté les listes des victimes ?

J'ai presque honte de constater avec quelle facilité je pose cette question.

Alina me répond d'un hochement de tête rapide tandis que ses mains se crispent sur les bords du rapport d'infirmerie. La voir si blessée me chagrine, mais je suis fascinée par le théâtre des émotions qui se jouent sur son visage. Elle n'a pas appris à les cacher. Tout s'affiche sur ses traits, librement accessible à ses interlocuteurs : joie, soulagement, peur et toujours cette profonde fatigue, cette lassitude invariable qui l'accompagne partout. Ce manque de prudence est une nouveauté à la Cour. Il faut que je me rappelle de ne pas la dévisager avec trop d'insistance.

Je lui apporte un stylo et du papier pour qu'elle y inscrive le nom du traqueur : *Malyen Oretsev*. Je le connais bien maintenant. C'est la seule personne à qui elle écrit depuis son arrivée au Little Palace. Au lieu de poster ses lettres, les domestiques me les apportent, et moi, je les fais passer. J'ignore si le Darkling les lit ou si elles s'empilent, encore scellées, dans un tiroir.

– Je suis sûre qu'il va bien, dis-je en rangeant la feuille dans ma manche.

De nouveau, son visage s'anime : les joues rouges, elle a honte d'avoir demandé ; les lèvres pincées, elle garde l'espoir.

C'est presque douloureux à regarder. Elle a sûrement tellement l'habitude de passer inaperçue qu'elle ne remarque pas tout ce qu'elle trahit d'elle-même. Je dois réprimer mon envie de lui dire de faire plus attention. Ce n'est pas à moi de lui donner des conseils, mais je me retrouve constamment à le faire.

Avant de partir, je la convaincs de me laisser lui camoufler ses cernes noirs sous les yeux. Elle râle et peste, mais j'éclate de rire quand elle finit par accepter en se blottissant dans ses oreillers comme si elle se préparait à entendre un sermon. Quelle sotte.

Mes mains glissent sur sa peau. C'est peut-être ma façon de me faire pardonner. À vrai dire, je ne peux pas m'en empêcher. C'est comme effacer les traces sur un miroir ou replacer correctement des fleurs dans un vase. Parfois mes doigts me démangent de la remettre en état. Et dans ces moments-là, je suis son amie. Je peux faire comme si toutes les petites trahisons n'avaient jamais existé. Je peux oublier le papier avec le nom d'Oretsev qui troue ma manche.

Une fois que j'ai terminé, je laisse Alina supplier le soigneur de l'autoriser à quitter l'infirmerie et je pars vers la salle des opérations. Je prends le chemin le plus long pour passer devant les grandes baies vitrées baignées de soleil. Je n'entrerai pas dans les ateliers des fabrikators aujourd'hui, mais je me fais tout de même plaisir en jetant un regard vers les épaules voûtées et les cheveux châtains hirsutes de David. Alors que je m'imagine en train de les lui couper, j'évite de peu de percuter Zoya au coin du couloir.

– Où est-ce que tu cours comme ça ? me demande-t-elle, agacée. La reine est attendue à une fête ?

Je ne m'offense pas de son sarcasme.

– Absolument. Mais si tu veux, je peux te consacrer quelques minutes pour m'occuper de tes yeux, ils sont affreusement rouges.

Malgré son expression toujours aussi hautaine, ses épaules s'affaissent et elle se rembrunit légèrement. Je sais que je ne devrais pas me réjouir autant de son malheur. Et je sais aussi que je ne devrais pas manger un deuxième petit pain à chaque petit déjeuner, mais il n'y a pas de mal à se faire du bien. Zoya s'est attiré ses ennuis toute seule.

– Rhume des foins, grommelle-t-elle. Quelque chose dans l'air m'irrite.

– Oui, j'ai entendu dire que ça avait bien failli t'étouffer.

Et je continue ma route. J'ai appris depuis longtemps à ne jamais lui laisser le dernier mot. Cette fille trouve des ouvertures aussi facilement que l'eau dans une passoire.

J'avais prévu de laisser un message pour le Darkling à ses gardes, mais je croise Ivan qui sort de la salle des opérations.

– Tu reviens de chez l'invalide ? demande-t-il alors que je le suis en dehors du Little Palace.

– Elle n'a rien d'une invalide.

– En tout cas, elle en a l'air.

– Elle devrait suivre un cours d'escrime au bord du lac, selon toi ? Zoya lui a cassé deux côtes.

– Dur, lâche-t-il sans conviction.

Je fronce les sourcils.

– Le Darkling était de cet avis. S'il te plaît, dis-moi que tu étais là quand il a dit à Zoya de partir d'Os Alta.

– En effet, confirme-t-il alors que nous descendons la colline vers le bosquet de bouleaux.

– Et ?

Je devrais refréner ma curiosité, mais comment résister à des ragots pareils ?

Ivan hausse les épaules, l'air renfrogné.

– Il lui a juste fait comprendre qu'elle est remplaçable. Contrairement à Starkov.

Je souris.

– Ça t'inquiète, Ivan ?

– Non, répond-il du tac au tac.

– Attention à toi. Si tu continues à froncer les sourcils comme ça, même moi je ne pourrai plus rien pour tes rides.

Son rictus hargneux s'accentue encore et je me retiens de rire. Ivan se pavane comme un rouge-gorge, bouffi de fierté et de suffisance. C'est si facile d'ébouriffer son plumage. Je sais qu'il me jalouse toutes mes entrevues avec le Darkling et toutes les confidences qu'il peut me faire. Pourtant, je l'aime bien. Il me traite avec mépris, mais pas plus qu'il n'en témoigne aux autres.

Alors que nous pénétrons dans le bosquet, je repère quelques *oprichniki* qui montent la garde, presque invisibles dans l'obscurité entre les arbres. Je ne me suis jamais habituée à eux. Ils constituent une fraternité à part, gouvernée par ses propres codes. Jamais ils ne se mêlent aux Grishas ni à la Cour.

Quand nous arrivons enfin au *banya*, le Darkling à peine sorti des bains enfile par la tête une chemise immaculée. Il est réellement époustouflant, tout en muscles avec sa peau pâle moite de vapeur.

Il passe une main dans ses cheveux mouillés et me fait signe d'avancer.

– Comment va-t-elle ?

– Mieux. Elle voudrait quitter l'infirmerie.

– Je vais donner mon accord, annonce-t-il en adressant un discret hochement de tête à Ivan.

Sans un mot, le fondeur disparaît dans les arbres pour exécuter les ordres.

Le Darkling récupère son *kefta* que lui tend un *oprichnik* et le passe sur ses épaules. Je le suis sur un des étroits sentiers qui serpentent à travers le bosquet.

– Quoi d'autre ? me demande-t-il.

– L'Apparat lui a rendu visite hier soir pour lui servir ses harangues sur les saints et les sauveurs. À ce que j'ai compris, il essayait soit de la terroriser bêtement, soit de l'ennuyer à mourir.

– Je vais peut-être devoir lui en toucher deux mots, à ce prêtre.

– Je lui ai dit qu'il était inoffensif.

– Pas si sûr, objecte-t-il. Mais le roi l'écoute. Pour l'instant, c'est tout ce qui compte.

Un silence embarrassé nous enveloppe, alors que nous sortons des arbres pour nous engager sur le chemin de terre qui mène aux salles d'entraînement et aux écuries. Le Darkling sait que je n'ai pas encore tout dit mais que je ne suis pas à l'aise pour continuer.

À cette heure du jour, l'endroit est désert. Seul nous parvient le hennissement des chevaux dans leurs box. L'atmosphère hivernale charrie l'odeur chaude des bêtes, accompagnée du doux parfum de la paille. Je fronce le nez. À quelques pas du Little Palace, on se croirait à la campagne.

Les six chevaux noirs qui tirent la calèche du Darkling sont regroupés dans l'enclos ouest. Quand nous approchons de la clôture, le Darkling siffle tout bas et l'un des étalons avance vers nous en agitant sa soyeuse crinière.

Je sors de ma manche le papier et le donne au Darkling.

– Encore le traqueur, dit-il sans surprise.

– Elle craint qu'il n'ait été tué au combat et qu'il ne figure pas encore sur les listes.

J'hésite et j'ajoute :

– Mais je pense qu'elle a tout aussi peur qu'il soit en vie et qu'il l'ait oubliée.

Il étudie un moment le papier et me le rend. D'une main, il caresse le long nez de velours de son cheval.

– Qu'est-ce que je lui dis ?

Il se tourne vers moi.

– La vérité. Dis-lui où est le garçon.

– Elle va penser...

– Je sais ce qu'elle va penser, Genya.

Je m'appuie sur la clôture, le dos à l'enclos. Mes doigts écornent le papier, tandis que le Darkling parle si bas à son cheval que je ne distingue aucun mot.

Je ne peux pas le regarder dans les yeux, mais trouve le courage de lui poser la question :

– Est-ce que vous tenez un peu à elle ?

– Qu'est-ce que tu me demandes vraiment, Genya ? lance-t-il après une légère pause.

Je hausse les épaules.

– Je l'aime bien. Quand tout sera terminé...

– Tu veux savoir si elle te pardonnera ?

Je passe mon pouce sur l'écriture saccadée d'Alina, faite de traits inélégants et de lignes émoussées. Elle est pour moi comme une amie : cela fait bien longtemps que je n'ai plus été aussi proche de quelqu'un.

– Peut-être.

– Jamais.

Je suppose qu'il a raison. Moi, je ne lui aurais jamais pardonné. Mais je ne pensais pas que ce serait si important pour moi.

– Décide, me dit-il. Et je te ferai porter ses lettres.

– Vous les avez gardées ?

– Poste-les. Rends-les-lui. Fais-en ce que tu jugeras bon.

Je l'examine de près. Ça sent la ruse.

– Vous êtes sérieux ?

Il me regarde par-dessus son épaule, ses yeux gris imperturbables.

– De vieux liens, lâche-t-il en donnant une dernière tape à l'étalon, avant de s'en éloigner. Ça ne peut lui faire aucun bien. Juste la maintenir captive d'une vie depuis longtemps derrière elle.

Le papier se chiffonne sous mes doigts.

– Elle souffre.

Il calme mon agitation en effleurant mes mains. Son pouvoir m'inonde, apaisant, pareil au flot régulier d'une rivière. Mieux vaut ne pas se demander où le courant va m'emporter.

– Tu as souffert, toi aussi, réplique-t-il.

Il m'abandonne devant l'enclos, le nom du traqueur se pliant et se dépliant dans mes mains.

La reine doit vraiment assister à une réception, ce soir. Après avoir changé mes chaussures crottées et m'être débarrassée des odeurs des écuries, je la retrouve attablée à sa coiffeuse. Une domestique s'occupe de ses cheveux. À une époque, elle ne laissait personne d'autre que moi l'aider à se préparer.

– Genya le fait mieux que vous toutes, disait-elle en les congédiant d'un geste de la main. Apportez-nous plutôt du thé et des douceurs.

À présent, je suis heureuse de constater que la domestique se débrouille affreusement mal. Le style est joli, mais il ne convient pas du tout au visage de la reine. Je placerais les épingles plus haut et je laisserais une mèche folle s'enrouler autour de sa joue.

– Tu es en retard, lance la reine d'un ton sec quand elle m'aperçoit dans le miroir.

– Je vous prie de m'excuser, *moya tsaritsa*, dis-je en m'inclinant.

Il me faut plus d'une heure pour travailler sur son visage et sur son cou. La domestique est partie depuis longtemps. La peau est étrangement tirée sur les pommettes de la reine et ses yeux brillent d'un bleu indigo bien trop vif pour être naturel. Mais elle voulait que la teinte se marie à sa robe et je n'essaie même plus de discuter. Pourtant ça m'horripile profondément. De nouveau cette démangeaison. Je ne peux pas passer à côté d'un tableau raté sans vouloir l'arranger. La reine pousse toujours trop loin, encore un peu, encore un peu, jusqu'à ce que plus rien n'ait de sens.

Elle fredonne en suçant un loukoum caoutchouteux à la rose, et caresse son petit chien blotti sur ses genoux. Quand je me penche pour ajuster les nœuds sur ses ballerines, elle pose machinalement une main sur mon épaule. Presque une caresse, ou plutôt une petite tape condescendante. Parfois, c'est comme si elle oubliait de me détester. Comme si j'étais encore la fille qu'elle chérissait, la poupée qu'elle adorait habiller et montrer à ses amies pour se vanter. J'aimerais dire que je m'opposais à un tel traitement, mais j'en ai apprécié tous les instants.

J'avais été une Grisha ordinaire, une jolie fille avec un minimum de talent. Au Grand Palace, j'étais vénérée. Le matin, j'apportais à la reine son thé et elle se jetait dans mes bras.

– Ma jolie petite ! s'exclamait-elle, et j'accourais vers elle. Où veux-tu que nous nous promenions aujourd'hui ? Dans les jardins ou jusqu'à la ville ? Voudrais-tu qu'on te trouve une nouvelle robe ?

Je n'avais pas compris alors ce à quoi je renonçais, la distance qui s'établissait entre les Grishas et moi. Je lâchais prise avec leur langage en m'absentant des cours auxquels ils assistaient, en ignorant les derniers commérages et en ne dormant pas sous le même toit. Mais je n'avais pas le temps de penser à tout cela. La reine m'offrait des prunes confites et des cerises trempées dans du sirop de gingembre. Nous peignions des éventails en soie et nous discutions des derniers romans à la mode avec ses amies. Elle me laissait choisir son futur chiot et ensemble nous lui trouvions un nom. Elle m'apprenait à marcher, à faire la révérence. Sans difficulté, je m'étais laissée aller à l'adorer.

Même maintenant, j'ai du mal à ne pas me remettre à l'aimer. Si digne, si imposante, une créature d'une grâce sublime. Je l'aide à s'envelopper de son châle en soie violette qui rend ses yeux plus étincelants encore. Ensuite, je m'occupe des veines sur ses mains.

– Est-ce que mes phalanges ont l'air gonflées ? me demande-t-elle.

Ses doigts croulent sous les bijoux : des anneaux en saphir et l'émeraude des Lantsov coincée entre eux.

– Mes bagues sont serrées…

– Elles sont très bien.

Elle fronce les sourcils.

– Je vais réparer ça.

Je ne saurais dire quand les choses ont commencé à changer, quand je me suis sentie moins à l'aise en sa compagnie. C'était comme si elle m'échappait, mais que j'ignorais ce que j'avais fait de mal et comment inverser la tendance. Je constatais juste que j'avais besoin de déployer plus d'efforts pour lui arracher un sourire, que ma présence lui apportait moins de plaisir.

Je me souviens du jour où je m'appliquais à effacer les fines rides qui apparaissaient sur son front.

Une fois mon travail terminé, elle s'était examinée dans la glace.

– Je vois encore une ligne.

– Ça ne sera pas naturel si je continue, avais-je justifié.

Elle m'avait frappé la main violemment avec le manche doré de sa brosse.

– Arrête tes sornettes ! Je ne te laisserai pas me faire passer pour une vieille peau !

J'avais reculé, sidérée, en ravalant mes larmes de confusion. Puis j'avais obéi, espérant que je pourrais réparer ce qui s'était brisé entre nous.

Après cet épisode, elle avait encore eu de bonnes journées, mais la plupart du temps, soit elle m'ignorait complètement, soit elle tirait si fort sur mes boucles que mes yeux larmoyaient. Elle me pinçait le menton en grommelant « ma jolie petite », mais sur un ton qui n'avait plus rien d'élogieux.

Ce soir, en revanche, elle est de bonne humeur. Je coupe un fil sur sa manche, lisse la traîne de sa robe. Avec sa chevelure blonde dans la lueur des bougeoirs, elle ressemble à un tableau doré de saint.

– Vous devriez mettre du lis dans vos cheveux.

Je pense au peigne en verre bleu joliment ornementé que j'avais aidé les fabrikators à confectionner pour elle dans leurs ateliers.

Elle me dévisage, et l'espace d'un court instant, je crois percevoir de la chaleur dans son regard. Ce n'est rien d'autre qu'une illusion d'optique due à la lumière. Elle éclate d'un rire moqueur.

– Cette vieillerie ? Mais elle est totalement démodée !

Je sais qu'elle espère me blesser, mais la fille qui tressaillait à chacune de ses remarques cinglantes a disparu depuis longtemps.

– Vous avez raison, bien sûr, dis-je avec une courbette pleine de déférence.

La reine agite sa main blanche et lisse.

– Tu es sûrement attendue ailleurs ?

Elle prononce ces mots sur un ton qui suggère qu'elle n'y croit absolument pas.

Quand je retourne enfin dans ma chambre, les lampes ont été allumées et un feu crépite joyeusement dans l'âtre. Une des domestiques a placé un bouquet parfumé de sauge sur la cheminée. Elles comprennent ce que signifie vivre sous la coupe de ce roi. Ou peut-être que ça aurait été pareil avec n'importe lequel des Lantsov, après tout. J'ai rencontré l'héritier, Vasily, il a le menton fuyant de son père, la même lèvre humide. J'en frissonne.

Si je pouvais faire un vœu dans ce monde, ce ne seraient ni des bijoux, ni une calèche, ni un palais au bord du lac. Je demanderais d'être de nouveau une vraie Grisha, bien sûr, mais sinon, je me contenterais d'une serrure à ma porte.

Je sonne pour qu'on m'apporte mon dîner et retire mon *kefta* en soie couleur ivoire pour enfiler une robe de chambre. Et c'est à cet instant seulement que je remarque la boîte en ébène sur les coussins devant la fenêtre. C'est un objet d'une simplicité qui n'a absolument pas sa place dans la décoration blanc et or de cette chambre. Son élégance tient à la perfection de ses angles et à son homogénéité. Aussi lisse et poli que du verre, il brille d'un éclat intense. Il ne porte aucun symbole. Ce n'est pas nécessaire, et je n'ai pas besoin de l'ouvrir pour savoir ce qu'il contient.

Je me lave le visage, détache mes cheveux et enfile mes chaussons en satin. Tout ce temps, la boîte se rappelle à mon attention tel un scarabée noir aux ailes luisantes.

Mon plateau arrive : tarte au fromage truffé, caille braisée au vin avec sa peau croustillante et poisson poché dans du beurre. La nourriture est riche, comme toujours, mais ça ne me dérange pas. Quels que soient mes soucis, j'arrive toujours à manger.

Quand j'ai terminé, j'allume les lampes de mon placard. Mes *kefta* sont suspendus contre un mur, de la laine pour l'hiver, de la soie pour l'été, d'épais habits de satin et de velours pour les fêtes auxquelles je suis encore conviée. Les hauts-de-chausses et les chemisiers que je mets rarement sont rangés dans deux tiroirs, et une étagère accueille les combinaisons simples que la reine a fait coudre pour moi parce qu'elle n'aime pas les femmes en pantalon.

Le reste du placard me sert d'atelier et j'y entrepose tout ce dont j'ai besoin dans mon kit : bouteilles de colorants, feuilles d'or et bobines de cuivre, canettes de carmin concassé et bocaux de baies marinées. Quand on les ouvre, ils dégagent une puanteur affreuse, mais les couleurs restent pures. Je cache également vers le fond d'autres bouteilles remplies de substances plus dangereuses. La potion que j'aime tout particulièrement sortir après une longue journée, je l'ai concoctée moi-même. J'adore sa couleur dorée chaleureuse et son agréable odeur de cannelle. Je l'ai appelée *Dekora Nevich*, la lame ornementale.

Malgré tous les accessoires de mon kit, mon placard ne manque pas de place. Après avoir perdu les faveurs de la reine, je n'avais plus reçu de nouvelles robes. En grandissant, les couches de tissus froufrouteux étaient devenues bien trop petites pour moi. Il fallut que je rentre le ventre et que je courbe l'échine pour que mes bras et mes jambes ne dépassent pas de façon grotesque.

Et un matin, mes robes d'enfant avaient disparu, remplacées par un *kefta*, le bien le plus précieux d'un Grisha après les amplificateurs. La tête haute, j'admirai la tenue suspendue à la porte. Il était blanc. Blanc et or. Mon uniforme de travail.

J'avais tenté de me convaincre que cela ne signifiait rien, ce n'était qu'une couleur. Je m'étais forcée à l'enfiler. Je m'étais brossé les cheveux, avais levé le menton. J'étais ravissante dedans, comme dans n'importe quel autre habit. De toute façon, je n'avais rien d'autre à me mettre.

Mais j'avais eu tort. Cette couleur voulait tout dire. C'était un ordre de la reine à ses dames pour qu'elles ne me saluent pas et m'ignorent quand j'entrais dans une pièce. C'était une ligne indélébile entre les autres Grishas et moi. C'était le feu vert donné au roi pour qu'il s'introduise dans ma chambre et me coince contre un mur. Le signe que j'étais disponible, qu'il ne me servait à rien de crier.

Finis les bons jours, finies les sucreries et les sorties, il ne me restait que les longues heures d'ennui à attendre l'appel de la reine, à redouter les visites du roi. Une nuit, avant une fête, la reine me convoqua dans sa loge. Je lui assombris les cils avec de la noix, lui colorai les lèvres avec des pivoines qui poussaient pour moi dans les serres des Grishas. Je travaillais en silence, sans mot dire, les yeux baissés. Je devais l'accompagner cette nuit-là et j'avais veillé à peigner mes cheveux le plus simplement possible. J'imagine que pour la satisfaire, j'aurais pu les laisser pendre, mais une partie de moi s'y refusait.

Sa robe était vert pâle, avec un ourlet plus sombre. Fraîche comme les feuilles des arbres. Alors que j'attachais les boutons dans son dos, elle m'adressa enfin la parole.

– L'ingratitude est un défaut intolérable chez une domestique. Pourquoi ne portes-tu pas les bijoux que t'a offerts mon mari ?

Je compris, alors. Elle savait que ça allait arriver. Peut-être même depuis le tout début, depuis mon arrivée au Little Palace. Elle le connaissait et savait parfaitement à quoi s'en tenir avec lui, mais c'est à moi qu'elle en voulait. Je me figeai, paralysée par le souffle puissant de deux vents contraires. Je voulais tomber à genoux, enfouir mon visage dans sa robe, pleurer et la supplier de me protéger. Je voulais briser le miroir qui lui faisait tant peur et lui lacérer le visage avec, lui fourrer dans la bouche les bris de verre et lui faire avaler tous les éclats de mon humiliation et de ma honte.

Mais au lieu de cela, je partis trouver le Darkling. J'ignore d'où me venait cette audace. Alors même que je traversais le domaine du palais au pas de course, une petite voix dans ma tête me criait que je n'étais qu'une imbécile, que jamais il n'accepterait de me parler, que je ferais mieux de faire volte-face et d'oublier cette idée folle. Mais je ne supportais pas l'idée de retourner auprès de la reine, de passer toute la nuit à enfoncer mes ongles dans mes paumes, à sentir son parfum, à compter et recompter la rangée de boutons sur sa robe vert pâle, alors qu'elle recevait ses invités. Cette pensée me porta jusqu'aux marches du Little Palace.

Pour éviter les Grishas dans le hall principal, j'empruntai l'entrée qui menait directement dans la salle des opérations. Et dès que j'eus formulé ma demande auprès de l'*oprichnik* de garde, je le regrettai. Le Darkling m'avait offerte à la reine. Il me rejetterait à présent, ou pire peut-être.

Mais l'*oprichnik* revint et me fit signe de le suivre dans le hall. Quand j'entrai dans la salle, un groupe de Grishas en sortait. Ivan et plusieurs Etherealki et fondeurs haut gradés que je ne connaissais pas.

Je me dis que j'allais me montrer digne. Que j'allais plaider ma cause de façon rationnelle. Mais quand Ivan referma la porte, je fondis en larmes. Le Darkling aurait pu me punir ou me tourner le dos. Mais il m'entoura les épaules de son bras et m'installa à la table. Il me versa un verre d'eau et attendit que je me calme pour pouvoir en avaler une gorgée.

– Ne les laisse pas te mortifier, lâcha-t-il.

J'avais préparé mon discours. J'avais tant à lui dire. Tout s'effaça, et je bafouillai la première chose qui me vint à l'esprit.

– Je ne veux plus porter ce *kefta*... C'est un uniforme de domestique.

– C'est un uniforme de combattant, objecta-t-il.

Je secouai la tête, ravalant un nouveau sanglot. Il se pencha en avant et essuya les larmes sur mes joues avec la manche de son *kefta*.

– Si tu me dis que tu ne le supportes pas, alors je te renverrai d'ici et tu n'auras plus jamais à arborer ces couleurs ni à te présenter au Grand Palace. Tu seras en sécurité, je te le promets.

Je levai la tête vers lui, incrédule.

– En sécurité ?

– Oui. Mais je peux te le jurer : tu es une guerrière. Tu pourrais être ma plus grande guerrière. Et si tu restes, si tu prends sur toi, un jour tout le monde le saura.

Il me souleva le menton avec un doigt.

– Sais-tu que le roi s'est déjà coupé avec sa propre épée ?

Un petit rire s'échappa de ma gorge.

– Vraiment ?

Le Darkling hocha la tête, un sourire discret aux lèvres.

– Il la porte constamment sur lui, pour la galerie, bien sûr. Il en oublie que ce n'est pas un jouet, mais une arme.

Son visage redevint sérieux.

– Je peux te promettre la sécurité, reprit-il. Ou je peux te promettre que tes souffrances seront vengées au centuple.

Avec son pouce, il sécha une larme sous mon œil.

– À toi de choisir, Genya.

Un vrai dilemme à l'époque. Mais la décision que j'ai à prendre maintenant est facile.

J'aligne mes bouteilles sur l'étagère et referme la porte de mon placard. Je traverse ma chambre jusqu'à la fenêtre. Quand je presse mon visage sur la vitre, je distingue les lanternes dans le domaine du palais, et je perçois vaguement la musique qui se joue dans la salle de bal, les plaintes déchirantes des violons. Si je pouvais voir derrière les arbres, à travers l'obscurité, j'apercevrais le tunnel végétal, et au-delà, en bas de la pente douce, les dômes dorés du Little Palace.

Je pense aux doigts fins d'Alina sur les bords de la feuille, l'espoir qu'elle ne peut cacher dans son visage pâle expressif quand elle écrit le nom du traqueur.

J'ouvre la boîte noire en bois et je jette les lettres dans le feu, l'une après l'autre. Ça me fait mal, mais je supporte la douleur. Parce que je suis une poupée et une domestique.

Parce que je suis une jolie petite et une guerrière en même temps.

REMERCIEMENTS

Le problème avec les remerciements, c'est qu'ils finissent vite par devenir une longue liste de noms qu'il faut trier. Mais beaucoup de gens contribuent à la naissance d'un livre et ils méritent tous de figurer ici, alors prenez patience. (Si vous trouvez le temps long, je vous conseille de chanter. Trouvez un copain pour battre la mesure. Je vous attends.)

En tant que jeune romancière, j'ai vite appris combien on exige de son agent. On veut qu'elle soit diplomate, thérapeute, avocate et, par moments, castagneuse. J'ai eu beaucoup de chance de trouver toutes ces qualités chez l'étonnante Joanna Volpe. Merci aussi à toute l'équipe de New Leaf Literary and Media, notamment Pouya Shahbazian, Kathleen Ortiz et Danielle Barthel.

Mon éditrice, Noa Wheeler, maîtrise clairement la Petite Science à la perfection. Elle pousse par ici, donne des petits coups par là, pose des questions qu'on ne veut pas entendre, et à la fin, votre histoire se transforme et s'enrichit pour devenir incroyablement meilleure. Presque de la magie.

Je tiens à remercier tout le monde chez Macmillan/Holt Children's. J'adore cette vénérable maison fascinante de durs à cuire, et je suis fière d'en faire partie. Merci avant tout à Jean Feiwel et Laura Godwni, qui se sont surpassées pour cette série, au féroce Angus Killick, à la merveilleuse Elizabeth Fithian, à la toujours pertinente Allison Verost, à la magnifique Molly Brouilette, et à Jon Yaged, qui est toujours punk rock. Ksenia Winnicki, ma plus grande fan, qui a travaillé d'arrache-pied pour diffuser aux blogueurs. Kate Lied a mis en place le Fierce Reads. Kraen Frangipane et Kathryn Bhirud ont réalisé la splendide bande-annonce pour *Shadow and Bone* (c'est comme ça qu'on crée les épopées, mec). J'adresse ma sincère gratitude à Keith Thompson, qui fait des livres comme on fait de l'art. Et à Mark von Bargen, Vannessa Cronin, et tous les libraires qui m'aident à mettre mes livres dans les mains de mes futurs lecteurs.

Maintenant, parlons de mon armée : la belle et courageuse Michelle Chihara de thisblueangel.com ; Joshua Joy Kamensky qui me nourrit de musique, d'esprit et de gentillesse, Morgan Fahey, une femme impertinente qui lance des affirmations effrontées, et aussi une lectrice généreuse et une précieuse conseillère en temps de guerre ; Sarah Mesle de suserandecho.com, qui s'y connaît en structure, en histoire et en cœur, et comprend toutes leurs combinaisons ; et Liz Hamilton (alias Zenith Nadir of Darlings Are Dying), qui prépare des cocktails comme personne. Gamynne Guillote a œuvré à la création des Grishas avec patience et un œil infaillible. Merci aussi à Peter Bibring, Brandon Harvey, Dan Braun, Jon Zerolnik, Michael Pessah, Heather Repenning, Kurt Mattila, Rico Gagliano, Corey Ellis, William Lexner et la Brotherhood Without Banners (notamment Andi et Ben Galusha, Lady Narcissa, Katie Rask, Lee et Rachel Greenberg, Xray the Enforcer, Blackfyre, Adam Tesh, et les Mountain Goat), Ann Kingman de Books on the Nightstand, E. Aaron Wilson et Laura Recchi, Laurie Wheeler, Viviane Hebel de HebelDesign.com, David Peterson, Aman Chaudhary, Tracey Taylor, et Romi Cortier. Ces gens nous ont soutenus, ma trilogie et moi, à chaque étape, et je n'ai pas les mots pour dire combien je les estime et les adore. Je voudrais exprimer toute ma reconnaissance à Rachel Tejada, Austin Wilkin, et Ray Tejada qui m'ont aidée à élargir l'univers des Grishas avec toute leur créativité et leur soutien.

Quelques super-génies m'ont aidée à rendre l'impossible improbable : l'adorable Heather Joy Kamensky m'a expliqué la logistique des miroirs de David; John Williams m'a aidée à construire le *Hummingbird*; et Davey Krieger m'a conseillée pour la conception des navires et autres engins nautiques (même s'il sera certainement horrifié par les libertés que j'ai prises).

Merci mille fois à mes sources d'inspiration chez Pub (blishing) Crawl, des femmes extraordinaires : en particulier Amie Kaufman, Susan Dennard, et Sarah J. Maas. Aussi Jacob Clifton, Jenn Rush, Erica O'Rourke, Lia Keyes, Claire Legrand, Anna Banks (comment oses-tu), Emmy Laybourne, et the Apocalypsies. Plusieurs écrivains fabuleux ont encouragé cette trilogie sans retenue depuis le début : Veronica Roth, Cinda Williams Chima, Seanan McGuire, Alyssa Rosenberg, et l'inimitable Laini Taylor. Enfin, mon équipe de Los Angeles, et surtout Jenn Bosworth, Abby McDonald, Gretchen McNeil, Jessica Brody, Jessica Morgan, Julia Collard, Sarah Wilson Etienne, Jenn Reese, et Kristen Kittscher. Mesdames, sans vous, je serais déjà complètement barge. Grâce à vous, je suis encore (à peu près) saine d'esprit.

Je dédie ce livre à ma mère, mais elle mérite aussi des remerciements supplémentaires. Je n'aurais pas dépassé le premier brouillon de *Siege and Storm* si elle n'avait pas lu toutes ses pages. Elle m'a encouragée par ses paroles et ses petits en-cas. C'est une maman en or et une amie exceptionnelle. Irritable, revêche, rebelle. Ce sont ses mots.

Je serai pour toujours redevable aux vendeurs, libraires et blogueurs qui ont vanté les mérites de *Shadow and Bone* et l'ont imposé à leurs amis, clients et malheureux passants.

Et enfin à mes merveilleux lecteurs : merci pour tous vos mails, tweets et gifs. Je suis chaque jour plus reconnaissante que la veille.

Alina retrouvera-t-elle ses pouvoirs ?
Découvrez-le dans

GRISHA

3. L'OISEAU DE FEU

DÉJÀ EN LIBRAIRIE